삼
국
지

4

삼국지 4

이문열 평역

정문 그림 ― 나관중 지음

三國志

칼 한 자루 말 한 필로 천리를 닫다

알에이치코리아

태사자
太史慈

심배
審配

손책
孫策

하후돈
夏侯惇

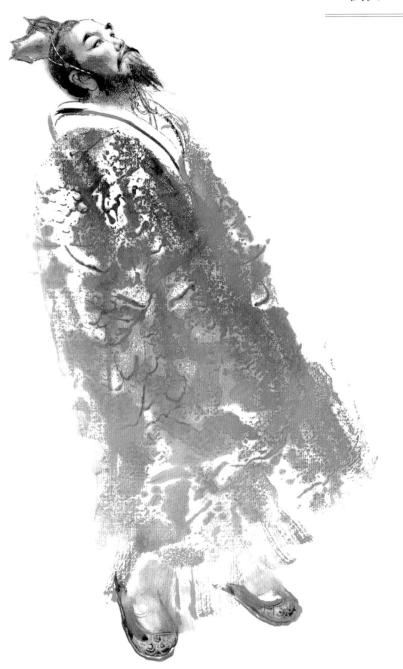

살아서는 한의 충신
죽어서는 한의 귀신

유비가 떠난 뒤 국구 동승은 밤낮 없이 왕자복(王子服)의 무리와 조조 죽일 일을 의논했으나 마땅한 계책이 나오지 않았다. 그럭저럭 건안 사 년도 가고 이듬해 정초가 되었다. 그렇게 보아서 그런지 조하(朝賀) 때에 조조가 전보다 더욱 교만하고 횡포하게 구는 꼴을 보자 동승의 분한 마음은 그대로 병이 되었다.

헌제는 동승이 병들어 누웠다는 말을 듣자 태의를 먼저 보내 치료하게 했다. 그 태의는 낙양 사람으로 성이 길(吉)이요, 이름은 태(太), 자가 칭평(稱平)이었는데 사람들은 흔히 길평(吉平)이라 불렀다. 동승의 집에 이르러 약을 짓고 병을 다스리는데 잠시도 동승의 곁을 떠나지 않고 정성을 다했다.

동승의 병이 원래 마음의 병이라 아픈 중에도 길고 짧은 탄식이 끊이지 아니했다. 길평은 크게 이상하다고 여겼으나 감히 까닭을 묻지 못한 채 보름이 지났다.

정월 대보름이 되어 길평이 떠나려 하니 동승이 아직 몸이 불편한데도 술을 내어 대접했다. 극진한 치료에 보답고자 함이었다. 그런데 두 사람이 함께 마신 지 얼마 안 돼 동승은 차차 피곤하고 졸음이 왔다. 아직 병이 다 낫지 않았는데 술을 마신 탓이었다. 그 바람에 옷을 입은 채 깜박 잠이 들었는데 갑자기 사람이 와 왕자복을 비롯한 동지 네 사람이 왔다고 알렸다.

"기뻐하십시오. 국구 어른, 큰일이 이제 풀려갑니다."

동승이 달려 나가 맞아들이자 왕자복이 얼굴 가득 기쁜 빛을 띠고 말했다. 동승이 어리둥절해 물었다.

"큰일이 풀려가다니 그게 무슨 말씀이오?"

"유표와 원소가 연결하여 오십만 대군을 일으킨 뒤 열 갈래로 나누어 허도로 몰려오고 있다고 합니다. 또 마등도 한수와 연결하여 서량군 칠십이만을 일으키고 북쪽에서 밀고 내려오고 있습니다. 조조는 허도에 있는 병마를 모조리 끌어모아 이리저리 갈라내 보낸 바람에 지금 성안은 텅 비어 있습니다. 실로 좋은 기회가 아니겠습니까? 우리 다섯 집안의 일꾼과 종들만 끌어모아도 천 명은 될 것입니다. 오늘밤에 대보름 잔치가 있을 터인즉, 그때 조조의 부중으로 그들을 이끌고 쳐들어가 조조를 죽이면 일이 아니 될 것도 없습니다."

그 말을 듣자 동승은 크게 기뻤다. 곧 집안에서 힘깨나 쓰는 장정들은 노복과 인척을 가리지 않고 모조리 불러모아 병장기를 나누어준 뒤 밤이 오기를 기다려 자신도 갑옷 입고 창을 든 채 말 위에 올랐다. 그리고 약속한 대로 내문 앞에서 다른 동지들과 함께 만나 일시에 조조의 부중으로 향했다.

조조의 집 앞에 이르자 동승은 몸소 손에 보검을 잡고 똑바로 뛰어들었다. 후당에 이르니 크게 잔치를 벌이고 있는 조조가 보였다.

"역적 조조는 달아나지 마라!"

동승은 그렇게 외치며 달려가 한칼로 조조를 죽인 뒤 닥치는 대로 베어넘겼다.

하지만 잠시 후 문득 깨어보니 한바탕 꿈이었다. 술을 마시다 조는 걸 보고 길평이 그대로 보고만 있었는데 그사이 마음속의 응어리가 꿈으로 나타난 모양이었다. 그런데 더욱 난감스런 것은 꿈에서 깨어나면서도 계속 조조를 향해 퍼부은 욕설이었다. 길평이 놀란 눈길로 물었다.

"국구께서는 조공을 해하려 하십니까?"

그러나 동승은 자기의 속마음을 들킨 게 두렵고 놀라워 얼른 대답을 하지 못했다. 길평이 다시 말했다.

"국구께서는 너무 당황하지 마십시오. 제가 비록 의인(醫人)에 지나지 않으나 한을 잊은 것은 아닙니다. 며칠 동안 곁에 있으면서 국구께서 연신 탄식하시는 소리를 들었지만 차마 그 까닭을 묻지 못했는데 이제 꿈속에서 하시는 소리를 들으니 대강 짐작이 갑니다. 속이지 말고 들려주시고 혹시라도 제가 쓰일 데가 있다면 일러주십시오. 설령 구족(九族)이 몰살당한다 하더라도 후회는 하지 않겠습니다."

진정이 밴 목소리였다. 그러나 동승은 소매로 얼굴을 가리고 울며 말했다.

"그게 진심이오? 혹시라도 거짓은 없소이까?"

그 말에 길평은 문득 손가락 하나를 물어뜯어 그 피로 맹세했다.

"제 진심입니다. 믿어주십시오."

이에 동승은 의심을 거두고 옥대 속에 감추어져 내려온 헌제의 밀조를 내보이며 말했다.

"지금 우리 계획이 이루어지지 않고 있는 것은 유현덕과 마등이 각기 떠나버렸기 때문이오. 남은 우리끼리는 아무리 머리를 짜도 마땅한 계책이 없으니 그 답답함이 이렇게 병이 된 것이외다."

그런데 길평의 대답이 뜻밖이었다.

"그 일이라면 여러 공께서 구태여 마음 쓰실 필요가 없습니다. 지금 조조의 목숨은 제 손에 들어 있는 것과 같습니다."

"그게 무슨 말씀이오?"

동승이 반가우면서도 까닭을 알 수 없어 그렇게 물었다. 길평은 더욱 자신 있게 대답했다.

"조조는 오래전부터 두풍을 앓아 이제는 그 병이 골수에 깊이 스몄습니다. 한번 머리가 아파오면 견디지 못하고 급히 나를 불러 그 병을 다스려왔으니, 기다리면 머지않아 그가 다시 나를 부르는 때가 있을 것입니다. 그때 두풍을 다스리는 약이라 하며 슬쩍 독약 한 첩을 달여 먹인다면 제가 아니 죽고 어쩌겠습니까? 그런데 무엇 때문에 그 자를 죽이려고 군사를 일으키고 손에 칼을 잡을 필요가 있겠습니까?"

듣고 보니 정말로 훌륭한 방법이었다. 동승이 감격에 떨리는 목소리로 길평에게 말했다.

"만일 그렇게만 될 수 있다면, 한나라 사직을 구하는 일은 오직 그대를 믿을 뿐이오!"

길평은 그런 동승을 한 번 더 안심시킨 뒤 자기 집으로 돌아갔다.

동승은 마음속으로 기쁨을 이기지 못했다. 온몸의 아픔이 씻은 듯 가시며 기분이 상쾌해져 오랜만에 시첩들이 기거하는 후당으로 들었다. 그런데 후당 안으로 몇 발 들여놓기도 전에 동승은 문득 계집과 사내가 정을 나누는 소리를 들었다. 가만히 소리나는 곳으로 가 보니 후당 으슥한 곳에서 자기가 부리는 가노 진경동(秦慶童)과 애첩 운영(雲英)이 한데 엉겨 있었다.

동승은 두 눈에 불이 이는 듯했다. 주인이 앓고 있는 줄 알고 놀아나다가 갑작스레 나타난 바람에 얼이 빠져 있는 연놈을 가리키며 좌우를 향해 소리쳤다.

"여봐라, 무엇을 하느냐? 당장 저것들을 끌어내 죽여버려라!"

그 말에 다른 가노들이 우르르 달려와 미처 고의춤이며 치마폭도 제대로 추스리지 못한 둘을 끌어내 죽이려 했다. 그때 전갈을 들은 동승의 부인이 나와 말렸다.

"그만 일로 부리던 자들을 죽여서는 아니 되십니다. 혹시라도 세상 사람들이 옹졸하다 비웃을까 두려우니 달리 벌을 내리도록 하십시오."

동승도 가만히 생각해보니 그 말이 옳았다. 젊은 첩의 정부를 탄해 죽이기에는 그 몸이 너무 늙고 지체 또한 너무 높았다. 이에 동승은 진경동과 운영 둘에게 각기 사십 대씩 매를 때리게 한 뒤 뉘우칠 때까지 찬 방 안에 가두어두게 했다.

하지만 그런 일이 원래가 뉘우칠 수 있는 성질이 못 됐다. 진경동의 눈으로 보면 동승은 더 이상 상전도 대감도 아니었다. 부당하게 자신과 운영 사이를 갈라놓으려 드는 늙은 연적에 지나지 않았다. 거기다가 모진 매까지 맞았으니 그 한이 오죽했으랴. 힘을 다해 문고리를 비틀고 갇힌 방을 빠져나가 담장을 넘었다.

동승에게는 불행하게도, 진경동은 평소에 가까이 두고 부리던 가노여서 동승이 꾸미는 일을 어렴풋하게나마 짐작하고 있었다. 가까이 다가가 들을 수는 없었지만 어떤 사람들이 드나들며 없애려는 상대가 누구라는 것쯤은 알 만했다. 그렇다 보니 진경동이 찾아갈 곳은 뻔했다.

"승상을 뵈옵게 해주시오. 급히 고해야 할 중대한 일이 있소!"

진경동은 조조의 부중으로 찾아가 파수 보는 군사에게 그렇게 소리쳤다. 매에 찢어지고 피멍이 든 몸을 이끌고 찾아와 하는 말이라 파수 보는 군사들도 예삿일이 아님을 알아보았다. 지체 없이 조조에게 그 말을 전하니 조조는 곧 그를 으슥한 방으로 불러들여 물었다.

"너는 누구며, 무슨 일로 그토록 급히 나를 찾았느냐?"

"저는 국구 댁의 가노 진경동입니다. 근일 왕자복, 충집, 오자란, 마등, 오석 다섯 사람이 저희 주인 집에 모여 비밀스런 의논을 하고 있는데, 이는 반드시 승상을 해치려는 음모일 것입니다. 저희 주인은 흰 비단 한 폭을 꺼내놓고 여럿에게 보였는 바 거기 씌어 있는 것은 알 수가 없었지만 무언가 중요한 내용이 들어 있는 것 같았습니다. 거기다가 근일에는 태의 길평이 또 저희 주인에게 가담해 왔습니다."

"길평은 동승의 병을 다스리러 가지 않았는가?"

"물론 겉으로는 그렇습니다만 내막은 다릅니다. 저는 이 두 눈으로 길평이 손가락을 깨물어 그 피로 무언가를 맹세하는 걸 보았습니다. 왕자복의 무리와 뜻을 같이하기로 한 것임이 틀림없습니다."

조조로 보면 진경동의 그 같은 밀고는 뜻밖으로 굴러든 복이요, 시운(時運)이랄 수도 있었다. 거기다가 얼마 전까지만 해도 길평이 달여준 약을 아무 의심 없이 마셔온 걸 생각하니 등줄기가 서늘해지기까지 했다.

"알겠다. 너는 잠시 안에 들어가 숨어 있거라."

조조는 그 말과 함께 진경동을 부중에 숨겨놓고 그 엄청난 모의를 캐내는 일에 착수했다.

조조의 첫 겨냥은 태의 길평이었다.

다음 날 조조는 거짓으로 다시 두풍이 인 듯 머리를 싸매고 누워 길평을 불렀다. 내막을 알 리 없는 길평은 마음속으로 기뻐하며 가만히 중얼거렸다.

'이제 이 역적 놈이 죽을 때가 되었구나!'

그러고는 두풍을 다스리는 약 외에 독약을 한 첩 지어가지고 조조의 부중으로 들어갔다. 침상에 드러누워 있던 조조는 길평이 들어오자 얼른 약을 올리기를 재촉했다. 길평은 더욱 신이 났다.

"이 병은 약 한 첩이면 다스릴 수 있습니다. 잠깐만 기다리십시오"

그렇게 말하고 약탕기를 가져오게 하여 조조 앞에서 약을 달였다. 두풍을 다스리는 약이 거지반 달여졌을 무렵, 길평은 다시 독약을 남몰래 탕기에 넣은 다음 스스로 약그릇을 받쳐들고 조조에게 갔다.

조조는 이미 그 약에 독이 든 걸 아는 터라 짐짓 마시기를 미루었다. 길평이 기다리지 못하고 재촉했다.

"뜨거울 때 마시고 땀을 한번 빼시면 곧 나으실 것입니다. 식기 전에 어서 드십시오."

그러나 조조는 약을 마시는 대신 선뜻 몸을 일으키며 엉뚱한 소리를 했다.

"그대도 책을 읽었을 것이니 또한 예의를 알 것이오. 임금이 병이 나서 약을 마실 때는 신하가 먼저 맛을 보며, 아비가 병이 나서 약을 마시게 될 때는 자식이 먼저 맛본다는 말이 있지 않소? 그대는 내게 배나 가슴[腹心]처럼 가까운 사람이니 먼저 맛을 본 다음 내게 올리는 게 어떻겠소?"

그 말을 듣자 비로소 길평은 일이 이미 새어나간 걸 알았다. 자기를 매섭게 내려보는 조조도 두풍을 앓고 있는 사람은 아니었다.

"약이란 병을 낫게 하면 되는 것이지 구태여 다른 사람에게 맛보일 필요가 어디 있겠소?"

그 말과 함께 길평도 몸을 일으켜 약사발을 조조의 귀에다 쏟으려 했다. 귀로 쏟아부어도 사람을 죽일 수 있는 맹독이 들어 있는 약인 까닭이었다. 이미 모든 걸 알고 있는 조조가 가만히 서서 당할 리가 없었다. 손으로 약사발을 밀쳐내니 약이 땅바닥에 쏟아져버렸다. 얼마나 독이 맹렬한지 약물이 떨어진 곳은 벽돌이 다 갈라질 정도였다.

길평과 약사발을 가지고 옥신각신하느라 조조가 미처 명을 내리기도 전에 좌우에서 조조를 호위하던 무사들이 우르르 달려 나와 길평을 끌어내렸다.

"내가 병을 핑계로 특히 네놈을 시험하여 보았다. 과연 너는 나를 해칠 마음이 있었구나."

길평을 계하에 꿇린 뒤에야 비로소 정신을 가다듬은 조조가 입을 열었다.

그러고는 좌우를 돌아보며 홀연 매서운 목소리로 영을 내렸다.

"후원에 형틀을 차리고 이놈을 그리로 끌고 가라! 그리고 젊고 날랜 장정과 옥졸 스물을 뽑아 나를 돕게 하라! 이제부터 내가 친히 이놈의 입을 열게 하리라."

그 영에 따라 무사들이 길평을 묶어 후원에 이르렀을 때 조조는 이미 그곳에 있는 정자에 자리 잡고 앉아 있었다. 조조의 살기 띤 표정에 비해 길평의 얼굴은 아무런 변화가 없었다. 조금도 겁을 먹거나 두려워하는 사람의 얼굴이 아니었다.

"생각건대 너는 한낱 의인으로 어찌 감히 독을 써서 나를 해칠 생각을 했겠느냐? 반드시 너를 꼬드겨 내게 보낸 자가 있을 것이다. 네가 그자를 가르쳐준다면 너를 용서해주겠다. 대답하라, 그게 누구냐?"

조조가 싸늘히 웃으며 물었다.

길평이 오히려 노한 목소리로 조조를 꾸짖었다.

"니는 임금을 속이고 업신여기는 역적 놈이다. 천하의 모든 사람이 너를 죽이려 하고 있거늘 어찌 나 혼자 그래서는 안 된다고 하느냐?"

"입이 있다고 함부로 말하는 법이 아니다. 살이 찢어지고 뼈가 부스러진 뒤에 바른 말을 하느니보다 지금 말하라. 누구냐? 너를 부추겨 이리로 보낸 자는?"

조조가 여전히 싸늘한 미소로 되물었다. 길평은 한층 거세게 대답했다.

"내가 스스로 너를 죽이고자 하였거늘 너는 어찌 다른 사람이 시켜서 한 일이라 하느냐? 이제 그 일이 틀려버렸으니 내게는 오직 죽음이 있을 뿐이다. 어서 나를 죽여라!"

그 말에 조조도 더 참지 못했다. 노한 눈으로 길평을 쏘아보다가 엄하게 소리쳤다.

"여봐라, 이놈이 입을 열 때까지 몹시 쳐라. 매에 인정을 남기는 자가 있으면 그 목을 베리라!"

이에 겁을 먹은 옥졸들은 힘을 다해 길평을 매질했다. 하나가 지치면 딴 옥졸이 들어서고 그가 지치면 다시 다른 옥졸이 들어서는 식으로 매질을 하니 길평의 몸은 이미 사람의 형상이 아니었다. 껍질이 터지고 살이 갈라져 흐르는 피는 계단을 적셨다.

그래도 굳게 닫힌 길평의 입은 열릴 줄 몰랐다. 조조는 그러다가 길평이 매 아래서 숨을 거둘까 봐 은근히 걱정이 되었다. 만약 그렇게 되면 나머지 무리들을 잡아들일 증거가 없어지기 때문이었다.

"매질을 멈추어라. 저놈을 죽여서는 안 된다. 따로 부를 때까지 잠시 조용한 곳에서 쉬도록 해주어라."

조조는 그렇게 영을 내려 이미 반송장이 된 길평을 감추어두게 한 뒤 다시 동승을 비롯한 나머지 다섯을 잡는 일에 들어갔다.

다음 날이었다. 조조는 크게 잔치를 벌인 뒤 뭇 대신들에게 함께 마시자고 청해 들였다. 다른 대신들은 그럭저럭 다 모였으나 유독 동승만은 아프다는 핑계로 조조의 부름에 응하지 않았다. 왕자복을 비롯한 다른 네 사람도 마음이 내키지 않기는 동승과 마찬가지였다. 그러나 그들마저 가지 않으면 조조의 의심을 살까 두려워 마지못해 가기로 했다.

조조는 후당에다 술자리를 펼치고 대신들을 맞아들였다. 몇 순배 여느 때와 다름없이 술잔이 오간 뒤에 조조가 문득 술잔을 내려놓고 여러 대신들에게 큰 소리로 말했다.

"흥겨운 잔치에 음악이 없어서야 쓰겠소? 마침 내게 한 사람이 있으니 그의 소리는 여러분의 술기운을 걷어낼 만하오. 한번 듣도록 합시다."

그러고는 미리 대기하고 있던 스무 명의 옥졸들을 돌아보며 영을 내렸다.

"가서 내가 말한 사람을 데려오너라!"

여러 대신들이 얼른 조조의 말뜻을 알아듣지 못해 어리둥절해 있는 사이에 옥졸들이 긴 칼을 쓴 길평을 끌어내었다. 계하에 끌어다 놔도 누구인지 얼른 알아볼 수 없을 만큼 처참한 몰골이었다. 조조가 그를 가리키며 다시 여러 대신들을 향해 격한 목소리로 말했다.

"여러분은 잘 모르실 것이나 이놈은 나쁜 무리와 연결되어 조정에 반역하고 이 조아무개를 해치려 들었소이다. 그의 노랫가락을 한번 들어보도록 합시다."

그때 이미 조조는 조금씩 잔혹의 악귀에 흘려들고 있었다. 그러나 한편으로는 여럿 앞에서 길평을 자기에게 거역하는 자가 겪어야 할 고통의 본보기로 삼으려는 뜻도 있었다. 얼른 자기의 말뜻을 알아차리지 못하고 있는 옥졸들에게 차갑게 영을 내렸다.

"뭣들 하느냐? 저놈이 한가락 뽑도록 매질을 해라!"

그러자 옥졸들은 여러 대신들이 보는 앞에서 사정없이 매질을 시작했다. 이미 전날의 매질로 몸이 찢기고 부서진 길평은 입 한번 열지 못하고 정신을 잃어버렸다. 옥졸 하나가 물 한 동이를 가져다 길평에게 뒤집어씌우자 길평은 겨우 정신이 든 듯 눈을 떴다. 하지만 조조가 잔혹의 악귀에 조금씩 홀려들고 있다면 길평은 이미 분노와 저주의 화신으로 변해 있었다. 정신을 차리기 무섭게 두 눈을 부릅뜨고 이를 갈며 조조에게 욕설을 퍼부어댔다.

"조조 이 역적 놈아! 어서 나를 죽이지 않고 무얼 기다리고 있느냐?"

조조가 눈도 깜짝하지 않고 차갑게 웃으며 이죽거렸다.

"듣자 하니 함께 반역을 꾀한 자가 먼저 여섯이 있었다더구나. 그렇다면 너까지 합쳐 일곱이 되느냐?"

"이 역적 놈아, 어찌 너를 죽이고자 하는 이가 일곱뿐이겠느냐?"

"이름을 대라. 그렇다면 네놈은 살려주겠다."

"천하의 뭇사람이 모두 나와 뜻을 함께한 이들이다. 어찌 일일이 그 이름을 댈 수 있겠느냐?"

길평은 조금도 움츠러드는 기색 없이 조조를 꾸짖고 욕했다. 그 자리에 와 있던 왕자복과 나머지 세 사람도 그 광경을 보았다. 애써 태연한 체하며 서로 눈치만 보고 있어도 몸은 바늘방석에 앉은 듯했다.

조조는 한편으로는 때리게 하고 한편으로는 성난 물음을 계속했다. 그러나 길평은 털끝만큼도 용서를 구하려는 뜻을 보이지 않았다. 아무래도 그로부터 함께 모의한 자들의 이름을 들을 수 없으리라 판단한 조조는 다시 길평을 끌어내도록 했다.

노랫가락은커녕 욕설과 꾸짖음에 피가 튀고 살점이 찢기는 광경을 보게 되니 잔치가 흥겹게 이어질 리 없었다. 오래잖아 잔치는 어둡고 무거운 분위기에 눌려 끝나고 여러 대신들은 자리를 뜨기 시작했다.

"네 분은 잠시 여기서 더 머무시오. 밤에 또 좋은 잔치가 있을 것이오."

틈을 보아 자리를 뜨려는 왕자복과 충집, 오석, 오자란 네 사람을 조조가 좋은 말로 붙들었다. 이미 혼이 반이나 나간 그들이었으나 그 중중에도 억지로 가겠다면 조조의 의심을 살까 두려웠다. 길평이 입을 떼지 않은 것을 다행으로 여기며 마지못해 그곳에 머물렀다. 잠시 후 조조가 다시 천연덕스런 얼굴로 그들 넷에게 물었다.

"원래는 서로 오고 감이 없었던 네 분께서 무슨 일로 서로 오가며 의논을 맞추고 있소이까? 특히 여기 네 분과 동승이 함께 모여 의논하는 것은 어떤 일이오?"

"별로 대단한 일은 아닙니다."

황망한 가운데도 왕자복이 얼른 말을 둘러댔다. 그러자 조조가 비웃듯 다시 물었다.

"그렇다면 흰 비단에 씌어진 글은 무엇이오?"

왕자복을 비롯한 네 사람은 더욱 놀랐다. 나름대로 둘러댄다고 둘러대지만 이미 수작이 서로 어긋나고 어지러운 기색이 뚜렷했다. 그러나 조조는 거기서 그치지 않았다. 돌연 매서운 눈길이 되어 차갑게 내뱉었다.

“너희가 꼭 한 사람을 더 보아야 바른 말을 하겠구나.”

그러고는 옥졸을 시켜 그때까지 부중에 감춰두었던 진경동을 데려오게 했다.

“네가 어디 있다가 여기로 왔느냐?”

왕자복이 섬뜩한 가운데도 꾸짖듯 진경동에게 물었다. 동승의 집을 자주 드나들다 보니 언제나 동승이 곁에 두고 부리는 종이라 얼굴을 알아보게 된 것이었다. 그러나 진경동은 그 물음은 들은 체도 않고 뻣뻣하게 대답했다.

“당신들은 사람들의 눈을 피해가며 한곳에 모여 무언가를 함께 쓰지 않았소? 내가 그것을 모두 보았는데도 아니라 하시겠소?”

이미 상전의 친구들을 대하는 종놈의 태도가 아니었다. 그제서야 왕자복도 일이 어디서부터 꼬였는지를 알 만했다. 그도 동승에게서 진경동과 운영의 일을 들은 적이 있었다. 동승이 별로 대수롭지 않게 말하기에, 그도 그저 상전에게 죄를 지은 종놈 하나가 멀리 달아난 것이려니 여겼는데 뜻밖에도 그가 조조의 부중에서 나타난 것이었다.

그러나 아무리 사실이 그렇다 해도 가만히 앉아 당할 수만은 없었다. 이에 왕자복은 우선 진경동의 비행을 걸고 넘어져보았다.

“이놈은 동국구의 종놈으로 주인의 시첩과 사통한 놈입니다. 죄를 짓고 뉘우치기는커녕 거꾸로 제 주인을 모함하는 것이니 하나도 믿을 말이 못 됩니다. 부디 가려 들으십시오.”

“그렇다면 길평이 내게 독을 쓰려 든 것은 동승이 시킨 일이 아니고 누가 시킨 것이냐?”

조조는 한층 엄하게 그들을 다그쳤다.

"우리는 전혀 모르는 일입니다."

왕자복을 비롯한 네 사람은 입을 모아 부인했다. 조조가 그런 그들을 한 번 더 얼러댔다.

"늦었지만 지금이라도 스스로 지은 죄를 밝히고 나온다면 아직은 용서할 수 있다. 그러나 끝내 잡아떼다가 일이 터져 그 내막이 드러나면 결코 용서받지 못하리라!"

"그래도 승상을 원망치 않겠습니다."

내친김에 네 사람은 끝까지 그렇게 뻗대었다. 그러나 이미 마음속으로 그들의 모의를 확신하고 있는 조조의 얼굴은 풀어지지 않았다. 오히려 더욱 노여운 듯 옥졸들에게 영을 내렸다.

"저들을 모두 가두어라. 내 먼저 우두머리를 잡은 뒤에 저들의 죄를 따지리라."

그리고 다음 날로 그 모의의 주동인 동승을 찾아갔다. 문병을 구실로 하고 있었지만 여러 대신들과 무사들을 거느린 방문이었다.

조조가 친히 문병을 왔다는 말에 동승은 마지못해 자리에서 나와 맞았다.

"국구께서는 무슨 까닭으로 어젯밤의 잔치에 오지 못하셨소?"

병이 나서 가지 못한다는 선갈을 전날 이미 늘었건만 조조가 굳이 물었다. 동승으로서는 새삼 묻는 그의 태도에서 심상찮은 기색을 느꼈으나 이제 와서 말을 바꿀 수도 없는 노릇이었다.

"대단찮은 병이 아직 낫지 않아 함부로 문밖을 나설 수 없었습니다."

"그건 분명 나라를 근심하는 병일 게요. 그렇지 않으시오?"

조조가 동승의 말을 비꼬듯 말했다. 동승도 놀랐다. 자기 속을 들여다본 듯한 조조의 물음에 잠시 할 말을 잊고 있는데 조조가 다시 싸늘한 음성으로 물었다.

"국구께서는 길평의 일을 아시오?"

"길평의 일이라니요? 저는 알지 못하는 일입니다."

동승은 가슴이 뜨끔했으나 황급히 잡아뗐다. 조조가 더욱 싸늘한 미소로 빈정거렸다.

"모르시다니, 국구께서 어찌 그 일을 모르실 리가 있소이까?"

그러더니 좌우를 불러 소리쳤다.

"어서 그자를 국구께로 끌고 오너라."

기습과도 같이 급작스런 방문을 받은 동승으로서는 그대로 경과를 기다릴 수밖에 없는 형편이었다.

잠시 후 옥졸들이 이미 두 차례의 매질로 걸음조차 제대로 떼어 놓지 못하는 길평을 떠밀고 들어왔다. 그러나 부서지고 터진 몸에 비해 정신은 아직도 꿋꿋했다.

"조조 이 역적 놈아! 이제 또 무슨 수작을 부리려 드느냐? 어서 빨리 나를 죽여라!"

길평은 계하에 이르기 무섭게 다시 조조를 꾸짖기 시작했다. 그러나 조조는 길평의 말은 들은 체도 않고 동승을 향했다.

"이놈과 왕자복을 비롯한 네 사람이 조정을 거역하고 나를 해치려 하였소. 모두 잡아 가두어두었으나 아직 한 사람이 더 남았다는 구려. 나는 이놈에게 나머지 한 사람의 이름을 대도록 하려 하오."

그리고 비로소 길평을 향했다.

"누가 너더러 나에게 독약을 먹이라 하더냐? 어서 빨리 대답하라. 나는 이미 다 알고 있다. 이제 와서 뻗대보아야 네 살과 뼈만 상할 뿐이다."

하지만 길평은 더욱 소리 높여 조조를 꾸짖을 따름이었다.

"하늘이 나에게 가서 역적을 죽이라 하였다. 누가 달리 내게 그걸 시킬 사람이 있겠느냐?"

"아직도 정신을 차리지 못하는구나. 매 아래서 죽더라도 나를 원망치 말라!"

조조가 다시 얼굴 가득 노기를 띠고 길평을 쏘아보더니 그 말과 함께 옥졸들에게 영을 내렸다.

"저놈이 바른 대로 말할 때까지 매우 쳐라!"

그 말에 이어 모진 매가 이미 성한 곳 없는 길평의 몸에 또다시 쏟아졌다. 앉아서 보고 있는 동승의 가슴은 칼로 에이는 듯했다. 당장 달려 나가 실토하고 그의 고통을 덜어주고 싶었지만 아직 못다한 큰일을 생각하니 그럴 수도 없었다. 조조가 잠시 매질을 멈추게 하고 다시 얼음장 같은 목소리로 길평에게 물었다.

"너는 원래 손가락이 열 개였다. 그런데 어째서 지금은 아홉 개만 남았느냐?"

"그 하나를 역적 놈을 죽이겠다는 맹세의 표시로 물어뜯었기 때문이다. 그 역적 놈이 바로 너다!"

길평이 서슴없이 대답했다. 조조도 더는 참지 못했다. 길평의 저항보다 훨씬 격렬한 잔혹과 가학의 열정에 빠져 옥졸들에게 소리쳤다.

"저놈의 남은 아홉 손가락을 모두 잘라버려라!"

누구의 말이라 어기겠는가. 옥졸들이 지체 없이 받은 영을 시행하니, 동승의 뜰 안에서는 곧 차마 눈뜨고 볼 수 없는 광경이 벌어졌다. 옥졸들의 칼날 아래 길평의 손은 마침내 손바닥만 남게 되고 말았다.

"네 남은 아홉 손가락을 모두 자른 것은 맹세한다는 게 어떤 것인가를 네게 가르쳐주기 위함이었다. 이제 알겠느냐?"

조조가 길평을 향해 악귀같이 이죽거렸다. 그러나 길평의 기백은 여전했다. 이글거리다 못해 푸른빛까지 도는 눈길로 조조를 노려보며 대꾸했다.

"까짓 손가락이 없다고 그만인 줄 아느냐? 아직 입이 있으니 네고기를 씹을 수 있고 혀가 있으니 네 죄를 꾸짖을 수 있다."

"그렇다면 그것도 없애주지."

조조는 완연히 살기에 찬 음성으로 그렇게 내뱉더니 다시 옥졸들에게 명을 내렸다.

"저놈의 혀를 잘라내고 입을 부수어버려라!"

결국 길평의 굽힐 줄 모르는 정신은 인간이 연출할 수 있는 잔혹의 극치를 조조에게서 이끌어내고 말았다. 옥졸들이 다시 칼과 망치를 가지고 길평에게로 다가갔다.

그런데 이상한 것은 길평이었다. 갑자기 무슨 생각이 들었던지 다가오는 옥졸들에게 소리쳤다.

"잠깐만 기다려라. 승상께 할 말이 있다."

그리고 조조를 향해 지금까지의 기세와는 달리 정중하게 말했다.

"아마도 이제 더는 모진 형벌을 견뎌내기 어려울 것 같구려. 늦으나마 모든 걸 사실대로 말하겠소. 그전에 나를 옭은 이 밧줄이나 좀 풀어주시오."

조조는 길평의 그 같은 돌변이 좀 이상하기는 했다. 죽을지언정 굴하지는 않으리란 게 길평을 두고 한 조조의 예측이었기 때문이었다. 그러나 종종 인간은 죽음 그 자체보다도 그에 따른 고통을 더 두려워한다는 평소의 관찰에다, 설령 풀어준다 해도 무사들이 둘러싼 가운데서 성치 못한 제 놈이 어쩌랴 싶기도 해서 조조는 길평의 청을 들어주었다.

"밧줄 하나 풀어주지 못할 까닭이 어디 있겠나? 풀어주어라."

조조의 명이 떨어지자 옥졸들은 이내 그를 옭은 밧줄을 풀어주었다. 풀려난 길평은 멀리 천자가 있는 대궐을 바라보며 큰절을 올렸다. 그때까지만 해도 조조는 그 절이 이제 부득이해서 한조의 충신을 팔게 된 길평의 사죄인 줄만 알았다. 하지만 아니었다. 마침내 길평의 입에서 동승의 이름을 듣게 되었다는 기분으로 귀를 기울이고 있는 조조에게 들려온 길평의 울부짖음은 전혀 뜻밖이었다.

"신은 끝내 나라를 위해 역적을 없애지 못했습니다. 이 또한 하늘이 정한 운수라면 폐하, 정녕 이 일을 어찌하시렵니까?"

그제서야 조조는 길평이 뭔가를 위해 자기를 속였음을 깨달았다. 하지만 그 깨달음으로 조조가 옥졸들에게 어떤 명을 내리는 것보다 길평의 행동이 더 빨랐다. 비통한 울부짖음을 끝내기 무섭게 길평은 곁에 있는 계단의 돌난간을 머리로 힘껏 들이받았다. 마지막 한 방

울까지 다 짜낸 힘이라서인지 둔탁한 소리와 함께 길평의 머리는 수박처럼 으스러지고 뇌수가 허옇게 쏟아졌다.

그런데 여기서 섬뜩함으로 되새겨보고 싶은 것은 전율인 동시에 아름다움인 인간과 그가 지닌 바 신념 또는 사상과의 관련이다. 유가의 가르침, 특히 충(忠)의 해석에서 빼놓을 수 없는 것은 아시아적 왕조 국가의 체제 유지를 위한 장치로서의 관련이다. 거기다가 오늘날의 진보된 사상 쪽에서 보면 한 왕가, 한 혈통, 한 인간[君主]에 대한 충성의 강조는 미련스럽고 답답해 보이기까지 한다. 하지만 그것이 한 인간의 신념 또는 사상으로 받아들여질 때에는 목숨까지 기꺼이 내던지며 지켜야 할 어떤 것이 되고 만다. 따라서 어떤 면에서 보면 신념을 위한 모든 죽음은 전율로 표현되어도 좋을 어리석음의 극치이다. 하지만 또한 그것은 그 신념의 옳고 그름과 무관하게 인간만이 보여줄 수 있는 아름다움의 극치이기도 하다.

길평이 계단의 돌난간에 머리를 들이받고 숨지자 조조는 다시 진경동을 끌어오게 했다.

"국구께서는 이 사람을 알아보시겠소?"

진경동이 끌려오자 조조는 싸늘한 눈길로 동승을 살피며 물었다. 진경동을 알아본 동승이 성난 목소리로 소리쳤다.

"도망친 종놈이 여기 있으니 마땅히 죽여야겠소. 내게 넘겨주시오."

"저 사람은 모반을 고해온 자요. 지금은 증인이 되어 이 자리에 왔는데 누가 감히 죽인단 말이오?"

조조가 한층 차갑게 동승의 말을 받았다. 동승도 비로소 일이 새나간 경위를 알 것 같았다. 하지만 시치미를 떼고 더욱 목소리를 높였다.

"죽을 죄를 짓고 도망친 종놈이 살기 위해 무슨 소린들 못하겠소이까? 그런데도 승상께서는 어찌하여 그놈의 말만 들으시오?"

그러자 조조가 성난 목소리로 동승을 꾸짖었다.

"왕자복의 무리가 이미 사로잡혀 와 있다. 모두 실토를 해 증거가 뚜렷한데, 너는 어찌하여 끝까지 잡아떼려 하는가?"

그러고는 다시 좌우를 향해 소리쳤다.

"이 늙은이를 끌어내고 그가 묵던 방을 뒤져라!"

조조의 그 같은 명이 떨어지자 군사들이 우르르 달려 나와 한 패는 동승을 묶고 한 패는 동승이 누워 있던 방을 뒤지기 시작했다. 오래잖아 옥대에 숨겨져 있던 천자의 밀조와 거사에 가담할 사람들의 이름이 적힌 의장(義狀)이 나왔다.

"쥐 같은 무리가 감히 이럴 수가 있느냐!"

무사들이 찾아낸 밀조와 의장을 읽은 조조가 갑자기 껄껄 웃으며 그렇게 말했다. 득의에 찬 웃음이라기보다는 어딘가 허탈이 밴 듯한 실소였다. 하지만 그것도 잠시, 곧 험한 얼굴로 돌아가 좌우에게 명을 내렸다.

"동승의 가솔이라면 노소와 양천을 가리지 말고 모조리 잡아들이도록 하라. 단 하나라도 달아나게 해서는 아니 된다!"

그런 다음 부중으로 돌아온 조조는 곧 여러 모사들을 불러모았다. 조조가 그들에게 밀조와 의장을 보여주자 모사들은 혹 놀라고 혹은 분해했다.

"지난날 이각, 곽사의 손에서 천자를 구한 이래 나는 한조를 위해 충성을 다했건만 결과는 이러했소. 감히 내게 칼을 겨누려 드는 무리도 무리려니와 더욱 실망스러운 것은 지금의 천자요. 은혜를 원수로 갚아도 분수가 있지 어찌 이럴 수가 있소? 아무래도 이 일을 그냥 보아 넘길 수가 없소. 이대로 넘어가면 지금의 천자는 다시 두번째, 세 번째 밀조를 내릴 것이고 야심에 찬 무리 가운데에는 또다른 동승이 수없이 생겨날 것이오. 차라리 지금의 천자를 폐하고 달리 덕 있는 이를 옹립해야겠소. 제공들의 의견은 어떠시오?"

조조가 겨우 분기를 가라앉히고 조용히 물었다. 이미 한조에 대한 충성의 서약을 철회한 그였지만 아직은 사백 년 전통의 힘을 무시할 수는 없었다. 동승의 일 또한 허전(許田)에서 사냥 때 해본 시험에 대한 그 힘의 반발이라는 것을 꿰뚫어본 그였기에 스스로 나서는 대신 다른 유씨(劉氏)로 제위를 잇게 하는 정도에서 일을 마무리지으려 한 것이었다.

"명공께서 능력과 위세를 사방에 떨치시고 천하를 호령하실 수 있게 된 것은 모두가 한실을 떠받들고 계신 덕택입니다. 이제 아직 천하가 평정되지 않은 터에 천자를 내치고 세우시는 일을 하시는 것은 합당치 못합니다. 반드시 사방에서 근왕의 군사가 일어 곤경을 당하시게 될 것이니 부디 깊이 헤아려주십시오."

정욱이 일어나 그렇게 조조를 말렸다. 조조가 비록 분노로 혼란되어 있다 하나 옳고 그름을 분간 못할 정도는 아니었다. 정욱의 말을 듣자 아직도 자신이 지나치게 격해 있음을 깨닫고 곧 천자 폐립하는 의논을 그쳤다. 대신 동승을 비롯한 다섯 사람과 그 가솔들에게는 일찍이 없었던 참혹한 벌을 내렸다. 각기 문마다 나누어 끌어낸 뒤 목을 베어 죽였는데 그때 죽은 사람이 남녀노소를 합쳐 칠백이 넘었다. 성안의 백성들 중에 그 처참한 광경을 본 사람치고 눈물짓지 않는 이가 없을 정도였다.

조조가 동승을 비롯한 다섯 사람은 물론 그의 늙고 젊은 가솔들까지 모조리 죽여버린 일은 확실히 지나친 데가 있다. 흔히 조조를 간웅(奸雄)으로만 몰아가는 논의에서도 그때 죽인 칠백여 명의 피는 중요한 근거의 하나가 되곤 한다.

하지만 조금만 시대와 상황에 비추어 생각하면 그 사건이 반드시 조조에게만 있는 악성의 발로라고는 단정짓기 어렵다. 우선 살펴볼 것은 처벌의 범위이다. 남녀노소를 합쳐 그 가족 칠백여 명을 모두 죽인 것은 언뜻 보아서는 부당하게 처벌의 범위를 넓힌 듯하지만 실제로 역사는 그보다 더 심한 예를 얼마든지 보여주고 있다. 당시보다 천년 뒤의 사회에서도 구족을 없애는 법이 지속되기 때문이다. 처벌의 방법도 마찬가지이다. 오늘날처럼 정보 기구와 조직이 발달한 사회에서도 적대 세력의 처벌에는 죽음이 자주 애용된다. 그런데 정보 기구나 조직의 미비로 살려준 적대 세력의 통제나 감시가 거의 불가능한 당시의 사회에서 조조가 일률적으로 죽음이라는 처벌을 씌었다고 해서 특히 부당할 이유가 어디 있겠는가. 더구나 그때 조조는 아직 밖으로도 안으로도 안정을 확보하지 못한 상태였다. 따라서 한탄할 것이 있다면 그것은 세련되고 성숙되지 못한 당시의 사회 관습이나 의식, 제도이지 조조만의 악성은 아니었다.

평생을 윤리보다는 능률을, 명분보다는 실리를 선택해온 그가 칠

백이나 되는 극렬한 적대 세력을 윤리나 명분 때문에 살려두는 모험을 했다면 오히려 걸맞지 않는 일이 될 것이다.

하지만 아무래도 그 무렵 조조가 지나치게 잔혹의 열정에 사로잡혔던 것만은 부인할 길이 없다. 그중에서도 특히 동귀비(董貴妃)를 죽인 일은 그전의 어떤 일보다 지나쳤음을 뚜렷이 보여주고 있다.

동승과 그 동지들의 가솔들을 몰살시키고도 노기가 가라앉지 않은 조조는 칼을 찬 채 궁궐로 들어갔다. 동승의 누이로 헌제의 총애를 받고 있던 동귀비를 죽이고자 함이었다.

이때 헌제는 후궁에서 복(伏)황후와 함께 동승의 일을 얘기하고 있었다. 교묘하게 밀조를 주어 보냈으나 뒷소식이 없어 궁금히 여기고 있는데 갑자기 조조가 들어왔다. 천자 앞에서는 차지 못하게 되어 있는 칼을 찬 채 거침없이 다가오는 그 얼굴에는 성난 기색이 완연했다. 문득 솟구치는 불길한 예감과 함께 헌제는 놀라움으로 낯빛이 핼쑥해졌다.

"동승이 반역을 꾀했습니다. 폐하께서는 알고 계십니까?"

조조가 차가운 목소리로 물었다. 자기가 한 일이 있어 떳떳치 못한 헌제가 우물우물 대답했다.

"동탁은 이미 주살되지 않았소?"

동승의 일은 전혀 모르는 척 벌써 몇 년 전에 죽은 동탁을 끌어댔다. 헌제의 마음속을 읽은 조조가 왈칵 성을 내며 목소리를 높였다.

"동탁이 아닙니다, 폐하. 지금 말씀드리고 있는 것은 동승입니다."

그제서야 헌제도 일이 그릇된 걸 알았다. 절로 몸이 떨려왔으나 어쨌든 잡아떼고 볼 일이었다.

"동승이라고? 동국구가 언제 반역을 꾀했소? 짐은 실로 모르는 일이오."

"폐하께서는 벌써 손가락을 깨물어 피로 쓴 조서를 그에게 내리신 것을 잊으셨습니까?"

조조가 두 눈까지 흡뜨며 소매에서 흰 비단에 쓴 밀조를 꺼내 보였다. 그 움직일 수 없는 증거를 보자 헌제도 더는 잡아떼지 못했다. 두려움과 참담함과 무안함에 사로잡혀 입을 열지 못하는 헌제를 잠시 쏘아보고 있던 조조가 데려온 무사들에게 영을 내렸다.

"어서 동귀비를 끌어내도록 하라."

비록 정비(正妃)는 아니라고 하나 그래도 천자의 배필인 귀비(貴妃)를 마치 어느 집 종년 잡아들이듯 끌어오게 했다. 명을 받은 무사들은 오래잖아 동귀비를 찾아 끌고 왔다. 눈에 띄게 배가 불렀으나 조조의 살기 띤 눈길에는 그것도 보이지 않는 듯했다.

"귀비를 어떻게 하려고 그러시오?"

"나라에 반역한 죄인은 예로부터 구족을 죽여 벌했습니다. 동승의 무리도 또한 같아서 이미 그 족당이 모두 주살되었으나 오직 동귀비만 남아 있습니다."

조조가 차갑게 대답했다. 헌제는 애가 탔다.

"그렇지만 동귀비는 지금 잉태한 지 다섯 달이나 되었소. 바라건대 승상께서는 그 뱃속에 든 것을 보아서라도 동귀비를 불쌍하게 여겨주시오."

누구보다 아끼는 동귀비라 헌제는 천자의 위엄도 잊고 조조에게 간곡하게 당부했다. 그러나 조조는 들은 체도 않았다.

"만약 하늘이 도와 동승의 무리를 죽이게 해주지 않았던들 내가 도리어 죽었을 것입니다. 그런데 폐하께서는 저 여자를 살려두어 다시 뒷날의 근심거리를 남기시란 말씀입니까?"

"그래도 폐하께서 저렇듯 말씀하시니 부디 손길에 인정을 베푸시오. 동귀비는 냉궁(冷宮)에 가두어두었다가 분만하기를 기다려 죽여도 늦지 않을 것이오."

함께 있던 복황후도 헌제를 거들어 조조를 달래보았다. 역시 소용없는 일이었다.

"만약 태어난 그 아이가 어미를 위해 원수 갚음을 하려 들면 그 일은 또 어찌하시겠습니까? 안 됩니다. 그럴 수는 없습니다."

그렇게 잘라 말하고는 동귀비를 노려보았다. 이미 모든 걸 단념한 동귀비가 조용한 목소리로 조조에게 말했다.

"이 몸의 죄가 그러하다면 달게 죽음을 받겠습니다. 그렇지만 한 가지 당부할 게 있습니다. 나를 죽이더라도 부디 시신만은 온전하게 있도록 해주시고, 특히 살이 드러나지 않도록 해주십시오."

"그건 어렵지 않지. 들어주겠다."

조조는 그렇게 허락하고 곧 무사들에게 영을 내렸다.

"흰 비단 몇 자만 가져오너라!"

그리고 무사들이 흰 비단 한 발을 가져오자 동귀비에게 내밀며 스스로 목매 죽기를 명했다. 무력한 천자가 그런 동귀비에게 울먹이며 말했다.

"그대는 죽어 구천에 들더라도 부디 짐을 원망하지 말라!"

어찌 눈앞에서 죽어가는 애비(愛妃)에게 할 말이 그뿐이랴만 조조가 살기 띤 눈으로 보고 있으니 속뜻을 드러내 보이는 일조차 마음대로 되지 않았다. 겨우 그 한마디로 작별을 하는데 두 눈에서는 비 오듯 눈물이 쏟아져 내렸다. 복황후도 참지 못하고 크게 소리내어 울었다.

"이 무슨 어린애나 계집아이 같은 짓입니까?"

조조는 못마땅한 듯 헌제와 복황후에 그렇게 쏘아붙이고 이어 무사들을 돌아보며 성난 목소리로 영을 내렸다.

"동귀비를 궁문 밖으로 끌어내라!"

아무리 비정한 복수심에 휘몰리고 있는 조조라고 하지만 차마 헌제가 보는 앞에서 동귀비를 죽일 수는 없었던 듯했다. 동귀비는 끝내 궁문 밖으로 끌려나가 목매어 죽었다.

동귀비를 죽인 조조는 다시 궁감관(宮監官)에게 엄하게 일렀다.

"앞으로는 외척이건 종친이건 내 뜻을 받들지 않고는 함부로 궁궐에 들어와서는 안 된다. 이 말을 어기는 자는 목을 베리라. 궁궐을 지키는 자로 그런 외척이나 종친이 함부로 드나듦을 막지 못한 자도 같은 벌로 다스린다."

그리고는 또 자기가 믿는 군사 삼천을 뽑아 어림군(御林軍)을 채운 뒤 조홍으로 하여금 그들을 이끌게 했다. 천자가 두 번 다시 외부의 세력과 연결되는 일이 없도록 안팎으로 철저히 고립시켜 버린 셈이었다.

자욱한 전진, 의기를 가리우고

도성에서의 일이 대강 마무리되자 조조의 눈길은 마등과 유비에게로 옮아갔다. 둘 다 의장(義狀)에 이름이 올라간 동승의 패거리였으나 외방에 나가 있어 화를 면한 사람들이었다.

"비록 도성 안에 있던 동승의 무리는 모두 죽였으나 밖에는 아직도 마등과 유비의 무리가 남아 있어 그 수가 적지 않으니 없애버리지 않을 수 없구려."

조조는 정욱을 불러놓고 의논조로 그렇게 입을 열었다. 이번에도 정욱은 조조와 뜻이 달랐다.

"마등은 멀리 서량에 군사를 머무르게 하고 있어 가볍게 대적하기 어렵습니다. 글을 보내 그를 달래 의심을 품지 않게 한 뒤 도성으로 꾀어들여 죽이도록 하십시오. 유비도 지금 서주에서 군사를 길러

서로 의지하며 지키고 있으니 역시 가볍게 맞서서는 아니 됩니다. 더구나 원소가 관도에 군사를 두고 언제나 허도를 노리고 있습니다. 만약 우리가 동쪽으로 유비를 치러 간다면 유비는 반드시 원소에게 구원을 청할 것입니다. 원소가 그 틈을 노려 이곳으로 쳐들어온다면 어떻게 당해내겠습니까?"

그같이 조조를 말렸으나 조조도 그 일만은 정욱의 말을 듣지 않았다.

"그렇지 않소. 마등의 일은 공의 말을 따른다 해도 유비만은 다르오. 유비는 실로 인걸이외다. 만약 지금 치지 않고 그 날개와 깃털이 자라도록 버려둔다면 그때는 정말로 도모하기 어려울 것이오. 일찍 처 없애야 하오. 공은 원소를 두렵게 여기고, 그 세력이 강한 것도 사실이나 그는 의심이 많고 일을 당해 결단을 내리지 못하는 자요. 조금도 걱정할 일이 아니외다."

조조가 그렇게 우기며 동정(東征)을 강행하려 했다. 정욱 또한 말이 모자라는 사람이 아니라 자연 둘의 논의는 길어졌다. 한참 서로가 헤아리고 살핀 바를 주고받고 있는데 곽가가 밖에서 들어왔다. 조조가 문득 곽가에게 물었다.

"나는 동쪽으로 군사를 내어 유비를 치고 싶은데 아무래도 원소가 걱정이 되네. 그대 생각은 어떤가?"

곽가가 별로 생각하지도 않고 선뜻 대답했다.

"원소는 결정이 느리고 의심이 많은 사람입니다. 거기다가 그의 모사들은 서로 시기하여 꾀를 하나로 모으기 어려우니 걱정할 게 없습니다. 오히려 지금이 때입니다. 지금 유비는 새로 군사를 모아들이는 중이라 아직 그들을 마음으로 따르게 하지는 못하고 있습니다. 승상께서 친히 군사를 이끄시고 동으로 쳐나가신다면 한 싸움으로 결판을 내실 수 있을 것입니다."

"그게 바로 내 뜻과 같다네."

곽가가 제 마음속을 들여다본 듯이나 찬성하고 나서자 조조는 크게 기뻤다. 더 망설이지 않고 이십만 대군을 일으켜 다섯 길로 서주를 향해 밀고 내려갔다.

첩자가 그 소식을 탐지하여 나는 듯 서주에 전했다. 그 소식을 들은 손건은 먼저 하비에 있는 관우에게로 가서 알리고 이어 소패에 있는 유비에게도 가서 전했다.

"큰일이로구나. 이 일은 반드시 원소에게 구함을 받아야만 어려움이 풀리겠다."

유비는 손건과 그렇게 의논한 뒤 글 한 통을 써서 하북의 원소에게 보냈다.

하북에 이른 손건은 먼저 원소의 모사 전풍을 만나 사실을 말한 뒤 원소에게 인도해주기를 청했다. 전풍은 즉시 손건을 원소에게로 데려갔다. 유비가 써준 글을 바치면서 손건이 보니 원소는 얼굴이 초췌하고 옷과 관이 흐트러져 있었다. 전풍도 그게 이상한지 원소에게 물었다.

"오늘 주공께서는 무슨 일로 이런 모습을 하고 계십니까?"

"아무래도 내가 곧 죽을 것 같소."

원소가 자못 처량한 목소리로 대답했다. 전풍이 놀라 물었다.

"주공께서는 어찌 그런 말씀을 하십니까?"

"실은 큰 걱정이 있소. 나는 다섯 아들(정처에게서 난 아들은 원담, 원희, 원상 셋이었으나 여기서는 첩에게서 난 아들까지 셈한 듯하다)을 두었는 바 그중에서 막내가 가장 나를 기쁘게 해주었소. 그런데 지금 그 아이가 개창(疥瘡. 옮. 여기서는 대단찮은 피부병이란 뜻)이 나 다 죽어가니 다른 일에 어찌 마음을 쓸 겨를이 있겠소? 내가 곧 죽을 것 같다는 소리가 빈말이 아닐 게요."

그렇게 말하는 원소는 정말로 만사가 다 귀찮다는 태도였다. 손건이 바친 편지도 읽으려 않고 손건에게 무엇을 물어보는 일도 없었다. 전풍이 보다 못해 원소에게 서주의 일을 말로 들려주었다.

"지금 조조는 동쪽으로 유현덕을 치러 나가 허창은 텅 비어 있습니다. 그 빈 틈을 타 의로운 군사를 일으키신다면 위로는 천자를 보호할 수 있고, 아래로는 만민을 구할 수 있습니다. 이런 기회는 두 번 다시 얻기 어려우니 명공께서는 부디 결단을 내려주십시오."

하지만 원소의 대답은 여전히 미적지근했다.

"나도 이번이 가장 좋은 기회란 것은 알고 있소. 그러나 내 마음이 어지러워 일에 이롭지 못할까 걱정이오."

"무엇 때문에 그토록 마음이 어지러우십니까?"

전풍이 더욱 답답한 듯 물었다. 그러나 원소는 전풍의 마음속을 아는지 모르는지 못난 소리만 거듭했다.

"내 말하지 않았소? 아들 다섯 가운데 가장 뛰어난 막내가 지금 앓아 누워 다 죽어간다고. 만약 그 아이가 죽는다면 내 목숨도 없는 거나 마찬가지외다. 어찌 마음이 어지럽지 않겠소?"

그러면서 끝내 군사를 일으키는 일에 결단을 내리지 못했다.

전풍과 손건이 번갈아 권했으나 손건이 원소로부터 얻어낸 대답은 실로 실망스럽기 짝이 없었다.

"그대는 현덕에게 돌아가거든 부디 내가 군사를 일으키지 못하는 까닭을 잘 말씀해주시오. 그리고 정 그곳의 일이 뜻 같지 못하면 내게로 오라고 하시오. 나는 반드시 서로 도우며 지낼 만한 곳을 마련해 드리겠소."

원소의 뜻이 그러하니 손건도 어쩔 수가 없었다. 하릴없이 원소의 방을 나서는데 문득 전풍이 지팡이로 땅을 치며 탄식했다.

"실로 얻기 어려운 기회를 어린아이의 병으로 놓쳐버리다니! 이 기회를 잃으면 큰일은 이미 틀려버린 노릇이다. 통탄스럽고 애석하구나!"

어찌나 마음이 상했는지 걸음조차 제대로 가누지 못해 비틀거릴 정도였다. 여기서 또 한번 볼 수 있는 것은 조조와 원소의 대비이다. 조조는 장수에게 쫓길 때 아들의 말을 뺏어 타고 달아나 목숨을 건지고 뒷날을 기약했다. 그런데도 원소는 어린 아들의 병으로 마음이 흔들려 실로 얻기 힘든 기회를 놓쳐버리고 있는 것이다. 조조가 던져졌던 상황이 원소보다 더 극한적인 것이었고, 또 감상적인 이들에겐 원소의 그 같은 다감함이 훨씬 인간적으로 보일는지도 모르겠다. 그러나 적어도 천하를 다투는 싸움터에 발을 들여놓은 한 무리의 우두머리라는 입장에서 볼 때 원소의 그 같은 다감함은 치명적인 약점이 될 뿐이다.

원소의 거절을 받은 손건은 그 길로 소패에 있는 유비에게 달려가 일의 경과를 알렸다. 잔뜩 믿고 있던 유비는 그 뜻밖의 회답에 낙담했다. 침통한 얼굴로 좌우를 돌아보며 탄식했다.

"일이 이렇게 되었으니 어찌하면 좋겠는가."

그때 장비가 씩씩하게 나서며 유비를 위로했다.

"형님께서는 너무 걱정하지 마십시오. 조조의 군사는 멀리서 온 터라 반드시 지쳐 있을 것입니다. 오자마자 조조의 진채를 들이쳐 그들이 지쳐 있음을 틈탄다면 조조를 깨뜨릴 수 있습니다."

유비도 생각해보니 이왕 혼자 힘으로 싸워야 한다면 그 길밖에 없었다. 곧 표정을 밝게 고치고 먼저 장비를 크게 칭찬하여 그 기세부터 돋워주었다.

"나는 네가 그저 힘꼴깨나 쓰는 자로 알았는데 이제 보니 제법이로구나. 전에는 멋진 계략을 써서 유대를 사로잡더니 지금 올리는 계책도 또한 병법에 있는 것이다. 좋다. 그대로 해보자. 언제까지나 남의 도움을 기다리고 있을 수는 없는 일이 아니냐?"

그러고는 다시 군사들을 격려해 성을 나갔다. 장비와 함께 길을 나누어 조조의 진채를 급습할 작정이었다.

이때 조조의 군사는 거의 소패에 이르고 있었다. 한참 행군을 재촉하고 있는데 홀연 미친 듯한 바람이 일며 요란한 소리와 함께 아기(牙旗, 대장군의 기)가 둘이나 뚝 부러졌다. 조조는 까닭 없이 기분이 좋지 않았다. 곧 행군을 멈추게 한 뒤 여러 모사들을 불러 모아놓고 길흉을 물어보았다.

"바람이 불어온 방향이 어느 쪽이며 부러진 깃발의 색깔은 무엇이었습니까?"

순욱이 가만히 조조에게 되물었다.

"바람은 동남방에서 불어왔고 부러진 아기는 푸른색과 붉은색이었소."

조조가 그렇게 밝히자 순욱이 잠깐 무엇을 헤아리더니 잔잔한 목소리로 대답했다.

"별로 대단한 일은 아닙니다. 오늘밤 틀림없이 유비가 우리 진채를 급습하러 올 것입니다."

그 말에 조조도 가만히 머리를 끄덕였다. 옛 병서에서 그 같은 말을 읽은 듯도 하거니와 설령 그것이 황당한 예측이라 할지라도 하룻밤 적의 기습에 대비하는 것 또한 나쁘지 않다고 여겼다. 자기의 군사는 천리를 행군해 와 지쳐 있을 뿐만 아니라 그때까지 적을 본 적이 없어 약간 방심한 기색도 있었다. 거기다가 그 지역은 이미 유비의 군사가 기습을 나올 수 있는 곳이기도 했다.

그때 다시 모개(毛玠)가 들어와 조조에게 물었다.

"방금 동남풍이 거세게 일더니 푸른색과 붉은색 아기 둘을 부러뜨렸습니다. 주공께서는 그 길흉을 어떻게 보십니까?"

"공은 어떻게 생각하시오?"

조조가 시치미를 떼며 되물었다. 모개가 조심스레 대답했다.

"제 어리석은 소견으로는 오늘밤 반드시 우리 진채를 야습해 오는 자가 있을 것 같습니다."

그제서야 조조도 껄껄 웃으며 좌우를 둘러보고 말했다.

"이는 하늘이 나에게 알려준 것이오. 마땅히 미리 막을 채비를 해야겠소."

그리고 병사를 아홉 부대로 나누어 한 부대만 진채에 남기고 나머지 여덟 부대는 진채 둘레에 팔면으로 매복하게 했다. 진채에 남은 한 부대가 기치(旗幟)와 화톳불로 마치 모든 부대가 다 진채에 있는 것처럼 거짓으로 꾸몄음은 말할 것도 없었다.

그날 밤은 마침 달빛이 희미하여 야습에는 알맞았다. 조조가 미리 대비하고 있는 줄을 짐작도 못한 유비는 장비와 함께 좌우로 길을 나누어 조조의 진채를 야습하러 떠났다. 소패는 손건이 남은 군사들과 함께 지키기로 되어 있었다.

장비가 조조의 진채에 이르러 보니 겉으로 보기에는 허술하기 짝이 없었다. 파수도 별로 세워놓지 않고 대군이 한 진채에 머물러 마음 놓고 잠들어 있는 듯 보였다.

장비는 자신의 계책이 다시 한번 멋지게 맞아떨어졌다 싶었다. 차림이 가벼운 기병을 앞에다 세우고 그 뒤에 보군을 따르게 하여 기세 좋게 조조의 진채를 덮쳤다.

그러나 조조의 진채 깊숙이 뛰어들자마자 장비는 이상한 느낌이 들었다. 말과 사람은 별로 눈에 띄지 않고 기치와 화톳불만 휘황할 뿐이었다. 장비는 놀라 군사를 물리려 했으나 이미 때는 늦은 뒤였다. 사방에서 크게 불길이 일며 일제히 함성이 터졌다. 비로소 거꾸로 조조의 계략에 떨어졌음을 깨달은 장비는 급히 진채를 빠져나가려 했지만 쉬울 리가 없었다. 동에서는 장요가 달려 나오고 서에서는 허저가 달려 나왔으며 남에서는 우금이 달려 나오고 북에서는 이전이 달려 나왔다. 뿐만이 아니었다. 동남에서는 서황이, 서남에서는 악진이, 동북에서는 하후돈이, 서북에서는 하후연이 각기 한 떼의 인마를 이끌고 달려 나왔다.

장비는 그들 여덟 갈래 군마와 좌충우돌 싸웠으나 앞이 막히는가 하면 뒤에서 밀어와 형세가 말이 아니었다. 거기다가 그가 거느린 군사란 게 또한 거의 원래 조조에게서 빌려온 군사들이었다. 사세가 기우는 걸 보자 모두 조조 쪽으로 투항해버렸다.

하지만 워낙 무예가 빼어난 장비였다. 서황을 만나 한바탕 크게 싸움을 벌여 기세를 꺾어놓고 다시 뒤에서 덮치는 악진을 맞아 가까스로 한 가닥 길을 열었다. 그러나 간신히 포위를 뚫고 보니 뒤따르는 것은 겨우 수십 기에 지나지 않았다.

장비는 우선 소패로 돌아가려 했지만 그 길은 이미 조조에게 잘려 있었다. 다시 서주나 하비로 가려 해도 역시 조조가 길을 끊고 기다리고 있을까 두려웠다.

"아무래도 안 되겠다. 우선 망탕산으로 가자. 거기서 잠시 몸을 숨기고 형세를 살핀 뒤에 형님들을 찾아야겠다."

마침내 장비는 그렇게 작정하고 가까운 망탕산으로 의지해 갔다.

한편 유비는 장비보다 늦게 조조의 진채에 이르렀다. 막 군사를 몰아 덮쳐가려는데 갑자기 크게 함성이 일며 등 뒤에서 한 떼의 군마가 일었다. 황급히 군사를 돌려 맞섰으나 오히려 기습을 당한 꼴이 되어 거기서 벌써 인마의 태반을 잃고 말았다.

그런데 다시 하후돈의 군마가 이르렀다. 꼼짝없이 적병 속에 갇힌 유비는 죽을 힘을 다하여 포위를 뚫고 나왔으나 이번에는 다시 하후연이 군사를 이끌고 추격해 왔다.

"귀 큰 놈아, 달아나지 말라!"

"승상의 대은을 저버린 표리부동한 놈아, 어디로 가려느냐?"

그 같은 적병의 함성에 쫓기며 뒤를 돌아보니 따라오는 것은 겨우 서른 기 남짓에 지나지 않았다.

"틀렸다. 소패로 돌아가자."

유비 또한 그렇게 결정하고 말 머리를 돌렸다. 그러나 저만큼 소패가 보이는 곳에 이르자 성안에서 하늘을 찌를 듯 불길이 솟고 있는 게 보였다. 이미 소패가 떨어진 것으로 짐작한 유비는 할 수 없이 말 머리를 서주와 하비 쪽으로 돌렸으나 그 또한 뜻 같지 못했다. 이미 조조의 군사들이 산과 들을 뒤덮으며 그리로 가는 길을 끊어버린 것이었다.

유비는 돌아가려야 돌아갈 곳이 없었다. 한참을 지향 없이 달리다가 문득 원소가 손건을 통해 전해온 말을 떠올렸다.

'일이 뜻 같지 못하거든 내게로 오시오.'

마치 그럴 줄 미리 알고 한 말 같아 새삼 원소가 원망스러웠으나 도리가 없었다. 잠시 그에게 가서 의지하다 따로이 좋은 방도를 내보기로 마음 먹고 청주(靑州)로 가는 길을 찾아 달렸다.

그런데 조조의 헤아림은 거기까지 미쳐 있었다. 청주로 가는 길로 접어든 지 얼마 안 돼 유비는 다시 미리 기다리고 있던 이전을 만났다.

"은혜로운 주인을 저버린 천한 종놈아. 내 너를 기다린 지 오래다. 어서 말에서 내려 목을 바치지 못하겠느냐?"

이전이 그렇게 꾸짖으며 유비를 사로잡으려 들었다. 거느린 군사도 적으려니와 이미 싸움에 져 쫓기던 뒤끝이라 이전에게 맞서 싸울 기백이 남아 있을 리 없었다. 그대로 말 머리를 돌려 북쪽으로 달아나니 그나마 뒤따르던 서른 기는 모조리 이전에게 사로잡히고 말았다.

일패도지(一敗塗地)라더니 유비가 그랬다. 단 한 번의 싸움으로, 그것도 야습 실패 한 번으로, 서주를 바탕 삼아 한창 뻗어가던 유비의 세력은 허망하게 무너지고 말았다. 겨우 말 한 필에 의지해 조조의 포위를 뚫고 나온 유비는 하루에 삼백 리씩이나 달려 청주에 이르렀다.

"문을 열라, 어서 성문을 열라!"

숨이 턱에 차도록 달려온 유비가 성 위를 향해 소리쳤다. 성문을 지키던 군사가 물었다.

"당신은 누구요?"

"자사께 서주의 유비가 왔다 이르라."

유비가 얼른 자신의 이름을 밝혔다. 이때 청주자사는 원소의 맏아들 원담(袁譚)이었다. 평소부터 공경하던 유비가 말 한 필에 의지해 달려왔다는 말을 듣자 성문을 열게 하고 몸소 나가 맞아들였다.

"유황숙께서 어쩐 일이십니까?"

초라한 행색으로 보아 유비의 사정이 짐작되지 않는 바는 아니었으나 그 자세한 경과가 궁금해 원담이 물었다. 유비는 자세한 경과와 더불어 원소에게 의지하려는 뜻을 밝혔다.

원담은 유비를 역관에 하룻밤 쉬게 한 뒤 한편으로는 원소에게 글을 올려 유비가 온 것을 알리고, 다른 한편으로는 청주의 인마로 하여금 평원 경계까지 유비를 호위케 하였다. 원소는 몸소 무리를 이끌고 업성 밖 삼십 리까지 나와 유비를 맞아들였다. 유비가 절하며 고마움의 뜻을 나타내자 원소가 황망히 답례하며 변명했다.

"지난번에는 아이가 병이 나 구원을 가지 못하였소. 그 일이 못내 마음에 걸리더니 이제 다행히 만나게 되어 평생 그리워하던 정을 달랠 수 있게 되었구려."

"외롭고 궁한 유비는 오래전부터 원공(袁公)의 문하에 몸을 의지하고 싶었으나 아직 그럴 인연과 때를 만나지 못했습니다. 이제 조조의 공격을 받아 처자를 모두 잃고서야 명공께서 사람을 가림이 없이 받아들이심을 떠올리고 부끄러움을 무릅쓴 채 이렇게 달려와 의지하고자 합니다. 바라건대 이 몸을 거두어주신다면 반드시 은혜에 보답하겠습니다."

유비가 원소에게 다시 한번 그렇게 다짐했다. 완연히 원소의 막하로 드는 항장(降將)의 태도였다. 원소는 기뻤다. 원래 원소는 유비의 미천한 출신을 깔보았으나 그 몇 년 천하의 조조를 상대로 한 싸움에서 유비를 다시 보게 되었다. 굽힐 때 굽히고 맞설 때 맞서면서, 이제는 완전히 조조의 사람이 되었는가 싶으면 어느새 만만찮은 세력으로 그에게 대항하고 있었기 때문이었다. 그러나 더욱 원소를 뿌듯하게 한 것은 원소의 허영심이었다.

'조조, 너는 결국 이 사람을 잡아두지 못했지만 보아라, 나는 반드시 이 사람을 수족으로 부리게 될 것이다.'

조조가 유비에게 들인 공이 어떠한 것이었는지 알지 못하는 원소는 자신에게 그렇게 중얼거렸다. 그리고 누구보다 유비를 두텁게 대하면서 기주에 함께 머무르게 하였다. 조조는 물론이고 수십 년에 걸쳐 도우고 보살펴준 공손찬이나 이따금씩 파격적인 대우로 유비를 붙잡아두려 했던 여포가 못한 일을 자신은 할 수 있다고 믿는 듯했다. 결단이 더디고 의심이 많은 데 비해 지나치다고 할 수밖에 없는 믿음이요 정신적인 허영일 수도 있었다.

한편 조조는 유비를 깨뜨린 그 밤으로 소패를 손에 넣고, 이어 군사를 내몰아 서주를 치게 했다. 미축과 간옹이 힘써 대항했으나 이렇다 할 장수 하나 없는 성을 조조의 대군으로부터 지켜내기는 어려운 일이었다. 아직 조조의 대군이 에워싸기 전에 성을 버리고 달아나니 진등(陳登)이 남아 서주성을 조조에게 바쳤다.

연의란 글 형식의 성격 탓이겠지만 재미를 위해 후세에 아름답지 못한 의심을 받게 된 이들 가운데 억울한 사람으로는 진등도 몇 손가락 안에 들 것이다. 난데없이 유비에 대한 충성의 토막을 지어 넣음으로써 진등은 도겸에서 유비로, 유비에서 여포로, 여포에게서 다시 조조로, 조조에게서 또 유비로, 그리고 마지막으로는 또다시 유비에게서 조조에게로 돌아간 지조 없는 모사가 되고 말았다. 적어도 『연의』상으로는 가후(賈詡)보다 더한 변신의 명수가 되어 있다. 그러나 정사를 살피면 그의 주인은 오직 한이요, 그 한의 권위를 현실로 대행하는 조조뿐이었다.

어쨌든 진등의 힘으로 이렇다 할 싸움 없이 서주까지 손에 넣은 조조는 백성들을 안돈시킨 후 다시 모사들을 불러모아 하비(下邳)마저 떨어뜨릴 의논을 했다.

"운장은 그 성안에서 현덕의 처첩과 일가 노소를 보호하고 있어 죽기로 싸울 것입니다. 급히 성을 빼앗지 않는다면 원소가 손에 넣게 될까 두렵습니다."

순욱이 일어나 급히 싸울 것을 권했다. 하지만 조조의 생각은 달랐다. 순욱의 말에 가볍게 고개를 저은 뒤 입을 열었다.

"나는 운장의 무예와 사람됨을 아껴왔소. 그 사람을 얻어 쓰고 싶소이다. 사람을 보내 항복하라고 달래보는 게 어떻겠소?"

"운장은 의기가 깊고 무거운 사람이라 결코 항복하려 들지 않을 것입니다. 사람을 보냈다가 오히려 그에게 해를 입을까 두렵습니다."

조조의 물음에 곽가가 그렇게 대답했다. 그때 장막 아래서 한 사람이 나서며 말했다.

"저는 일찍이 관공과 한번 만나 사귄 적이 있습니다. 바라건대 저를 보내 달래보도록 하십시오."

너무도 뜻밖의 말이라 모두 돌아보니 다름 아닌 장요였다. 정욱이 그런 장요를 보더니 신중하게 말했다.

"문원(文遠)이 비록 운장과 전에 사귄 적이 있다 하나 내가 보니 운장은 다른 사람의 말에 넘어갈 위인이 아니외다. 내게 한 가지 좋은 계책이 있소. 그걸 써서 운장을 앞으로도 뒤로도 나갈 길이 없게 한 뒤에 문원이 가서 달랜다면 그도 마침내는 승상께로 오고 말 것이오."

"그 계책이 무엇이오?"

조조가 반가운 얼굴로 정욱에게 물었다. 정욱이 가볍게 수염을 쓴 후 대답했다.

"운장은 만 사람이라도 맞서 싸울 만한 힘이 있는 자라 지모를 쓰지 않고는 얻을 수가 없습니다. 지금 바로 유비 아래 있다가 항복해 온 군사들을 뽑아 하비성 안으로 들여보내십시오. 우리들에게서 도망쳐 돌아간 것처럼 꾸미면 틀림없이 운장은 속을 것입니다. 그런 다음 그들을 성안에 남아 내응하도록 하고, 다시 이번에는 운장을 끌어내시되 거짓으로 싸움에 진 척 쫓겨 되도록이면 그를 성에서 멀리 떨어지도록 꾀어내십시오. 그래 놓고 날랜 군사를 내어 그가 돌아갈 길을 끊는다면 아마도 운장을 달래볼 수 있을 것입니다."

결국 관우를 성 밖으로 끌어내어 한곳에다 붙잡아두고, 먼저 하비성을 손에 넣은 뒤 관우의 절박한 심경을 이용해 항복을 권해보자는 말이었다.

조조는 그 계책을 따르기로 하고 항복한 군사 중에서 믿을 만한 수십 명을 뽑아 하비성으로 들여보냈다. 그들이 돌아가 관우에게 조조로부터 도망쳐 온 경위를 그럴싸하게 지어서 말하자 관우는 그들을 별로 의심하지 않고 그전처럼 수하에 거두어 성안에 머무르게 했다.

다음 날이 되었다. 이번에는 하후돈이 선봉이 되어 군사 오천을 이끌고 하비성 앞에 나타나 싸움을 돋우었다. 관공은 유비의 일가노소를 보호하고 있는 터라 절로 신중해져 쉽게 나와 싸우려 들지 않았다. 이에 하후돈은 졸개들을 시켜 성 아래서 관우에게 욕설을 퍼붓게 했다.

"유비의 개는 어서 나오너라!"

"네 주인은 이미 죽어 목이 떨어졌는데 어찌 너는 항복하지 않느냐?"

"청룡도는 치장으로 들고 다니는 물건이냐? 풍채가 아깝다. 어서 나오너라!"

하후돈의 군사들은 별별 욕을 다 퍼부었다. 듣고 있던 관운장은 마침내 참아내지 못했다.

"이 쥐 같은 무리가 감히 나를 능멸하느냐!"

그 한마디 성난 외침과 함께 삼천의 군마를 이끌고 성을 나왔다. 하후돈은 그런 관운장을 맞아 십여 합을 싸우다가 못 견디는 척 말 머리를 돌려 달아났다. 관운장은 기세를 올려 그런 하후돈을 뒤쫓았다. 한참을 달아나던 하후돈이 문득 뒤돌아 서서 맞섰다. 그러나 미처 대여섯 번도 창칼을 부딪지 못하고 다시 달아났다.

몇 번이나 그렇게 싸우고 쫓는 사이에 관운장은 어느새 하비성 밖 이십 리쯤 되는 곳에 이르러 있었다. 그제서야 관운장은 자신이 성에서 너무 멀리 나왔음을 깨달았다. 그사이 하비성에 무슨 일이 일어날까 두려워 얼른 군사를 돌리려 했다.

그런데 그때 갑자기 한소리 포향이 들리더니 왼쪽에서 서황이 달려 나오고 오른쪽에서는 허저가 달려 나와 돌아갈 길을 막았다. 관운장은 길을 앗아 달아나려 했으나 서황과 허저가 이끈 복병은 강한 쇠뇌[硬弩]를 백 장이나 펼쳐 쏘아대니 화살이 마치 메뚜기 떼 뒤덮이듯 날아와 다가들 수가 없었다. 할 수 없이 군사를 돌려 다른 길로 가려는데 서황과 허저가 거꾸로 달려들었다.

관운장은 힘을 다해 그들 둘을 물리쳤다. 겨우 숨을 돌리고 하비로 돌아가려 할 때 이번에는 하후돈이 나타나 다시 길을 끊고 시살(廝殺)해 들어왔다.

관우는 날이 저물 때까지 싸웠으나 마침내 하비성으로 돌아갈 길을 얻지 못했다. 조조의 장수들이 번갈아 정병을 이끌고 나타나 길을 막으니 지치고 겁먹은 군사 약간을 거느린 관우 혼자서 길을 앗는다는 게 여간 어렵지 않았다. 거기다가 조조의 치밀한 계책에 이미 옭혀든 터이니 어찌 그 일이 관우의 뜻 같을 수 있으랴.

이리 몰리고 저리 몰리던 관우는 겨우 작은 토산(土山) 하나를 얻어 그 산등성이에다 진을 쳤다. 잠시 숨을 돌리고 있는 사이에 조조의 군사들은 그 토산을 겹겹이 둘러쌌다. 관우는 암담한 가운데 눈을 들어 멀리 하비성을 바라보았다. 성안에서는 불길이 하늘을 찌르듯 일고 있었다.

그 무렵 하비성 안에서는 전날 거짓말로 성안에 든 항병(降兵)들이 불을 지름과 함께 성문을 열어 조조를 맞아들이고 있었다. 조조는 몸소 앞장서서 성을 손에 넣은 다음 더욱 불길을 크게 하여 멀리서 보고 있을 관우의 의혹을 돋우었다.

과연 관공은 성안에서 크게 불길이 이는 것을 보자 놀랍고 황망스러웠다. 자기를 믿고 맡겨둔 유비의 가솔들이 그 안에 있기 때문이었다. 몇 번이나 성으로 돌아가기 위해 산 아래로 부딪쳐 가보았지만 비 오듯 어지러이 쏟아지는 화살을 견디지 못하고 도로 산 위로 쫓겨 올라갔다.

그러는 사이 날이 희끄무레 밝아오기 시작했다. 관공이 다시 한번 산을 내려가 부딪쳐보려고 군사를 정돈하고 있는데, 홀연 한 사람이 말을 달려 산 위로 올라오고 있었다. 눈길을 모아 살펴보니 이제는 조조의 사람이 되어 있는 장요였다.

"문원은 나와 싸우러 왔는가?"

장요가 아직 여포의 장수로 있을 때부터 이상스레 마음이 끌리던 관공이었다. 그 때문에 죽게 된 것을 조조에게 허리까지 굽혀가며 구해주었던 만큼 장요에 대한 정은 남달랐으나 이제 적으로 맞서게 되었으니 절로 목소리가 엄해지지 않을 수가 없었다.

"아닙니다. 공과 지난날의 정을 생각하여 특히 이렇게 뵈러 온 것입니다."

장요가 말 아래로 칼을 던지며 부드럽게 대답했다. 그 말에 관공도 엄한 기색을 약간 풀며 묵묵히 장요를 맞아들였다.

그러나 서로 오랜만에 마주하게 되는 예를 끝내기 바쁘게 물었다.

"그렇다면 문원은 나를 달래러 온 것이 아니오?"

"그렇지도 않습니다. 다만 옛정을 잊지 못해 왔습니다. 지난날 형께서 이 아우의 목숨을 구해주셨는데 이제 이 아우가 어찌 형을 구하지 않을 수 있겠습니까?"

"그럼 문원이 나를 도우러 왔단 말이오?"

"그 또한 아닙니다."

그러자 관공이 다시 언성을 높이며 물었다.

"나를 돕지 않겠다면 이렇게 와서 무얼 하려는 것이오?"

꾸짖음 같은 관공의 물음이었으나 장요는 조금도 움츠러듦이 없었다. 한층 목소리를 부드럽게 하여 대답했다.

"현덕공은 죽었는지 살았는지 알 수 없고 익덕 또한 마찬가집니다. 그런 가운데 조승상께서는 어젯밤 이미 하비성을 깨뜨렸습니다. 다행히 군민이 모두 상하지 않았고, 특히 현덕공의 가권들은 승상께서 사람을 뽑아 호위케 하여 놀라고 두렵게 하는 것조차 막아주셨습니다. 일이 그렇게 되었기에 혹시 형께서 근심하실까 봐 이 아우가 알리러 온 것입니다."

"그 말은 바로 나를 달래러 왔다는 뜻이 아닌가? 내가 비록 지금 위태로운 처지라 하나 나는 죽음을 조금도 두려워하지 않는다. 내 떠나온 곳으로 돌아가는 것일 뿐이다. 그대는 속히 돌아가라. 이제 곧 나는 산을 내려가 죽을 때까지 싸우리라!"

관운장이 문득 노한 목소리로 장요를 쫓으려 들었다. 하지만 장요는 오히려 껄껄 웃었다.

"형의 그 말을 듣는다면 천하가 다 비웃을 것입니다."

"나는 충의를 짚고 죽으려 하는데 어찌 천하가 나를 비웃는단 말인가?"

"형이 지금 죽으면 그 죄가 셋이나 됩니다."

"죄가 셋이라니? 그렇다면 그게 무엇 무엇 무엇인지 그대가 말해 보라!"

관운장이 여전히 노기를 거두지 않고 장요를 다그쳤다. 장요가 하나하나 손꼽아 가며 대답했다.

"처음 현덕공과 형제의 의를 맺을 때 형께서는 생사를 함께하시기로 맹세했습니다. 지금 현덕공은 싸움에 져 생사를 알 수 없으나 형께서 급히 싸워 죽는다면 현덕공이 다시 나타나 도우려 해도 어쩔 수 없을 것입니다. 이는 곧 함께 죽고 살지 못함을 뜻하니 어찌 지난날의 맹세를 저버린 일이 아니겠습니까? 그 죄가 하납니다. 그다음 현덕공께서는 가권을 모두 형께 맡기셨습니다. 그런데 이제 형께서 싸워 죽는다면 현덕공의 두 부인은 믿고 기댈 데가 없어지는 것입니다. 이는 현덕공의 믿음을 저버리는 것이니 그 죄가 둘입니다. 또 형께서는 무예가 남달리 빼어나고 경전이며 사서에도 두루 통해 있습니다. 그 재주와 학식으로 현덕공을 도와 쓰러져가는 한실을 붙들려 하시지는 않고, 헛되이 끓는 물 타는 불에 뛰어들어 필부의 용기만 보이려 하시니 어찌 의롭다 하겠습니까? 그 죄가 바로 셋에 해당됩니다. 이와 같이 형께서는 지금 세 가지 죄를 지으려 하시니 이 아우가 깨우쳐드리지 않을 수 없습니다."

그 말에 관운장은 잠시 입을 다물고 생각에 잠겼다. 마디마디 옳은 말이었다.

"그대는 내게 세 가지 죄를 말해주었소. 그렇다면 그 죄를 짓지 않는 수는 없소? 내가 어떻게 하면 좋겠소?"

이윽고 관운장이 무겁게 입을 떼어 물었다. 장요가 기다렸다는 듯 그 말을 받았다.

"지금 사방은 조공(曹公)의 군사들로 뒤덮여 있어 형께서 항복하지 않는다면 반드시 죽게 될 것입니다. 그렇게 헛되이 죽는 일은 결코 천하를 위해 이로움이 되지 못하니 차라리 조공에게 항복하여 뒷날을 기약함이 어떻겠습니까? 우선 조조 밑에 몸을 굽히고 있다가 현덕공으로부터 소식이 있을 때 계신 곳이 어디라도 즉시로 찾아가면 되지 않겠습니까? 그렇게 되면 첫째로 현덕공의 두 부인을 보전할 수 있고, 둘째로는 도원의 맹세를 저버리지 않을 수 있으며, 세 번째는 몸을 남겨두어 천하에 이롭게 쓰는 길이 될 것입니다."

"그렇다면 나더러 조승상을 속이란 말씀이오?"

"세 가지 죄를 면하기 위한 임시변통입니다."

그러자 관운장은 다시 한번 깊은 생각에 잠겼다가 결연히 말했다.

"형은 내게 임시변통을 말했으나 그럴 수는 없소. 그보다는 오히려 승상께 말해 세 가지 약조를 받아주시오. 만약 승상이 들어준다면 나는 즉시로 갑옷을 벗고 항복하겠지만 들어주지 않는다면 설령 그 세 가지 죄를 짓게 되는 한이 있더라도 싸우다 죽겠소."

"승상께서는 관대하고 도량이 넓으시니 무엇인들 받아들이지 않겠습니까? 그 세 가지가 무엇인지 말씀해주십시오."

장요가 반가운 기색으로 말을 받았다.

"첫째로 나와 유황숙은 함께 쓰러져가는 한실을 받치기로 맹세했으니 내가 지금 항복하는 것도 한의 천자에게이지 조조에게가 아님을 밝히는 것이오. 둘째는 두 분 형수님께 황숙의 봉록을 내릴 뿐만 아니라 상하를 가리지 않고 함부로 문전에 들지 않게 하는 것이외다. 셋째는 황숙께서 계신 곳을 알게 되면 천리가 되건 만리가 되건 내가 가는 것을 막지 않아야 하오. 이 셋 중에서 단 하나가 빠져도 나는 결코 항복하지 않을 것이오. 바라건대 문원께서는 급히 돌아가 승상께 이 일을 알리고 그 답을 들려주시오."

"그렇게 하겠습니다."

장요는 운장의 말에 그렇게 대답하고 산을 내려갔다.

"나는 한의 승상이다. 그런즉 한은 나를 갈음할 수 있으니 그 일은 들어줄 수 있다."

장료로부터 관우가 한에 항복할지언정 자기에게는 항복하지 않겠노라는 첫째 조건을 듣자 조조는 그같이 말하며 선선히 들어주었다. 장요가 다시 둘째를 말했다.

"운장은 현덕의 가솔들에게 황숙의 봉록을 내리고 일체 잡인의 출입을 금해달라고 했습니다."

"나는 황숙의 봉록에다 다시 배를 더해주겠다. 뿐만 아니라 안팎으로 드나듦을 엄히 막아 현덕의 가법(家法)이 지켜지도록 할 것이다. 또 의심스런 것이 있다더냐?"

조조가 다시 허락하고 세 번째를 물었다. 장요가 대답했다.

"현덕이 어디 있는지 알기만 하면 아무리 멀리 있다 해도 반드시 그를 찾아가리라 했습니다."

그 말에는 어지간한 조조도 선뜻 대답할 수가 없는 모양이었다. 가만히 고개를 저으며 말했다.

"그렇다면 운장을 길러 무슨 소용이 있겠나? 그 일만은 들어주기가 어렵구나."

"명공께서는 옛적의 협객 예양(豫襄)이 한 말을 듣지 못하셨습니까? 예양은 그를 여느 사람[衆人]으로 대해준 이에게는 그도 여느 사람이 망하는 주인 보듯 하였지만 국사(國士)로 알아준 이에게는 목숨을 바쳐 그 원수를 갚아주려 했습니다. 유현덕이 운장에게 베푼 것은 그저 두터운 은의에 지나지 않습니다. 승상께서 이제 다시 두터운 은의로 그 마음을 사로잡는다면 운장이 어찌 승상을 따르지 않겠습니까?"

장요가 그런 조조를 부추겼다. 조조도 그 말을 듣자 조금 자신이 생겼는지 이내 시원스레 말했다.

"문원의 말이 옳으이. 가서 운장에게 말하게. 그 세 가지를 모두 들어주겠다고."

조조의 허락을 받자 장요는 나는 듯 말을 몰아 산 위로 되돌아갔다. 당연히 감동할 만한 일이었으나 관공은 감동을 나타내는 말 대신 새로운 청을 했다.

"그렇다면 조승상께 청해 잠시 군사를 물려달라 해주시오. 먼저 성안으로 들어가 두 분 형수님께 이 일을 알린 뒤에 승상께 항복하러 가겠소이다."

장요는 다시 조조에게 돌아가 그 말을 전했다. 따지고 보면 어렵기 짝이 없는 청이었다. 하지만 이왕 내친김이라 그런지 조조는 선선히 응낙하고 장졸들에게 영을 내렸다.

"모든 군사들은 그 산에서 십 리 밖으로 물러나도록 하라!"

그때 순욱이 나서서 말렸다.

"아니 됩니다. 속임수가 있을까 두렵습니다. 만약 관우가 그 틈을 타서 길을 앗아 달아나면 어쩌시겠습니까?"

"운장은 신의를 지키는 사람이오. 결코 믿음을 저버리지 않을 것이외다."

조조는 그렇게 잘라 말하고 거듭 장졸을 재촉하여 길을 내주게 하였다.

관우에 대한 조조의 그 같은 믿음과 애정에 대해서는 몇 가지 상반된 해석이 있을 수 있다. 조조를 나쁜 쪽으로만 몰아가는 쪽은 그 또한 관우를 얻기 위한 계략과 술수의 측면으로 몰아갈 것이다. 다른 한편으로 조조가 거기서 무릅써야 할 위험의 크기를 헤아린 쪽은 그 결정이 조조의 넓은 도량과 대담성을 보여주는 좋은 예가 된다고 말할 수도 있다. 하지만 또 하나 빼놓을 수 없는 것은 그 같은 결정 뒤에 숨은 조조의 내면 동기이다. 젊은 날의 때묻지 않은 이상, 충성과 의리에 대한 티없는 열정이 이미 그 모든 것을 포기한 채 냉혹한 투쟁의 현장에 던져진 그때까지도 조조의 마음 한구석에 자리하고 있었다. 그리하여 미욱하리 만큼 그 이상과 열정에 매달려 있는 관우를 보자 그토록 앞뒤 없는 믿음과 애정으로 되살아난 것임에 틀림없었다. 조조의 인간적인 매력이 다시 한번 찬연하게 빛을 뿜고 있는 대목이다.

드높구나 춘추(春秋)의 향내여

조조가 길을 틔워주자 관운장은 군사를 이끌고 산을 내려가 하비성으로 들어갔다. 간밤에 조조가 들어왔다가 다시 관우가 군사를 이끌고 돌아오니 성안의 백성들은 황망하여 어찌할 줄을 몰랐다. 관공은 그런 백성들을 진정시킨 뒤에 부중으로 들어가 두 형수를 뵈었다.

감부인과 미부인은 관운장이 이르렀다는 말을 듣고 급히 달려 나와 맞았다. 관운장은 계하에 엎드려 절하며 말했다.

"두 분 형수님을 놀라게 하였으니 실로 제 죄가 큽니다."

하지만 두 부인에게 더 궁금한 것은 유비의 생사였다. 절을 받는 둥 마는 둥 입을 모아 다급히 물었다.

"황숙께서는 지금 어디에 계십니까?"

"송구스럽게도 아직 가신 곳을 모릅니다."

관우가 침울하게 대답했다. 두 부인이 다시 물었다.

"큰아주버님께서는 이제 어떻게 하실 작정이십니까?"

그러자 관우는 비로소 간밤의 일을 천천히 밝혔다.

"저는 어제 성을 나가 죽도록 싸웠습니다만 마침내는 고단하고 지친 몸으로 작은 토산에 몰린 신세가 되고 말았습니다. 그때 조조의 장수 장요가 제게 와 항복을 권해왔습니다. 저는 세 가지 조건을 내걸었던바, 조조가 모두 들어주기로 하고 군사를 물려주어 이렇게 성으로 돌아올 수 있었습니다. 두 분 형수님의 뜻을 들어보지 않고 결정한 일이라 함부로 조조에게 가지 못하고 먼저 이리로 온 것입니다."

"그 세 가지 약조가 무엇입니까?"

감부인과 미부인이 또다시 입을 모아 물었다. 관우가 조조와의 일을 남김없이 털어놓자 감부인이 비로소 평소의 차분함을 되찾은 목소리로 말했다.

"어젯밤 조조의 군사들이 성안으로 밀려들 때만 해도 우리들은 죽은 목숨이라 여겼습니다. 그런데 조조는 우리들의 터럭 하나 상하지 않고 군사 하나 집안으로 뛰어든 법이 없었습니다. 거기다가 이미 큰아주버님께서 깊이 헤아리시어 정하신 일인데 저희에게 물을 까닭이 무엇입니까? 다만 두려운 것은 조조가 뒷날 우리가 황숙을 찾아가는 것을 용납하지 않을까 하는 것뿐입니다."

"그 일은 걱정하지 마십시오. 그때 가서는 제게도 조조에게 할 말이 있습니다."

관운장이 그렇게 감부인을 안심시켰다. 그러자 두 부인은 더 의심 않고 말했다.

"모든 일은 큰아주버님께서 알아서 처결하십시오. 저희 따위 아녀 자들에게 물으실 필요가 없습니다."

감부인과 미부인으로부터 그 같은 허락을 받고서야 관공은 드디 어 조조를 만나러 갔다. 겨우 수십 기만 거느리고 항복의 뜻을 표하 러 나선 길이었지만 조금도 의젓함을 잃지 않은 자세였다.

관운장이 왔다는 말을 듣고 조조는 진문 밖까지 나와 그를 맞았다.

"싸움에 진 장수를 죽이지 않고 거두어주시니 실로 큰 은혜를 입 었습니다."

조조를 본 관우가 말에서 내려 절하며 말했다. 비굴해지지 않으려 애쓰고 있었지만 욕됨과 분함이 가시지 않은 탓인지 목소리가 이상 하게 떨렸다. 조조가 황망히 답례했다.

"평소부터 운장의 충의를 흠모해왔으나 인연이 닿지 않았소. 오 늘 다행히 이렇게 만나보게 되니 평생의 바람이 헛되지 않은 듯하 오이다."

"문원이 대신하여 세 가지 일을 아뢰었고 또 승상의 허락하심을 받았습니다. 부디 그 일이 어그러짐이 없기를 바랄 뿐입니다."

관우가 한 번 더 세 가지의 약조를 꺼냈다. 조조로부터 직접 듣고 자 함이었다. 조조도 쾌히 응해 주었다.

"내 말이 이미 입 밖으로 나갔는데 어찌 믿음을 저버리겠소?"

"이 관아무개는 황숙께서 계신 곳만 알면 물불을 가리지 않고 그 리로 달려갈 것입니다. 그때 절하여 감사하고 떠나지 못하더라도 승상께서는 부디 너그러이 보아주십시오."

"현덕이 만약 살아 있다면 공은 반드시 그를 따를 수 있을 것이오. 다만 두려운 것은 난군(亂軍) 중에 이미 죽었을까 걱정이외다. 공은 마음을 넓게 먹고 천천히 수소문해보도록 하시오."

천하에 둘도 없는 의리에 또한 둘도 없는 배포의 만남이었다.

관우가 다시 한번 엎드려 고마움을 표하자 조조는 그를 일으키고 크게 술잔치를 벌여 대접했다. 그리고 이튿날로 진채를 뽑아 허도로 돌아갔다.

관운장도 수레와 행장을 마련하고 두 형수를 태운 뒤 스스로 호위하며 조조의 뒤를 따랐다. 그런데 도중에 역관에서 묵게 되었을 때였다. 조조는 은근히 유비와 관우의 사이가 그 일로 틀어지기를 기대하며 두 부인과 관우를 한곳에 거처하게 했다. 유비는 생사를 알 수 없는 데다 두 부인은 젊고 아리따웠으며 관우 또한 풍채가 남달리 빼어났기 때문에 생긴 기대였다.

하지만 『춘추(春秋)』의 의로 길러진 관우의 정신은 애초부터 욕망에만 충실해온 조조의 헤아림 밖이었다. 관우는 방 밖에다 등불을 밝히고 밤부터 아침까지 시립해 있는데 조금도 지치거나 싫증난 기색이 없었다. 조조는 그러한 관우의 인품에 다시 한번 감복했다. 전보다 한층 더 관우를 사모하게 되었을 뿐만 아니라 우러러보는 마음까지 일었다.

그리하여 허도에 이르자 조조는 큰 저택 하나를 관우에게 내리고 두 부인을 모시게 했다. 관우는 그 저택을 두 집으로 갈라 안채는 늙은 군사 여남은 명이 파수를 보게 하고 자신은 바깥채에 기거했다.

조조는 이어 관우를 헌제에게 데려갔다. 믿던 유비의 아우라 그런지 헌제는 관우를 대함이 남달랐다. 조정으로 보면 이름없는 장수에 불과한 관우에게 편장군(偏將軍)이란 벼슬을 내렸다.

다음 날이었다. 조조는 또 크게 잔치를 벌이고 관우를 불러 윗자리에 앉혔다. 그리고 여러 모사와 장수들을 모아들인 뒤 관우를 항복한 장수가 아니라 손님을 대하는 예로 보게 했다. 뿐만 아니라 따로 좋은 비단과 금은 그릇을 바리바리 관우에게 실어 보냈다. 그러나 관우는 비단 한 자투리 술잔 하나 손댐이 없이 그대로 두 형수에게 올려 한곳에 모아두게 했다.

관우의 환심을 사려는 조조의 노력은 실로 집요했다. 관우가 허도에 온 이래 사흘마다 작은 잔치요, 닷새마다 큰 잔치[三日小宴 五日大宴]였다. 또 아리따운 여인을 열 명이나 뽑아 관우에게 보내 철석같은 그의 심정을 누구러뜨려 보려고도 했다.

그러나 관우에게는 아무 소용이 없었다. 그는 여자들을 한번 거들떠보지도 않고 그대로 안채로 보내 두 형수를 시중들게 했다. 뿐만 아니라 사흘에 한 번씩은 안채 문밖에서 허리를 굽힌 채 두 형수의 안부를 물을 정도로 극진히 모셨다.

"황숙의 소식은 아직 없으십니까?"

그때 두 부인은 유비의 소식을 묻고 관우가 송구스럽게 없다고 대답하면 다시 말한다.

"큰아주버님께서는 이제 그만 돌아가 편히 쉬십시오."

그러면 관우는 비로소 자기의 거처인 바깥채로 돌아가는 것이었다. 조조는 그 소문을 듣자 다시 한번 탄복해 마지않았다.

한번은 이런 일이 있었다. 어느 날 관우가 입은 녹색 비단 전포(戰袍)가 이미 낡은 걸 본 조조는 즉시로 관우의 몸을 재게 한 뒤 귀한 비단으로 새로이 전포 한 벌을 지어주었다. 관우는 감사하며 받았으나 다음 날 보니 낡은 전포 안에 그 새 전포를 받쳐입고 있었다. 조조는 관우가 새 옷을 아끼느라고 그러는 줄 알았다.

"운장은 어찌 그리 검소하시오?"

조조가 농담삼아 웃으며 물었다. 관우가 정색을 하고 대답했다.

"제가 검소해서가 아닙니다. 헌 옷은 지난날 유황숙께서 제게 내리신 것이라 언제나 형님의 얼굴을 뵈옵듯 입고 지냈습니다. 이제 승상께서 새 옷을 지어 내리셨으나 차마 그 새 옷으로 형님의 지난 은혜를 덮을 수 없어 헌 옷을 겉에 입었을 뿐입니다."

그 뜻밖의 대답에 조조는 절로 감탄했다.

"운장은 참으로 의로운 사람이오!"

그러나 그 같은 감탄도 잠시 조조는 유비가 부럽다 못해 거센 시새움에 미움까지 일었다.

'현덕, 그대는 실로 무서운 사람이다. 이 조조가 별별 공을 다 들이고 갖은 수를 다 짜내도 못하는 일을 그대는 아무도 모르게, 어쩌면 자신마저도 모르게 해내고 있다…….'

그러다 보니 겉으로는 입에 침이 마르게 관우를 칭찬해도 마음속은 결코 즐겁지 아니했다.

그러던 어느 날이었다. 관우가 여느 때처럼 바깥채에서 『춘추』를 읽으며 정신을 가다듬고 있는데 안채에서 사람이 달려와 알렸다.

"두 부인께서 땅에 엎드려 통곡하고 계십니다. 까닭은 알 수가 없으나 장군께서는 속히 들어가보도록 하십시오."

놀란 관운장은 곧 옷차림을 가지런히 하고 안채로 갔다.

"두 분 형수님께서는 무슨 일로 그토록 슬피 우십니까?"

여느 때처럼 안채 문 밖에서 허리를 굽혀 큰 소리로 문안을 드린 관운장이 물었다. 감부인이 울음을 멈추고 대답했다.

"내가 간밤에 황숙께서 흙구덩이에 빠져 있는 꿈을 꾸었습니다. 잠을 깨어 미부인과 의논하다 보니 문득 황숙께서 이미 구천에 드신 것 같아 이렇게 둘이 함께 울고 있습니다."

"꿈속의 일은 믿을 게 못 됩니다. 이는 틀림없이 형수님께서 지나치게 형님을 근심하신 까닭에 생긴 꿈일 것입니다. 너무 슬퍼하지 마십시오."

관운장은 그렇게 좋은 말로 두 형수를 달랬다. 그러나 자신도 마음속으로 비감(悲感)이 일어 솟는 눈물을 억누를 길이 없었다. 입으로는 좋은 말을 거듭하면서도 두 눈은 비 오듯 눈물을 흩뿌리고 있는데 홀연 조조에게서 사람이 왔다.

"승상께서 잔치를 열고 찾으십니다."

이미 조조에게 항복한 몸이라 관운장은 아니 갈 수가 없었다. 곧 두 분 형수께 하직하고 승상부로 향했다.

"어서 오시오, 운장. 마침 집에서 빚은 좋은 술이 익었기에 조촐한 술자리를 마련해보았소."

조조는 관운장이 들어서자 그렇게 반기며 맞았다. 그러나 관공의 두 눈이 붉고 눈가가 젖어 있는 걸 보자 놀란 듯 물었다.

"무슨 일이 있었소? 눈물 지으신 자취가 있구려."

"두 분 형수님께서 형님을 생각하여 슬피 우시는 바람에 제 마음에도 슬픔이 일어 그리되었습니다."

관운장이 숨김없이 대답했다. 그의 환심을 사려고 애써 꾸민 자리에서 처음부터 유비를 그리는 말을 듣자 조조는 마음이 좋지 않았다. 그러나 그 특유의 절제로 속마음을 감추고 껄껄 웃으며 술잔을 내밀었다.

"마음이 울적할 때는 술이 제일 좋은 약이오. 자, 이 술잔으로 모든 시름을 씻으시오."

그리고 연거푸 몇 잔을 권했다. 하지만 술은 슬픔과 걱정을 씻어내기도 하나 더 크고 깊게 하기도 한다. 잔을 거듭할수록 관운장의 얼굴은 밝아지기는커녕 더 어둡고 울적해졌다. 그러다가 문득 긴 수염을 쓰다듬으며 탄식하듯 말했다.

"살아서 나라의 은혜에도 보답하지 못하고, 더욱이 함께 죽기로 한 형님과의 맹세까지 저버리게 되었으니 실로 이 관아무개는 쓸모없는 인간입니다. 스스로 생각하기에도 처량할 뿐입니다……."

그 말에 조조는 다시 속으로 울컥 화가 치밀었다. 그렇게 공을 들여 마음을 풀어주려고 애쓰는 자신은 조금도 헤아려주지 않고 또 유비의 일을 꺼냈기 때문이었다. 그러나 아무래도 그런 일시적인 감정보다는 관운장을 탐내는 마음이 위였다. 편치 않은 속을 억누르고 슬며시 말머리를 돌렸다.

"운장의 수염이 몹시 볼만하구려. 헤아려보신 적이 있소?"

조조의 그 같은 물음은 뜻밖에도 효과가 컸다. 관우는 자부심의 사람이었다. 그는 자신의 무예와 덕성은 물론 외모에 대해서도 자부심에 차 있었다. 자부심이란 종종 그것이 성실한 인격의 뒷받침이 있는 한 자기 상승의 원동력이 된다. 사실 관우를 한낱 떠도는 협객에서 천하가 알아주는 충의지사로 길러간 것은 바로 그런 자부심이 바탕된 자기 발전의 부단한 노력이었다. 하지만 또한 자부심은 종종 자신의 능력과 이상을 혼동시키기도 한다는 데서 그 소유자에게 치명적인 해를 끼치기도 한다. 관우의 경우도 예외는 아니어서 일생을 그 자부심 때문에 부침을 되풀이하는데 그날 그를 아득한 슬픔과 비탄의 정조(情調)에서 끌어낸 것도 그 자부심이었다.

"아마도 수백 뿌리는 되는가 봅니다. 매년 가을이 되면 너덧 뿌리씩 빠지는데 겨울에는 더 심하기 때문에 검은 비단 주머니로 싸둡니다. 빠지는 것을 막기 위해서 하는 일이지요."

관우가 이번에는 자랑하듯 자신의 수염을 쓸며 대답했다. 조조는 관우가 수염 얘기에 쏠려 울적함을 잊은 것을 다행으로 여기며 관우에게 말했다.

"그러고 보니 겨울이구려. 내가 운장을 위해 수염 주머니를 하나 지어드리리다."

그러고는 좌우에 명하여 좋은 비단으로 주머니를 지어올리게 했다.

다음 날이었다. 아침에 천자가 보니 관우가 턱 아래 주머니를 매달고 있는데 가슴 아래까지 드리워 있었다.

"그 주머니는 무엇이오?"

이상히 여긴 헌제가 관우에게 물었다. 관우가 은근히 자랑 섞인 목소리로 답했다.

"신의 수염이 길고 어지러워 승상께서 그걸 싸두라고 주머니를 지어주셨습니다."

"그거 참 재미난 일이요. 어디 한번 봅시다. 어떤 수염이길래 주머니로 싸두어야 하는지 궁금하구려."

헌제가 그렇게 말하자 관우는 수염을 싼 주머니를 벗겼다. 배까지 드리운 검은 수염이 그 안에서 나오자 헌제가 감탄해서 말했다.

"참으로 수염이 아름답구려! 그대를 미염공(美髥公)이라 불러야겠소."

천자가 그렇게 말하니 그 뒤로는 사람들이 모두 관우를 미염공이라 불렀다.

또 하루는 이런 일이 있었다. 그날도 관운장을 위해 잔치를 연 조조는 술자리가 끝나자 몸소 승상부 밖까지 나와 관운장을 배웅했다. 그런데 관운장의 말이 몹시 야위고 지쳐 보였다.

"공의 말이 어째서 이렇게 야위었소?"

조조가 관운장에게 물었다. 관운장이 대답했다.

"천한 몸이 너무 무거워 말이 그 무게를 잘 견뎌내지 못합니다. 그래서 언제나 살이 붙지 않는 것입니다."

그 말을 들은 조조는 다시 선심을 쓸 좋은 기회가 생겼다 싶었다. 곧 좌우를 시켜 말 한 필을 끌어오게 했다. 오래잖아 온몸이 불붙은 숯처럼 시뻘겋고 모양이 몹시 크고 힘차 보이는 말 한 필이 끌려나왔다.

"공은 이 말을 알아보시겠소?"

조조가 그 말을 가리키며 관우에게 물었다. 관우가 금세 그 말을 알아보고 되물었다.

"이 말은 여포가 탔던 그 적토마(赤兎馬)가 아닙니까?"

"그렇소. 특별히 공에게 주려고 하오."

조조가 그렇게 말하며 안장과 고삐를 갖추어 관우에게 주었다.

"승상, 고맙습니다. 실로 이 은혜를 어떻게 갚아야 할지 모르겠습니다."

관우가 기뻐 어쩔 줄 몰라 하며 두 번 세 번 조조에게 절해 고마움을 나타냈다. 평소의 그에게는 어울리지 않을 만큼 지나친 감사였다. 조조가 까닭없이 마음이 어두워져 물었다.

"지난날 내가 미인이며 비단과 금은을 보낼 때는 절하며 받는 일이 없더니 이제 말을 주자 이토록 기뻐하며 두 번 세 번 절하시는구려. 어찌하여 사람은 천하게 여기면서 한낱 짐승은 이토록 귀히 여기시는 거요?"

그러자 관우는 서슴없이 대답했다.

"저는 이 적토마가 하루에 천리를 간다고 들었습니다. 이제 다행히 이 말을 얻게 되었으니 만약 형님이 계신 곳을 알게 된다면 하루로 달려가 뵈올 수 있을 것입니다. 어찌 승상께 감사드리지 않을 수 있겠습니까?"

실로 감탄할 만한 의리요 정이었다. 조조는 그 말을 듣자 한편 놀라고 한편 후회하였으나 이미 늦은 뒤였다. 소태 씹은 기분으로 거듭 감사를 올리며 적토마를 끌고 가는 관우의 뒷모습을 바라볼 뿐이었다.

그 일이 있고 난 뒤부터 조조는 차차 관우를 자기 사람으로 만드는 일에 자신을 잃어갔다. 그 같은 조조의 심경을 잘 보여준 게 장요

(張遼)를 잡고 탄식처럼 한 물음이었다.

"나는 운장을 박하게 대접하지 않았건만 그는 항상 떠나갈 생각만 하니 어찌 된 셈인가?"

장요도 조조의 노력이 번번이 허사로 돌아가는 걸 곁에서 보아온 터였다. 운장을 달래 데려온 사람이 바로 자기라 적이 송구스런 마음으로 말했다.

"제가 한번 그의 속을 알아보겠습니다."

그리고 다음 날 일찍 관운장을 보러 갔다.

"제가 형을 승상께 천거하기는 했습니다만 무엇 모자라고 뒤진 일이나 없는지요?"

서로 예를 끝낸 뒤 장요가 넌지시 물었다. 관우가 고개를 설레설레 흔들며 대답했다.

"천만의 말씀이오. 승상의 두터운 보살피심에 무어라 감사드려야 할지 모를 지경이외다. 하지만 몸은 여기 있어도 마음은 언제나 황숙 생각으로 가득 차 그분이 계신 곳을 그릴 뿐이오."

"형의 말씀은 틀렸습니다. 세상을 살아가는 데 무겁고 가벼운 것을 분별하지 못하면 장부라 할 수 없습니다. 현덕공이 아무리 형을 잘 대접했다 하더라도 우리 승상만은 못했을 것입니다. 그런데도 형은 어찌하여 떠날 생각만 하고 계십니까?"

"나도 조공이 나를 두터이 대접하고 있다는 것은 잘 알고 있소. 그러나 나는 이미 황숙의 두터운 은의를 입은 데다 함께 죽기로 맹세까지 하였으니 저버릴 수 없소이다. 끝내 이곳에 머물 수는 없는 일이오. 하지만 그냥 떠나지는 않겠소. 반드시 조공의 은의에 보답한 뒤에 떠날 것이니 그 일은 걱정하지 마시오."

장요의 다그치는 듯한 물음에 관우는 그렇게 대답했다. 이미 장요가 온 뜻을 헤아린 듯했다. 장요 역시 관우가 조조의 사람이 될 리는 없다는 걸 잘 알면서도 행여나 하는 기분으로 다시 물었다.

"만약 현덕공이 이미 세상을 버리셨다면 그때는 어디로 돌아가시겠소?"

"그때는 형님을 따라 땅밑에 들 뿐이오!"

결국 장요는 아무리 해도 관우를 조조 아래 머물게 할 수는 없으리란 것을 한 번 더 확인했을 뿐이었다.

장요는 관우와 헤어지자마자 조조에게로 갔다. 장요로부터 관우의 말을 전해 들은 조조는 탄식했다.

"주인을 섬기는 데 그 근본을 잊지 않으니 운장은 실로 천하의 의사다! 하지만 끝내 보내야 한다니 참으로 아깝구나."

조조가 못내 안타까워하자 순욱이 한 꾀를 일러주었다.

"저 사람이 말하기를 공을 세워 은덕을 갚은 뒤라야 떠날 것이라 했습니다. 만약 그에게 공을 세울 기회를 주지 않는다면 떠날 수 없을 것입니다."

조조도 생각해보니 관우를 잡아두는 길은 그 길밖에 없었다. 괴롭게 고개를 끄덕이며 순욱의 말을 따르기로 했다.

그때 유비는 원소 밑에 머물러 있었다. 그 한 몸은 편했으나 생사를 알 수 없는 가솔들이며 두 아우의 일로 아침저녁 마음이 편치 못했다.

"현덕은 무슨 걱정이 그리도 많으시오?"

원소가 그런 유비에게 물었다. 유비가 울적하게 대답했다.

"두 아우는 소식이 없고 아내와 가솔들은 모두 조조 그 역적 놈에게 떨어졌으니 살아 있기를 바랄 수 없게 되었습니다. 위로는 나라의 은혜에 보답하지 못하고 아래로는 집안조차 보전하지 못한 터에 어찌 걱정이 없겠습니까?"

그러자 원소가 왠지 겸연쩍은 표정을 짓다가 불쑥 말했다.

"나는 오래전부터 군사를 내어 허도로 가려고 했소. 마침 따뜻한 봄철이 되었으니 군사를 일으키기 좋은 때요. 함께 조조를 칠 의논이나 합시다."

그리고 여러 모사들을 불러모은 뒤 조조를 깨뜨릴 의논을 시작했다. 전풍이 먼저 입을 열었다.

"전에는 조조가 서주를 칠 때라 허도가 비어 있었습니다. 그때 우리가 군사를 내었더라면 조조는 허도를 구할 틈이 없었을 것입니다. 그러나 지금은 다릅니다. 서주는 이미 깨뜨려졌고 조조의 군사들은 그 싸움에 이겨 한창 그 기세가 날카로우니 가볍게 맞설 수 없게 되었습니다. 시일을 끌며 조조에게 틈이 벌어지기를 기다려 움직이는 편이 좋겠습니다."

원소가 들어보니 자못 옳은 헤아림이었다. 잠시 생각에 잠겼다가 문득 유비를 돌아보며 물었다.

"전풍은 내게 굳게 지키는 쪽을 원하는데 현덕의 생각은 어떻소?"

"조조는 임금을 속이는 역적입니다. 명공께서 치지 않고 구경만 하시다가 세상 사람들로부터 대의를 잊었다는 말을 들을까 두렵습니다."

전풍의 말 한마디에 마음이 흔들리는 원소를 유비가 부추겼다. 세상의 평판을 중히 여기는 원소의 허영심을 겨냥한 부추김이었다. 과연 원소는 그 말에 다시 마음을 바꾸었다.

"현덕의 말이 매우 옳소! 곧 조조를 치도록 하겠소."

그 한마디로 군사를 일으킬 결정을 내렸다. 전풍이 그런 원소를 한 번 더 말렸다.

"아니 됩니다. 지금은 때가 아닙니다."

"너희들은 글줄이나 희롱하며 무(武)를 가볍게 여기는 자들이다. 나로 하여금 천하의 대의를 저버리게 할 작정이냐?"

원소가 조금 전의 동요도 잊고 성난 목소리로 전풍을 꾸짖었다. 그러나 전풍은 물러서지 않았다. 머리는 조아릴지언정 말투는 한층 꼬장꼬장해져 말렸다.

"만약 명공께서 저의 옳은 말을 듣지 않으시고 군사를 내신다면 반드시 이롭지 못한 일이 생길 것입니다."

그 말에 원소는 더욱 노했다.

"크게 군사를 일으키려는 마당에 어디서 함부로 요망한 주둥아리를 놀리느냐? 여봐라, 저놈을 끌어내다 목을 베어라!"

그렇게 소리치며 탁자를 쳤다. 유비가 그런 원소를 말려 간신히 목숨을 구했으나 전풍은 끝내 옥에 갇히는 신세가 되고 말았다.

저수(沮授)는 전풍이 옥에 갇히는 걸 보자 원소의 뒤끝이 반드시 좋지 않을 걸 알았다. 마침내 출병이 결정되어 떠나기 전날 일가친척을 모두 불러모은 뒤 있는 재산을 모조리 나누어주며 말했다.

"나는 군사들과 함께 가는 터라 이 싸움에 이긴다면 위세가 더할 나위 없을 것이요, 진다면 이 한 몸도 보전할 수 없을 것이다. 어느 쪽이든 이 재물이 무슨 소용이랴!"

그리고 처연히 종군해 가니 그의 일가친척들은 모두 눈물로 그를 배웅했다. 저수의 가슴속에 숨겨진 불길한 예감이 은연중에 그들에게도 전해진 것이리라.

원소는 대장 안량(顔良)을 선봉으로 삼아 군사를 먼저 백마성(白馬城)으로 내었다. 오래 함께 지내 안량을 잘 아는 저수가 원소를 일깨웠다.

"안량은 속이 좁은 사람이니 비록 무예가 뛰어나다 해도 혼자 보내서는 안 됩니다."

"안량은 나의 상장이다. 너희들이 헤아릴 바가 아니다!"

원소는 그 한마디로 저수의 말을 물리치고 그대로 군사를 나아가게 했다. 원소의 대군이 여양에 이르자 동군 태수 유연(劉延)이 놀라 그 일을 허도에 알렸다. 조조는 급히 사람들을 모아 원소를 막을 의논을 했다.

원소가 대군을 일으켜 허도로 오고 있다는 소문은 관우의 귀에도 들렸다. 유비가 그들과 함께 있음을 알 리 없는 관우는 그것을 조조의 은혜를 갚을 좋은 기회로 보았다. 소문을 듣기 바쁘게 승상부로 달려가 조조에게 말했다.

"승상께서 군사를 일으키신다는 소식을 들었습니다. 바라건대 저를 앞장세워 주십시오."

하지만 조조는 아직 관우에게 공을 세울 기회를 주고 싶지 않았다. 순욱이 말했듯 공을 세울 기회를 주지 않는 것만이 그를 오래 잡아둘 수 있는 길이라 여긴 까닭이었다.

"아직 장군을 번거롭게 할 때는 아닌 듯하오. 그럴 일이 있으면 그때 마땅히 장군에게 청을 드릴 것이오."

조조가 그렇게 나오니 하는 수가 없었다. 관우는 머쓱해져 승상부를 나오고 말았다.

조조는 곧 십오만의 군사를 일으킨 뒤 세 길로 나누어 원소를 맞으러 떠났다.

그런데 도중에 다시 유연의 급한 전갈이 와 조조는 먼저 오만을 떼어 몸소 이끌고 백마로 달려갔다.

얕은 토산에 진채를 내린 조조는 그 위에서 원소군의 진채를 바라보았다. 넓은 벌판 가득 안량이 이끈 십만의 정병이 진세를 벌이고 있었다. 원소군의 전부였다. 그들을 한참 내려다본 조조가 문득 곁에 있던 옛 여포의 장수 송헌에게 말했다.

"내가 듣기로 그대는 여포 아래서의 용맹한 장수라 했다. 안량과 한번 싸워볼 만하다. 그대 생각은 어떤가?"

그러잖아도 옛 주인 여포를 사로잡아 조조에게 바친 일 외에 이렇다 할 공을 세워보지 못한 송헌이었다. 조조의 물음에 한마디로 응낙하고 창을 휘두르며 말을 달려 나갔다.

문기 아래서 칼을 비껴든 채 말 위에 있던 안량도 송헌이 달려오는 걸 보았다. 한마디 성난 외침과 함께 말을 박차 송헌을 맞았다. 송헌은 기세 좋게 창을 내질렀으나 원래가 어림없는 상대였다. 겨우 세 합을 부딪기도 전에 안량의 한칼을 맞고 목이 떨어졌다.

"안량은 참으로 무서운 장수로구나!"

보고 있던 조조가 질린 얼굴로 탄식했다. 송헌과 함께 여포를 묶어 조조에게 항복해 왔던 위속이 곁에 있다가 분연히 조조에게 청했다.

"저놈이 내 친구를 죽였으니 원수를 갚아야겠습니다. 저를 보내주십시오."

"원한다면 가라. 부디 송헌의 한을 풀어주도록 하라."

조조가 못 미더운 대로 출진을 허락했다.

위속은 나는 듯 말에 올라 창을 휘두르며 달려 나가더니 안량의 진 앞에 이르러 큰 소리로 안량을 꾸짖었다. 안량이 아무 대꾸 없이 달려 나와 위속을 맞는데 두 말이 한번 엇갈리는가 싶더니 위속 또한 몸이 두 쪽으로 갈라져 말 아래로 떨어졌다.

"이제는 누가 안량을 당하겠는가!"

위속마저 어이없이 죽는 걸 보고 낙담한 조조가 다시 그렇게 탄식했다.

"제가 한번 나가보겠습니다."

서황이 큰 도끼를 둘러메고 나서며 소리쳤다. 조조는 말없이 고개를 끄덕여 그에게 기대를 걸어보았다. 그러나 서황도 끝내 안량을 당해내지 못했다. 이미 이름난 장수를 둘씩이나 죽여 기세가 오를 대로 오른 안량이라 그런지 서황이 원래 약한 장수가 아니건만 스무합을 견디지 못하고 조조의 본진으로 쫓겨 들어왔다.

서황마저 그 꼴이 나자 조조의 여러 장수들은 한결같이 안량을 두려워하는 기색을 드러냈다. 그렇게 되면 싸움은 이미 틀린 일이었다. 조조가 먼저 징을 쳐 군사를 거두고, 안량 또한 그날 싸움에서 얻은 것에 만족했는지 군사를 거두어 본진으로 돌아갔다.

첫 싸움에서 두 장수를 잃어 기세가 꺾인 조조는 근심에 사로잡혔다. 답답함을 이기지 못해 군막 안을 서성이고 있는데 정욱이 들어와 말했다.

"제가 안량을 대적할 만한 인물 하나를 천거해 올리겠습니다."

그 말에 조조는 귀가 번쩍 틔어 물었다.

"그게 누구요? 누가 안량을 당해낼 수 있단 말이오?"

"관운장이 아니면 아무도 안량을 감당할 수 없을 것입니다."

"그렇지만 그가 공을 세우게 되면 이내 내게서 떠날 것이오. 나도 그가 지난날 화웅을 베던 일을 떠올렸으나 그 때문에 말을 내지 않은 것이오."

조조가 씁쓸한 얼굴로 그렇게 반대했다. 정욱이 그런 조조에게 다가들며 은근한 목소리로 말했다.

"꼭 그렇게만 생각하실 일은 아닙니다. 만약 유비가 살아 있다면 그는 틀림없이 원소에게 투항했을 것입니다. 그런데 이제 운장을 내보내 원소의 군사를 깨뜨린다면 원소는 반드시 유비를 의심해 죽일 것입니다. 유비가 죽는다면 운장이 가려 한들 어디로 가겠습니까?"

조조가 들어보니 과연 기막힌 꾀였다. 곧 정욱의 말을 따르기로 하고 사람을 뽑아 허도에 있는 관우를 불렀다.

조조의 부름을 받은 관우는 이내 출전 채비를 하고 두 분 형수에게 작별을 드렸다. 두 부인이 그런 관우에게 당부했다.

"큰아주버님께서는 이번에 가시거든 꼭 황숙의 소식을 알아보도록 하십시오."

"그리하겠습니다."

관우는 그렇게 대답하고 적토마 위에 올랐다. 종자 몇 명만 뒤딸린 채 그날로 백마에 이른 관우는 곧 조조를 찾아보았다. 조조는 관우에게 안량이 송헌과 위속 두 장수를 죽인 일을 말하고 도움을 구했다.

"제가 한번 살펴보고 처결하겠습니다."

관우는 조금도 두려워하는 기색 없이 그렇게 대답해 조조를 안심시켰다. 조조는 술을 내어 그런 관우를 대접했다.

"안량이 다시 싸움을 걸어오고 있습니다."

조조와 관우가 몇 번 술잔을 나누기도 전에 홀연 군사가 달려와 알렸다.

"따라오시오. 공이 안량을 살필 수 있는 곳으로 내가 안내하겠소."

조조가 자리를 떨치고 일어나 관우를 토산 위로 데려갔다. 산꼭대기에 조조와 관우가 자리 잡자 조조의 여러 장수들이 그들을 둘러섰다.

"저것이 하북의 인마요. 참으로 그 기세가 웅장하지 않소?"

조조가 안량이 진세를 벌여둔 곳을 가리키며 그렇게 말했다. 기치가 선명하고 창칼이 수풀처럼 덮였는데 엄정한 가운데도 위세가 넘쳐 흘렀다. 그러나 관우의 눈에는 그렇지도 않은 듯했다. 한번 슬쩍 훑어본 뒤에 비웃듯 내뱉었다.

"제가 보기에는 흙으로 빚은 닭의 떼서리요, 기와로 구운 개의 무리에 지나지 않습니다."

듣는 사람이 민망할 만큼 큰소리였다. 조조가 다시 한 곳을 가리키며 말했다.

"저기 비단 해가리개 아래 녹슨 전포와 금갑(金甲)을 받쳐 입고 칼을 든 채 말 위에 앉은 자가 안량이오."

"안량이란 자도 제가 보기에는 저잣거리에 푯대를 세워놓고 제 목을 팔려고 내놓은 자와 같습니다."

관우가 다시 차갑게 대꾸했다. 조조가 그런 관우를 타일렀다.

"너무 가볍게 보아서는 아니 되오."

그러나 관우는 조금도 듣는 기색이 없었다. 벌떡 몸을 일으키며 오히려 큰소리를 쳤다.

"제가 비록 재주 없으나 바라건대 만군 중으로 나가게 해주십시오. 반드시 안량의 목을 잘라 승상께 바치겠습니다."

"군중에서는 우스갯소리가 없는 법입니다. 운장께서는 소홀히 말씀하셔서는 아니 됩니다."

듣다 못한 장요가 관우를 나무라듯 말했다. 관우는 그 말에 대꾸도 않고 분연히 말 위에 뛰어올랐다. 청룡도를 꼬나잡고 산 아래로 달려 나가는데 부릅뜬 봉의 눈에 누에 같은 눈썹을 치켜세운 품이 말 대신 행동으로 자신을 증명할 작정 같았다.

관우가 성난 기세로 뛰어들자 하북의 군사들은 감히 그 앞을 가로막지 못했다. 물결 갈라지듯 비켜서 길을 내주니 관우는 똑바로 안량에게 다가들었다.

비단 해가리개 아래 서 있던 안량도 관우가 달려오는 걸 보았다. 먼저 누구인가를 알아보려 했으나 적토마가 너무 빨랐다. 미처 입을 열기도 전에 어느새 관우가 눈앞에 이르러 있었다. 놀란 안량이 급히 칼을 휘둘러 막았지만 손발이 제대로 움직여주지 않았다. 관우가 청룡도를 높이 쳐들어 내려찍자 안량은 허무하게도 말 아래로 떨어져 죽었다.

관우가 때를 놓치지 않고 말에서 뛰어내려 안량의 목을 베었다. 그리고 말 안장에 그 목을 걸더니 나는 듯 다시 말 위로 뛰어올라 적진을 헤치고 나오는데 마치 무인지경 지나듯 했다.

그 엄청난 기세에 놀란 하북의 군사들은 한번 싸워보지도 않고 저절로 어지러워졌다. 그때 다시 조조의 군사가 승세를 타고 덮치니 싸움은 그대로 결판나고 말았다. 원소의 군사들은 헤아릴 길이 없는 시체와 수많은 마필 및 군기를 남겨놓고 수십 리를 쫓겨갔다.

관운장이 안량의 목을 들고 산 위로 돌아오자 거기 있던 여러 장수들은 한결같이 칭하해 마지않았다. 그중에서도 조조의 감탄은 특히 더했다.

"장군은 참으로 신인이외다!"

그러나 공을 이룬 뒤에 겸손한 것이 또한 유별난 자부심에 못지않은 관우의 특징이었다. 대단찮은 일을 했다는 듯 겸양의 말을 했다.

"저 같은 것에게야 어찌 그 말이 가당하겠습니까? 제 아우 장익덕은 백만 대군 중에서 상장(上將)의 목 얻기를 주머니에서 물건 꺼내듯 합니다."

기쁜 중에도 그 말에 조조는 가슴이 서늘했다. 좌우에 늘어선 장수들을 둘러보며 깨우쳐주기를 잊지 않았다.

"뒷날 장익덕을 만나거든 결코 가볍게 맞서지 말라."

그리고 소매와 옷깃에 그 이름을 적어 잊지 않도록 당부했다.

한편 관우에게 대장을 잃고 쫓겨가던 안량의 군사들은 도중에 원소의 본진을 만났다. 붉은 얼굴에 긴 수염을 늘어뜨리고 큰 칼을 쓰는 장수가 안량의 목을 베어가는 바람에 싸움에 크게 졌다는 말을 듣자 원소가 좌우를 돌아보며 물었다.

"그 장수가 누구이겠는가?"

"그는 틀림없이 유현덕의 아우 관운장일 것입니다."

저수가 망설일 것 없다는 듯 대답했다. 그 말을 듣자 원소는 앞뒤를 헤아려보지도 않고 왈칵 성부터 냈다. 마침 곁에 있던 유비를 손가락질하며 고래고래 소리질렀다.

"네 아우가 나의 아끼는 장수를 죽였으니 틀림없이 네놈과 서로 짜고 한 짓일 것이다. 너를 살려두어 무슨 소용이 있겠느냐?"

그러고는 무사들을 시켜 유비를 목 베게 했다. 유비가 그런 원소에게 조용히 말했다.

"저를 죽여 명공의 분을 푸시겠다면 어쩔 수 없는 일이나 제 말을 한마디만 들어주십시오. 어찌 한쪽의 말만 듣고 지금까지 우러러 온 정을 끊으시려 하십니까? 이 비는 서주를 잃은 이래 아우 운장이 죽었는지 살았는지조차 모르고 있습니다. 세상에는 모습이 비슷한 사람도 있는 법이라 붉은 수염에 얼굴이 길다 해서 꼭 관아무개라 할 수는 없을 것입니다. 명공께서는 어찌하여 그 일을 살피지 않으십니까?"

원소는 원래 주견이 뚜렷한 사람이 아니었다. 성난 중에도 유비의 말을 들어보니 옳게 여겨졌다. 곧 성난 기색을 거두고 오히려 저수를 꾸짖었다.

"네 그릇된 말에 자칫 좋은 사람을 죽일 뻔했다. 앞으로는 말을 삼가도록 하라."

그러고는 다시 유비를 상좌로 끌어올려 안량의 원수 갚을 일을 의논했다.

원소와 유비가 한창 의견을 나누고 있는데 문득 한 장수가 뛰어들어 원소에게 청했다.

"안량은 나와 형제처럼 지낸 사람입니다. 이제 조조 그 역적 놈에게 죽음을 당했는데 어찌 한을 풀어주지 않을 수 있겠습니까? 이번에는 저를 보내주십시오."

유비가 살피니 키가 여덟 자에 얼굴은 해태같이 무섭게 생긴 장수였다. 바로 안량과 나란히 이름을 떨치던 하북의 맹장 문추(文醜)였다. 안량의 죽음으로 어둡던 원소의 얼굴이 그를 보자 일시에 밝아졌다.

"오오, 문추로구나. 그대가 아니면 누가 안량의 원수를 갚아줄 수 있겠는가? 좋다. 그대에게 군사 십만을 줄 터이니 얼른 황하를 건너 조조를 잡아 죽이도록 하라."

그때 다시 저수가 나서서 말했다.

"아니 됩니다. 지금은 연진 땅에 군사를 머무르게 하시다가 따로 이 관도에 군사를 나누어 보내도록 하는 게 상책입니다. 섣불리 황하를 건넜다가 무슨 변고라도 있으면 모두가 돌아올 수 없게 됩니다. 부디 헤아려 일을 정하십시오."

원소는 그 말을 듣고 벌컥 화를 냈다.

"너희들은 모두 군사들의 마음을 느리고 풀어지게 만들어 세월만 허비하니 큰일에 방해만 될 뿐이다. 어찌하여 군사를 움직이는 데는 재빠름을 높이 여긴다[兵貴神速]는 말도 들어보지 못했느냐?"

그렇게 저수를 꾸짖어 물리쳤다. 저수는 길게 탄식하며 원소 앞을 물러갔다.

"윗사람은 제 뜻만 세우려 들고 아랫사람은 공을 다투기에 바쁘니 넓고넓은 황하를 내 어찌 건널꼬?"

그리고 병을 핑계로 다시는 의논에 끼어들지 않았다.

은근히 원한 대로 원소가 다시 군사를 일으키게 되자 유비가 청했다.

"이 비는 큰 은혜를 입고도 갚을 길이 없습니다. 바라건대 저를 문추 장군과 함께 가게 해주십시오. 첫째로는 명공의 은덕에 보답하기 위함이요, 둘째로는 제 아우 운장의 일이 참인지 아닌지 살펴보고 싶습니다."

"현덕의 뜻이 그러하다면 함께 가도록 하시오."

원소는 기쁜 얼굴로 그렇게 허락하고 문추를 불러 현덕과 함께 전부 군사를 이끌게 했다. 문추가 달갑잖은 얼굴로 원소를 올려보며 말했다.

"유현덕은 이미 싸움에 여러 번 진 장수입니다. 군사를 부리는 데 이롭지 못하니 주공께서 꼭 그를 보내시고 싶으시다면 그에게 삼만 군을 나눠주어 뒤를 맡게 하겠습니다."

아끼는 장수의 말이라 원소가 그걸 허락하자 문추는 스스로 칠만을 이끌고 앞서 가고 유비에게는 삼만을 주어 뒤를 따르게 했다.

한편 조조는 운장이 하북의 명장 안량을 한칼에 베는 것을 보자 흠모하고 공경하는 마음이 더욱 커졌다. 조정에 운장의 공을 요란스레 상주해 올리니 조정은 운장에게 한수정후(漢壽亭侯)를 내리고 그 도장을 새겨 보냈다.

그러나 한숨을 돌린 것도 잠시 조조에게 다시 급한 전갈이 날아들었다.

"원소가 이번에는 대장 문추를 보내 이미 황하를 건너게 했습니다. 지금 연진에 자리를 잡았는데 그 기세가 여간이 아니랍니다."

이에 조조는 먼저 그곳의 백성들을 서하(西河)로 옮겨가게 한 뒤 군사를 이끌고 적을 맞으러 나아갔다. 그런데 그때 행군의 배치가 몹시 특이했다. 지금까지의 전군을 후군으로 삼고 후군을 전군으로 삼으니, 군사를 먹일 곡식과 말 먹일 풀은 앞서고 군사는 뒤를 따르게 되었다.

"곡식과 말먹이 풀을 앞세우고 군사를 뒤따르게 하시는 것은 무슨 뜻입니까?"

여건(呂虔)이 이상히 여겨 조조에게 물었다. 조조가 천연스레 대답했다.

"곡식과 마초를 뒤에 두면 도둑맞고 빼앗기는 일이 많아 앞에 세운 것이네."

"만약 적병을 만나 빼앗기게 되면 그 일은 또 어쩌시겠습니까?"

여건이 이상한 듯 다시 물었다. 조조가 두 눈을 가늘게 뜨고 웃으며 대답했다.

"그건 그때 가면 알게 될 것이니 너무 걱정하지 말게나."

그리고 아직 의문을 풀지 못한 여건을 버려둔 채 곡식과 치중을 앞세워 보내고 자신은 후군에 남았다.

조조가 후군에 섞여 한참 연진을 향해 나가는데 홀연 전군 쪽에서 크게 함성이 일었다. 조조는 짐짓 놀란 체 사람을 시켜 무슨 일이 났는지 알아보게 했다. 오래잖아 급한 전갈이 들어왔다.

"하북의 대장 문추의 군사가 이르러 아군은 군량과 말먹이 풀을 모두 빼앗기고 사방으로 흩어져 달아나고 있습니다. 거기다가 후군은 이토록 멀리 있어 구원해주기 어려우니 이 일을 어찌하면 좋겠습니까?"

그러나 조조는 별로 놀라거나 근심하는 기색이 없었다. 문득 채찍을 들어 양쪽 언덕을 가리키며 말했다.

"하북의 군사들이 그토록 강하다면 잠시 피하는 길밖에 없지. 저기가 좋겠다. 모두 저리로 피하라."

그 말이 떨어지기 바쁘게 조조의 군사들은 그 산 언덕으로 기어올라갔다. 한번 싸워보지도 않고 군사의 사기를 떨어뜨리는 일은 원래 병가가 꺼리는 바였다. 그러나 조조는 거기다가 한술 더 떴다.

"여기서 마음껏 쉬도록 하라. 투구를 벗고 갑옷을 끌러도 좋다. 말은 모두 풀어주어 풀을 뜯게 하라!"

언덕 위에 오른 조조는 또다시 그런 뜻밖의 영을 내렸다. 내막을 알 리 없는 군사들은 조조가 시키는 대로 했다. 그때 문추의 군사들이 어느새 그곳에 이르렀다.

"적군이 왔습니다. 어서 빨리 마필을 거두게 하시고 물러나도록 하십시오. 백마로 돌아가야 합니다."

장수들이 입을 모아 조조를 재촉했다. 오직 순유(荀攸)만이 그런 장수들을 급히 말렸다.

"지금 바야흐로 승상께서 던진 미끼에 적이 걸려들었는데 어찌하여 군사를 물린단 말이오?"

순유는 벌써부터 조조의 속마음을 읽고 있었던 것 같았다. 조조가 그런 순유에게 눈짓을 보내며 웃었다. 순유는 조조가 더 말하지 말라는 뜻인 줄 알고 그대로 입을 다물었다.

문추의 군사들은 이미 조조의 전군으로부터 군량과 마초며 수레와 병장기를 빼앗아 재미를 본 뒤였다. 다시 말들이 흩어져 있는 걸 보자 욕심이 일었다. 싸움은 뒷전에 두고 이리저리 말을 잡는 데만 힘을 쏟으니 대오가 제대로 유지될 리 없었다. 자연 앞뒤가 뒤섞이고 좌우가 얽혀 부대 간의 구분도 없고 군령도 통하지 않는 난군(亂軍)이 되고 말았다.

"이때다! 모든 장졸들은 언덕을 내려가 적을 쳐부수라!"

조조가 그런 문추의 군사들을 내려다보다가 소리쳤다.

조조의 군사들이 갑자기 쳐내려오자 말을 쫓는 데만 정신이 팔려 있던 문추의 군사들은 크게 어지러워졌다. 문추가 제 몸을 돌보지 않고 싸웠으나 뒤죽박죽이 된 군사들이 뒤를 받쳐주지 못했다. 대오도 없고 군령도 통하지 않아 허둥대다가 저희끼리 밟고 밟히는 형편이었다.

그제서야 문추는 지금까지의 손쉬운 승리와 그 수많은 노획품이 모두 조조가 계략으로 내준 미끼였음을 깨달았다. 더 깊이 빠져들기 전에 도망치고자 급히 말 머리를 돌렸다. 언덕 위에서 내려다보고 있던 조조가 그런 문추를 가리키며 자기 장수들에게 다시 소리쳤다.

"문추는 하북의 명장이다. 누가 가서 사로잡아 오겠느냐?"

"제가 가보겠습니다."

장요와 서황이 한꺼번에 그렇게 대답하고 말을 달려 나갔다. 그리고 달아나는 문추를 뒤쫓으며 크게 외쳤다.

"문추는 닫지 말라!"

고개를 돌려 두 장수가 쫓아오는 걸 본 문추는 창을 안장에 꽂고 활을 꺼냈다. 화살을 시위에 먹여 장요를 겨누어 쏘는데 서황이 그를 향해 벽력같이 고함을 질렀다.

"비겁한 놈! 어디다 활질이냐?"

그 말에 뒤쫓는 일에만 정신이 팔려 있던 장요가 얼른 고개를 숙여 날아오는 화살을 피했다. 그러나 화살은 장요의 투구를 맞추고 투구끈을 끊어놓았다. 하마터면 얼굴에 맞을 뻔했던 장요는 크게 성이 났다. 다시 말을 재촉해 뒤쫓는데 뒤이어 날아온 화살이 타고 있던 말의 볼따구니를 꿰뚫었다. 아픔을 견디지 못한 말이 무릎을 꿇으며 나뒹구니 장요도 견디지 못하고 땅에 떨어졌다.

문추가 그 좋은 기회를 놓치려 하지 않았다. 돌연 말 머리를 돌려 말에서 떨어져 뒹구는 장요의 목을 베려 들었다. 서황이 급히 도끼를 휘두르며 나가 그런 문추를 막았다. 그러나 겨우 장요를 구해냈을 뿐, 문추의 등 뒤로 많은 군마가 밀려오는 걸 보자 이내 말 머리를 돌려 달아났다.

이에 다시 힘이 난 문추는 물가를 따라 서황과 장요를 뒤쫓았다. 그때 홀연 한 장수가 여남은 기를 이끌고 깃발을 펄럭이며 말을 달려왔다. 아끼는 두 장수의 위험을 보고 조조가 다시 출전을 허락한 관운장이었다.

"적장은 달아나지 말라!"

관우가 크게 소리치며 문추를 가로막았다. 얼결에 맞부딪고 난 뒤에야 문추도 상대가 누구인지를 알아보았다. 원소 앞에서 친 큰소리와는 달리 안량의 원수갚음에 앞서 겁부터 먼저 났다. 세 합을 싸우기도 전에 말을 박차 달아나려 했다.

하지만 관우가 탄 말이 어떤 말인가, 천하의 적토마라 빠르기가 문추의 말에 비할 바가 아니었다. 어느새 문추를 뒤따라와 칼을 들어 그 머리통을 갈기니 문추의 목은 말 아래로 굴러떨어졌다.

조조는 흙언덕 위에서 관우가 문추의 목을 베는 걸 보자 일시에 인마를 몰아 내려왔다. 하북의 군마는 태반이 물에 빠져 죽고 그들에게 빼앗겼던 군량과 마초며 말은 다시 조조에게로 돌아갔다.

관운장이 좌충우돌하며 쫓기는 원소의 군사들을 죽이고 있을 때 문추의 뒤를 받치고 있던 유현덕이 부근에 이르렀다. 앞서 나가 있던 군사들이 문추의 소식을 알아 유현덕에게 전했다.

"전군이 패했는데, 이번에 붉은 얼굴에 긴 수염을 늘어뜨린 장수가 문추를 베어 죽였다고 합니다."

그 말을 들은 유현덕은 황급히 물가로 말을 몰아 싸움터를 건너보았다. 화살이 닿을 거리로 물 건너 싸움터에서 한 장수가 나는 듯 말을 몰며 하북의 군사들을 짓밟고 있는데 그를 따르는 깃발에는 '한수정후 관운장'이란 일곱 자가 뚜렷했다. 정말로 아우가 조조의 진중에 살아 있음을 확인한 셈이었다.

반가운 마음 같아서는 불러 만나보고 싶었으나 승세를 탄 조조의 군사들에게 둘러싸인 관우라 그럴 수도 없었다. 우선 위급이나 피하고자 문추의 남은 군사들을 거두어 원소의 본진으로 돌아갔다.

그때 원소는 본진과 더불어 관도까지 나와 있었다. 유현덕에 앞서 문추가 싸움에 져 죽은 소식부터 원소에게 들어갔다.

"이번에 문추를 죽인 것도 관우임에 틀림없습니다. 유비는 거짓으로 모르는 체하고 있을 뿐입니다."

모사인 심배와 곽도가 원소를 찾아보고 그렇게 말하며 유비를 헐뜯었다. 귀가 엷은 원소는 그 말에 크게 노했다.

"그 귀 큰 도적놈이 어찌 감히 이럴 수 있단 말이냐!"

그렇게 내뱉으며 기다리는데 유비가 오래잖아 찾아들었다. 원소는 앞뒤 살필 것도 없이 유비를 가리키며 무사들에게 소리쳤다.

"여봐라, 저놈을 당장 끌어내다가 목을 쳐라!"

"명공, 제게 무슨 죄가 있다고 이러십니까?"

유비가 놀라 원소에게 물었다. 원소가 노한 소리로 꾸짖었다.

"너는 네 아우를 시켜 이제 또 내가 아끼는 장수 하나를 죽였다. 그러고도 죄가 없다 하겠느냐?"

유비는 속으로 다급했다. 그러나 겉으로는 태연한 표정을 지으며 조용히 청했다.

"저를 죽이더라도 한마디만 들어주신 뒤에 죽이십시오."

"아직도 할 말이 남았더란 말이냐?"

"그렇습니다. 모든 것은 조조가 이 유비를 미워하여 꾸민 계책입니다. 제가 명공께 의지하고 있는 줄 알자 제가 명공을 도울까 두려위 특히 관운장을 보내 안량, 문추 두 장수를 죽이게 한 것입니다. 명공께서 그 일을 알면 반드시 노해 저를 죽이리라 생각하고 한 일이니, 이는 즉 명공의 손을 빌어 이 유비를 죽이고자 하는 계책이 아니고 무엇이겠습니까? 바라건대 깊이 헤아려주십시오."

그 말에 줏대없는 원소의 노기는 이내 눈 녹듯 스러졌다. 대신 가장 생각 깊은 체 오히려 곽도와 심배를 꾸짖어 물리쳤다.

"현덕의 말이 옳다. 그대들은 몇 번이나 까닭없이 죄없는 사람을 죽이도록 충동하여 내 어진 이름에 해를 끼칠 뻔했다."

그리고 다시 현덕을 전처럼 윗자리에 앉게 했다.

"명공의 너그럽고 크신 은혜를 입었으니 실로 어떻게 보답해야 할지 모르겠습니다. 생각 같아서는 믿을 만한 사람 하나를 뽑아 운장에게 보냈으면 좋겠습니다. 그가 가서 글과 함께 내가 여기 있다는 소식을 전하면 운장은 반드시 그 밤으로 달려올 뿐만 아니라 명공을 도와 함께 조조를 없애고 안량과 문추의 원수를 갚을 것입니다. 그 일을 어떻게 보십니까?"

유비가 때를 놓치지 않고 원소에게 그렇게 물었다. 원소는 더욱 기뻐하며 그 자리에서 허락했다.

"내가 운장을 얻게 된다면 안량과 문추를 함께 거느린 것보다 열 배 낫소."

이에 유비는 그 자리에서 관우에게 보낼 글을 썼으나 워낙 중한 일이라 그걸 가지고 갈 만한 사람을 쉽게 구할 수 없었다.

"급히 먹는 밥이 체하는 법이오. 잠시 군사를 물리고 마땅한 사람을 구해 보내도록 합시다. 조조와의 싸움은 관운장을 얻은 후에 해도 늦지 않소."

원소가 다시 생각 깊은 체 그렇게 말하며 군사를 무양(武陽)으로 물리게 했다. 그리고 수십 리에 뻗쳐 진채를 내린 뒤 군사를 묶어 움직이지 아니했다.

원소가 그렇게 물러나자 아직 그의 근거를 뽑을 만한 힘을 갖지 못한 조조 또한 군사를 물리는 길밖에 없었다. 하후돈에게 군사를 주어 관도의 길목을 지키게 하고 자신은 나머지 장졸들과 함께 허도로 돌아갔다.

천자를 뵙고 싸움의 경과를 간단히 전한 조조는 곧 크게 잔치를 열고 뭇 관원들을 불렀다. 어쨌든 싸움에 이기고 돌아온 끝이라 여럿에게 위로와 치하를 내리기 위함이었다.

물론 관도의 싸움에서 으뜸가는 공을 세운 것은 관우였다. 조조는 관우의 무예를 입에 침이 마르도록 추켜세운 뒤 여건을 돌아보았다.

"전에 내가 군량과 마초를 앞세운 것은 문추를 잡기 위한 미끼를 놓은 것이었네. 오직 순공달(荀公達, 순유)만이 알더군."

뒤늦게 여건의 의문에 대답하는 조조의 말을 듣고 그 자리에 있던 사람들은 한결같이 탄복을 금치 못했다.

술자리는 그렇게 차차 무르익어갔다. 그런데 한창 홍이 오를 무렵 홀연 급한 전갈이 왔다.

"여남에서 황건의 잔당 유벽(劉辟)과 공도(龔都)가 몹시 험하게 날뛰고 있습니다. 조홍이 여러 번 싸웠으나 이롭지 못해 군사를 보내 구해주기를 청하고 있습니다."

관우가 그 말을 듣기 바쁘게 일어나 말했다.

"바라건대 제가 개나 말의 수고를 맡아 여남의 도적들을 깨칠까 합니다."

"운장은 이번 싸움에 큰 공을 세웠으나 아직 이렇다 할 보답조차 못했는데 어찌 다시 힘든 싸움길에 나서려 하시오?"

조조가 공을 서두르는 관우에게 물었다. 어서 빨리 그로부터 입은 은혜의 짐에서 벗어나고 싶은 마음을 숨기고 관우가 둘러댔다.

"이 관아무개는 오래 한가로이 지내면 반드시 병이 납니다. 한 번 더 몸을 풀어 병을 막을까 합니다."

어떻게 들으면 오만스럽기 짝이 없는 말이었다. 그러나 사람에게 반한다는 게 원래 그러한지 조조에게는 조금도 역겹지 않았다. 오히려 그런 관우의 호기에 어떤 믿음까지 가지며 그 자리에서 출전을 허락했다. 군사 오만과 아울러 우금과 악진을 부장으로 딸려 다음 날로 여남을 향해 가게 했다.

"관우는 언제나 유비에게로 돌아갈 마음뿐입니다. 만약 유비의 소식을 듣는다면 반드시 가버릴 사람이니 자주 나가게 해서는 아니 됩니다."

조조가 너무 쉽게 허락하는 걸 보고 순욱이 몰래 조조에게 말했다. 우금과 악진을 부장으로 딸려 보낼 만큼 그쪽으로도 전혀 살피지 않은 조조는 아니었으나 순욱이 그렇게 말하자 뜨끔한 모양이었다. 문득 미간에 한 가닥 주름을 지으며 대답했다.

"알겠소. 이번에 한 번 더 공을 세우고 돌아오면 다시는 싸우러 내보내지 않겠소이다."

한편 여남에 이른 관우는 곧 영채를 세우고 싸울 태세를 했다. 그런데 바로 그날 밤 영채 밖에서 두 사람의 세작이 잡혔다는 전갈이 왔다. 끌려온 둘을 관우가 보니, 놀랍게도 그중에 하나는 손건이었다. 관우는 급히 좌우를 꾸짖어 물리친 뒤 손건에게 물었다.

"공은 그때 서주가 무너진 후 어디로 갔는지 자취조차 알 길 없더니 이제 무슨 일로 이곳에 오시었소?"

"저는 겨우 몸을 빼쳐 나온 뒤 여남 땅을 떠돌아다니다가 다행히 유벽이 거두어주어 그에게 머물렀습니다. 그런데 지금 장군께서는 어떻게 하여 조조에게 가게 되었습니까? 또 감, 미 두 부인께서는 어떻게 지내시는지 아직 모르십니까?"

손건이 관우의 물음을 받고 그렇게 되물었다. 이에 관우는 그동안에 있었던 일을 자세히 손건에게 일러주었다. 듣고 난 손건이 문득 목소리를 낮추어 말했다.

"근자에 들으니 현덕공은 원소에게 있다고 합니다. 저도 그 소식을 듣고 그리로 가려 했으나 아직 마땅한 길을 찾지 못했습니다. 그런데 다행한 일은 유벽과 공도도 원소에게 투항하여 함께 조조를 치고자 하는 것입니다. 저를 이렇게 보낸 것도 이번에 장군께서 오신다는 말을 듣고 그 뜻을 장군께 알리고자 함이었습니다. 내일 유벽과 공도 두 사람은 거짓으로 싸움에 진 척 달아날 것이니 장군께서는 되도록이면 빨리 허도로 돌아가도록 하십시오. 가서 두 부인을 모시고 원소에게로 가면 거기서 현덕공을 뵈올 수 있을 것입니다."

그 말을 듣자 관우는 한동안 감격으로 말문을 열지 못했다. 그러다가 이윽고 마음을 가다듬어 말했다.

"이미 형님께서 원소에게 있다는 것을 알았으니 나는 밤길을 달려서라도 반드시 그리로 갈 것이오. 그러나 한스런 것은 내가 안량과 문추를 베어 죽인 일이구려. 이번 일이 그 일로 어떻게 변할까 두렵소이다."

"그것은 제가 먼저 가서 원소의 허실을 살핀 뒤에 다시 장군께 와서 알려드리겠습니다."

손건이 그런 말로 관우를 안심시켰다. 그러자 관우가 눈물이 글썽한 얼굴로 다짐했다.

"형님의 얼굴을 다시 한번 뵈올 수 있다면 만 번 죽더라도 마다하지 않을 것이오. 이번에 허도로 돌아가면 되도록 빨리 조조와 작별하고 그리로 가리다."

그리고 그날 밤 몰래 손건을 놓아 보냈다.

다음 날 관우가 군사를 이끌고 싸움을 돋우니 유벽과 공도도 나란히 진문에 나와 섰다. 관우가 그런 둘을 꾸짖었다.

"너희들은 어찌하여 조정에 반역하려 드느냐?"

"너는 주인을 배반한 놈이다. 그런데 오히려 나를 꾸짖으려 들다니 가소롭구나!"

공도가 거짓으로 관운장의 화를 돋우었다. 관운장도 짐짓 화난 듯 한층 목소리를 높였다.

"내가 어떻게 주인을 배반했단 말이냐?"

"유현덕은 원본초에게 가 있는데 너는 그를 버리고 조조를 따르고 있다. 그게 주인을 저버린 것이 아니고 무엇이냐?"

그러자 관우는 대꾸 대신 칼을 휘두르며 말을 박차 달려 나갔다. 분통이 터져 더 참을 수 없는 사람처럼 보였다. 공도는 그 엄청난 기세에 질렸다는 듯 한번 제대로 어울려보지도 않고 말 머리를 돌려 달아났다. 관우가 말을 달려 그런 공도를 바짝 뒤쫓았다. 한참을 쫓기던 공도가 문득 몸을 돌려 말했다.

"옛 주인의 은혜를 잊어서는 아니 되오. 나는 이제 여남을 내줄 것이니 공은 속히 이곳을 평정하고 허도로 돌아가시오."

그러고는 말을 후려 달아났다. 공도의 뜻을 알아차린 관우는 그를 쫓는 대신 군사들을 몰아 일시에 앞으로 나가게 했다. 그러자 유벽과 공도의 군사들은 정말로 싸움에 크게 져 쫓기는 것처럼 사방으로 흩어져 달아나버렸다.

관우는 무사히 여남을 평정하고 그곳 백성들을 안돈시키자마자 허도로 군사를 돌렸다. 아무것도 모르는 조조는 성 밖까지 나와 관우를 맞아들이고 군사들에게는 후하게 상을 내려 노고를 위로했다.

조조가 승리를 축하하기 위한 잔치가 끝나자 관우는 거처로 돌아가 여느 때처럼 안채 문 밖에서 두 형수에게 문안을 드렸다. 감부인이 답을 하기 바쁘게 물었다.

"큰아주버님께서는 두 번이나 바깥으로 싸움을 나갔다 오셨는데도 아직 황숙의 소식을 듣지 못하셨습니까?"

"못 들었습니다."

관우가 시치미를 떼고 대답했다.

"아마도 황숙께서 돌아가신 모양이구려! 큰아주버님께서는 우리 두 사람이 괴로워할까 봐 일부러 숨기고 말하지 않는 것이지요."

두 부인이 문득 그렇게 말하며 통곡했다. 관운장은 듣기가 민망해 그 자리를 피했으나 두 부인은 오래도록 울음을 그치지 않았다. 그때 안채를 지키던 군사들 중에 관공을 따라 싸우러 갔다가 돌아온 늙은 군사 하나가 있었다. 두 부인의 울음소리가 그치지 않는 걸 보고 문 밖에서 소리쳤다.

"두 분 부인께서는 그만 우십시오. 주인께서는 지금 하북의 원소에게 계십니다."

"그대가 어찌 아는가?"

감부인이 울음을 그치고 물었다. 늙은 군사가 멋모르고 밝혔다.

"관장군을 따라 싸우러 나갔을 때 장군의 진채로 와 그렇게 일러준 사람이 있었습니다."

그러자 부인은 급히 운장을 불러들이게 했다.

"황숙께서는 아주버님을 저버린 적이 없으신데 아주버님은 이번에 새로이 조조의 은덕을 입자 지난날의 의를 잊으신 모양이군요. 무엇 때문에 우리에게 사실을 밝히지 않았습니까?"

따지며 묻는 부인의 목소리는 꾸짖음과 다르지 않았다. 그제서야 관운장은 누군가 부인에게 사실을 이야기한 줄 알았다. 머리를 숙이며 조용히 대답했다.

"형님께서 지금 하북에 계신 것은 사실입니다. 그러나 두 분 형수님께 알리지 않은 것은 이 일이 바깥으로 새어나갈까 두려워서였습니다. 형님께로 가는 것은 때를 보아 천천히 도모해야지 급하게 서둘러서는 아니 됩니다."

그 말에 관운장의 깊은 뜻을 깨달은 부인도 성난 기색을 풀었다.

"그렇다면 아주버님께서 하신 일이 옳습니다. 마땅히 긴밀하게 처리하셔야지요."

그렇게 말하며 부끄러운 빛까지 띠니 관운장도 비로소 근심을 거두고 물러났다.

관운장은 유비를 찾아갈 방도를 깊이 생각해보았으나 마땅한 계책이 얼른 떠오르지 않았다. 공연히 마음만 어지러워 앉으나서나 불안하기만 할 뿐이었다.

그 무렵 우금도 유비가 하북에 있다는 것을 알게 되었다. 가만히 조조에게 알리니 조조는 장요를 불러 관운장을 떠보게 했다. 명을 받은 장요는 그 길로 관우를 찾아가 불쑥 말했다.

"듣기로 형께서는 싸움터에서 현덕의 소식을 얻으셨다기에 이렇게 하례를 드리러 왔습니다."

깊은 생각에 잠겨 있던 관운장은 그 말을 듣자 놀랐다. 장요가 그 일을 알고 있다면 조조 또한 알고 있을 것이기 때문이었다. 더 감출 필요가 없다는 걸 깨닫자 오히려 거리낌없이 속을 드러냈다.

"비록 옛 주인이 살아 계시다 하나 얼굴 한번 뵙지 못했으니 무엇이 기쁘겠소? 오히려 시름만 쌓일 뿐이오."

"형과 현덕의 교분이 저와 형의 교분에 비해 어떠합니까?"

관우가 솔직하게 속마음을 드러내자 장요도 말을 둘러 하지 않고 바로 물었다. 이번에도 관우는 속말을 그대로 입밖에 내었다.

"공과 나는 붕우의 교분이 있소. 그러나 황숙과 나는 붕우의 교분에다 형제의 정이 겹치고 군신의 의까지 더했소. 어찌 더불어 비교가 되겠소이까?"

"그렇다면 이제 현덕이 하북에 있음을 알았으니 형께서는 그리로 가실 작정이십니까?"

"그렇소이다. 지난날의 말을 어찌 저버릴 수 있겠소? 문원께서 마침 찾아오셨으니 부탁드리는 바지만 승상께 돌아가거든 이 뜻을 전해주시오."

관운장은 오히려 장요가 찾아온 것을 조조에게 자기 뜻을 알릴 기회로 삼았다.

하릴없이 돌아간 장요는 곧 조조에게 관우의 뜻을 전했다. 한동안 어두운 얼굴로 말이 없던 조조가 무슨 생각이 났는지 문득 표정을 밝게 고치며 말했다.

"알겠네. 내게도 생각이 있네. 꾀를 쓰면 그를 붙잡아둘 수도 있겠지."

한편 장요를 보낸 관운장은 다시 깊은 생각에 잠겼다. 두 부인과 많지 않은 수하들이나 그들을 데리고 떠나는 것은 홀몸으로 달려가는 것보다 열백 배 어려운 일이었다.

"친구분이 찾아오셨습니다."

문득 부리는 늙은 군사가 그런 관우를 깊은 생각에서 끌어냈다.

"들라 이르라."

관우가 그렇게 불러들여 놓고 보니 전혀 낯선 사람이었다.

"공은 뉘시오?"

관우가 의아로운 눈길로 찾아온 손을 보며 물었다. 손이 목소리를 낮추어 자기를 밝혔다.

"저는 원공(袁公) 아래서 일하는 사람으로 이름을 진진(陳震)이라 합니다."

그가 원소에게서 왔다는 말에 관우는 몹시 놀랐다. 곧 좌우를 꾸짖어 물리친 뒤에 또한 목소리를 낮추어 물었다.

"선생께서 이렇게 오신 데는 반드시 까닭이 있을 것입니다. 어인 일이십니까?"

"현덕공께서 보내신 글을 가지고 왔습니다."

진진은 그 말과 함께 편지 한 통을 내주었다. 관우가 뜯어보니 눈에 익은 유비의 글씨였다.

'이 유비와 그대는 지난날 도원에서 함께 죽기로 하였네. 그러나 이제 맹세는 어그러져 옛 은혜는 잊혀지고 의리는 끊어진 듯하이. 보기에 그대는 공명을 이루고 또 부귀를 얻기로 작정한 사람 같으니 바라건대 이 유비의 목을 가져가 큰 공을 이루도록 하게나! 어찌 몇 자 글로 마음속에 있는 말을 다 펼칠 수 있겠는가. 다만 깊게 목을 늘여 그대의 명을 기다릴 뿐이네.'

그 같은 글을 읽자 관우는 자기를 알아주지 않는 유비가 야속하고 또한 진작 죽지 못한 자신이 부끄러웠다. 큰 소리로 통곡하며 탄식했다.

"제가 형님을 찾고자 아니한 것이 아니라 다만 계신 곳을 몰랐을 뿐입니다. 어찌 부귀를 구해 옛 맹세를 잊었을 리 있겠습니까?"

그러자 비로소 운장의 속마음을 확인한 진진이 은근하게 말했다.

"현덕은 공을 그리는 마음이 이와 같고 공 또한 옛 맹세를 저버린 게 아니라면 어찌 이대로 계십니까? 얼른 하북으로 가서 뵙도록 하십시오."

"알겠습니다. 하지만 사람으로 태어나 처음과 끝이 분명치 못하면 군자라 할 수 없을 것입니다. 내가 조조에게로 올 때가 뚜렷했으니 갈 때 또한 뚜렷하지 않을 수 없습니다. 우선 글 한 통을 써드릴 터이니 번거로우시겠지만 공께서 먼저 가 형님께 전해주십시오. 나는 조조에게 작별을 고한 뒤에 두 분 형수님을 모시고 그리로 가서 형님을 뵙겠습니다."

관운장의 그 같은 말에 진진이 물었다.

"조조가 떠남을 허락지 않으면 어찌시겠습니까?"

"내가 죽을지언정 어찌 이곳에 계속하여 머물겠습니까? 그 일은 걱정하지 마십시오."

그러자 진진도 마음을 놓은 듯 말했다.

"정히 그러하시다면 공께서는 어서 글을 써주십시오. 제가 현덕공께 전해 올리겠습니다."

이에 관우는 붓을 들어 썼다.

'듣기로 의로움은 진정을 저버리지 않는 것이요, 충성스러움은 죽음을 돌보지 않는 것이라 했습니다[義不負心 忠不顧死]. 관우는 어려서 책을 읽어 어렴풋이나마 예와 의를 아는 바 있으니, 저 양각애(羊角哀)와 좌백도(左伯桃)의 옛일(둘 다 연나라 사람으로 친구였는데 함께 초나라에 가다가 큰 눈비를 만났다. 이에 좌백도가 가지고 있던 식량과 입고 있던 옷을 벗어 주며 양각애를 떠나게 하고 자신은 빈 나무등걸에서 굶어 죽었다)에 이르러서는 세 번이나 탄식하고 울었습니다.

전에 하비성을 지킬 때 안으로는 쌓아둔 곡식이 없고 밖으로는 구원 오는 군사가 없어 오직 싸우다 죽을 수밖에 없었습니다. 그러나 두 분 형수님의 목숨이 무거우니 함부로 제 목을 끊고 몸을 내던져 형님께서 저를 믿고 맡기신 뜻을 저버릴 수 없었습니다. 잠시 굴레 쓴 몸으로나마 살아남아 뒷날 다시 만나기를 기약하기로 했던 것입니다.

그러다가 근래에 여남에 이르러서야 비로소 형님의 소식을 듣게 되었습니다. 곧 조조를 만나 작별을 고한 뒤 두 분 형수님을 모시고 그리로 돌아가겠사오니 만에 하나라도 저를 의심치 마십시오. 만약 제가 딴마음을 품었다면 귀신과 사람이 아울러 저를 죽여 간이 쪼개지며 쓸개가 쏟아지게 할 것입니다. 종이와 붓으로 어찌 다할 수 있겠습니까? 다만 절하며 뵈올 날이 가까우니 엎드려 비옵건대 부디 이 같은 관우의 진정을 밝게 살펴주십시오.'

관우가 쓰기를 마치고 글을 봉해 내어주자 진진은 깊이 간직하고 하북으로 돌아갔다.

진진을 보낸 관운장은 곧 안으로 들어가 유비에게서 사람이 온 일을 알린 뒤 조조가 있는 승상부로 갔다. 작별을 고하고자 함이었다. 그러나 조조는 관운장이 그 일로 올 줄 알고 문앞에 회피패(回避牌)를 높게 걸어놓고 있었다. 손님을 만나지 않겠다는 뜻이니 관운장은 마음이 급했으나 그대로 돌아오지 않을 수 없었다.

조조 만나는 일을 다음 날로 미룬 관운장은 우선 자신이 데리고 온 사람들에게 명하여 수레와 말을 준비케 했다. 그리고 집안 사람들에게는 원래 가지고 온 것이 아니면 모두 남겨두고 특히 조조에게서 받은 것은 터럭 하나라도 가지고 가는 일이 없게 했다.

　다음 날이 되었다. 관운장은 다시 조조의 부중을 찾았다. 감사와 아울러 작별을 고하려 함이었으나 문에는 여전히 회피패가 높게 걸려 있었다. 몇 번이나 거듭 찾아가도 조조는 끝내 만나볼 수가 없었다.

　관운장은 할 수 없이 장요의 집으로 가보았다. 그를 찾아보고 조조의 일을 알아보려 했지만 장요 또한 병을 핑계로 나와 보지도 않았다.

　'이는 틀림없이 조승상이 나를 보내려고 하지 않기 때문일 것이다. 하지만 이미 떠나기로 작정했는데 어찌 다시 머물 수 있으랴.'

　관운장은 속으로 그렇게 생각하고 거처로 돌아와 글 한 통을 썼다. 직접 만나 작별을 고하는 대신 조조에게 남기는 글이었다.

　'관우는 젊을 적부터 황숙을 섬겨 죽고 살기를 함께하기로 맹세했으니 하늘과 땅이 그 맹세의 말을 들었을 것입니다. 지난날 하비성이 떨어질 때 승상께 제가 세 가지 소청을 드린 바 있었는데 승상께서는 은혜를 베풀어 들어주셨습니다. 이제 알아보니 옛 주인은 원소의 군중에 있다 합니다. 지난날의 맹세를 생각해서라도 어찌 저버릴 수 있겠습니까? 승상께서 새로이 베풀어주신 은혜가 크나 잊기 어려운 것은 지난날 황숙께 입은 은혜입니다. 이에 특히 글을 올려 작별을 고하오니 엎드려 빌건대 부디 밝게 헤아려주십시오. 아직 다 갚지 못한 은혜 다른 날 갚게 될 수 있기를 바랄 뿐입니다.'

그렇게 쓰기를 마친 관운장은 사람을 승상부로 보내 그 글을 조조에게 바치게 했다. 그리고 조조로부터 받은 금은은 일일이 봉해 창고에 넣어두게 하고 한수정후의 인(印)은 당상 눈에 잘 띄는 곳에 걸어두었다.

"이제 두 분 형수님께서도 수레에 오르십시오."

집 안팎 비질까지 깨끗이 끝난 뒤에야 관운장은 두 부인에게 그렇게 청했다. 그리고 자신도 청룡도를 쥔 채 훌쩍 적토마에 뛰어올랐다. 전부터 관운장을 따르던 군사들도 두 부인이 탄 수레를 호위하며 그런 관운장을 따랐다.

『연의』에서 가장 정채(精採) 있는 부분은 종종 정사에 없거나 지은이가 꾸며낸 부분이 된다. 그런데 이 대목만은 정사에 일치하면서도 읽는 이로 하여금 가슴 뭉클한 감동을 자아내는 부분이다. 천자를 끼고 천하를 호령하는 조조의 정성을 다한 후대와 이미 손에 넣은 것이나 다름없는 부귀와 영화를 헌신짝처럼 버리고, 무릎 꿇을 땅 한 치 없이 남의 식객 노릇이나 하고 있는 옛 주인을 찾아 관우는 멀고 험한 길을 떠나고 있다.

뒷날 사람들은 흔히 관우를 그릴 때 등 뒤에 세우는 청룡도와 함께 손에 책 한 권을 들게 했다. 그 책은 바로 공자가 지어 난신과 적자들의 가슴을 서늘케 했다는 『춘추(春秋)』이다. 관우는 일생 그 책을 지니고 다니며 틈 날 때마다 되풀이 읽었다고 하는데 명분을 존중하고 대의를 앞세우는 그의 정신은 바로 거기서 길러진 것임에 틀림이 없다. 그리고 그중에서도 가장 극적으로 그런 정신을 드러내는

것이 지금 유비를 찾아 떠나는 이 대목이 된다. 진정 아름답고 드
높은 『춘추』의 향내였다. 아니, 관우 그는 『춘추』를 일관하는 정신의
한 살아 숨쉬는 화신이라고 말할 수도 있으리라.

다섯 관(關)을 지나며
여섯 장수를 베다

급히 수레를 몰고 말을 달린 관공(여기서부터 관우의 호칭을 『연의』에서 쓰는 대로 관공으로 한다. 벼슬은 후에 올랐고, 단기천리로 충의의 절정을 보여주므로)의 일행은 오래잖아 북문에 이르렀다. 문을 지키던 관리가 막으려 들었으나 관공이 성난 눈길로 청룡도를 쳐들자 질겁을 하고 달아나버렸다.

별다른 일 없이 북문을 빠져나오자 문득 관공이 따르는 무리에게 말했다.

"너희들은 먼저 수레를 호위하여 앞으로 나가거라. 뒤따르는 자가 있으면 내가 모두 막을 터이니 두 분 형수님을 놀라게 해서는 아니 된다."

이에 늙은 군사들은 관공을 뒤에 남겨둔 채 수레를 밀고 급히 큰

길로 나아갔다. 한편 그때 조조는 여러 모사와 장수들을 불러놓고 관공의 일을 의논하고 있었다. 그런데 웬 사람이 관공이 보낸 것이라 하며 글 한 통을 가져왔다.

"운장이 기어이 가버렸구나!"

얼른 글을 읽어본 조조가 그렇게 탄식했다. 그때 이번에는 북문을 지키던 군사들의 우두머리가 급한 전갈을 보내 왔다.

"관공이 문을 앗아 달아났습니다. 수레와 스무남은 명을 이끌고 있었는데 모두 북쪽을 향해 갔습니다."

그 전갈에 모여 있던 이들은 모두 놀랐다. 그런데 다시 관공의 거처에 가본 사람이 알려왔다.

"관공은 승상께서 내리신 금은과 재물들을 고스란히 창고에 봉해두고 미녀 열 사람도 모두 내실에 남겨두었습니다. 한수정후의 인은 당상에 걸어두고 그밖에 승상께서 보내신 사람들은 아무도 데려가지 않은 채 원래 데려왔던 자들만 보따리를 싸 따르게 했을 뿐입니다."

그러자 모여 있던 이들 가운데 한 장수가 내달으며 소리쳤다.

"제게 철기 삼천만 주십시오. 관우를 사로잡아 승상께 바치겠습니다."

조조가 그 장수를 보니 채양(蔡陽)이란 자였다. 원래 조조의 장수들 중에서 장요와 서황은 관공과 교분이 두터웠고 다른 장수들도 모두 관공에게 경복(敬服)하는 터였으나 오직 채양만이 관우를 대수롭지 않게 여겼다. 따라서 관공이 갔다는 말을 듣고도 다른 장수들은 모두 가만히 있는데 유독 그만 쫓아가겠다고 나선 것이었다.

"아니다. 그럴 필요는 없다. 옛 주인을 잊지 않을 뿐만 아니라 오고감이 분명하니 관공이야말로 참으로 장부다. 너희들은 모두 그를 본받아야 한다."

조조가 그렇게 말하며 채양을 꾸짖어 물리쳤다. 정욱이 그런 조조에게 말했다.

"승상께서는 그를 그토록 두터이 보살폈건만 그는 작별조차 고하지 않은 채 어지러운 글만 남기고 떠났으니 이는 승상의 크신 위엄을 모독한 것입니다. 그 죄가 적지 않은 데다 또 이제 그가 원소에게 돌아가도록 버려둔다면 그것은 호랑이에게 날개를 더하는 격이 됩니다. 따라서 죽여 후환을 없애는 게 좋겠습니다."

"관공의 떠남은 내가 전날 이미 허락한 일이오. 사람이 어찌 믿음을 저버릴 수가 있겠소? 각자 자기 주인을 위해 하는 일이니 뒤쫓아서는 아니 되오."

조조가 정욱의 말에 그렇게 답한 뒤 장요를 보고 말했다.

"운장은 금은을 봉해놓고 한수정후의 인을 걸어둔 채 떠났으니 재물로도 그 마음을 움직일 수 없고 벼슬로도 그 뜻을 옮기게 할 수 없었다고 할 수 있다. 실로 내가 우러르고 싶은 사람이다. 생각건대 그는 아직 멀리 가지 못했을 것이다. 나는 그를 뒤따라 마지막으로 내 정을 보이고 싶으니 그대는 먼저 가서 잠시만 머무르라 이르라. 길 가면서 쓸 재물과 옷 한 벌을 내려 뒷날의 정표로 삼고자 한다."

그 같은 조조의 명에 장요는 단기(單騎)로 관공을 뒤쫓았다. 잠시 후 재물과 의복을 마련케 한 조조도 수십 기만 데리고 관공을 찾아나섰다.

원래 관공이 탄 말은 하루에 천리를 간다는 적토마였다. 뒤쫓는다
고 될 일이 아니나 두 부인이 탄 수레를 호위하며 가는 길이라 함부
로 닫지 못하고 천천히 가는 바람에 장요는 쉽게 뒤쫓을 수 있었다.

"운장께서는 잠시만 걸음을 늦추시오!"

저만큼 관공의 일행이 보이자 장요가 크게 소리쳤다. 관공은 장요
가 말을 박차 달려오는 걸 보자 먼저 걱정이 됐다. 따르는 무리에게
수레를 재촉해 대로로 급히 달리게 하고 자신은 청룡도를 꼬나든 채
적토마를 달려 장요를 막아 섰다.

"문원은 나를 뒤쫓아 다시 승상께로 데려가려고 하는 게 아닌가?"

관공이 그같이 묻자 장요가 손을 저으며 대답했다.

"아니오. 승상께서는 형이 먼 길을 떠나셨단 말을 듣고 몸소 배웅
하고자 하십니다. 따라서 특히 나를 먼저 보내 잠시 수레를 멈추도
록 청하게 하셨을 뿐 별다른 뜻은 없습니다."

"그렇다면 기다리겠소. 하지만 만약 승상이 철기를 거느리고 온다
면 나는 한판 죽기로 싸워볼 것이오."

관우는 그렇게 대답하고도 마음이 놓이지 않는지 혼자서 여럿을
대적하기 좋은 다리목에 자리를 잡았다. 오래잖아 조조가 수십 기를
이끌고 나는 듯 달려오는 게 보였다. 그 등 뒤를 따르는 것은 허저,
서황, 우금, 이전 등의 장수들이었다.

조조는 관우가 말을 탄 채 다리 위에 서 있는 걸 보고 자신을 의
심하고 있음을 짐작했다. 함께 온 장수들에게 말을 멈추고 좌우로
벌려 서게 했다. 장수들의 손에 병장기가 없는 걸 보고서야 관공도
조금 마음을 놓는 듯했다.

"운장은 어찌 그리 서두르시오?"

조조가 목소리를 부드럽게 하여 물었다. 관공은 말 위에서 몸을 굽혀 예를 표한 뒤 대답했다.

"이 관아무개는 전에 일찍이 승상께 말씀드린 대로 하고 있을 뿐입니다. 이제 옛주인께서 하북에 계시다니 제가 어찌 급히 서두르지 않을 수 있겠습니까? 여러 차례 승상부로 갔으나 승상을 뵈올 길이 없어 할 수 없이 글을 올려 작별을 대신하고 떠났습니다. 그동안 승상께서 내리신 금은은 모두 창고에 봉해두고 인수도 당상에 걸어두고 왔으니 바라건대 승상께서는 지난날의 약조를 잊지 마시고 저를 이대로 가게 해주십시오."

"나는 천하 사람들로부터 믿음을 얻고자 하는 사람이오. 어찌 지난날의 약조를 저버릴 수 있겠소? 다만 장군께 길 가는 동안 모자람이 있을까 걱정되어 약간의 노자를 드리고 보내려 할 뿐이외다."

그러고는 뒤따르던 이로 하여금 마련해 온 황금 한 쟁반을 관공에게 올리게 했다. 관우가 사양했다.

"이미 여러 번 은덕을 입어 아직 남은 재물이 약간 있습니다. 이 황금은 남겨두었다가 장사들에게 상으로 내리십시오."

"작은 재물이나 장군이 세운 큰 공의 만분의 일이라도 갚고자 하여 내리는 것인데 어찌 이렇게 마다하시오?"

조조가 다시 그렇게 권했으나 관우는 끝내 고개를 젓는다.

"구구하고 보잘것없는 노력이었을 뿐입니다. 새삼 입에 올릴 가치조차 없으니 거두어주십시오."

그러자 조조가 쓸쓸하게 웃으며 말했다.

"운장은 천하의 의사이나 한스럽게도 내 복이 엷어 붙들어두지 못하는구려. 황금은 그렇다 쳐도 이 금포 한 벌만은 거두어주시오. 간략하게나마 한 조각 내 정성을 표하고 싶소이다."

그리고 한 장수로 하여금 두 손으로 금포를 관공에게 받쳐 올리게 했다. 관공은 그것마저 거절할 수는 없었다.

그러나 다른 변이 있을까 두려워 청룡도 끝으로 옷 보퉁이를 꿰어 받은 다음 금포를 꺼내 몸에 걸쳤다.

"승상께서 내리신 금포이니 고맙게 받겠습니다. 다른 날 다시 뵈옵기로 하고 오늘은 이만 물러가겠습니다."

이윽고 관공은 그 말과 함께 말 머리를 돌렸다. 그리고 조조가 연연한 눈으로 보는 사이에 부연 흙먼지를 날리며 말을 몰아 북쪽으로 사라졌다.

"저자의 무례함이 너무 심합니다. 어찌 사로잡지 않으십니까?"

관공이 하는 양을 못마땅하게 보고 있던 허저가 마침내 참지 못하고 그렇게 불평했다. 조조가 그런 허저를 달랬다.

"저는 한 사람이고 우리는 여남은 명이나 되니 어찌 의심이 나지 않겠는가? 내가 이미 허락했으니 뒤쫓아서는 아니 되네."

관공이 말에서 내리지도 않고 칼 끝으로 금포를 받은 걸 대신 변명해준 것이었다. 뿐만 아니라 여러 장수와 함께 돌아오는 길 위에서도 내내 관공을 생각하며 탄식해 마지않았다.

그런데 여기서 다시 짚고 넘어가야 할 것은 조조의 정신적인 크기이다. 어쩌면 관우의 드높은 의기가 그토록 화려하게 꽃필 수 있었던 것은 조조란 거인이 마련해준 격려의 기름진 토양 위에서였기에 가능했던 일이 아닐는지.

한편 조조와 작별한 관공은 적토마를 몰아 삼십 리를 달렸으나 두 부인을 태운 수레와 일행을 찾을 수가 없었다. 당황한 관공은 거기서 더 나아가기를 그치고 사방을 뒤지듯 찾아보았다. 한참을 이리저리 헤매고 있는데 홀연 어떤 산 위에서 고함 소리가 들려왔다.

"관장군께서는 잠시 걸음을 멈추시오!"

관공이 소리나는 쪽을 보니 누런 수건을 머리에 띠고 비단옷을 입은 청년 장수 하나가 창을 끼고 말을 달려오는데 안장에는 사람의 목 하나가 걸려 있고 뒤로는 백여 명의 보졸이 따랐다. 가까이 다가온 그에게 관공이 물었다.

"그대는 누구인가?"

그러자 청년은 창을 버리고 말에서 내리더니 땅에 엎드려 절했다. 관공은 혹시 속임수가 있을까 두려워 청룡도를 힘주어 잡으며 다시 물었다.

"장사는 누군가? 바라건대 이름부터 대도록 하라."

그제서야 청년이 대답했다.

"저는 양양 사람으로 이름은 요화(寥化)요, 자는 원검(元儉)이라 씁니다. 세상이 어지러우매 무리 오백여 명을 모아 도적질로 살아가고 있었는데 조금 전 한패인 두원(杜遠)이란 자가 산을 내려갔다가 잘못하여 두 부인을 잡아 채로 돌아왔습니다. 그 두 분을 뒤따르다 잡혀온 이들에게 제가 물으니 두 분은 바로 대한의 유황숙님의 부인들이며 장군께서 이곳까지 호송해 왔다고 대답했습니다. 저는 그 말을 듣자 곧바로 두 부인을 모시고 산을 내려와 장군을 뵈려 했으나 두원이란 자가 불손한 말로 가로막기에 그를 죽여버렸습니다. 이제 그 목을 장군께 바침과 아울러 두 부인을 놀라게 한 죄를 빌고자 합니다."

"두 부인은 어디에 계신가?"

관공은 불행 중 다행이라 여기며 급히 물었다. 요화가 송구한 듯 대답했다.

"지금 산채에 계십니다."

"그렇다면 얼른 모시고 내려오도록 하라."

관공이 다시 그렇게 재촉했다. 그러자 오래잖아 또 다른 백여 명이 두 부인이 탄 수레를 겹겹이 둘러싼 채 그곳에 이르렀다.

말에서 내린 관공은 청룡도를 세워둔 채 두 손을 모으고 수레 앞에 나가 문안을 드리며 물었다.

"두 분 형수님께서 놀라시지나 않으셨습니까?"

"만약 요(遼)장군이 돌보아주지 않았더라면 이미 두원에게 욕을 보았을 것입니다."

두 부인은 아직도 놀람과 두려움에서 깨어나지 못한 듯 떨리는 목소리로 대답했다. 대강 요화의 말과 같으나 그래도 온전히 믿을 수 없다는 듯 관공이 이번에는 부인을 모시고 있던 군사들에게 물었다.

"요화가 어떻게 두 부인을 구했느냐?"

"두원은 두 부인을 산으로 잡아간 뒤에 요화에게 각기 한 사람씩 아내로 삼자고 했습니다. 그런데 요화는 두 부인께 신분과 이곳을 지나게 된 까닭을 물은 뒤 오히려 절하며 공경했을 뿐만 아니라 장군께 모셔드리려 했습니다. 두원은 그것을 듣지 않다가 요화에게 죽음을 당한 것입니다."

군사들이 입을 모아 그렇게 대답했다. 관공은 그제서야 요화를 믿게 된 듯 요화에게 절하며 감사했다.

그런데 요화는 거기서 그치지 않고 졸개들과 함께 관공을 따르려 했다. 관공이 가만히 생각해보니 두 부인을 구해준 것은 고마우나 그들이 황건의 잔당이라는 게 아무래도 마음에 걸렸다. 그들과 함께 가지 않는 게 좋을 성싶어 뒷날을 기약하며 거절했다. 요화는 다시 산채에서 금과 비단을 꺼내다 관공에게 바쳤다. 그러나 관공이 그 또한 받지 않으니 요화는 할 수 없이 절하여 작별하고 졸개들과 함께 산으로 돌아가버렸다.

"그런데 아주버님, 어딜 가셨다 이렇게 늦으셨습니까?"

요화가 가버린 뒤에야 정신을 수습한 듯 두 부인이 물었다. 관공은 두 부인께 조조가 뒤따라와 금포를 내린 일을 말해준 뒤 일행을 재촉해 다시 길을 떠났다.

해가 저물 무렵 수레는 어느 작은 마을에 이르렀다. 관공은 그곳에서 하룻밤 쉬어 가기로 하고 한 저택을 찾았다. 주인이 나와 맞는데 이미 백발이 다 된 노인이었다.

"장군의 성함은 어떻게 되시오?"

주인이 관공에게 물었다. 관공이 예를 표하며 대답했다.

"저는 유황숙의 아우로 이름을 관우라고 합니다."

"그렇다면 저 안량과 문추를 목 벤 관공이 아니십니까?"

노인이 놀란 듯 다시 물었다.

"그렇습니다."

관공이 그렇게 대답하자 노인은 크게 기뻐하며 어서 저택 안으로 들기를 청했다. 관공이 그런 노인에게 알렸다.

"바깥 수레에 두 분 부인께서 타고 계십니다."

"알겠습니다. 그분들도 맞아들이도록 하겠습니다."

노인은 그렇게 말하고 아내와 딸들을 내보내 두 부인을 맞아들이게 했다.

두 부인이 초당 위로 오르자 관공은 그 곁에 두 손을 모으고 시립해 섰다. 노인이 그런 관공에게 권했다.

"장군도 앉으십시오."

"두 분 형수님이 여기 계시는데 제가 어찌 감히 앉을 수 있겠습니까?"

관공이 그렇게 사양하자 노인은 다시 아내와 딸을 불러 두 부인을 안으로 모셔가 대접토록 했다. 그리고 자신은 초당에서 관공을 대접하는데 자못 융숭했다. 관공은 훗날에라도 그 후의에 보답하고자 물었다.

"주인 어른의 성함은 어떻게 되십니까?"

"내 이름은 호화(胡華)라고 합니다. 일찍이 환제(桓帝) 때 의랑을 지냈으나 지금은 벼슬살이를 마치고 고향에 돌아와 살고 있습니다."

노인은 그렇게 자기를 밝히다가 문득 생각난 듯 말했다.

"제 아들놈은 호반(胡班)이라고 하는데 지금은 형양 태수 왕식(王植) 아래서 종사로 일하고 있습니다. 만약 장군께서 가시는 길에 그곳을 지나게 된다면 아들놈에게 글 한 통을 부치고 싶습니다만……."

"그건 어렵지 않은 일입니다. 마침 형양을 지나가게 되었으니 제가 전해드리지요."

관공은 기꺼이 부탁을 들어주었다. 그러나 그 한 통의 글이 뒷날 위태로운 고비 하나를 넘기게 해주리라고는 꿈에도 생각지 못했다.

다음 날이었다. 아침 식사를 마친 관공은 두 분 형수를 수레에 오르게 한 뒤 호화 노인과 작별을 했다. 노인은 전날 밤 말한 대로 아들 호반에게 보낼 글 한 통을 써서 관공에게 내놓았다. 관공은 그 글을 받아 깊이 간직한 뒤 낙양을 바라고 떠났다.

오래잖아 한 관에 이르렀는데 이름하여 동령관(東嶺關)이었다. 관을 지키는 장수는 공수(孔秀)란 자로 군사 오백을 거느리고 고갯마루를 지키고 있었다. 관공이 수레와 일행을 이끌고 고개에 오르는 걸 보고 군사 하나가 공수에게 달려가 알렸다.

"장군은 어디로 가십니까?"

관 밖까지 마중을 나온 공수가 예를 끝내기 무섭게 관공에게 물었다.

조조의 배웅까지 받으며 떠나온 터라 관공이 서슴없이 대답했다.

"승상께 작별을 고하고 하북으로 형님을 찾아가는 길이외다."

"하북의 원소는 바로 승상과 맞서 싸우는 자입니다. 그리로 가시려면 반드시 승상께서 주신 통행장이 있어야겠습니다."

어쩌면 공수의 그 같은 요구는 관을 지키는 장수로서의 당연한 요구였다. 그러나 관공은 아직도 별 걱정 없다는 표정으로 대답했다.

"갑작스레 떠나게 되어 그건 미처 생각하지 못했소. 하지만 승상께서 몸소 배웅을 해주셨소이다."

"그렇다면 아니 되겠습니다. 믿고 보낼 만한 문서가 없으시다면 장군께서는 여기서 잠시 기다려주십시오. 사람을 뽑아 승상께 보내 여쭤본 뒤에 보내드리도록 하겠습니다."

"공이 승상께 여쭤볼 때까지는 내 갈 길이 바빠 기다릴 수가 없소이다. 나를 보낸 뒤에 여쭤보아도 될 것이오."

관공이 그렇게 우겼다. 어느새 그의 미간에는 은은한 노기가 서리고 있었다. 그러나 공수도 호락호락하지 않았다. 문득 굳어진 어조로 자르듯 말했다.

"나는 법에 매인 몸이라 어쩔 수 없습니다. 아무래도 여기서 잠시 기다리셔야겠습니다."

"그럼 그대는 내가 이 관을 지나지 못하게 하겠다는 것인가?"

드디어 관공이 언성을 높였다. 공수도 지지 않았다.

"그대가 꼭 이곳을 지나가고 싶다면 수레에 탄 노소를 인질로 내놓고 가라! 그러지 않고는 보낼 수 없다."

그러자 관공은 마침내 크게 성이 났다. 청룡도를 번쩍 들어 공수를 찍으려 들며 소리쳤다.

"이놈! 말이라고 다 하면 되는 줄 아느냐? 수레 위에 계신 분이 어떤 분이신지 알고 감히 인질로 내놓으라는 것이냐?"

조조가 몹시 관공을 아낀다는 걸 잘 아는 터라 일이 그렇게 될 줄 모르고 싸울 채비 없이 관을 나온 공수는 관공의 기세에 놀랐다. 급히 관 안으로 쫓겨 들어가 북을 울려 군사들을 모으고, 자신도 갑옷으로 몸을 감싼 뒤에 말에 올랐다.

관운장이 비록 무서운 장수라 하나 그는 혼자나 다름없는 데 비해 자신에게는 오백 명의 정병이 있다는 걸 생각하자 공수는 불쑥 용기가 솟았다. 군사들을 몰고 앞장서 관 아래로 달려 내려오며 관공에게 소리쳤다.

"이 건방진 놈, 네 어딜 감히 함부로 지나가려느냐?"

그 같은 공수를 본 관공은 급히 수레와 그걸 따르는 무리를 멀리 물러나게 했다. 난군 중에 휩쓸려 뜻밖의 변을 당하는 일이 없게 하기 위해서였다.

늙은 군사들에게 호위되어 수레가 한켠으로 저만치 물러난 걸 보고 관공은 비로소 말을 내달렸다. 터무니없는 큰소리에는 한마디 대꾸도 없이 똑바로 공수를 향해 달려갈 뿐이었다.

죽으려고 귀신이 씌었는지 공수도 그런 관공에게 창을 휘둘러 맞섰다. 그러나 두 마리 말이 한 번 엇갈리는가 싶더니 운장의 청룡도가 번뜩하는 곳에 공수는 두 토막 난 시체가 되어 말 아래로 굴러떨어졌다.

멋모르고 장수를 따라나섰던 공수의 졸개들은 그 광경을 보자 관공이 두렵다 못해 오금이 저렸다. 머릿수만 믿고 솟았던 용기는 어딜 갔는지 뿔뿔이 흩어져 달아나기 바빴다. 관공이 그런 그들에게 소리쳤다.

"군사들은 달아나지 말라. 내가 공수를 죽인 것은 부득이한 일일 뿐, 너희에게는 아무런 죄가 없다. 너희는 다만 입을 모아 승상께 전하기만 하면 된다. 공수가 나를 해치려 했기 때문에 할 수 없이 내가 그를 죽이게 되었노라고."

그 소리를 들은 군사들은 모두 달아나기를 멈추고 그 자리에 엎드려 관공에게 절했다.

관공은 곧 수레와 그를 따르는 사람들을 재촉해 주인 없는 관문을 지났다. 전날 길을 잡은 대로 낙양을 향해 나아가는데 발 없는 소문이 먼저 낙양에 이르렀다.

그때 낙양 태수는 한복(韓福)이란 자였다. 관공이 공수를 죽이고 동령관을 지났다는 소문을 들은 한복은 무리를 불러모아 어찌할까를 의논했다.

"승상께서 주신 통행장이 없다면 관우의 이번 길은 사사로운 것임에 분명합니다. 막지 아니한다면 반드시 벌을 받게 될 것입니다."

아장(牙將)인 맹탄(孟坦)이 일어나 똑똑한 체 말했다. 한복이 걱정스런 얼굴로 그 말을 받았다.

"관공은 사납고 날래 하북의 명장인 안량과 문추가 나란히 그에게 죽음을 당했을 정도요. 아무래도 힘으로는 그에게 맞설 수 없으니 꾀를 써야만 사로잡을 수 있을 것이외다."

"제게 한 가지 계책이 있습니다."

맹탄이 기다렸다는 듯 말했다. 한복이 반가운 얼굴로 물었다.

"그 계책이 무엇이오?"

"먼저 관 입구를 녹각(鹿角)으로 막은 뒤, 관우가 오기를 기다려 제가 군사를 이끌고 나가겠습니다. 한바탕 싸우다 제가 거짓으로 패한 체 관우를 유인해 오거든 태수께서는 녹각 뒤에 미리 숨겨둔 궁수들로 하여금 그를 쏘게 하십시오. 관우가 그 화살을 맞고 말에서 떨어질 때 바로 사로잡아 허도로 보내시면 됩니다. 아마도 조승상께서는 태수께 큰 상을 내리실 것입니다."

들으니 그럴싸한 데다 달리 마땅한 계책도 나오지 않아 한복은 맹탄의 말을 따르기로 했다. 부산하게 녹각을 세우자마자 관공이 가까이 이르렀다는 전갈이 왔다.

한복은 스스로 활과 화살통을 맨 뒤 일천 인마를 이끌고 녹각 앞으로 나가 관공을 맞았다.

"거기 오는 분은 누구시오?"

자못 정중한 물음이었다. 관공이 말 위에서 몸을 굽혀 예를 표하며 답했다.

"나는 한수정후 관우요. 감히 지나가는 길을 빌리러 왔소이다."

"조승상의 문빙(文憑, 증명서류)이 있으십니까?"

한복이 여전히 정중함을 잃지 않은 채 다시 물었다.

"일이 바빠 미리 얻어두지 못했소이다."

관공이 그렇게 대답하자 돌연 한복의 눈길이 실쭉해졌다.

"나는 조승상의 크신 명을 받들어 이곳을 지키며 첩자가 드나듦을 살피고 있소. 어찌 한 치라도 허술할 수 있겠소이까? 문빙이 없다면 그것은 바로 달아날 때뿐이오!"

정중함이 가신 말투에 목소리까지 차갑기 그지없었다. 관공도 그같은 한복의 표변에 불끈 노기가 솟았다. 이미 일 없이 지나갈 수 없을 바에야 공연한 입씨름으로 시간을 끌고 싶지 않아 봉의 눈을 부릅뜨며 소리쳤다.

"동령관의 공수는 이미 내 손에 죽었다. 너도 죽고 싶어 길을 막느냐?"

하지만 딴에는 채비를 갖출 대로 갖춘 한복이라 쉽게 움츠러들지 않았다. 오히려 채찍을 들어 관공을 가리키며 좌우에게 물었다.

"누가 저놈을 사로잡아 오겠느냐?"

그러자 맹탄이 기다렸다는 듯이 쌍칼을 휘두르며 말을 달려 나갔다. 관공은 다시 수하들에게 두 부인이 탄 수레를 모시고 저만큼 비켜 있게 한 뒤 말을 박차 맹탄을 맞았다. 맹탄은 원래 관공의 적수가 못 되는 데다 미리 짜놓은 계책이 있어 세 합을 채우지 않고 말 머리를 돌렸다. 관공이 그런 맹탄을 놓아줄 리 없었다. 적토마를 박차 맹탄을 뒤따르더니 한칼에 두 동강을 내어버렸다. 맹탄은 관공을 유인할 것만 생각했지 그가 탄 말이 빠르기로 이름난 천하의 적토마임은 생각하지 못했던 것이다.

하지만 맹탄의 죽음이 전혀 헛된 것은 아니었다. 관공이 맹탄을 죽인 곳은 녹각 문어귀에서 멀지 않았다. 기다리고 있던 한복이 말 머리를 돌리려는 관공을 보고 화살 한 대를 날렸다. 활깨나 쏘는 한복이라 화살은 어김없이 관공의 왼팔에 박혔다.

관공이 입으로 왼팔에 박힌 화살을 물어 뽑자 피가 샘솟듯 흘렀다. 그러나 관공은 돌아서지 않고 그대로 한복을 향해 말을 몰았다. 일천 인마가 가로막았으나 관공의 기세는 대쪽을 가르는 칼날 같았다. 무인지경 가듯 군사들을 헤치며 한복을 향해 청룡도를 겨누었다. 그제서야 한복은 급히 숨을 곳을 찾았지만 이미 때는 늦은 뒤였다. 한복의 머리에서 어깨 어름에 걸쳐 관공의 청룡도가 바람을 일으킴과 함께 한복의 목은 말 아래로 굴러떨어졌다.

관공은 그 여세를 몰아 관을 지키던 일천 인마까지 가랑잎 흩듯 흩어버렸다. 그리고 두 부인이 탄 수레를 보호하며 바람처럼 관을 지나갔다.

관을 벗어나고도 한참을 간 뒤에야 관공은 비로소 헝겊을 째 화살에 다친 왼팔을 싸맸다. 그러나 도중에 다시 비열한 급습을 받을까 두려워 오래 한곳에 머물지 못하고 밤낮으로 길을 재촉했다. 하북으로 가기 위해서는 반드시 거쳐야 할 기수관(沂水關)을 향해서였다.

기수관은 유성추(流星鎚, 던지는 철퇴)를 잘 쓰는 변희(卞喜)란 장수가 지키고 있었다. 병주 사람으로 원래는 황건적의 남은 무리였는데 조조에게 항복해 기수관을 지키는 장수가 된 자였다. 관공이 머지않아 그곳에 이르리란 말을 듣자 그는 한 가지 계책을 짜내었다. 관 앞의 진국사(鎭國寺)란 절에 도부수 이백을 숨겨놓은 다음 관공을 그곳으로 꾀어들여 술잔을 던짐을 신호로 일시에 들이쳐 죽인다는 계책이었다.

그 계책에 따라 모든 준비를 끝낸 변희는 관공이 왔다는 말을 듣기 바쁘게 스스로 관을 나가 맞아들였다. 관공도 변희가 공손하게 마중을 나오자 말에서 내려 예를 표했다.

"장군의 크신 이름은 천하에 떨쳐 울리고 있으니 누가 우러르지 않겠습니까? 더욱이 지금은 유황숙께 돌아가신다니 실로 놀라운 충의라 하겠습니다. 그런 장군을 모시게 된 것은 이 변아무개 일생의 영광이 될 것입니다."

어디서 들었는지 관공의 남다른 자부심을 알고 있는 변희가 그렇게 너스레를 떨었다. 관공은 그런 변희가 기특하면서도 먼저 공수와 한복을 죽인 일을 말해 은근한 으름장을 대신했다. 혹시라도 딴마음을 품을까 미리 경고해둔 셈이었다. 그러나 변희는 도적 출신답게 교활하기 짝이 없었다.

"만약 일이 그러했다면 그자들은 죽어 마땅합니다. 다음에 승상을 뵈옵게 되면 제가 장군을 대신해 여쭈어드리겠습니다."

그렇게 능청을 부려 관공의 마음을 기쁘게 했다.

변희의 능란한 말재주에 넘어간 관공은 그와 말 머리를 나란히 하고 진국사에 이르렀다.

관공의 일행이 경내로 드니 모든 승려들이 종을 울리며 나와 마중했다. 원래 진국사는 명제(明帝)의 어전에 향화를 올리던 절로 본사에만도 승려가 서른 명이 넘었다. 그런데 그들 가운데 관공과 같은 고향 사람으로 보정(普淨)이란 승려가 있었다.

변희가 꾸미는 일을 짐작한 보정은 어떻게든 관공에게 알려주고 싶었다. 그 기회를 만들기 위해 일부러 관공 앞에 나가 물었다.

"장군께서는 포동을 떠나신 지 몇 해나 됩니까?"

"거의 스무 해는 되는 것 같습니다만."

낯선 승려 하나가 벌써 오래전에 떠난 고향을 들먹이자 관공은 이상한 기분이 들어 보정을 쳐다보았다. 보정이 다시 관공에게 물었다.

"장군께서는 빈승을 알아보지 못하겠습니까?"

"고향을 떠난 지 오래되어 알아보지 못하겠습니다."

관공이 한동안 보정을 살피다가 대답했다. 그러자 보정이 관공의 기억을 깨우쳤다.

"빈승의 집과 장군의 집은 개울 하나를 건너 마주 보고 있었습니다."

관공은 그 말을 듣고도 보정을 기억해내지 못했으나 어쨌든 고향 사람이라는 데 반가움이 일었다. 오랜만에 그리운 고향 얘기라도 나누려고 입을 열려는데 문득 곁에 있던 변희가 보정을 꾸짖었다.

"내가 지금 장군을 위해 잔치를 마련하고 모시려 하거늘 한낱 중에 지나지 않은 네가 무슨 말이 그리 많으냐?"

보정이 같은 고향 사람의 정으로 자신의 흉계를 관공에게 알려줄까 두려워 쫓는 것이었다. 관공이 그런 변희를 말렸다.

"그렇지 않소이다. 고향 사람끼리 서로 만났으니 어찌 옛정을 풀려들지 않겠소?"

그리고 변희의 험악한 기색에 눌려 자리를 뜨려는 보정을 붙들었다. 관공이 그렇게 나오자 변희도 더는 보정을 떼어놓으려 들지 않았다. 공연히 억지를 부리다가 관공이 내막을 눈치챌까 두려웠던 까닭이었다.

"옛정에 차 향기가 스미면 더 다사롭습니다. 잠시 제 방으로 드시지요. 차 한잔을 끓여 올리겠습니다."

변희가 수그러드는 걸 보고 보정이 용기를 내어 관공을 청했다. 눈치만 살피다가 일을 그르칠까 걱정돼 마음을 다잡아 먹은 것이었다. 보정의 타는 속도 모르고 관공은 한가로운 소리만 했다.

"두 분 부인께서 수레에 계시니 먼저 그곳부터 차를 올린 뒤에 함께 마시도록 하는 게 옳겠소."

이에 보정은 급한 중에도 두 부인에게 먼저 차를 올린 뒤에야 관공을 자기 거처로 청해 들일 수 있었다. 그러나 아무리 둘밖에 없는 방안이라고는 하지만 변희가 사람을 보내 엿듣는 게 걱정이 되었다. 보정은 알고 있는 것을 말로 하지 못하고 눈짓 손짓으로 대신했다.

손으로는 자기가 찬 계도(戒刀)를 가리키고 눈은 관공을 바라보는 식이었다.

무심코 찻잔을 들던 관공도 이내 그 뜻을 알아차렸다. 한번 고개를 끄덕인 뒤 건성으로 몇 마디 고향 얘기를 나누다가 보정의 방을 나왔다. 그리고 자신을 따라온 군사들을 불러 가만히 영을 내렸다.

"너희들은 모두 칼을 몸에서 떼어놓지 말고 두 분 형수님을 잘 지켜라."

그렇게 대비를 하고 있을 때 변희가 법당에다 술자리를 마련하고 관공을 청해 들였다. 관공은 아무것도 모르는 체 법당으로 들어가 변희와 마주 앉았다. 변희가 입에 발린 말로 관공을 추키며 술잔을 내밀었다. 그때 관공이 불쑥 물었다.

"그대가 이 관아무개를 이리로 청한 것은 좋은 뜻에서인가, 나쁜 뜻에서인가?"

그 돌연한 물음에 변희는 일순 말문이 막혔다. 얼른 대답을 못해 어물거리고 있는데 관공이 먼저 법당 벽에 늘어뜨린 휘장 뒤에 칼과 도끼를 든 군사들이 숨어 있는 걸 보았다.

"나는 너를 좋게 보았는데 어찌 감히 이럴 수가 있느냐?"

관공이 큰 소리로 변희를 꾸짖었다. 그제서야 변희는 자기가 꾸민 일이 관공에게 들켜버린 걸 알았다. 관공에게 건네려던 술잔을 내던지며 소리쳤다.

"모두 나와 손을 써라!"

그 소리를 듣자 휘장 뒤에 숨어 있던 도부수들이 우르르 달려 나왔다. 그러나 어느새 뽑아든 관공의 칼 아래 짚단 넘어가듯 하다가 거미 새끼처럼 흩어져 달아나버렸다.

그 광경을 본 변희는 급했다. 술상을 걷어차며 법당을 빠져나가 낭하 쪽으로 달아났다. 차고 있던 칼로 도부수 등을 베어 쫓은 관공은 곧 그 칼을 버리고 청룡도를 집어들더니 변희를 뒤쫓았다. 변희는 관공의 손에서 벗어나기 어려움을 깨닫자 소매 속에 감춰두었던 철퇴를 꺼냈다. 유성추라 하여 던질 수 있게 된 철퇴였다.

변희는 때를 보아 철퇴를 날렸다. 평소에 뽐내던 솜씨라 철퇴는 관공의 면상을 향해 그야말로 유성처럼 날아들었다. 하지만 그보다 앞선 것이 관공의 솜씨였다. 날아오는 철퇴를 청룡도로 가볍게 쳐낸 뒤 그대로 변희를 뒤쫓아 한칼에 쪼개버렸다.

이어 두 형수가 타고 있는 수레가 걱정이 된 관공은 절 마당으로 몸을 날렸다. 변희의 졸개들일 성싶은 한 떼의 군사들이 수레를 에워싸고 있다가 관공이 피 묻은 청룡도를 든 채 달려오는 걸 보고 질겁을 하며 흩어져 달아났다. 관공은 그들을 멀리 쫓아버린 뒤에야 보정을 찾아 감사를 드렸다.

"대사의 고마우신 가르치심이 없었던들 우리는 모두 이자들에게 해를 입었을 것입니다. 실로 이 은혜를 어떻게 갚아야 할지 모르겠습니다."

그 말에 보정이 합장하며 담담히 대꾸했다.

"모두 부처님의 뜻입니다. 하지만 빈승 역시 의발(衣鉢)을 수습해 이곳을 떠나야 할 듯싶습니다. 변희의 수하들이 이 몸을 용납하지 않을 것이니 낯선 곳으로 가 구름처럼 떠돌며 지내야겠지요. 다시 뵙게 될 때까지 장군께서도 옥체를 보중하십시오."

관공은 그런 보정에게 거듭 감사한 뒤 다시 두 형수가 탄 수레를 보호하며 형양을 바라고 떠났다.

형양 태수 왕식은 한복과 집안끼리 매우 가까운 사이였다. 한복이 낙양에서 관운장에게 죽음을 당했다는 소문을 듣자 무리를 모아놓고 원수 갚음을 의논했다. 마침 관공이 형양으로 오고 있다는 말을 듣고 그걸 남몰래 그를 해칠 좋은 기회라 여긴 까닭이었다.

의논을 거듭해도 관공을 쉽게 죽일 수 있는 길은 역시 꾀를 쓰는 것뿐이었던지 왕식 또한 변희처럼 관공을 반기는 체 맞아들이는 것으로 시작했다. 관 밖까지 나가 마중하며 웃는 얼굴로 물었다.

"장군께서는 어디로 가십니까?"

"형님을 찾아 하북으로 가는 길입니다. 승상께서도 이미 허락하신 일이니 조용히 관을 지나가게 해주십시오."

관공은 속으로 왕식이 또 길을 막고 나설까 봐 은근히 걱정하며 대답했다. 그러나 왕식은 뜻밖에도 선선히 허락했다.

"승상께서 이미 허락하신 일이라면 이 왕아무개가 마다할 리 있겠습니까?"

그래 놓고는 관공에게 넌지시 권했다.

"장군께서는 먼 길을 말을 달려 오셨고, 두 분 부인께서도 수레를 타고 오시느라 지치고 피곤하실 것입니다. 잠시 성안으로 드시어 하루 저녁 역관에서 쉬어 가시는 게 어떻겠습니까? 길 떠나시는 일은 내일이라도 늦지 않으실 것입니다."

관공은 그러지 않아도 피로하던 차에 그렇게 은근함을 보이자 마음이 움직였다. 두 형수를 권해 형양성 안으로 들어갔다. 역관 안에는 이미 관공을 위한 모든 준비가 되어 있었다.

왕식은 또 술자리를 마련하고 관공을 청했다. 관공이 가지 않자 사람을 시켜 술과 음식을 보냈는데 정성스럽기가 그지없었다. 먼 길을 고생스레 온 관공은 일찍 쉬고 싶었다. 두 분 형수를 청해 저녁 식사를 마친 뒤, 따라온 이들도 모두 편히 쉬게 하고 자신도 쉴 방으로 들어갔다.

한편 형양 태수 왕식은 관공이 너무도 쉽게 자신의 계책에 걸려든 걸 기뻐하며 종사로 부리는 호반을 불렀다.

"오늘 온 관우는 승상을 저버리고 달아났을 뿐만 아니라 여기로 오는 길에는 앞을 막는 태수와 관을 지키는 장수들까지 죽였으니 죄가 결코 가볍지 않다. 하지만 이자는 무예가 빼어나 맞서기 어려우니 꾀를 써서 죽여야겠다. 오늘밤 군사 일천을 이끌고 역관을 에워싼 뒤 각기 횃불 하나씩을 마련케 하여 삼경이 되거든 일제히 불을 지르게 하라. 누구이든 묻지 않고 역관 안에 있는 자는 모조리 태워 죽여야 한다. 그때 나도 군사를 이끌고 가 그대의 뒤를 받치리라."

왕식이 그 같은 영을 내리자 호반은 곧 그대로 따랐다. 군사 일천을 점고하고, 마른 섶을 구해다 역관 둘레에 쌓아놓은 채 때가 오기만을 기다렸다.

밤이 제법 이슥했을 무렵이었다. 삼경이 되기만을 기다리던 호반은 문득 생각했다.

'관운장의 이름을 들은 지는 오래되었으나 아직 그 모양을 보지 못했다. 죽이기 전에 어떻게 생겼는지 보기나 하자.'

그리고 몰래 역관으로 가 역리에게 물었다.

"관장군은 어디 계신가?"

"정청(正廳)에서 책을 보고 있는 사람입니다."

역리가 그렇게 대답했다. 호반은 가만히 마루에 올라 관공의 모습을 훔쳐보았다. 그때 관공은 탁자에 비스듬히 기대앉아 왼손으로는 수염을 쓰다듬으며 책을 읽고 있었다.

"참으로 하늘이 낸 사람이구나!"

호반은 자기도 모르게 그 같은 감탄의 소리를 냈다. 그 웅장한 풍채도 풍채려니와 그 험난하고 고된 길을 가는 중에도 손에서 책을 떼지 않는 인품에 절로 감동이 된 것이었다.

"거기 있는 게 누구냐?"

사람의 기척을 들은 관공이 물었다.

호반은 얼결에 관공 앞으로 나가 절하며 자신의 이름을 밝혔다.

"형양 태수 아래 종사로 있는 호반이 관공을 뵙니다."

"그렇다면 그대는 허도성 밖에 사는 호화 어른의 아드님이 아닌가?"

호반의 이름을 듣자 관공은 언뜻 생각나는 게 있어 그렇게 물었다. 호반이 그렇다고 대답하자 관공은 곧 부리는 이를 소리쳐 부르더니 명했다.

"내 짐 속에 들어 있는 글을 가져오너라."

종자가 가져온 편지를 호반이 받아 읽어보니 아버지의 글이었다. 집안 소식과 아울러 관공을 도와주라는 당부가 들어 있었다. 그러잖아도 관공의 풍채와 인품에 반해 있던 호반은 글을 다 읽자 홀로 탄식했다.

'하마터면 충성스럽고 의로운 사람을 죽일 뻔했구나!'

그리고 가만히 관공에게 알려주었다.

"왕식은 어질지 못한 마음을 품고 장군을 해치려 하고 있습니다. 몰래 사람을 시켜 역관을 에워싸게 해놓고 삼경이 되면 불을 질러 안의 사람들을 모두 태워 죽일 작정입니다. 제가 먼저 가서 성문을 열어드릴 터이니 장군께서는 급히 수레를 수습해서 성을 나가도록 하십시오."

그 말을 들은 관공은 크게 놀랐다. 곧 갑옷을 걸치고 말에 오른 뒤, 두 분 형수를 청해 수레에 오르게 하고 역관을 나섰다. 나오다 보니 담 밖에는 과연 군사들이 각기 횃를 들고 담 안의 동정을 살피고 있었다.

관공은 일행을 재촉하여 급히 수레를 몰게 했다. 성문에 이르니 먼저 간 호반이 어느새 문을 열어놓고 있었다. 관공은 일행을 더욱 재촉해 성을 빠져나왔다. 하지만 몇 리 가기도 전에 홀연 등 뒤에서 대낮같이 횃불을 밝혀 든 인마가 쫓아왔다. 앞선 사람은 바로 형양 태수 왕식이었다.

"관우는 달아나지 말라!"

왕식이 따르는 졸개들의 머릿수에 힘입어 제법 호기롭게 소리쳤다. 관공이 말고삐를 당겨 돌아서며 왕식을 꾸짖었다.

"왕식, 이 하찮은 것아, 너와 나는 아무것도 원수진 일이 없거늘 너는 어찌하여 나를 태워 죽이려 했느냐?"

그 말에 왕식은 자신의 비겁한 계책이 관공에게 들킨 걸 알았다. 부끄러움이 분노로 변해 겁도 잊고 말을 박차 달려 나갔다. 창을 꼬나들고 관공을 향해 닫는 품이 자못 장수다웠으나 처음부터 어림없

136

는 일이었다. 관공의 청룡도가 한 번 번뜩하는가 싶더니 왕식은 어느새 허리가 동강나 말 아래로 떨어졌다.

태수인 왕식이 그 꼴로 죽자 따라오던 졸개들은 겁에 질렸다. 관공을 뒤쫓을 생각은커녕 무기를 던지고 달아나기 바빴다. 관공은 일행을 데리고 길을 재촉하면서도 속으로는 호반에게 감사해 마지않았다.

관공이 다음으로 지나야 할 곳은 활주였다. 태수 유연(劉延)은 전날 동군에서 원소의 침공을 받아 위태로웠을 때 관공이 와서 구함을 받은 적이 있었다. 바로 안량을 죽인 싸움이었다. 관공이 온다는 말을 듣자 수십 기를 이끌고 나가 맞이했다.

"태수께서는 그간 별고 없으시었소?"

관공이 말 위에서 허리를 굽혀 문안했다. 유연이 공손히 답례하며 물었다.

"공은 지금 어디로 가려 하십니까?"

"승상께 작별을 드리고 형님을 찾아가는 길이외다."

관공이 거리낌없이 대답했다.

"현덕 공이 계신 곳은 하북의 원소에게라 들었습니다. 원소는 곧 승상의 큰 적인데 어떻게 승상께서 공이 가시는 걸 허락하셨습니까?"

유연이 아무리 관공을 좋게 본다 해도 역시 조조의 사람이었다. 그대로 자기 땅을 지나 보낼 수 없어 물었다. 이번에는 믿어주기를 빌며 관공이 대답했다.

"지난날 내가 승상께로 갈 때 미리 말한 바가 있었소이다. 이번 길은 그때 정한 바에 따른 것이라 승상께서도 막지 않으셨소."

유연이 그 말을 듣고 가만히 헤아리니 조조나 관우의 사람됨으로 보아 있을 법한 일이었다. 그대로 도망치는 길이 아님을 다행으로 여기며 길을 비켜줌과 아울러 관공에게 일렀다.

"알겠습니다. 하지만 이제 곧 황하에 이르게 되실 것이니 그때가 걱정입니다. 물을 건너는 길목의 관을 하후돈의 부장 진기(秦琪)가 지키고 있는데, 아마도 장군께서 그대로 지나가시는 걸 용납하지 않을 것입니다."

"그렇다면 태수께서 배를 내줄 수는 없겠소이까?"

귀찮은 싸움이 싫은지 관공이 유연에게 물었다. 그러나 유연도 그 일은 난감한 모양이었다.

"배는 있습니다만 그 말씀은 따르기가 어렵습니다. 장군께서 너그러이 보아주십시오."

유연이 그렇게 거절했다. 관공은 그런 유연에게 따지듯 물었다.

"나는 전에 안량과 문추를 죽여 그대의 어려움을 풀어준 적이 있소. 그런데 오늘 물을 건널 배 한 척을 내줄 수 없다니 그게 무슨 말씀이오?"

"하후돈이 그 일을 알까 두려워서 그렇습니다. 만약 내가 장군께 배까지 내주었다는 것을 알면 반드시 벌을 내릴 것입니다."

유연은 송구스런 얼굴로 까닭을 밝혔다. 관공은 유연의 약하고 겁 많은 소리에 울컥 화가 치밀었으나 참았다. 남의 밑에 있는 그 처지도 처지려니와 그래도 길을 막지 않는 호의를 높이 산 것이었다.

"할 수 없구나. 가자, 수레를 몰아라!"

관공은 수하에게 그렇게 영을 내려 황하 나루로 향했다.

유연의 말대로 과연 진기가 군사를 이끌고 나와 기다리고 있었다.

"오는 이는 누군가?"

진기가 다가오는 관공 일행을 향해 소리쳤다. 관공이 무겁게 대꾸했다.

"한수정후 관우외다."

"지금 어디로 가시오?"

관공이 자신을 밝혔건만 진기는 조금도 겁먹은 기색 없이 물음을 거듭했다. 여러 관에서 해온 대답을 관공이 되풀이했다.

"하북으로 가서 형님인 유현덕을 찾으려 하오."

"승상의 공문은 어디 있소?"

"나는 승상의 다스림을 받는 사람이 아니거늘 공문이 있을 리 있겠소?"

관공이 그렇게 대답하자 진기가 앞뒤 없이 목소리를 높였다.

"나는 하후돈 장군의 명을 받들어 이 관을 지키고 있는 사람이다. 네가 날개가 돋쳐 난다 해도 이곳을 지나지는 못하리라!"

관공도 그 말에 성이 났다. 봉의 눈을 부릅뜨며 진기에게 소리쳤다.

"너는 내가 길을 막는 자는 모조리 베었다는 소리를 듣지도 못했느냐?"

그래도 진기는 눈 하나 깜박 않고 오히려 비웃듯 대꾸했다.

"네가 죽인 것은 기껏 이름없는 조무래기 장수들에 지나지 않는다. 감히 나까지 죽일 수 있다고 믿느냐?"

"그렇다면 안량이나 문추는 어떠냐? 네가 그들보다 낫다는 소리냐? 가소롭구나."

관공이 다시 그렇게 진기를 몰아세웠다. 겁 없는 진기는 더 참지 못했다. 칼을 들고 말을 박차 똑바로 관공에게 덤벼들었다. 하지만 가상스런 것은 기세뿐이었다. 두 말이 서로 엇갈리는가 싶자 관공이 청룡도를 세웠다 내리치는 곳에 진기의 목이 떨어져 뒹굴었다.

"내게 맞서려던 자는 모두 죽었다. 다른 사람은 죄가 없으니 놀라거나 달아나지 말라! 얼른 배를 구해 내가 물을 건너도록 도우라."

관공의 그 같은 말에 진기의 졸개들은 황급히 배를 구해 왔다. 관공은 두 형수를 청해 배에 오르도록 했다. 황하를 건너니 거기서부터는 원소의 땅이었다. 관공은 결국 다섯 관을 지나고 여섯 장수를 베며 단기로 천리의 적지를 지난 셈이었다.

아직도 길은 멀고

"내가 좋아서 한 일은 아니었으나 오는 길에 너무 많은 사람을 죽였다. 조승상이 알면 반드시 나를 은혜를 저버린 자로 여기겠구나!"

황하를 건너며 관공은 그렇게 탄식했다. 그러나 원소의 땅에 들어섰다 해서 길이 끝난 것은 아니었다. 들은 대로 유비가 원소에게 있다 하더라도 아직은 먼 길을 더 가야만 했다. 관공은 대략 원소가 있을 곳으로 추측되는 기주를 바라고 일행을 재촉했다.

"운장께서는 잠시 멈추십시오."

관공이 한창 길을 가고 있는데 홀연 한 사람이 북쪽에서 말을 달려오며 소리쳤다. 말고삐를 당기며 보니 다름 아닌 손건이었다. 관공이 어리둥절해 물었다.

"여남에서 서로 헤어진 뒤 여러 날이 지났구려. 그 뒤 일이 어찌 되었소?"

"유벽과 공도는 장군께서 돌아가신 뒤 다시 여남을 회복하였습니다. 그리고 저를 하북으로 보내 원소와 동맹을 맺고 현덕공과도 의논해서 조조를 칠 계책을 꾸며보려 했습니다. 하지만 뜻밖에도 원소의 장수들과 모사들은 서로 헐뜯고 시새움을 그치지 않아, 전풍은 아직도 옥에 갇혀 있고, 저수는 쫓겨나 쓰이지 않고 있었습니다. 거기다가 심배와 곽도는 서로 권세만 다투고 원소는 의심이 많아 뜻을 결정하지 못하니 되는 일이 없었습니다. 저는 원소를 이미 틀린 인물로 보고 유황숙과 의논해서 먼저 원소로부터 몸을 빼도록 권했습니다. 이에 유황숙께서는 지금 여남의 유벽에게로 가 계십니다. 그런데도 장군께서 아무것도 모르고 원소에게로 갔다가 해나 입지 않을까 걱정하여 특히 나를 보내신 것입니다. 다행히 도중에 장군을 만나거든 여남으로 모셔 오라는 분부셨습니다. 어서 빨리 여남으로 가 유황숙을 뵙도록 하십시오."

아직도 길은 멀고 손건이 도중에 만나 참으로 잘됐다는 듯 그렇게 대답했다. 관공은 그런 손건에게 두 부인을 뵙도록 했다.

"황숙께서는 별고 없으신지요?"

예를 마치기 무섭게 두 부인이 입을 모아 손건에게 물었다. 손건이 목소리를 가다듬어 대답했다.

"원소는 두 번이나 황숙을 목 베려 했으나 황숙께서는 다행히도 몸을 빼시어 지금 여남에 가 계십니다. 두 분께서도 그곳에 이르시면 황숙을 뵈올 수 있을 것입니다."

그러자 두 부인은 모두 손으로 얼굴을 가리며 울었다. 안도와 아울러 그리움의 눈물이었다. 관공은 손건의 말을 따라 하북으로 가지 않고 여남으로 가는 길로 접어들었다.

관공이 급한 마음으로 길을 재촉하고 있을 때 홀연 등 뒤에서 한 떼의 인마가 달려왔다. 앞선 장수는 조조의 맹장 하후돈이었다.

"관아무개는 달아나지 말라!"

하후돈이 성난 기세로 소리쳤다. 그 뒤에는 이백여 기가 뒤따르고 있었다. 하후돈이라면 지금까지 관공이 벤 장수들과는 부류가 달랐다. 거기다가 가려뽑은 것임에 분명한 철기까지 이백이나 딸리고 있으니 아무리 천하의 관운장이라 해도 가볍게 볼 수 없었다.

관공은 손건에게 두 부인의 수레를 보호하며 앞서 가게 하고 자신만 말을 돌려 하후돈을 맞았다.

"그대가 이렇게 나를 뒤쫓는 것은 승상께서 보이신 크나큰 도량에 흠을 내는 것임을 아시오?"

관공이 다가오는 하후돈을 보며 점잖게 꾸짖었다. 그러나 하후돈의 기세는 더욱 험해질 뿐이었다.

"비록 승상께서 너를 보내주셨다 해도 네가 가면서 한 짓을 듣게 된다면 마음이 달라지실 것이다. 너는 도중에 많은 사람을 죽였고, 더욱이 조금 전에는 나의 부장까지 죽였다. 승상께뿐만 아니라, 내게도 이리 무례할 수 있는 것이냐? 이제 내가 특히 달려온 것은 너를 사로잡아 승상께 바치고 아울러 네 죄를 고하여 너를 다스리시게 하려 함이다!"

하후돈은 그렇게 되받으며 곧장 창을 꼬나들고 말을 박차 관공에게 덤벼들었다. 그때 등 뒤에서 말 한 필이 나는 듯 달려오며 소리쳤다.

"하후돈 장군께서는 관운장과 싸우지 마시오!"

그 소리에 막 말을 내어 하후돈과 맞붙으려던 관운장은 말고삐를 당겨 움직이지 않았다.

달려온 사자는 품 안에서 공문 한 통을 내어주며 하후돈에게 말했다.

"승상께서는 관장군의 충의를 높이고 사랑하시어 혹시 도중에 관을 막거나 길을 끊는 일이 없도록 특히 저를 보내셨습니다. 속히 이 공문을 여러 곳에 돌리시어 그대로 시행하도록 하십시오."

그러나 하후돈은 조조의 명을 받드는 대신 오히려 그 사자에게 물었다.

"저 관아무개는 도중에 관을 지키는 장수와 군졸들을 많이 죽였다. 승상께서 그것을 알고 계시느냐?"

"그것은 아직 모르실 것입니다."

사자가 별생각 없이 그렇게 대답했다. 그러자 하후돈은 한층 기세가 등등하여 소리쳤다.

"내가 저자를 사로잡아 승상을 뵈옵겠다. 그때 승상께서 저자를 놓아 보내신다면 나도 더 쫓지 않겠다."

"내가 너 따위를 겁낼 줄 아느냐?"

하후돈이 너무도 자기를 업신여기는 데 화가 치솟은 관공이 그렇게 외쳤다. 그리고 말을 박차고 칼을 휘두르며 하후돈을 덮쳤다. 하후돈도 기다렸다는 듯 창을 들어 관공을 맞았다.

조조의 첫손 꼽는 장수 가운데 하나인 하후돈에 천하의 관운장이 맞붙으니 참으로 볼만했다. 청룡도와 창이 어울려 불꽃을 뿜는데 마치 청룡 황룡이 여의주를 다투는 듯했다. 잠깐 사이에 여남은 번이나 말이 엇갈리고 창칼이 붙었다 나뉘었다. 그때 다시 말 한 필이 나는 듯 달려오며 그 위에 탄 이가 소리쳤다.

"두 분 장군께서는 잠시 싸움을 그치시오!"

"그렇다면 승상께서 관아무개를 사로잡아 오라는 분부라도 내리셨느냐?"

하후돈이 잠시 창을 거두며 사자에게 물었다. 사자가 고개를 저으며 대답했다.

"아니외다. 승상께서는 아직도 관을 지키는 장수들이 관장군의 앞을 막고 길을 끊을까 두려워하셔서 다시 저를 보내신 것입니다. 이 공문을 보시고 관장군을 그대로 내보내십시오."

"승상께서 저자가 도중에 사람을 죽인 일을 알고 계시느냐?"

"그건 아직 모르십니다."

그러자 하후돈은 군사들로 하여금 관공을 에워싸게 하며 말했다.

"아직 저자가 사람을 죽인 일을 모르신다면 이대로 놓아 보낼 수 없다. 자칫 놓치는 일이 없게 하라!"

그리고 창을 들어 다시 관공을 찔렀다. 노한 관공도 청룡도를 휘둘러 그런 하후돈의 창을 맞았다.

두 사람의 칼과 창이 다시 막 어우러지려 할 때 멀리서 또 말 한 필이 나는 듯 달려왔다.

"운장과 원양은 잠시 싸움을 그치시오!"

그렇게 외치며 나타난 것은 바로 장요였다. 그를 알아본 두 사람이 무기를 거두고 물러서자 장요가 말했다.

"승상의 명을 받들어 그 뜻을 전하러 왔소이다. 승상께서는 운장이 관을 지키던 장수들을 베었단 말을 듣고 다시 나를 보내셨소. 앞서 공문을 내려 운장을 막지 말라 하였으나, 그 일로 길을 막는 자가 있을까 걱정하신 까닭이오. 운장이 사람 죽인 일을 승상께서도 이미 알고 계시니, 각처의 관애를 지키는 장수들은 누구도 운장을 가로막아서는 아니 되오. 원양도 이제는 길을 내어주시오."

그 말을 듣자 하후돈도 더는 억지를 부릴 수가 없었다. 그러나 그냥 보내기는 싫은지 장요를 보고 하소연하듯 말했다.

"진기(秦琪)는 채양(蔡陽)의 조카로 채양은 특히 내게 잘 돌봐달라고 당부하였소. 그런데 이제 진기가 저 관아무개에게 죽음을 당했으니 내가 어찌 가만히 있을 수 있겠소?"

"내가 채장군을 만나 일의 전말을 얘기하고 양해를 구해보겠소. 이미 승상께서 큰 아량을 베푸시어 운장을 보내주셨으니 공께서는 그 같은 승상의 뜻을 어기는 일이 없도록 하시오."

그제서야 하후돈도 관공을 에워싼 군마를 물러나게 했다. 장요가 감사의 눈길을 보내는 관공에게 물었다.

"운장께서는 이제 어디로 가려 하십니까?"

"들으니 형님께서는 이미 원소에게 계시지 않는다는구려. 이제는 천하를 두루 돌며 형님을 찾으려 하오."

관공이 혹시라도 무슨 일이 있을까 보아 가는 곳을 바로 대지 않고 그렇게 얼버무렸다.

"현덕공이 어디에 계신지 모르신다면 다시 승상께로 돌아가는 게 어떻겠습니까? 아마도 승상께서는 크게 기뻐하실 것입니다."

장요가 관공의 속도 모르고 그렇게 넌지시 권했다. 관공이 잔잔히 웃으며 대답했다.

"어찌 그렇게야 할 수 있겠소? 이제부터 천하를 구석구석 다 뒤지는 일이 있더라도 나는 형님을 찾고 말겠소. 문원은 돌아가 승상을 뵙고 나를 대신해 사죄해주시오. 내가 어쩔 수 없어 관을 지키던 장수들을 죽였다는 것만이라도 승상께서 알아주신다면 그보다 더 큰 다행이 없겠소이다."

그러고는 손을 모아 장요에게 예를 표한 뒤 말 머리를 돌렸다. 장요도 하후돈과 함께 군마를 이끌고 되돌아갔다.

한참을 달려 두 부인이 탄 수레와 손건 일행을 따라잡은 관공은 손건과 말 머리를 나란히 하고 가며 조금 전에 있었던 일을 말해주었다. 더 이상 쫓는 사람이 없어 한동안 길은 순탄했다. 그러나 며칠 안 돼 길가에서 큰비를 만났다. 군사들은 모두 옷이 젖고 두 부인이 탄 수레에도 비가 샜다.

관공이 송구한 마음으로 사방을 둘러보니 문득 멀리 산허리에 장원 한 채가 서 있는 게 보였다. 관공은 일행을 재촉하여 그 장원으로 갔다.

그 장원에 이른 관공이 소리 높여 주인을 찾자 한 늙은이가 나와 맞았다. 관공은 그 늙은이에게 자신이 온 뜻을 밝히고 호의를 구하였다. 늙은이가 선뜻 대답했다.

"나는 곽상이란 사람으로 대대로 이곳에 살아왔습니다. 장군의 크신 이름을 들은 지 오래되더니 이제 다행히 뵙게 되었습니다. 집이 누추하지만 마음 편히 쉬어 가십시오.”

그러고는 관공을 집 안으로 맞아들이더니 양을 잡고 술을 내어 정성껏 대접했다. 관공은 먼저 두 부인을 후당으로 청해 편히 쉬게 한 다음 손건과 더불어 곽상을 마주하고 술잔을 들었다. 뜰에서는 수레를 호위하던 군사들이 한편으로는 불을 피워 젖은 옷이며 보따리를 말리고 다른 한편으로는 마필을 돌보았다.

그런데 날이 저물 무렵이었다. 한 젊은이가 장정 몇 명을 데리고 장원으로 들어오더니 초당으로 올라왔다. 곽상이 그런 젊은이를 불러 말했다.

“애야, 이리 와서 장군께 절하고 뵙도록 해라.”

그리고 다가온 그 젊은이를 가리키며 관공에게 말했다.

“제 어리석은 아들놈입니다. 많이 가르쳐주십시오.”

“어디를 갔다 오는 것입니까?”

관공은 왠지 그 젊은이의 행동거지가 예사롭지 않아 물었다. 곽상이 대답했다.

“이제야 막 사냥에서 돌아온 모양입니다.”

그러나 젊은이는 한번 관공을 빤히 바라보고는 그대로 초당을 내려가버렸다. 그런 아들의 뒷모습에 문득 눈물을 쏟으며 곽상이 탄식했다.

“이 늙은이는 농사짓고 글 읽으며 평생을 살았는데 집을 이을 자식으로는 저 아이 하나를 두었을 뿐입니다. 그런데 저 아이는 어찌된 셈인지 할 일은 게을리하고 사냥이나 하며 나돌기만 좋아합니다. 집안으로 보면 실로 큰 불행이지요……”

관공이 그런 곽상을 위로했다.

"지금은 어지러운 세상이라 무예도 잘 익힌다면 크게 공명을 이룰 수 있습니다. 어찌 그걸 불행이라 할 수 있겠습니까?"

"저 아이가 무예라도 힘을 다해 익힌다면 품은 뜻이 있는 인간이라고 말할 수도 있겠지요. 그러나 이제 저 아이가 힘을 쏟는 것은 오로지 즐기고 노는 것뿐입니다. 못할 짓이 없다 할 지경이니 어찌 이 늙은이가 걱정하지 않겠습니까."

관공의 위로에도 곽상은 한탄해 마지않았다. 듣고 보니 관공 또한 탄식이 절로 났다.

곽상은 밤이 깊어서야 제 방으로 돌아갔다. 곽상이 돌아가자 관공은 손건과 함께 잠자리에 들었다. 그런데 미처 잠이 들기도 전에 뒤채 마구간에서 사람의 비명 소리가 들렸다. 관공이 급히 데리고 온 군사들을 불렀으나 아무도 대답이 없었다. 할 수 없이 몸소 손건과 함께 칼을 빼들고 비명 소리 나는 곳으로 가보았다.

비명을 지르고 있는 것은 다름 아닌 곽상의 아들이었다. 어찌 된 셈인지 땅에 널브러져 죽는 소리를 내고 있는데 그 곁에서는 관공의 수하들이 장원의 머슴과 엉겨 치고 받는 중이었다.

"무슨 일이냐?"

관공이 한 소리 크게 꾸짖어 싸움을 말린 뒤에 물었다. 관공을 따라온 군사가 씨근거리며 대답했다.

"저 사람이 적토마를 훔치러 왔다가 말발굽에 채여 저 지경이 되었습니다. 우리는 비명 소리를 듣고 달려왔는데 갑자기 장원의 머슴들이 떼를 지어 몰려와 싸움을 걸어오는 바람에 패싸움이 된 것입니다."

들고 난 관공은 노했다.

"쥐새끼 같은 도적놈들이 감히 내 말을 훔치려 들다니!"

그 한마디 호령과 함께 번쩍 칼을 들어 말도적을 찍으려 했다. 그때 곽상이 황급히 달려 나와 간곡하게 빌었다.

"못난 자식이 장군께 큰 죄를 지었습니다. 만 번 죽어 마땅하나 늙은 처가 가장 어여삐 여기는 자식입니다. 빌건대 장군께서는 너그럽고 어진 마음으로 용서해주십시오."

관공도 그런 곽상을 보자 성난 대로 손을 쓸 수는 없었다. 노기를 억누르고 칼을 거두어들이며 곽상을 안심시켰다.

"이 아이가 정말로 착하지 못하구려. 어르신께서 말한 그대로이니 자식은 아비가 가장 잘 안다[知子莫如父]는 말이 옳은 듯싶소이다. 내 어르신네의 낯을 보아 이 일을 없던 걸로 하겠소."

그러고는 부리는 이들에게 적토마를 돌보게 하는 한편 몰려 서 있는 장원의 머슴들을 꾸짖어 흩어버렸다.

다음 날이었다. 관공이 길을 떠나려 하자 곽상 부부가 당 앞에 엎드려 절하며 다시 한번 감사를 드렸다.

"못난 자식이 장군의 크신 위엄을 모독했습니다. 장군께서 용서해주셨으니 실로 무어라 감사의 말씀 올려야 할지 모르겠습니다."

그 말에 관공은 문득 한마디 따끔하게 일러주고 싶은 게 있어 그 젊은이를 불러내게 했다. 곽상이 무안한 듯 대답했다.

"그놈은 사경 무렵에 이미 저희 패거리와 함께 나가 어디 있는지 모르겠습니다."

남의 일이라도 절로 탄식이 날 만큼 망나니 자식 놈이었다. 관공은 그런 자식을 둔 곽상을 안타까이 여기며 작별하고 장원을 나섰다. 늘상 그러하듯 두 부인을 모신 수레를 앞세운 채 손건과 함께 말머리를 나란히 하여 길을 재촉하는 것이었다.

오래잖아 산길로 접어든 일행은 한 삼십 리쯤 일 없이 나아갔다. 그런데 한군데 산굽이를 도는데 문득 말 두 필을 앞세우고 백여 명의 사람이 모여 서 있는 게 보였다. 머리에 누런 띠를 두르고 몸에는 전포를 걸친 자가 앞장을 서고 그 뒤에는 곽상의 아들놈이 서 있었다.

"나는 천공장군 장각의 부장이다. 오는 자는 어서 빨리 적토마를 바쳐라. 그러면 길을 지나게 해주겠다."

머리에 누런 띠를 두른 자가 말했다. 그 말에 관공이 크게 웃으며 물었다.

"이 무지하고 미친 도적놈아, 네가 이미 장각을 따라다니며 도적질한 적이 있다면 어찌 유, 관, 장 삼형제의 이름을 모르느냐?"

"나는 다만 얼굴이 붉고 수염이 긴 자가 관운장이란 소리를 들었을 뿐 얼굴은 보지 못했다. 그런데 너는 누구냐?"

관공의 늠름한 기세에 눌렸는지 아니면 그 외모를 보자 생각나는 게 있는지 누런 띠를 두른 자가 떨떠름한 얼굴로 되물었다. 그러자 관공은 대답 대신 수염을 싸매고 있던 주머니를 끌렀다. 곧 검고 긴 수염이 배꼽까지 늘어지며 바람에 가볍게 나부꼈다.

누런 띠를 머리에 두르고 있는 자는 그걸로 이내 관공을 알아본 모양이었다. 황급히 말에서 뛰어내리더니 곽상의 아들을 끌고 관공의 말 앞에 엎드려 절했다.

"그대의 이름은 무엇인가?"

자기를 알아보는 게 기특한지 관공이 부드럽게 물었다. 상대가 공손하게 대답했다.

"제 이름은 배원소(裵元紹)라 하며 일찍 황건의 무리에 가담한 적이 있습니다. 그러나 우두머리인 장각이 죽은 뒤에는 주인 없이 떠돌다가 무리를 모아 잠시 이곳 산속에 숨어 지내는 중입니다. 아침 일찍 이자가 달려와 자기 집에 천리마를 가진 손이 묵고 있다고 알려주기에 저는 그 말을 뺏고자 여기서 기다리고 있었습니다. 이렇게 장군을 뵙게 될 줄은 꿈에도 생각하지 못했습니다."

묻지도 않은 자신의 내력까지 밝히는데 그 목소리가 자못 간절했다.

태산같이 믿었던 우두머리 배원소가 그렇게 관공에게 굽히고 들자 곁에 있던 곽상의 아들은 퍼렇게 겁에 질렸다.

"살려주십시오. 장군님. 제가 몰라뵈었습니다."

이를 덜덜거리며 엎드려 그렇게 애걸했다. 관공은 그런 곽상의 아들을 성난 눈길로 내려보다가 조용히 말했다.

"네 아버님의 낯을 보아 목숨만은 살려주겠다. 얼른 눈앞에서 없어져라."

그러자 곽상의 아들은 머리를 싸매고 겁먹은 쥐새끼처럼 달아나 버렸다. 관공은 다시 배원소를 보며 물었다.

"너는 내 얼굴도 모르면서 어찌 내 이름은 아느냐?"

"여기서 이십 리쯤 가면 와우산이란 산이 하나 있습니다. 그 산 위에는 주창(周倉)이란 관서 사람이 있는데 두 팔이 모두 천근의 힘을 낼 만한 장사입니다. 얼굴이 검고 규룡(虯龍)과 같이 꾸불꾸불한 수염이나 위풍도 몹시 당당하지요. 원래 황건의 우두머리였던 장보 아래서 장수 노릇을 하다가 장보가 죽자 역시 저처럼 무리를 이끌고 산으로 들어왔습니다. 그 사람이 장군의 크신 이름을 제게 전해주며 늘 길이 없어 만나뵙지 못함을 한스러워했습니다."

"녹림은 호걸이 몸을 의지할 만한 곳이 못 된다. 그대들은 지금부터라도 그릇된 걸 버리고 바른길로 돌아가 스스로 몸을 버리는 일이 없도록 하라."

배원소의 말을 듣고 난 관공이 점잖게 타일렀다. 원소도 엎드려 감사하며 관공의 말을 가슴 깊이 받아들였다.

두 사람이 그렇게 한창 말을 주고받고 있는데 다시 한 떼의 인마가 나타났다.

"이는 필시 주창일 것입니다."

배원소가 다가오는 인마를 바라보더니 관공에게 나직이 알렸다. 관공이 말 위에서 보니 과연 한 사람이 앞서 말을 달려 오는데 검은 얼굴에 키가 크고 긴 창을 들고 있었다.

"바로 관장군님이시다."

달려온 주창은 배원소의 말을 들을 것도 없이 관공을 알아보고 그렇게 소리치더니 황망히 말에서 뛰어내렸다. 그리고 길가에 넙죽 엎드리며 절을 했다.

"주창이 장군님을 뵈옵니다."

"장사는 일찍이 어디서 나를 알았는가?"

관공이 그런 주창에게 물었다. 주창이 엎드린 채 대답했다.

"지난날 황건의 장보를 따라다닐 때 존안을 뵈온 적이 있으나 한스럽게도 몸이 도적의 무리에 섞여 있어 감히 장군을 따르지 못했습니다. 그런데 이제 다행히 이렇게 뵙게 되었으니 저를 버리시지만 않는다면 비록 보졸이 되어 채찍을 들고 말을 돌보게 되더라도 장군을 따르는 게 소원입니다. 죽더라도 장군과 함께라면 어찌 기쁘지 않겠습니까?"

관공이 보기에도 그 뜻이 여간 정성스럽지가 않았다. 한동안 부드러운 눈길로 주창을 내려보다가 고요히 물었다.

"만약 그대가 나를 따른다면 데리고 있는 이들은 어떻게 할 셈인가?"

"나를 따르기를 원하는 자는 함께 데리고 갈 것이요, 원하지 않는 자는 그 뜻대로 가도록 하겠습니다."

주창이 그렇게 말하자 무리가 일제히 소리쳤다.

"저희들은 모두 따라가기를 원합니다."

이에 관공은 말에서 내려 두 분 형수가 탄 수레 앞으로 갔다. 자신의 뜻 같으면 모두 데리고 가고 싶지만 두 형수가 어떻게 생각할지 몰라 물어보려 함이었다.

"아주버님께서는 허도를 떠나신 이래 줄곧 홀몸으로 이곳까지 이르렀습니다. 오는 길에 약간의 어려움은 있었으나 반드시 군마를 따르게 할 까닭은 없을 성싶습니다. 저번에 요화가 따르려 할 때는 아주버님께서 마다하서 놓고 유독 이번에는 주창의 무리를 거두어들이려 하십니까? 그러나 우리는 여자들이니 아주버님께서 알아서 처결하십시오."

감부인이 관공의 물음에 그렇게 대답했다. 아무래도 주창의 무리가 녹림도당(산도적)이라는 게 마음에 걸리는 모양이었다. 두 형수가 탐탁히 여기지 않음을 알자 관공은 이내 주창의 무리를 데려갈 마음을 바꾸었다.

"형수님의 말씀이 옳습니다. 다음에 때를 보아 저들을 거두어들이도록 하겠습니다."

그렇게 대답하고 수레 앞을 물러나온 뒤 주창에게 말했다.

"이 관아무개가 정이 없어서가 아니라 두 분 형수님께서 원치 않으시니 어쩌겠나? 그대들은 잠시 산으로 되돌아가 있게. 내가 형님을 찾기만 하면 반드시 그대들을 부르러 오겠네."

"이 주창이 어리석고 하찮은 무리라 잘못 몸을 던져 도적이 되었으나 이제 장군을 뵈오니 하늘의 해를 다시 보게 된 듯합니다. 어찌 장군을 두고 그릇된 길로 되돌아갈 수 있겠습니까? 만약 여럿이 함께 따라가는 게 편치 않으시다면 수하들은 모두 배원소에게 딸려 보내고 저 혼자 걸어서라도 따르겠습니다. 장군과 함께라면 만릿길을 걷는다 해도 마다하지 않을 것입니다."

관공의 말을 듣고도 주창이 다시 그렇게 청했다. 그 정성을 갸륵하게 여긴 관공은 다시 두 부인에게로 가서 그 같은 주창의 뜻을 전하고 답을 구했다.

"한두 사람이 따른다면야 꺼려할 게 무엇이겠습니까? 데려가도록 하십시오."

감부인도 주창의 그 청만은 들어주었다. 이에 관공은 주창을 데려가기로 하고 그의 졸개들은 모두 배원소에게 맡겨 산으로 돌아가게 했다. 그러나 배원소 역시 관공을 따라가고 싶기는 주창과 마찬가지였다. 관공의 영을 받고도 오히려 엎드려 빌었다.

"저도 또한 장군을 따르고 싶습니다."

그런 배원소를 주창이 나서서 말렸다.

"자네까지 장군을 따라간다면 이 사람들은 모두 흩어져버릴 것이네. 잠시만 이들을 맡아 이끌고 있게. 내가 관장군을 따라갔다가 있을 만한 곳이 마련이 되면 곧 달려와 자네들을 데리고 감세."

주창이 그렇게 나오니 배원소도 어찌하는 도리가 없었다. 마음이 기쁘지 아니한 대로 졸개들을 수습하여 원래 있던 산으로 돌아가고 주창만 관공을 따라 여남으로 향했다.

그럭저럭 며칠이 지났다. 여남으로 가는 길을 재촉하는 중에 문득 저만치 산성 하나가 있는 게 보였다. 관공이 그곳 주민 한 사람을 불러 물었다.

"저기가 어딘가?"

"저 성은 고성(古城)이라 하는데 몇 달 전 이름이 장비라고 하는 장수 하나가 수십 기를 이끌고 와서 원래 있던 현(縣)의 관리들을 내쫓고 차지했습니다. 그 뒤 군사를 모으고 말을 사들이며 군량과 마초를 재두기 시작하여 지금은 인마만도 수천에 이르지요. 이 부근에서는 아무도 감히 맞서지 못할 만큼 세력이 큽니다."

물음을 받은 그곳 백성이 그렇게 대답했다. 그 말을 들은 관공은 크게 기뻤다.

"지난날 서주를 잃은 뒤로 내 아우가 어디로 갔는지조차 몰랐더니 이제 찾았구나. 누가 여기에 와 있는 줄 생각이나 했으랴!"

그렇게 감탄하고 먼저 손건을 성안에 들여보내 자신이 온 것을 장비에게 알림과 아울러 두 형수를 맞아들이도록 했다.

장비가 고성을 손에 넣은 경위는 이러했다. 원래 망탕산으로 들어 갔던 장비는 그곳에서 한 달쯤 지내자 바깥 일이 궁금해졌다. 그래 서 현덕의 소식이나 알아보고자 산을 나왔다가 우연히 그 고성을 지 나게 되었다. 때마침 식량이 떨어져 곤란을 겪던 장비는 성으로 들 어가 그곳을 지키는 현의 관리에게 곡식을 꾸어달라고 어거지를 썼 다. 어디 할 것 없이 곡식이 귀하던 때라 현의 관리가 쉽게 곡식을 꿔줄 리 만무하였다.

그러자 성이 난 장비는 힘으로 현령을 내쫓고 관인을 뺏은 뒤 성 을 차지해버렸다. 차지하고 보니 산중과는 비할 바가 아니었다. 그 리하여 잠시 몸을 쉬려 했던 고성은 차차 뒷날을 위한 근거로 변해 간 것이었다.

그 장비를 만나러 성안으로 들어간 손건은 예를 마치기 바쁘게 말했다.

"유황숙께서는 이미 원소에게서 떠나 여남으로 가셨다고 합니다. 지금 운장께서 허도로부터 두 분 부인을 모시고 이곳에 이르셨으니 장군은 어서 나가 맞아들이도록 하십시오."

장비는 그 말을 듣자 대답 한마디 없이 몸을 일으켰다. 그리고 서 둘러 몸에 갑주를 걸치더니 장팔사모를 잡고 말에 올랐다. 손건은 까닭을 알 수 없어 그런 장비가 천여 명의 군사를 이끌고 성문을 뛰 쳐나가는 모습을 멍하니 보고만 있었다. 그러다가 문득 의아로운 느낌이 들었으나 장비의 기세가 어찌나 흉한지 감히 묻지 못하고 급히 뒤따를 뿐이었다.

관공은 장비가 달려 나오는 걸 보자 기쁨과 반가움을 이기지 못했다. 주창에게 청룡도를 맡기고 맨몸으로 말을 달려 나갔다. 그러나 가까이 다가오는 장비의 모습은 너무나 뜻밖이었다.

고리눈을 부릅뜨고 수염과 머리칼을 올올이 곤두세운 채 달려오는 품이 성이 나도 이만저만 난 게 아니었다. 거기다가 관공 곁에 이르러서는 다짜고짜 우레 같은 호통과 함께 창을 번쩍 들어 힘차게 내질렀다.

관공은 크게 놀랐다. 황망히 몸을 틀어 창을 피하면서 장비에게 소리쳤다.

"아우는 무슨 일로 이러는가? 도원에서 맺은 의를 잊었는가?"

"너는 이미 의리를 저버린 놈이다. 무슨 낯짝으로 나를 보러 왔느냐?"

그제서야 장비가 놋그릇 깨지는 소리로 대꾸했다. 관공이 기가 막혀 되물었다.

"내가 어째서 의를 저버렸단 말이냐?"

"너는 큰형님을 배반하고 조조에게 항복하여 제후에 봉해지고 벼슬까지 받지 않았느냐? 그래 놓고도 이제 와서 다시 나까지 속이려 들어? 나는 오늘 네놈과 죽든지 살든지 결판을 내야겠다!"

"네가 모르고 하는 소리다. 내가 이루 다 말하기 어려우니 두 분 형수님께 물어보아라. 마침 두 분 다 여기 와 계신다."

성미 급한 장비가 무얼 잘못 안 걸로 짐작한 관공이 다시 달래는 목소리로 그렇게 소리쳤다. 그 소리를 들은 두 부인도 수레의 발을 헤치고 내다보며 장비에게 물었다.

"작은아주버님께서는 무슨 까닭으로 그러십니까?"

장비가 여전히 노기등등하여 대답했다.

"두 분 형수님은 잠깐만 기다리십시오. 먼저 이 의리를 저버린 놈을 죽인 뒤에 성안으로 모셔들이겠습니다."

"큰아주버님께서는 작은아주버님이 어디로 가셨는지 모르고 잠시 조조에게 몸을 위탁했던 것뿐입니다. 이제 형님께서 여남에 계신다는 걸 알자 험하고 어려운 길을 마다하지 않고 허도를 떠나 여기에 이르셨습니다. 작은아주버님께서 부디 잘못 알고 함부로 큰아주버님을 대하지 마십시오."

감부인이 다시 나서서 그렇게 말하고 미부인도 곁에서 거들었다.

"큰아주버님께서 허도에 계셨던 것은 어찌할 수 없어 그리된 것입니다. 작은아주버님께서는 달리 생각하지 마십시오."

그러나 장비의 기세는 수그러들지 않았다. 오히려 두 부인을 보고 우겨댔다.

"형수님들은 저놈에게 속지 마십시오. 충신은 죽을지언정 욕을 당하지는 않는 법입니다. 제 놈이 대장부라면 어찌 두 주인을 섬길 수 있겠습니까?"

"아우는 나를 너무 비굴하게 만들지 말라!"

마침내 관공이 은은하게 노기 서린 목소리로 장비를 타일렀다. 손건도 보다 못해 끼어들었다.

"운장께서는 특히 장군을 찾아오신 것입니다. 이미 의를 저버렸다면 무엇 때문에 찾아오셨겠습니까?"

"나를 속이려 들지 말라. 저놈은 좋은 뜻으로 나를 찾아온 것이 아니다. 반드시 나를 잡으러 왔을 것이다."

그래도 장비는 들은 체 만 체였다. 관공이 답답한 듯 대꾸했다.

"내가 만약 너를 잡으러 왔다면 군사를 이끌고 왔을 것이다. 어찌 홀몸으로 이렇게 왔겠느냐?"

그러자 장비가 문득 손가락을 들어 관공의 등 뒤를 가리키며 소리쳤다.

"저기 오는 것은 무엇이냐? 저것이 군사가 아니고 허깨비라도 된단 말이냐?"

그 말에 관공이 돌아보니 정말로 자옥한 먼지를 일으키며 한 떼의 군마가 몰려오고 있었다. 바람에 나부끼는 깃발을 보니 틀림없이 조조의 군사였다. 관공을 뒤쫓아 오는 것임에 분명했지만 성난 장비는 변명할 틈조차 주지 않았다.

"이래도 나를 속일 작정이냐? 이 속 컴컴한 놈아!"

그 한마디 욕질과 함께 장팔사모를 꼬나들고 다시 찌르려 했다. 뒤따라오는 군사들에 정신이 팔려 있던 관공이 그런 장비를 급히 말리며 소리쳤다.

"아우는 잠깐 기다리게. 내가 오는 적장을 목 베 진심을 보여주겠네."

"그게 정말이라면 얼른 가서 적장을 목 베 오너라. 북을 세 번 치는 동안에 반드시 적장의 목을 가지고 돌아와야 한다!"

그제서야 장비도 조금 수그러든 기세로 그렇게 말했다. 관공이 청룡도를 받아들고 돌아서며 응낙했다.

"알았네. 기다리게."

조조 군사는 오래잖아 이르렀다. 앞선 장수를 보니 다름 아닌 채양이었다. 원래 관공을 별로 두려워하지 않던 채양인 데다 조카가 죽어 분이 꼭뒤까지 올라 있었다. 관공을 보자 한소리 성난 외침과 함께 칼을 휘두르며 말을 박차 달려 나왔다.

"내 생질 진기를 죽여놓고 용케 여기까지 도망쳐 왔구나. 나는 승상의 명을 받들어 특히 네놈을 잡으러 왔다. 길게 목을 늘여 이 칼을 받아라."

그러나 관공은 아무런 대꾸도 없이 칼을 들어 채양을 맞이했다. 그걸 본 장비가 손수 북채를 잡고 북을 울렸다. 겨우 첫 번째 북소리가 났을 때였다. 관공의 청룡도가 번쩍 들렸다 내려쳐지는 곳에 채양의 잘린 목이 날았다.

눈 깜짝할 새에 대장이 목 없는 시체로 변하는 꼴을 보자 채양을 따라온 군사들은 얼이 빠졌다. 하나같이 무기를 내던지고 뒤돌아서 내빼기 바빴다. 관공은 그런 적군들 중 깃발을 든 졸개를 하나 잡아 물었다.

"이 일은 조승상이 시킨 게 결코 아니다. 너희가 어떻게 나를 뒤쫓게 되었느냐?"

"채양은 장군께서 자기 생질을 죽였단 말을 듣자 분을 이기지 못해 장군과 싸우려고 하북에서 달려왔습니다. 그러나 조승상께서는 그 일을 허락지 않으시고 여남으로 가서 유벽을 치도록 했습니다. 채양은 못마땅한 대로 승상의 명을 받들 수밖에 없었는데 뜻밖에도 도중에 장군을 만나게 된 것입니다."

붙잡힌 군사가 벌벌 떨며 그렇게 대답했다. 관공은 그 군사를 장비에게 보내어 그 같은 사실을 밝히게 했다. 장비는 다시 그 군사에게 관공이 허도에 있을 때에 있었던 몇 가지 일을 더 물은 뒤에야 비로소 관공을 믿는 기색이었다.

"성 남문 밖에 여남은 기가 다가오고 있습니다. 그들이 누구인지 알 수 없으니 장군께서 살펴주십시오."

장비가 쑥스런 낯으로 관공과 지난 일을 주고받고 있을 때 문득 고성에서 군사 하나가 달려와 그렇게 알렸다. 다시 의심을 일으킨 장비가 급히 군사를 이끌고 남문 쪽으로 가보니 과연 십여 기가 가벼운 활에 짧은 화살을 지닌 채 몰려오고 있었다.

그들은 장비를 알아보자마자 얼른 말에서 내렸다. 장비도 자세히 살피니 낯익은 얼굴들이었다. 바로 미축과 미방 형제였다. 급히 말에서 내려 그들의 예를 받는 장비에게 미축이 말했다.

"지난번 서주를 잃고 흩어진 이래 우리 두 형제는 고향으로 가 숨어 지냈습니다. 가만히 사람을 풀어 알아보니 운장께서는 조조에게 항복했고 주공께서는 하북으로 가신 데다 간옹 또한 하북에 있다는 것이었습니다. 다만 장군만 어디에 계신지 몰라 궁금하게 여겼는데 어제 우연히 길에서 만난 사람이 장군의 소식을 들려주었습니다. 성이 장(張)씨인 장수로 모양이 이러이러한 분이 고성을 차지하고 있다는 소식으로 들어보니 장군임을 알 수 있었지요. 그래서 우리 형제는 장군을 찾아 나선 것인데 이제 다행히도 이렇게 만나뵙게 되었습니다."

"운장 형님도 손건과 함께 두 분 형수님을 모시고 이제 막 여기에 이르셨다네. 이미 큰형님께서 계신 곳도 알고 있으니 자네들도 마침 때맞추어 온 셈일세."

장비가 그렇게 대답하자 미축 형제는 더욱 반가워 어쩔 줄 몰라 했다. 뛰듯이 관공에게로 가 만나본 뒤 누이인 미부인과 또 한 분 감부인도 절하며 뵈었다.

"여기서 이럴 게 아니라 안으로 드세."

장비가 그렇게 말한 뒤 두 부인을 청해 성안으로 들도록 했다. 성안으로 들어가 모두 자리를 잡고 앉자 두 부인은 번갈아 관공의 지난 일을 장비에게 얘기해주었다. 이미 어느 정도 의심을 거두고 있던 장비는 두 부인의 말을 듣자 감격과 부끄러움으로 크게 소리내어 울더니 우르르 관공 앞에 달려가 엎드렸다.

"형님, 이 비가 죽을 죄를 지었습니다. 엄히 벌해주십시오."

그 광경을 보고 있던 미축과 미방 또한 감격으로 솟는 눈물을 감출 길이 없었다.

오해가 완연히 풀리자 이번에는 장비가 자신의 지난 일을 줄줄이 엮어댔다. 그리고 한편으로는 수하를 시켜 크게 잔치를 열게 했다. 조조에게 항복한 것을 잔뜩 오해하고 있던 장비에게는 관공이 죽었다 살아온 사람보다 더 반가웠다. 거기다가 현덕이 있는 곳까지 알게 되었으니 어찌 기뻐하고 서로 치하할 일이 아니겠는가.

하룻밤을 떠들썩한 잔치로 보낸 다음 날 장비는 또 성급을 부렸다.

"형님, 우리 모두 여남으로 가 큰형님을 뵈옵시다. 지금부터 새로 한번 시작해보는 거요."

눈을 뜨기 바쁘게 졸개들에게 모조리 떠날 채비를 하라고 성화를 부리면서 장비가 관공에게 하는 말이었다. 그러나 관공은 무겁게 고개를 가로저었다.

"아우는 두 분 형수님을 돌보며 잠시 이곳에 머물러 있게. 내가 먼저 손건과 함께 가서 형님의 소식을 알아보고 오겠네."

들뜬 장비에게는 찬물을 끼얹는 것 같은 말이었지만 들어본즉 옳았다. 이에 장비가 조급한 성미를 억누르며 고개를 끄덕이니 관공은 손건만 데리고 여남으로 떠났다.

과연 관공의 헤아림은 옳았다. 간신히 여남에 이르러 보니 유벽과 공도는 뜻밖의 소리를 했다.

"황숙께서 며칠 전에 이곳에 오시기는 했습니다만 군사가 적은 걸 보고 다시 하북의 원본초에게로 돌아가셨습니다. 이곳 군사만으로는 조조에게 대항할 수 없다 여겨 원본초와 의논하러 간다고 하셨습니다."

아무리 그런 일에 대비해 손건과 가벼운 차림으로 오기는 했지만, 그 말을 듣자 관공은 맥이 빠졌다. 원소에게로 갔다면 그의 상장(上將)을 둘씩이나 죽인 자기로서는 함부로 찾아갈 수도 없는 곳이려니와 원소가 또 무슨 변덕을 부려 현덕을 해칠지 모르는 일이었다. 손건이 그런 근심에 젖은 관공에게 말했다.

"그렇게 걱정하실 일은 아닙니다. 괴롭지만 하북으로 가서 황숙을 만나뵙는 수밖에 없습니다. 먼저 고성으로 돌아갔다가 하북으로 가보도록 하시지요."

관공도 당장은 어쩌는 수가 없었다. 손건의 말을 따라 유벽과 공도를 작별하고 고성으로 돌아갔다.

"이제는 확실하게 큰형님께서 계신 곳을 알았으니 우리 모두 함께 떠나도록 합시다."

관공으로부터 여남에 갔던 일을 듣자 장비가 다시 그렇게 나왔다. 이번에도 관공은 무겁게 고개를 가로저어 장비를 말렸다.

"이 성이라도 하나 있어 우리가 모두 몸을 편안히 둘 수 있게 되었으니 결코 가볍게 버려서는 아니 된다. 내가 다시 손건과 함께 원소에게로 가서 형님을 찾아보겠다. 형님을 모시고 와 서로 만나게 될 때까지 아우는 이 성을 굳게 지키고 있으라."

"형님께서는 전에 안량과 문추를 목 벤 적이 있지 않으십니까? 그런데도 어떻게 원소에게로 갈 수가 있겠습니까?"

장비가 문득 근심스런 얼굴로 물었다. 그러나 관공은 태연했다.

"괜찮다. 그때그때 기회를 보아 잘 대처하면[見機而作] 될 것이다."

그렇게 대꾸하고는 주창을 불러오게 했다.

"와우산 배원소에게 있는 인마가 얼마나 되겠는가?"

주창이 불려오자 관공이 물었다. 주창이 잠시 어림하더니 대답했다.

"한 사오백 될 것입니다."

"그럼 그대가 한 번 와우산을 다녀와야겠다. 나는 지금 가까운 길을 골라 형님을 찾으러 갈 것이니 그대는 와우산으로 가서 한 갈래 군마를 이끌고 큰 길을 따라 나를 맞으러 오도록 하라."

관공이 그렇게 명하자 주창은 두말없이 거기에 따랐다. 주창이 떠난 뒤 관공은 다시 손건과 스무남은 기만 이끌고 하북을 바라보며 길을 떠났다. 하북 언저리에 이르렀을 때 손건이 문득 말했다.

"아무래도 장군께서 가벼이 하북으로 들어가서는 안 될 것 같습니다. 여기서 잠시 쉬며 기다리십시오. 제가 먼저 가서 황숙을 만나뵙고 따로이 의논해본 뒤에 움직이는 게 좋겠습니다."

전에 안량과 문추를 죽인 일이 못내 마음에 걸려 있던 관공도 손건의 말을 옳게 여겼다. 이에 손건이 먼저 하북으로 들어가고 관공은 가까운 곳에 있는 장원에 묵으면서 기다리기로 했다.

마침 장원의 주인은 관공과 같은 성을 쓰는 관정(關定)이란 사람이었다.

"크신 이름을 들은 지는 오래되었으나 직접 이렇게 뵙게 되니 실로 광영입니다."

관정은 그렇게 관우를 반기며 두 아들을 불러 관공을 보게 한 뒤 관공은 물론 따르는 이들까지 융숭하게 대접했다. 그러나 아직도 유비에게 이르는 길이 아득하게만 느껴지는 관공은 결코 마음이 밝지 아니했다.

다시 이어진 도원(桃園)의 의(義)

건안 오년 가을 팔월이었다. 하북 원소의 객사에서는 유비가 탁자에 기대앉아 시름에 젖어 있었다.

원래 유비가 여남으로 갔던 것은 상장 안량과 문추를 차례로 잃고 변덕이 심해진 원소에게서 우선 벗어나기 위함이었다. 그러나 한편으로는 유벽과 공도를 자기 밑에 끌어들여 그 자신의 새로운 근거로 하였으면 하는 생각도 없지 않았다. 다행히 원소와의 사이가 좋게 유지된다 해도 언제까지고 남의 밑에 웅크리고 살 수는 없는 노릇이었다.

하지만 생각 밖으로 유벽과 공도의 세력은 보잘것없었다. 원소에게 말한 대로 그들을 달랜다 해도 그 세력으로는 허도를 넘보기는커녕 조조의 한 갈래 군사조차 당할 수 있을 것 같지 않았다. 군사의 머릿수도 대단찮으려니와 그나마 황건의 잔당에다 여기저기 흘러다니는 유민들을 끌어모은 것이라 몇 번이고 조조의 정예한 군사들과 맞붙어본 경험이 있는 유비로서는 도무지 믿을 수가 없었다.

거기다가 들려오는 풍문도 심상치 않았다. 조조가 원소와 유비의 생각을 알고 조인에게 대군을 주어 여남으로 보내리란 것이었다. 그 대군이 얼마가 될지는 모르나 적어도 조조가 아우 조인을 골라 보내는 것만으로도 매서운 공격이 되리라는 것쯤은 알 만했다.

이에 유비는 싫든 좋든 원소에게로 되돌아가는 수밖에 없다고 생각했다. 원소의 변덕이 두려운 것은 사실이었으나 그보다는 이미 깊은 앙심을 품은 조조의 공격이 더 급한 발등의 불이었다. 여남에 남아 섣불리 조조의 대군에 맞서다가 싸움에 지기라도 하는 날이면 운 좋게 목숨을 건진다 해도 또 한 번 패장이 되어 원소에게 더욱 업신여김을 당하게 될 게 뻔했다.

그러나 떠나올 때 원소에게 해둔 말이 있어 빈손으로 돌아갈 수도 없었다.

"내가 보니 이 군사로는 조조의 대군을 당해낼 수 있을 성싶지 않소. 차라리 두 분께서는 하북으로 가서 원소와 힘을 합치는 게 어떻겠소?"

생각다 못한 유비가 유벽과 공도에게 그렇게 권해보았다. 유비가 온 일로 크게 기대에 부풀어 있던 두 사람은 그 말에 얼굴이 실쭉해졌다.

"황숙께서 어떻게 헤아리신지는 모르되 그렇게는 아니 되겠습니다. 비록 우리 두 사람이 거느린 군사가 적다 하나 그래도 이미 조조가 보낸 군사를 물리친 일이 있습니다. 어찌 한번 싸워보지도 않고 이 여남을 조조에게 비워줄 수 있겠습니까? 황숙께서 정히 마음이 놓이지 않으신다면 홀로 하북으로 돌아가십시오. 가서 원본초(袁本初)께 우리가 위급할 때 구원이나 잊지 말라고 전해주시면 마음이나마 든든하겠습니다."

도적의 무리라고는 해도 자신의 근거지를 버리고 남의 밑에 들기는 싫었던지 유벽과 공도가 입을 모아 그렇게 대답했다.

두 사람의 생각이 그러하니 유비는 할 수 없이 빈손으로 원소에게 돌아갔다. 다시 원소의 변덕에 목숨이 위태로워지는 한이 있더라도 세력이 큰 그 아래 있으면서 변화를 구해보는 게 옳을 것 같았다. 그러나 유비의 그 같은 속마음을 알 길이 없는 원소는 다시 돌아왔다는 것만으로도 오히려 유비를 전보다 더 믿어주는 것 같았다. 유비가 여남으로 떠났을 때 실은 원소를 위해서가 아니라 다만 몸을 빼쳐 달아난 것에 지나지 않는다고 수군댄 모사들이 있었기 때문이었다.

하지만 하북으로 돌아와도 유비의 마음은 편하지가 못했다. 자기를 찾아 길을 떠났을 관우 때문이었다. 손건을 보내기는 했으나 과연 관우가 무사히 조조의 땅을 벗어났는지, 그리고 벗어났다면 어디로 갔는지 궁금하고도 불안했다. 그중에서도 가장 두려운 것은 여남으로 갔던 관우가 하북으로 찾아오는 일이었다. 아무리 좋은 말로 달랜다 해도 원소가 눈앞에 나타난 관우를 보면 또 어떻게 마음이 변할지 모르는 일이었기 때문이었다. 거기다가 장비는 아직 종적조차 모르고 있었다.

유비가 이런저런 생각에 잠겨 소리 없는 탄식과 한숨을 짓고 있을 때 문득 시중드는 군사가 들어와 알렸다. 유비가 원소에게 있음을 수소문해 듣고 여기저기서 찾아든 약간의 장졸 중의 하나였다.

"관장군을 맞으러 갔던 손 종사께서 돌아오셨습니다."

바로 손건이 돌아온 것이었다.

기다리던 사람이라 유비는 펄쩍 뛰듯 일어나 손건을 맞았다.

"그래, 어떻게 되었나?"

손건이 예를 마치기 바쁘게 유비가 물었다. 손건은 도중에 관우를 만난 일이며 다시 장비를 만나고 여남까지 갔던 일을 빠짐없이 말했다.

"하늘이 이 유아무개를 버리시지는 않으셨구나!"

관우가 무사히 조조의 땅을 빠져나온 데다 생사를 몰랐던 장비까지 만났다는 말을 듣자 유비는 자신의 어려운 처지도 잊고 기쁨의 눈물을 흘렸다. 그리고 감개에서 벗어나자마자 조용히 말했다.

"간옹(簡雍)이 또한 여기 있으니 가만히 불러 의논해보도록 하세. 그 사람은 지모에도 밝아 반드시 여기서 몸을 빼칠 좋은 꾀를 낼 것일세."

유비가 몰래 사람을 보내 부르자 오래잖아 간옹이 이르렀다. 원래 유비와 같은 탁군 출신으로 어릴 적부터 서로 알고 지냈는데, 그 무렵에는 원소에게 몸담고 있어도 마음은 이미 유비의 사람이었다.

유비가 손건에게서 들은 말을 옮기고 원소로부터 몸을 빼칠 계교를 묻자 잠깐 생각에 잠기던 간옹이 대답했다.

"주공께서는 내일 원소를 찾아보고 형주로 가야겠다고 말씀하십시오. 그곳 태수 유표를 달래 함께 조조를 치게 만들겠다고 하면 아마도 원소는 허락할 것입니다. 그때 얼른 기회를 틈타 관장군께로 가시면 됩니다."

"그 참 좋은 계책이오. 그러나 공은 어떻게 빠져나와 나를 따라오겠소?"

유비가 감탄하면서도 한편으로는 걱정이 되는지 그렇게 물었다. 그러나 간옹은 이미 마련해둔 꾀가 있는지 거침없이 대답했다.

"제 일은 근심하지 마십시오. 제게는 따로 이 몸을 빼칠 계교가 있습니다."

그러자 유비도 비로소 마음이 놓인 듯 그 계책을 따르기로 작정하고 의논을 맺었다.

다음 날이었다. 유비는 아침 일찍 원소를 찾아보고 말했다.

"유경승(劉景升)은 형주와 양양에 걸친 아홉 군을 다스리고 있는데 그 군사는 날래고 곡식은 넉넉합니다. 마땅히 그와 더불어 맹약을 맺어 함께 조조를 치도록 해야 할 것입니다."

"내가 일찍이 그에게 사자를 보내 함께 힘을 합치자 하였으나 그는 아직도 따르지 않고 있소. 그런데 갑자기 유표의 일은 왜 꺼내시오?"

원소가 갑작스럽다는 듯 유비를 빤히 건너다보며 물었다. 유비가 태연한 얼굴로 그 말을 받았다.

"그 사람은 이 비와 같은 종친입니다. 제가 가서 달랜다면 반드시 망설이지 않고 명공께로 올 것입니다."

유비가 그렇게 대답하자 원소의 얼굴이 문득 환해졌다. 조조와 싸움을 시작한 이래 무엇 하나 제대로 되지 않아 울적해 있던 그로서는 듣던 중 반가운 소리였다.

"만약 유표만 얻을 수 있다면 유벽 따위를 얻는 것보다는 몇 배나 나을 것이오."

그러고는 선선히 유비가 형주로 가는 일을 허락한 뒤 불쑥 덧붙였다.

"요사이 듣자니 관운장이 이미 조조를 떠나 하북으로 오고자 한다고 하오. 그가 오면 마땅히 죽여 안량과 문추를 잃은 한을 풀도록 해야겠소."

얼핏 들으면 엉뚱한 소리였지만 제 딴에는 선심을 베푼다는 뜻인 것 같았다. 전에 관운장이 오면 안량과 문추 대신 쓰겠다고 말했으나 그새 마음이 변한 것인데, 이번에 유비가 자신을 위해 먼 길을 떠나게 되니 나중에라도 섭섭하지 않게 특히 알려준다는 투였다.

이제 자신만 빠져나가면 관운장이 하북으로 올 리도 없고, 또한 원소에게 죽음을 당할 걱정도 없었으나 유비는 짐짓 놀란 체 물었다.

"전에 명공께서 쓰시겠다 하시기에 제가 사람을 보내 관운장을 이리로 부르지 않았습니까? 그런데 무슨 까닭으로 이제 와서 다시 죽이려 하십니까?"

"아무래도 죽은 안량과 문추를 생각하니 그를 살려둘 수가 없소. 현덕께서 너무 섭섭히 여기지 마시오."

원소는 이미 마음을 정한 듯 뚱한 얼굴로 그렇게 잘라 말했다. 유비는 그 같은 원소의 변덕에 아연하면서도 애써 목소리를 가다듬고 말했다.

"명공께서 진정으로 천하를 다투시고자 한다면 그렇게 해서는 아니 됩니다. 비유컨대 안량과 문추가 두 마리의 사슴이라면 운장은 한 마리 호랑이라 할 수 있습니다. 사슴 두 마리를 잃고 호랑이 한 마리를 얻는 일인데 한이라니 무슨 한이란 말씀입니까?"

유비의 말을 듣자 원소의 사람 욕심이 다시 변덕을 일으켰다. 방금 한 말을 농담으로 돌리려는 듯 일부러 호탕하게 웃어젖히며 말했다.

"내가 운장을 너무 사랑하여 한번 장난삼아 말해보았을 뿐이오. 설마하니 천하에 둘도 없는 장수를 헛되이 죽일 리야 있겠소? 공은 다시 사람을 보내 운장을 얼른 오라고 이르시오."

"즉시 손건을 보내 불러들이도록 하겠습니다."

유비가 원소의 말이 떨어지기 바쁘게 대답했다. 자신도 빠져나갈 구실이 있고 간옹도 이미 마련해둔 꾀가 있었으나 손건까지는 핑계가 없어 답답하던 그로서는 원소의 말이 반갑기 짝이 없었다. 아무것도 모르는 원소는 손건 또한 기꺼이 보내주었다.

유비와 손건은 원소의 허락을 받자마자 잠시도 머뭇거리지 않고 하북을 떠났다. 원소 앞을 떠날 때는 각기 방향이 달랐으나 가는 곳은 마찬가지로 관운장이 묵고 있는 장원이었다.

유비와 손건이 떠난 지 오래잖아 이번에는 간옹이 원소 앞에 나아가 말했다.

"유비는 이번에 가면 반드시 돌아오지 않을 것입니다. 겉으로는 태연한 체해도 속으로는 주공을 두려워하고 있기 때문입니다. 저를 유비와 함께 형주로 보내주십시오. 아직 떠난 지 오래지 않았으니 따라잡을 수 있을 것이고, 그때 주공의 명을 전한다면 그도 어쩔 수 없이 저와 함께 가야 할 것입니다. 그러면 한편으로는 유비와 힘을 합쳐 유표를 달래고 다른 한편으로는 유비가 딴마음을 먹지 못하게 감시하겠습니다."

좋은 마음으로 유비를 보내었던 원소였으나 그 말을 듣자 더럭 의심이 들었다. 유비를 보낼 때의 너그러움은 간곳없이 간옹을 재촉해 유비를 뒤쫓도록 했다.

유비와 손건이 떠나가고 다시 간옹마저 뒤따라 떠나려 하자 원소의 모사 곽도가 나서서 간했다.

"앞서 유비는 유벽을 달랜다고 갔으나 끝내 빈손으로 돌아왔습니다. 그런데 이제 다시 형주로 간다니 아무래도 이상합니다. 더구나 간옹은 유비와 한 고향 사람으로 어렸을 적부터의 친구입니다. 겉으로는 유비를 감시한다는 핑계를 내세우고 있지만 속은 다를 것입니다. 다시 돌아오지 않을까 두렵습니다."

일을 밝게 보고 하는 소리였으나 이미 간옹에게 넘어간 원소의 귀에는 그 소리가 들어오지 않았다. 벌컥 역정까지 내며 곽도를 물리쳤다.

"간옹도 식견이 있는 사람이니 그대는 쓸데없이 의심하지 말라! 어찌 유비 따위를 따르기 위해 나를 저버리겠느냐?"

마치 백만 대군과 넓은 땅을 가진 자신과 의지가지없이 떠도는 유비를 비교하는 것조차 불쾌하다는 투였다. 좋은 뜻으로 간했다가 오히려 야단만 맞게 되자 곽도는 이를 갈았다.

'두고 보아라. 그들은 반드시 돌아오지 않을 것이다!'

속으로 그렇게 중얼거리며 원망 가득한 마음으로 원소 앞을 물러났다.

한편 남쪽 형주를 바라고 기주성을 나섰던 유비는 곧 말 머리를 동으로 돌려 손건과 약정한 곳에서 만났다.

"그대는 먼저 운장에게 돌아가 내가 간다는 것을 알리게. 혹시라도 잘못 생각하여 하북으로 들까 봐 걱정되네. 나는 간옹이 뒤따라 오기를 기다려 함께 그리로 가겠네."

그 말에 따라 손건은 먼저 관운장에게로 달려가고 유비는 간옹을 기다리며 천천히 뒤따랐다. 과연 오래잖아 요란스런 말발굽 소리와 함께 간옹이 왔다. 그가 원소로부터 몸을 빼쳐 나온 계책을 들은 유비는 한편으로는 간옹의 기지에 감탄하면서도 다른 한편으로는 원소를 위해 탄식해 마지않았다.

"무릇 남의 우두머리 된 자로서 지녀야 할 덕성 중에 가장 으뜸은 뜻을 하나로 정해 가벼이 움직이지 않는 것이다. 그런데 원본초는 뜻을 정하기에 더딜 뿐만 아니라 한번 정한 것도 죽 끓듯 뒤바뀐다. 거기다가 이제는 그 변덕이 널리 알려져 남에게 이용되기까지 하니 그 끝을 보는 듯하다. 잠시나마 내가 곤궁한 몸을 의지했던 사람이니 실로 안됐구나!"

그러고는 간옹과 말 머리를 나란히 하고 길을 재촉했다.

하북의 경계에 이르니 관운장에게 전갈을 마친 손건이 다시 나와 유비와 간옹을 맞았다. 관정(關定)의 장원 문 앞에는 관운장이 나와 기다리고 있었다.

"형님, 별래 무양하시었습니까?"

관우가 엎드려 절을 올리자 유비가 말에서 뛰어내려 쓸어안고 일으켰다.

"운장을 살아서 다시 만나니 실로 꿈만 같구나!"

관우의 손을 잡은 유비의 눈에서는 샘솟듯 눈물이 흘렀다. 마음이 굳기가 철석같다는 관운장도 흐르는 눈물은 어쩌하지 못했다.

한동안 말없는 눈물로 회포를 푼 형제는 이윽고 주인 관정에게 이끌려 집 안으로 들어갔다. 유비가 온다는 말을 듣고 초당에 자리를 마련해둔 관정은 모두가 앉기를 기다려 두 아들을 불러들였다. 둘다 생김이 씩씩하고 눈빛이 남달랐다.

"좋은 아들을 두었습니다. 이름들은 어떻게 됩니까?"

그사이 마음을 가다듬은 유비가 관정에게 물었다. 관우가 관정을 대신해 대답했다.

"집주인 되시는 이분은 저와 성이 같은데 저 젊은이 둘은 이분의 아들들입니다. 큰아들은 관녕(關寧)이라 하며 글을 배웠고, 둘째 아들은 관평(關平)이라 하며 무예를 배웠다고 합니다."

그러자 관정이 머뭇거리며 말을 보탰다.

"제 어리석은 소견에는 둘째놈으로 하여금 관장군을 따르게 하고 싶습니다만 받아들여주실지 모르겠습니다."

"올해 나이가 몇 살이 됩니까?"

무슨 생각이 들었는지 유비가 문득 관정에게 물었다. 관정은 흰머리를 조아리며 대답했다.

"열여덟이 됩니다."

그러자 유비가 다시 정중하게 물었다.

"이미 어르신의 후한 대접을 받은 데다가 또 내 아우는 아직 아들을 두지 못했습니다. 이제 저 젊은이를 내 아우의 아들로 삼게 하고 싶은데 어르신의 뜻은 어떠하십니까?"

그 말에 관정은 몹시 기뻐했다. 유비에게 대답하는 대신 관평에게 일렀다.

"너는 얼른 관장군께 절을 올려라. 앞으로는 아버지라 불러야 한다. 그리고 유황숙께도 절을 올려라. 네 큰아버님 되시는 분이다."

그러고는 하인들을 불러 큰 잔치를 열 준비를 하게 했다. 유비가 그런 관정을 말렸다.

"비록 하북 땅은 벗어났다 하나 아직 원소의 추격에서 온전히 벗어난 것은 아닙니다. 급히 길을 떠나야 하니 잔치는 뒷날로 미루어 주십시오."

유비의 그 같은 말을 듣고 생각해보니 관정도 따르는 수밖에 없었다. 떠나가는 유비 일행을 한 마장이나 바래다주는 것으로 깊은 정을 표시하고 돌아갔다. 다만 관평만은 새로이 아버지가 된 관운장을 뒤따라 함께 떠났다.

"아무래도 군사를 좀 거두어 호위로 삼는 게 좋겠습니다. 마침 와우산이라는 곳에 약간의 군사가 기다리기로 되어 있으니 그리로 가십시다."

관정이 돌아간 뒤 관운장이 앞서 길을 잡으며 그렇게 말했다. 고성을 떠날 때 주창과 한 약속 때문이었다.

그런데 미처 와우산으로 접어들기도 전이었다. 온몸에 상처를 입은 주창이 겨우 여남은 명의 졸개만 데리고 비틀거리며 오고 있었다. 놀란 관운장이 주창에게 물었다.

"이게 어찌 된 일인가? 무슨 일로 그토록 심하게 다쳤는가?"

그러자 주창이 분한 얼굴로 까닭을 밝혔다.

"장군의 명을 받고 와우산에 와보니 마침 한 장수가 졸개 하나 없이 배원소에게 싸움을 걸고 있었습니다. 배원소가 마주 나가 싸웠으나 겨우 한 합에 찔려 죽고, 그 장수는 항복한 졸개들을 불러모아 산채를 차지해버리더군요. 제가 가서 졸개들을 다시 끌어내보려 했으나 달아난 자들을 빼면 모두 겁에 질려 감히 그에게서 벗어나지 못했습니다. 저는 분해 견딜 수 없어 그 장수와 더불어 싸웠습니다. 그러나 싸움에 몇 번을 잇달아 지고 몸도 세 군데나 창에 찔려 더 버티지 못하게 돼 하는 수 없이 장군께 알리려고 도망쳐 나오는 길입니다. 장군께서 처결해주십시오."

그때 곁에 있던 유비가 주창에게 물었다.

"그 사람의 생김이 어떠하던가? 또 이름은 무엇이라던가?"

"몹시 몸집이 크고 사내답게 생겼는데 그 이름은 말해주지 않았습니다."

주창이 부끄러운 듯 대답했다.

주창의 말을 들은 관공이 문득 말의 배를 차며 유비에게 소리쳤다.

"형님, 어떤 자가 그리 방자한지 아우가 한번 가봐야겠습니다."

주창이 다친 것이나 그대로 두면 자기편의 군사가 될 졸개들을 가로채인 데 대한 분노보다는 정체 모를 강적에 대한 호승심이 인 것임에 분명했다. 유비도 알 수 없는 조급에 빠져 그런 관우를 급히 뒤따랐다.

관우가 앞서고 유비가 뒤를 쫓듯 말을 달려 형제는 곧 와우산으로 접어들었다. 그사이 산 아래에서는 주창이 그 정체 모를 장수를 향해 고래고래 욕설을 퍼부었다.

두 사람이 산을 치달아 오르는 것을 보았는지 아니면 주창의 욕질에 끌려나온 것인지 상대편 장수도 곧 모습을 드러냈다. 온몸에 갑옷을 두르고 긴 창을 든 채 말 위에 탄 그 장수 뒤에는 수백의 졸개들이 뒤따르고 있었다.

멀리서 그 장수를 한참이나 눈여겨보던 유비가 감격에 떨리는 목소리로 소리쳐 물었다.

"앞에 오는 것은 자룡이 아닌가?"

그 물음에 상대도 눈을 크게 뜨고 유비를 살피더니 문득 안장에서 내려 길가에 엎드렸다. 이어 큰 쇠북을 치는 듯한 목소리가 엎드린 그의 입에서 울려 나왔다.

"조운이 황숙을 뵙습니다."

정말로 조자룡이었다. 유비와 관우도 굴러떨어지듯 말에서 뛰어내려 조자룡의 예를 받았다.

"자룡도 살아 있었구나! 나는 공손찬 형이 돌아가셨다는 말을 듣고 얼마나 자네를 걱정했는지 모르겠네."

"이렇게 홀로 살아남아 실로 면목없습니다."

그렇게 대답하는 조자룡의 소년 같은 얼굴에는 어느새 두 줄기 눈물이 흘러내리고 있었다. 정 많고 감격하기 쉬운 유비의 눈도 부옇게 흐려졌다.

"부끄럽기는 나도 마찬가지일세. 어쨌거나 공손백규(公孫伯珪)는 내게 혈육보다 더한 정을 보냈는데 나는 앉아서 그가 망하는 걸 구경만 해야 했으니…….”

유비는 그렇게 말한 뒤 다시 물었다.

“그래, 그동안 어떻게 지냈는가? 어떻게 여기까지 오게 되었는가?”

“그때 서주에서 운(雲)은 이미 공손찬에게로 돌아가고 싶지 않았으나 명공의 분부가 엄해 어쩔 수 없이 돌아갔던 것입니다. 그런데 공손찬은 갈수록 허황되고 교만스러워져 통 남의 말을 듣지 않다가, 끝내는 패망하여 불타는 역경루(易京樓)에서 스스로 목숨을 끊고 말았습니다. 그 무렵 공손찬에게서 멀리 떨어진 곳을 지키던 나는 급히 약간의 군사를 이끌고 달려가보았으나 이미 때는 늦은 뒤였지요. 그 뒤 원소는 여러 번 사람을 보내 저를 불렀습니다. 원소 또한 사람을 바로 쓸 만한 인물이 되지 못함을 알고 있는 저로서는 갈 수가 없었습니다. 오직 서주에 계신 명공만 생각하고 그리로 가 이 한 몸을 의탁할 생각뿐이었습니다. 하지만 제가 서주에 이르기도 전에 놀라운 소문부터 먼저 들어왔습니다. 이미 성이 떨어지고, 운장께서는 조조에게 항복했다는 것이었습니다. 그리고 이어 명공께서는 원소에게로 가셨다는 말도 들렸습니다. 저는 몇 번이나 명공을 찾아 원소에게로 가려 했습니다만 원소가 이상하게 여길까 보아 결국은 가지 못했습니다. 제가 간 것이 자신을 위해서가 아니라 명공을 쫓아서라는 걸 원소가 알면 저뿐만 아니라 명공까지 해칠 것이기 때문입니다. 그렇게 되고 보니 남은 길은 여기저기 정처 없이 떠도는 것뿐이었습니다. 그것도 처음에는 흩어진 공손찬의 군사를 끌어모아 약간의 수하를 거느리고 있었으나 오래잖아 그들마저 떠나버려 홀몸이 되고 말았지요. 이곳을 지나게 된 것은 순전히 우연이었는데, 갑자기 배원소가 산을 내려와 제 말을 빼앗으려 한 게 탈이었습니다. 얼결에 그를 죽이고 나니 산채와 졸개들이 생겨 잠시 이곳에서 몸을 숨길 마음이 난 것입니다. 근래에는 또 익덕이 고성에 있다는 소문을 들었습니다. 허나 그에게 가려 해도 그 소문이 참인지 거짓인지 알 수 없어 망설이던 차에 다행히도 이렇게 명공을 뵙게 된 것입니다."

조운은 유비와 눈물로 헤어진 뒤의 일을 그렇게 간추려 말했다. 그가 자기를 잊지 않고 찾고 있었다는 걸 알자 유비는 크게 기뻤다. 유비 또한 감회에 젖어 그동안에 있었던 일을 낱낱이 조운에게 들려주었다.

관우도 아울러 지난 일을 간략히 말했다. 관우의 얘기가 끝나자 유비가 다시 조운의 손을 쓸며 말했다.

"나는 자룡을 처음 볼 때부터 사모하는 마음이 일어 떨쳐버릴 수 없었네. 그러나 그대가 이미 공손찬 형의 사람이라 차마 내 곁에 잡아둘 수 없었는데 이제 다행히 이렇게 다시 만나게 되었으니 기쁘기 짝이 없네. 죽은 사람에게는 안된 일이나, 내게는 백만 대군을 얻은들 이보다 더 든든하겠나?"

"운도 사방을 돌아다니며 섬길 만한 주인을 찾았으나 아직 명공만한 분은 보지 못했습니다. 상산초옹(常山樵翁) 어른의 말씀이 과연 헛되지 않음을 알겠습니다. 이제 이렇게 따르게 되었으니 평생의 큰 소원을 푼 것이나 다름없습니다. 명공을 위한 일이라면 간과 뇌를 쏟으며 쓰러진들 무슨 한이 있겠습니까."

조운도 진심 어린 얼굴로 그렇게 대답했다. 그리고 그날로 산채를 불사른 뒤 졸개들을 이끌고 유비를 따랐다. 십 년 전 반하(磐河)에서 처음 만난 이래 엇갈리기만 하던 인연의 끈이 드디어 둘을 맺어준 것이었다.

그런데 부질없는 이야기가 될는지 모르지만 조운이 유비의 사람이 된 경위에 대해서 '조운별전(趙雲別傳)'에서는 달리 전한다. 대략을 옮겨보면 다음과 같다.

'……조운이 원소를 마다하고 공손찬을 섬기러 갔을 때 유비도 또한 공손찬에게 의탁하고 있었다. 유비는 조운을 매양 두터운 정으로 대하고 조운도 유비의 인품에 반해 마음속으로는 오히려 제 주인 공손찬보다 더 높이 여겼다. 뒷날 공손찬에게 실망한 조운은 형이 죽은 걸 핑계로 공손찬을 떠나 고향으로 돌아갔다. 그때 유비는 그가 다시 돌아오지 않을 것임을 알고 손을 어루만지며 마지막 작별을 했다. 조운이 나직이 유비에게 말했다.

"비록 지금은 떠나가나 이것은 명공에게서가 아니라 공손찬에게서 떠나가는 것입니다. 명공의 은덕은 평생 저버리지 않겠습니다."

그렇게 떠나갔던 조운은 몇 해 뒤 유비가 조조에게 쫓겨 원소에게 의지하고 있을 때에야 다시 나타났다. 조운을 만난 유비는 늘 잠자리를 함께할[同床眠臥] 만큼 그를 아끼고 가까이했다. 그리고 원소 몰래 조운을 보내 자신을 위해 군사를 모으도록 하니, 그는 얼마 안 돼 수백의 군사를 모아 왔다. 원소의 진중에 있으면서도 모두 스스로를 '유좌장군의 군사[劉左將軍軍師]'라 할 만큼 유비만을 따른 자들이었다.

그러나 원소는 조운이 자기를 위해 군사를 모아 온 줄로 알았을 뿐 유비의 군사를 모아 온 줄은 끝내 몰랐다. 뒤에 그 군사들과 함께, 원소에게서 떠난 유비를 따라 형주로 갔다…….'

또 정사는 유비가 전해(田楷)를 위해 원소와 맞설 때 공손찬의 명을 받고 유비의 주기(主騎)가 되어 싸운 이래로 유비의 사람이 되었다고 말한다. 그러나 어쨌든 조운이 원래 유비의 사람이 아니었던 것은 분명하다. 그럼에도 불구하고 그는 금세 천하를 삼킬 듯한 기세를 보이는 주인을 마다하고 기껏해야 객장(客將)이거나 부장에 지나지 않는 유비를 마음의 주인으로 정하고 죽을 때까지 변함없는 충성으로 섬겼다. 조조가 갖은 공을 다 들이고도 끝내 관우를 제 사람으로 만들지 못했음에 비해 유비는 마음 하나만으로도 조운을 제 사람으로 만들고 있는 것이다. 실로 무서운 느낌이 들 정도로 엄청난 유비의 사람을 끄는 힘이다. 그리고 바로 그 때문에 조조가 지혜에서도 병법에서도 세력에서도 도무지 상대가 되지 않는 유비를 끝내 꺾지 못하고 죽은 강적으로 만들었을 것이다.

조운과 산채의 졸개 수백을 받아들여 제법 당당한 행렬을 이룬 유비는 고성에 이르기 전에 먼저 사람을 보내 도착을 알렸다. 장비와 미축, 미방 형제가 구르듯 달려 나와 유비 앞에 엎드렸다. 감정이 단순하고도 격한 장비는 어린애처럼 엉엉 소리를 내어 울고 미축과 미방도 오랜만에 만난 주인이자 생사를 모르던 매형을 다시 만난 기쁨에 눈물을 감추지 못했다.

"여기서 이럴 게 아니다. 어서 성안으로 들어가자."

이윽고 관우가 나서서 장비를 달래 성안으로 들어갔다. 이번에는 생사를 모르던 낭군을 오랜만에 다시 만난 두 부인이 눈물로 유비를 맞았다. 유비인들 어찌 감회가 깊지 않으리오마는 애써 눈물을 감춘 채 위로했다.

"그간 얼마나 고초들이 심하셨소? 모두 이 몸의 덕이 없는 탓이 외다."

그러자 두 부인은 눈물을 거두고 그간에 있었던 일을 낱낱이 말했다. 관우가 조조에게 항복했을 때로부터 허도에서의 나날이며 다시 허도를 떠나 다섯 관을 지나며 여섯 장수를 죽인 일, 장비의 오해와 채양의 죽음 등에 이르기까지 두 부인이 번갈아 이르니 유비는 물론 처음 듣는 사람은 모두가 감탄을 금치 못했다.

이어 삼형제는 소를 잡고 말을 죽여 그 옛날 고향의 복사꽃 핀 동산에서 한 것처럼 먼저 하늘에 감사의 제사를 드리고 다시 크게 잔치를 벌여 군사들의 노고를 달래주었다. 유비는 삼형제가 다시 모두 만나게 된 데다 그렇게도 탐내던 조운까지 새로이 얻었고, 관우도 관평과 주창 두 사람을 아들과 심복으로 거두었으니 기쁘기 한량없었다. 장비 또한 기쁘기는 손위의 두 형에 진배없어 술자리는 며칠을 이어졌다. 그 일을 듣는 뒷사람인들 어찌 감회가 없으랴. 시(詩)를 지어 그 광경을 노래했다.

　　그때는 손과 발이 잘리듯 서로 나뉘고
　　當時手足似瓜分
　　소식 전할 말과 글 모두 끊겨 아득히 듣지 못했다.
　　信斷音稀杳不聞

오늘 임금과 신하 다시 함께 의로 모이니

今日君臣重聚義

용과 호랑이 서로 만나 풍운이 이는 듯하구나.

正如龍虎會風雲

이때 유비는 관우, 장비, 조운, 손건, 간옹, 미축, 미방, 관평, 주창에다 딸린 마보군도 사오천이나 됐다.

"지금껏 이 성은 우리 형제가 만나는 데 요긴하게 쓰였으나 이제는 맞지 않다. 사람도 자라면 큰 옷을 지어 입어야 하는 법, 이 성은 너무 좁고 한갓지니 보다 넓고 든든한 곳으로 옮겨야겠다. 여남으로 가보는 것이 어떠하냐?"

며칠에 걸친 술자리로 어느 정도 쌓인 회포를 푼 유비가 관우와 장비를 불러놓고 물었다. 지난번에 갔을 때 그리 따뜻한 대접을 받지 못했던 관우가 신중한 얼굴로 그 말을 받았다.

"이 고성이 길게 있을 곳이 못 되는 줄은 압니다만 유벽과 공도가 우리를 반겨 맞아줄지 모르겠습니다."

"그 사람들이 비록 천하를 담을 큰 그릇은 못 된다 해도 그리 앞뒤가 막힌 위인들은 아니다. 스스로 청하기라도 해야 할 판에 우리가 오는 걸 왜 마다하겠나?"

유비가 서슴없이 대답했다. 장비가 옆에서 팔을 걷고 나섰다.

"까짓것, 안 되면 그 두 놈을 모두 요절내버리면 되지 않소?"

관우가 그런 장비를 조용히 나무랐다.

"너는 그 고생을 하고도 아직 성미를 고치지 못하는구나. 세상이 어디 힘으로만 된다더냐?"

"운장의 말이 옳다. 만약 그렇게 한다면 나 또한 여포나 원술의 무리와 무엇이 다르겠느냐?"

유비도 관우를 편들었다. 그리고 다시 의논을 계속하려는데 손건이 와서 알렸다.

"여남에서 사람이 왔습니다."

유비가 반갑게 불러들여 만나보니 다름 아닌 유벽과 공도의 사자였다. 유비가 이미 원소에게서 벗어나 고성에 와 있다는 말을 듣고 여남으로 오라는 전갈을 보내온 것이었다.

"마침 잘됐다. 어서 여남으로 가자."

유비는 그렇게 결정을 내리고 따르는 무리를 이끌고 그날로 고성을 떠났다. 그리고 여남에 이르러서는 유벽, 공도와 힘을 합쳐 군사를 모으고 말을 사들이며 서서히 세력을 불려나갔다.

아깝다, 강동의 손랑(孫朗)

한편 원소는 유비가 형주로도 가지 않고 되돌아오지도 않자 불같이 노했다.

"유비 그 귀 큰 도적놈이 이럴 수가 있느냐? 모두 어서 군사를 일으킬 채비를 하라. 내 몸소 나아가 그놈을 사로잡으리라!"

그렇게 소리치며 좌우를 재촉했다. 곽도가 나서서 말렸다.

"유비는 크게 걱정할 게 없습니다. 오히려 강한 적은 조조이니 그부터 먼저 없애지 않으면 안 됩니다. 주공께서는 잠시 진노를 멈추시고 그 계책부터 세우십시오."

"조조를 먼저 없애야 한다는 것은 나도 안다. 그래서 유비를 보내 형주 유표를 끌어들이려 한 게 아닌가? 그런데 유비 그놈이……."

곽도의 말에 원소가 그렇게 대답하다가 새삼 화가 치솟는지 말을 잇지 못했다. 그런 원소를 곽도가 다시 달랬다.

"유표가 비록 형주를 차지하고 있다고는 하나 그를 끌어들인다 해도 그리 큰 힘은 되지 못할 것입니다. 유표보다 몇 배나 큰 세력을 가진 자가 있으니 그를 끌어들이도록 하십시오."

"그게 누군가?"

"강동의 손책입니다. 그의 위세는 삼강(三江)에 떨치고 땅은 여섯 군에 이어지며 모사와 장수들도 매우 많습니다. 사람을 보내 그와 동맹을 맺은 뒤에 함께 조조를 치도록 하십시오. 반드시 조조를 없앨 수 있을 것입니다."

원소가 들어보니 귀가 솔깃한 말이었다. 조금 전의 그 불 같은 노기도 잊고 곽도의 말을 따르기로 했다. 곧 화친을 구하는 글 한 통을 쓴 뒤 진진(陳震)을 사자로 삼아 강동으로 보냈다.

하지만 그 무렵 강동은 평안치가 못했다. 손책의 세력은 곽도가 말한 것과 다르지 않으나 그 몸은 중태에 빠져 있었다. 자객을 만나 그리된 것인데 그 경위는 대강 이러했다.

강동을 차지한 이래 손책의 세력은 날로 불어났다. 군사는 날래고 양식은 넉넉해 건안 사년에는 여강(廬江)을 쳐서 빼앗고 그 태수 유훈(劉勳)을 죽였으며, 또 우번을 시켜 예장 태수 화흠(華歆)에게 항복받았다. 한꺼번에 두 군을 집어삼킨 것이었다.

그렇게 되자 손책의 성세는 더욱 크게 떨쳐 울렸다. 손책은 그 기세를 타고 장굉(張紘)을 허도로 보내 그 승리를 천자께 고하게 했다. 장굉이 가져온 표문과 뒤이어 들리는 소문으로 손책의 강성함을 안 조조는 탄식했다.

"실로 사자의 새끼로구나! 다투어서는 아니 될 것이다."

그리고 조인의 딸을 손책의 어린 아우 손광(孫匡)에게 시집 보내 두 집안의 화친을 도모하게 했다. 이에 더욱 기가 난 손책은 허도에 머물고 있는 장굉을 통해 다시 대사마 벼슬을 구하였다. 아무리 손책을 두렵게 여기는 조조라 해도 그것까지는 허락할 수 없었다. 겨우 스물너덧의 손책에게 지난날 이각이 그 전성기에 올랐던 최고의 벼슬을 내릴 수는 없었던 것이다.

"좋다. 그렇다면 내 먼저 조조부터 쳐부수리라."

원하던 벼슬을 얻지 못해 한을 품은 손책은 그렇게 내뱉으며 그때부터 매양 허도를 치려고 엿보았다.

이때 오군(吳郡)의 태수에 허공(許貢)이란 사람이 있었다. 손책이 허도를 노리는 걸 보자 가만히 조조에게 사람을 보내 다음과 같은 글을 올리게 했다.

'손책의 날래고 씩씩함은 지난날 항적(項籍)에 견줄 만합니다. 그에게 높은 벼슬과 영예를 내려 마음을 어루어준 뒤에 경사(京師)로 불러들이도록 하십시오. 바깥 진(鎭)에 있게 해서는 아니 됩니다. 반드시 뒷날의 근심거리가 될 것입니다……'

그런데 일이 그릇되어 글을 품고 장강을 건너려던 허공의 사자가 그곳을 지키던 손책의 군사들에게 사로잡히고 말았다. 군사들은 그 사자의 몸을 뒤져 허공의 글을 찾아내고 곧 그와 함께 손책이 있는 곳으로 보냈다. 글을 읽어본 손책은 크게 노했다. 그 자리에서 허공의 사자를 목 벤 뒤 사람을 허공에게 보내 의논할 일이 있다며 불렀다. 아무것도 모르는 허공은 부르는 대로 손책이 있는 곳으로 갔다.

"이놈! 이것이 무엇인지 알겠느냐?"

허공이 나타나자 손책은 대뜸 빼앗은 글부터 내보이며 소리쳤다. 그리고 허공이 무어라 변명할 틈도 없이 꾸짖었다

"너는 나를 죽을 곳으로 보내려 했다. 이러고도 살아남기를 바랐느냐?"

그 소리에 비로소 일이 잘못된 걸 안 허공은 얼굴이 핼쑥해졌다. 어떻게든 변명해보려 했으나 이미 혀가 굳어 말이 잘 나오지 않았다. 그런 허공을 성난 눈길로 노려보던 손책이 다시 무사들에게 소리쳤다.

"저놈을 끌어내다 목매달아라!"

허공이 그렇게 죽자 그 가솔들은 모두 풍비박산으로 흩어져 달아났다. 그런데 그 가솔들 속에 평소 허공이 아끼던 가객(家客)이 셋 있었다.

그들은 살았을 때 자기들을 두터운 정으로 대해준 허공을 위해 원수를 갚으려 했으나 한스럽게도 기회가 없었다. 언제나 무사들에게 둘러싸여 있는 손책이라 그들 셋의 힘으로는 터럭 하나 다치기 어려웠던 것이다.

그리하여 끊임없이 손책의 주위를 맴돌며 기다리는데 마침내 때가 왔다. 어느 날 손책이 군사들을 이끌고 단도의 서산으로 사냥을 나선 것이었다. 짐승을 쫓다 보면 호위하는 무사들로부터 떨어지게 되는 수가 있어 허공의 세 가객은 그때를 노리기로 했다.

드디어 사냥이 시작됐다. 한참 몰이를 해나가는데 문득 손책 앞으로 큰 사슴 한 마리가 달려 나왔다. 손책은 좋아라 말을 박차며 그 사슴을 쫓았다. 한동안 정신없이 쫓다 보니 문득 사슴은 어디 가고 숲속에서 세 사람이 나타났다.

모두 창을 들고 활을 멘 채였다. 손책은 그들이 그저 몰이꾼이거니 여겨 말고삐를 당기며 무심코 물었다.

"너희들은 누구냐?"

"저희들은 한당 장군의 군사들로 이곳에서 사슴을 쏘고 있습니다."

세 사람이 천연덕스런 얼굴로 그렇게 대답했다. 손책은 별 의심 없이 다시 말고삐를 당기며 놓쳐버린 사슴을 찾으려 했다. 그때 셋 중의 하나가 재빨리 창을 내질러 손책의 왼편 넙적다리를 찔렀다.

"윽!"

손책은 한소리 아픔과 놀라움이 뒤섞인 비명을 지르며 급히 차고 있던 칼을 뽑아 그자를 베려 했다. 그러나 손책의 운이 다했는지 칼날이 빠져 달아나며 손에는 빈 칼자루만 남고 말았다. 그 틈을 놓치지 않고 다른 하나가 재빨리 활시위에 살을 먹여 당겼다. 시위 소리와 함께 화살은 어김없이 손책의 뺨에 꽂혔다. 손책은 아픔을 참고 화살을 뽑아낸 뒤 자신도 급히 활을 들어 방금 활을 쏜 자객을 쏘았다. 그 자객은 쓰러졌으나 이번에는 남은 둘이 창을 들고 달려들었다.

"우리는 허태수(허공)의 보살핌을 받아온 사람들이다. 이제 억울하게 죽은 주인의 원수를 갚고자 이렇게 왔다. 손책은 순순히 목숨을 내놓아라!"

둘은 이렇게 소리치며 함부로 손책을 찔러댔다. 손에 별다른 무기를 갖지 못한 손책은 활대를 휘둘러 창을 막아내는 한편 길을 앗아 달아나려 애썼다. 그러나 이미 여러 곳을 다친 데다 두 사람은 또 죽기로 덤비며 물러서지 않으니 손책은 다시 몇 곳에 더 창을 맞고 말 또한 제대로 닫지 못할 만큼 다쳤다.

그대로 가면 손책은 마침내 두 자객의 창 아래 목숨을 잃을 만큼 위급한 지경에 이르렀을 때였다. 마침 정보가 졸개 몇을 거느리고 달려왔다.

"덕모(德謀), 얼른 이 도적들을 죽이시오!"

손책이 간신히 힘을 모아 소리쳤다. 정보는 놀라움과 분노로 두 자객에게 덮쳐갔다. 그 뒤를 졸개들이 분분히 뒤따르니 자객들은 곧 짓이겨진 고깃덩이가 되어 숨이 끊어졌다.

비록 그 이름은 전하지 않지만 평소 그들을 거두어준 허공에 대한 의리로 보면 실로 무서운 사람들이었다. 그리고 얼핏 보면 소의(小義)로 이해될 수도 있으나 때로 역사는 그들에 의해 바꾸어지기도 한다. 사마천의 『사기(史記)』가 그런 이들을 충신 명유(明儒)와 나란히 적은 이래 중국의 거의 모든 기전체(紀傳體) 정사가 한결같이 협객열전(俠客列傳)을 가지고 있는 것은 실로 그러한 까닭이리라.

정보가 두 자객을 죽인 뒤 손책을 보니 얼굴은 피투성이요, 몸에도 여러 군데 무거운 상처를 입고 있었다. 정보는 급히 옷깃을 찢어 손책의 상처를 싸맨 뒤 오회 땅으로 손책을 옮겨갔다. 그리고 지난날 주태를 치료한 명의 화타를 불러오게 하였으나 그 또한 손책의 운이 다했는지 화타는 중원으로 가고 없고 남은 것은 화타의 제자뿐이었다. 스승을 대신해 불려온 제자는 한동안 손책의 상처를 살피더니 무거운 음성으로 말했다.

"화살촉에 바른 독이 이미 뼈에까지 스몄습니다. 백날을 정양하신 뒤라야만 비로소 마음을 놓을 수 있을 것입니다. 만약 그전에 노기로 크게 격동되는 일이 있으면 이 상처는 다스리기 어렵습니다."

비록 제자에 지나지 않지만 그래도 천하의 화타에게 닦은 의술이라 제대로 볼 줄은 아는 듯했다.

아무리 성미가 불같은 손책이라 할지라도 목숨이 달린 일이니 어쩔 수 없었다. 어서 빨리 백날이 지나 상처를 털고 일어날 때를 기다리며 급한 성미를 누르고 자리보전을 했다.

그렇게 한 스무 날쯤 보냈을 무렵이었다. 갑자기 허도에 가 있는 장굉으로부터 사자가 달려왔다. 비록 자리보전을 하고 누웠다고는 하나 눈과 귀가 멀쩡한 손책이 그 일을 모를 리 없었다. 궁금함을 참지 못해 사자를 불러들여 허도의 소식을 물었다. 이런저런 소식을 전하던 끝에 사자가 눈치 없는 말을 했다.

"조조는 몹시 주공을 두려워하고 그 아래 있는 모사들도 한결같이 주공께 경복해 마지않습니다. 그런데 단 한 사람 곽가만이 주공을 대단찮게 말하고 있습니다."

"곽가가 무슨 소리를 하던가?"

문득 손책이 성난 기색으로 캐물었다. 그제서야 잘못을 알아차린 사자는 차마 입을 열지 못했다. 더욱 성이 난 손책은 그런 사자를 매섭게 재촉했다. 마침내 견디지 못한 사자가 들은 대로 털어놓았다.

"곽가가 일찍이 조조하고 마주 앉아 말하기를, 주공은 크게 두려

위할 바 못 된다고 했습니다. 몸가짐이 가볍고 어려움에 대비함이 없는 데다 성품이 급하고 지모가 적어 비록 용기가 있다 해도 필부의 뽐냄이나 다를 바 없다는 것입니다. 거기다가 주공께서는 뒷날 반드시 보잘것없는 자의 손에 죽게 되리라는 소리까지 덧붙였습니다.”

손책이 아무 일 없이 지내는 때라 해도 그 같은 곽가의 말은 참을 수 없는 모욕으로 들렸을 것이다. 그런데 방금 이름없는 자객들에게서 생사의 고비를 넘긴 때이고 보니 더욱 참을 수가 없었다. 억눌렸던 노기가 일시에 솟구쳐 이를 갈며 소리쳤다.

“곽가 그 하찮은 놈이 나를 어찌 보고 감히 그런 소리를 하느냐? 내 맹세코 허창을 취해 그놈의 혀를 뽑아놓으리라!”

그리고 상처가 아물기를 기다리는 것도 잊은 채 모사와 장수들을 불러들여 군사를 일으킬 의논을 시작했다. 장소가 그런 손책을 깨우쳤다.

“의자가 말하기를 주공께서는 백일 동안 움직이지 않고 몸조리를 하셔야 된다고 했습니다. 그런데 주공께서는 어찌하여 한때의 분함을 참지 못하시고 귀한 몸을 스스로 가벼이 두려하십니까?”

그러나 성난 손책은 그 같은 장소의 말조차 귀담아듣지 않으려 했다. 거듭 허도를 칠 의논을 재촉하고 있는데 문득 원소로부터 사자가 왔다는 전갈이 들어왔다. 손책이 불러들여 보니 진진이었다.

“그대는 무슨 일로 왔소?”

원소 또한 대단하게 보지 않는 손책은 자기 수하 대하듯 물었다. 진진이 목소리를 가다듬어 대답했다.

“저희 주공께서는 장군과 더불어 힘을 합쳐 역적 조조를 치고자 하십니다. 저희가 대군을 내어 조조를 칠 때 동오(東吳)도 밖에서 호응하여 군사를 낸다면 조조 제가 무슨 수로 앞뒤를 다 감당해내겠습니까? 가깝게는 기울어지는 나라를 바로잡고 시달리는 백성을 구하는 길이요, 멀게는 하늘의 뜻을 대신해 간악한 역적 조조를 쳐 없애는 길이니 부디 때를 놓침이 없도록 하십시오.”

그 말을 듣자 손책은 몹시 기뻤다. 한마디로 원소의 뜻을 받아들이고 곧 여러 장수들을 성루로 불러모아 잔치를 벌였다. 진진을 대접함과 아울러 조조를 칠 의논을 다져놓기 위함이었다.

그런데 다시 손책으로 보아서는 불운한 일이 벌어졌다. 한참 술자리가 무르익을 즈음이었다. 갑자기 장수들이 저희끼리 수군거리더니 분분히 몸을 일으켜 누각 아래로 내려갔다.

“무슨 일이냐?”

손책이 괴이쩍다는 듯 물었다. 곁에 남아 있던 장수들이 대답했다.

“우(于)씨 성을 쓰는 신선이 한 분 있는데 방금 누각 아래로 지나가고 있습니다. 여러 장수들이 자리를 뜬 것은 그분을 절하며 뵙기 위함일 뿐입니다.”

미처 누각 아래로 내려가지는 못했으나 자기들도 마땅히 내려가 절하는 게 옳다는 투였다.

손책은 불끈 치솟는 노기를 억누르며 난간으로 가 아래를 내려보았다. 한 도인이 몸에는 학의 깃털로 짠 옷을 두르고 손에는 명아주 지팡이를 든 채 길에 서 있는데 그 앞에는 백성들이 향을 사르며 엎드려 있었다.

그 광경을 보자 손책은 더 이상 노기를 억누르지 못했다.

"저것이 어떤 요사스런 자냐? 어서 빨리 잡아들여라!"

손책이 돌연 목소리를 높였다. 먼저 그의 비위를 상하게 한 것은 자기가 다스리는 강동 땅에 자기보다 더 높임과 우러름을 받는 자가 있다는 사실이었다. 그런 손책의 비위를 곁에 있던 장수들이 멋모르고 한 번 더 건드렸다.

"저분은 성이 우(于)씨요 이름은 길(吉)이라 쓰는데 동방에 사시면서 오회 땅을 이따금씩 찾으십니다. 그때마다 부적 태운 재를 푼 물로 많은 백성들의 병을 고쳐주시는 바, 한번도 효험이 없는 적이 없습니다. 당세의 신선이라 불리고 있는 분이니 함부로 욕되게 해서는 아니 됩니다."

그러자 손책은 더욱 성난 목소리로 재촉했다.

"무슨 소리냐? 어서 빨리 저놈을 끌어오너라. 이 명을 어기는 자는 목을 베리라!"

칼자루에 손을 대는 품이 말을 듣지 않으면 누구든 당장 목을 칠 기세였다. 그제서야 손책이 몹시 노한 걸 알아차린 군사들은 마지못해 우길에게 갔다. 하지만 차마 묶을 수 없어 그대로 에워싼 채 누각 위로 데려왔다. 우길에 대한 군사들의 그 같은 공경함이 또 한 번 더 손책의 속을 뒤집어놓았다.

"이 미친 늙은이야. 네 감히 인심을 어지럽히고도 성할 줄 아느냐?"

손책이 우길을 매섭게 쏘아보며 꾸짖었다. 그런데 우길의 대꾸가 또 손책의 분노를 부채질했다.

"빈도는 낭야궁(琅琊宮)의 도사로 일찍이 순제(順帝) 때 산에 들어가 약초를 캐다가 곡양천 가에서 신서(神書)를 얻었습니다. 이름하여 『태평청령도(太平淸領道)』란 책인데 무려 백 권에 이르며 내용은 모두 사람의 질병을 다스리는 것이었습니다. 빈도는 그 책을 얻은 뒤로 하늘의 뜻을 대신해 펴고자 널리 질병에 시달리는 사람들을 구해왔습니다. 하지만 지금껏 백성들로부터 터럭만 한 재물도 취한 일이 없거늘 어찌 민심을 어지럽힌다 하십니까?"

손책의 대노에도 불구하고 전혀 움츠러든 기색이 없는 대꾸였다. 그러나 손책은 그 같은 대꾸에서 오히려 우길을 죽여야 할 이유를 찾아냈다.

"일찍이 진시황이나 한무제가 속은 것은 바로 너 같은 무리에게서였다. 사람이란 나면 언젠가는 죽는 법, 그런데 너는 이미 순제 때 산에 들어가 약초를 캤다면 지금은 나이가 이백 살에 가까울 것이다. 네가 무슨 장생불사(長生不死)의 도라도 깨우쳤다는 것이냐? 그래 놓고도 백성들의 마음을 어지럽게 하지 않았다고 지껄일 수 있느냐? 또 너는 백성들로부터 터럭 하나 취한 게 없다고 하지만 네 손으로 밭 갈고 길쌈하지도 않았다. 그런데도 옷을 입고 밥을 먹으니, 그렇다면 그 옷과 밥은 어디서 얻은 것이냐? 백성들에게서 난 것이 아니라면 하늘에서 떨어지기라도 했단 말이냐? 네놈을 보니 그 간교한 거짓말이며 요망한 짓거리가 바로 지난날 장각이 이끌던 황건의 무리와 같다. 만약 지금 죽이지 않는다면 반드시 뒷날의 근심덩이가 될 것이다."

그러고는 좌우를 돌아보며 매섭게 영을 내렸다.

"저놈을 끌어내 목을 베어라!"

그 말에 장소가 다시 나서 말렸다. 우길이 정말로 신선이라고 믿었다기보다는 그를 따르는 강동의 민심을 헤아린 것임에 틀림없었다.

"우도인은 이미 강동에 있은 지 십 년이 되나 아직 이렇다 할 잘 못을 저지른 적이 없습니다. 죽여서는 아니 됩니다."

"이러한 무리는 요망한 것들이라 사람 축에 들 수가 없소이다. 내가 죽인다 한들 개나 돼지를 잡는 것과 무엇이 다르겠소?"

손책이 이미 뜻을 정한 듯 냉담하게 말했다. 백성들은 말할 것도 없고 장수며 모사들까지 우길에게 쏠리는 것이 더욱 그 같은 뜻을 굳게 해준 것 같았다. 하지만 우길 또한 범상한 인물은 아니었다. 남의 이름을 훔쳐 썼건 아니건 간에 그에 대한 사람들의 믿음은 대단해서 손책 휘하의 여러 관리들까지도 우길을 살리려고 나섰다. 거기다가 사자로 온 진진마저 말리고 나서니 손책은 차마 그 자리에서 우길을 죽일 수 없었다.

"좋다. 저 요망한 늙은이의 죄를 백일 아래 밝힌 뒤에 목 베리라. 우선은 옥에 가둬두어라!"

마지못해 우길의 목숨을 살려주면서도 아직 노기가 식지 않은 손책은 그렇게 영을 내렸다.

그 뜻밖의 일로 잔치는 곧 흐지부지되고 말았다. 손책의 여러 관원들은 오래잖아 모두 흩어지고 진진도 쉬기 위해 역관에 들었다. 손책 또한 불쾌한 기분을 씻지 못한 채 부중으로 돌아갔다.

그런데 손책 가까이서 일하는 자 하나가 바깥에서 있었던 그 일을 안에 있는 오태부인(吳太夫人)에게 전했다. 손책이 우길을 죽이려고 가두어두었다는 말을 들은 오태부인은 놀랐다. 급히 사람을 보내 손책을 후당으로 불러들이고 말했다.

"내가 듣자니 네가 우길 선인을 묶어 옥에 내렸다더구나. 안 될 일이다. 그 사람은 일찍이 많은 사람의 병을 고쳐 군민이 모두 높이고 우러르는 바니 결코 해쳐서는 아니 된다."

"아닙니다. 그자는 요사스런 늙은이로 요술을 부려 백성들의 마음을 어지럽힌 자이니 없애야 합니다."

손책이 그렇게 잘라 말했다. 평소에 효자로 이름난 그였으나 이번만은 양보할 수 없다는 태도였다. 그러나 오태부인은 두 번 세 번 아들에게 신선을 죽이지 말라 당부했다.

"어머님께서는 바깥 사람들이 함부로 지껄이는 말에 너무 마음 쓰지 마십시오. 이 일은 제가 알아서 처결하겠습니다."

마침내 손책은 그렇게 말끝을 흐리고 후당을 나왔다. 하지만 홀로 된 어머니의 당부라 아무래도 소홀할 수 없었다. 다시 한번 만나보고 뜻을 정하려고 옥리를 불러 우길을 데려오게 했다.

그런데 이번에는 옥리(獄吏)들의 선심이 일을 꼬아놓고 말았다. 전부터 우길을 우러러 믿던 옥리들은 비록 손책의 영을 어기지 못해 그를 옥에 가두기는 하였으나 죄인에게 씌울 칼도 차꼬도 없이 그냥 두었다. 그러다가 손책이 갑자기 데려오라고 하자 부랴부랴 칼을 씌운다 차꼬를 채운다 법석을 떠느라 늦어지고 말았다.

"죄인을 데려오는데 어찌하여 이리 늦느냐?"

기다리던 손책이 짜증난 목소리로 물었다. 한 눈치 없는 관원이 무심코 까닭을 밝혔다.

"칼을 씌우고 차꼬를 채우느라 늦었습니다."

어머니의 당부로 간신히 숙여 있던 손책의 노기가 다시 천 길이나 솟았다. 자신의 엄명에도 불구하고 옥리들까지 그렇게 우길을 대접할 정도라면 나머지 일반 백성들의 우길에 대한 우러름과 믿음은 보지 않아도 뻔했다. 거기서 손책은 한 위정가로서 질서와 풍속에 대한 우려 이상의 격렬한 시기심까지 느꼈다.

그 같은 손책의 분노는 먼저 옥리들에게 떨어졌다. 손책은 우길을 담당한 옥리에게 매서운 꾸짖음과 매질로 벌을 내리고, 다시 다른 옥리들에게 엄명을 내렸다.

"죄수에게 칼과 차꼬를 채우지 않는 것은 사사로운 정으로 국법을 어기는 짓이다. 일후 다시 어기는 자는 그 목을 어깨 위에 남겨두지 않으리라!"

그렇게 되자 아무리 우길을 우러르는 옥리들이라도 어쩌는 수가 없었다. 다시 옥으로 데려가라는 손책의 영이 떨어지자 우길에게 큰 칼을 씌우고 차꼬를 채워 가두었다.

오태부인이 사이에 들어 우길이 곧 풀려날 줄 알았던 손책의 모사와 장수들은 크게 당황했다. 그중에는 우길을 진심으로 신선이라고 믿는 사람도 있었지만 식견 있는 사람은 그걸 믿지 않으면서도 우길에 대한 백성들의 믿음과 우러름이 두려워 그를 살리는 일에 나섰다. 이렇다 할 뚜렷한 죄목 없이 백성들이 아끼고 따르는 자를 죽여 손책이 백성들로부터 미움받게 되는 것이 안타까웠기 때문이었다.

먼저 장소(張昭)를 비롯한 수십 명의 관원들이 나란히 이름을 쓴 글을 올려 우길의 목숨을 빌어보았다. 그러나 읽고 난 손책의 응답은 냉랭하기만 했다.

"공들은 모두 책을 읽은 사람들로서 어찌 이 이치를 모르시오? 지난날 교주 자사였던 장진(張津)이라는 자는 사교(邪敎)를 믿고 따르다가 끝내는 적에게 죽임을 당하였소. 북을 치고 향을 사르며 제사를 지냄으로써 귀신의 힘을 빌어 적을 막으려 들다 그리된 것이오. 원래 그런 일은 나라에 아무런 도움이 없건만 그대들은 그것을 스스로 깨닫지 못하고 있소이다. 나는 이제 우길을 죽여 바른 생각이 요사스런 가르침에 혼란되는 일이 없도록 하려 하오."

손책의 뜻이 더 움직일 수 없이 굳어 있음을 짐작한 여범(呂範)이 다른 방도를 냈다.

"제가 알기로 우도인은 능히 바람을 일으키고 비를 부를 수 있다고 합니다. 지금 마침 가뭄이 심하니 그로 하여금 비를 빌어 자신의 죄를 씻도록 해보는 게 어떠하겠습니까?"

손책도 그것은 마다하지 않았다. 우길에게 그 같은 힘이 있을 리 없다고 믿는 그에게는 오히려 그 같은 시험이 우길을 죽일 알맞은 구실을 주리라 여긴 것이었다.

"그것이라면 좋소. 나도 그 요사한 것이 어떻게 하는지 보고 싶소."

손책은 그렇게 허락하고 옥에 있는 우길을 끌어낸 뒤 칼과 차꼬를 풀어주게 했다

"네가 진정으로 요술을 써서 백성들의 마음을 어지럽게 하지 않았다면 그 증거를 보여라. 이제 너를 위해 제단을 쌓아줄 터이니 너는 하늘에 빌어 비를 오게 해야 한다."

그 같은 손책의 말을 들은 우길은 곧 몸을 깨끗이 씻고 새 옷으로 갈아입었다. 그리고 손책이 사람을 시켜 쌓아준 제단 위에 오르더니 밧줄을 가져다 스스로를 묶었다. 오뉴월의 뜨거운 햇볕 아래서였다.

제단 주위에는 소문을 듣고 달려온 사람들이 구름처럼 몰려서서 우길의 신통력을 보려 했다. 가까운 거리와 골목까지 온통 사람들로 메워질 지경이었다.

우길은 그런 사람들을 지그시 내려다보다가 담담하게 말했다.

"나는 석 자 비를 빌어 가뭄에 시달리는 만백성을 구하겠지만 내 한 몸만은 끝내 죽음을 면하지 못할 것이다."

"그럴 리가 있겠습니까? 만약 영험함을 보이신다면 주공께서도 반드시 도인을 우러르고 따를 것입니다."

우길의 말을 들은 사람들은 모두 그렇게 위로했다. 그러나 우길은 무겁게 고개를 가로저었다.

"아니다. 내 운수가 이미 다했으니 결코 빠져나갈 수 없을 것이다."

그 말과 함께 지그시 눈을 감았다.

잠시 후에 손책도 제단 앞으로 왔다.

그러나 그는 우길의 신통력을 보러 온 것은 아니었다.

"만약 정오까지 비가 오지 않거든 저 요망한 늙은이를 태워 죽여라!"

제단을 지키는 군사들에게 그 같은 영을 내리는 손책은 여럿 앞에서 당당하게 우길을 죽일 구실이 생겨 기쁘다는 듯한 데마저 있었다. 군사들은 그 영을 받들어 우길이 올라가 있는 제단 주위에 마른 섶이며 장작을 산더미처럼 쌓아올렸다.

그사이 시간은 흘러 어느덧 정오가 가까웠다. 문득 미친 듯한 바람이 일며 사방에서 차차 검은 구름이 몰려들기 시작했다. 그걸 보자 손책은 급한 마음이 들었다. 정말 비라도 쏟아지는 날이면 우길을 죽일 수 없을 뿐만 아니라 그 뒤 사람들의 마음이 더욱 우길에게 쏠리게 되는 것이 견딜 수 없었다.

"이미 정오가 다 됐다. 그런데도 검은 구름뿐 비는 오지 않으니 지금껏 저 늙은이가 한 짓은 모두 눈속임에 지나지 않았다. 저 요사스런 늙은이를 태워 죽여라."

손책은 서둘러 그런 명을 내렸다. 그리고 머뭇거리는 군사들을 꾸짖어 이미 제단 주위에 쌓아둔 마른 섶과 장작더미에 불을 붙이게 했다.

거센 바람을 타고 불길이 곧 세차게 타올랐다. 그대로 두면 제단 위의 우길을 형체도 없이 태워버릴 것 같은 불길이었다. 그런데 이상한 일이 벌어졌다. 불길 속에서 홀연 한줄기 검은 연기가 치솟아 하늘에 닿는가 싶더니, 한소리 뇌성과 함께 번갯불이 번득이며 비가 쏟아지기 시작했다. 말 그대로 퍼붓듯 하는 장대비였다.

기세 좋게 일던 장작더미의 불꽃은 순식간에 꺼지고, 마른 땅을 적신 빗물은 차차 괴기 시작했다. 곧 거리와 마을은 물바다가 되고 골짜기와 웅덩이도 물로 가득 찼다. 그 비가 석 자쯤 되었을 때였다. 장작더미에 둘러싸인 제단에 반듯이 누워 있던 우길이 크게 한소리를 질렀다. 신기하게도 비가 멎고 구름이 걷히더니 다시 햇살이 따갑게 비치었다.

그 광경을 본 손책의 관원들과 백성들은 모두 장작더미로 올라가 제단 위에 있는 우길을 부축하고 내려왔다. 그리고 그 묶은 것을 풀어준 뒤 엎드려 절하며 공경과 감사의 뜻을 표했다.

손책도 처음에는 놀랐다. 슬몃 두려움까지 일며 우길을 살려줄 마음이 생겼다. 그러나 우길을 둘러싼 사람들에게 눈길이 가자마자 손책의 마음은 이내 변했다. 옷을 버리는 것도 잊고 빗물 괸 땅바닥에 엎드려 절을 올리고 있는 관원들과 백성들의 모습에서 어떤 배신감까지 느낀 탓이었다.

"날이 개고 비가 오는 것은 하늘과 땅이 정한 이치다. 저 요사스런 늙은이는 어쩌다가 그 변화를 틈탔을 뿐이거늘, 너희들은 어찌하여 이토록 홀려 법석을 떠느냐?"

손책은 성난 꾸짖음과 함께 허리에 찬 보검을 뽑아 한칼에 우길을 죽이려 했다. 그때의 손책에게는 우길이 일생에 만났던 그 어떤 적보다 더 굳세고 날랜 적수처럼 느껴졌다.

"아니 됩니다. 도인을 함부로 죽여서는 아니 됩니다."

사람들이 놀란 손책을 막아서며 그렇게 입을 모아 말렸다. 손책은 더욱 화가 났다. 누구 할 것 없이 금세라도 베어버릴 듯 노려보며 소리쳤다.

"물러서라! 너희들은 모두 우길을 좇아 내게 반역이라도 할 작정이냐?"

그러자 뭇 관원들도 움찔하며 더는 손책을 막지 못했다. 그 틈을 놓치지 않고 손책이 다시 소리 높여 무사들을 꾸짖었다.

"어서 저 요물의 목을 치지 못할까!"

그런 손책의 두 눈에서는 불이 철철 흐르는 듯하고 목소리도 살기로 뭉쳐 있었다. 거기에 얼이 빠진 한 무사가 이미 체념한 채 목을 늘이고 앉은 우길의 목을 쳤다. 우길의 목이 떨어지는 곳에 한줄기 푸른 기운이 일더니 동북쪽으로 사라졌다. 하지만 손책은 그래도 분이 풀어지지 않았다. 아연해 있는 군사들에게 한층 엄하게 영을 내렸다.

"우길의 시체를 저잣거리에 내걸고 요망한 죄에 대한 벌이 어떤 것인가를 널리 알게 하라!"

그런데 그날 밤이었다. 비바람이 심하게 몰아치더니 새벽녘이 되자 우길의 시체가 온데간데없었다. 시체를 지키던 군사가 놀라 그 일을 손책에게 알렸다.

억지를 써서 우길을 죽이기는 했으나 종내 마음이 개운치 못하던 손책이었다. 시체가 없어졌다는 말을 듣자 왈칵 성부터 났다. 몇 마디 경위를 물어보지도 않고 칼을 뽑아 그 군사를 베려 들었다. 홀연한 사람이 저만큼서 걸어오는 게 보였다. 가만히 살피니 다름 아닌 우길이었다. 마땅히 죽었어야 할 우길이 다시 보이자 손책은 또다른 노기에 눈이 뒤집혔다.

"이놈, 아직 살아 있었구나, 이 칼을 받아라!"

손책은 그렇게 소리치며 우길을 향해 칼을 겨누었다. 그러나 미처 내려쳐보지도 못하고 혼절하여 땅바닥에 쓰러졌다. 독기가 스며 아직 성치 못한 몸인데도 잇단 분노로 지나치게 심기를 해친 탓이었다.

좌우에 있던 사람들이 급히 손책을 업고 가 자리에 눕혔으나 손책은 반나절이 지나서야 겨우 깨어났다. 오태부인이 그 소식을 듣고 손책을 보러 와서 걱정했다.

"네가 억지를 써서 신선을 죽이더니 이 같은 화를 불러들였구나. 실로 어찌해야 좋을지 모르겠다."

그러나 연거푸 놀라운 일을 겪고서도 손책의 기세는 조금도 움츠러듦이 없었다. 오히려 가벼운 웃음까지 띠며 오태부인을 안심시키려 했다.

"저는 어릴 적부터 아버님을 따라 싸움터를 누비면서 사람 죽이기를 삼단 베어넘기듯 하였습니다. 그러나 언제 그 일로 화를 입은 적이 있습니까? 더욱이 어제 요망한 늙은이를 죽인 것은 바로 나라의 큰 화근을 없애기 위함이었는데, 어찌 오히려 화를 입을 수 있겠습니까?"

"아니다. 우도인은 신선임에 틀림없다. 네가 그걸 믿지 않아 일이 이 지경에 이른 것이다. 그를 위해 좋은 일을 해주고 제사를 지내 화를 물리치는 것이 옳다."

오태부인이 다시 그렇게 달래보았으나 손책은 여전히 듣지 않았다.

"제 목숨은 하늘의 뜻에 달린 것입니다. 그 요사스런 것이 결코 더하거나 줄일 수 없는 것인데 무엇 때문에 제사를 지내 빈단 말입니까?"

그러고는 오태부인이 아무리 권해도 고개만 가로저었다. 이에 오태부인은 손책 몰래 그에게 씌워진 앙화를 풀기 위한 제사를 준비하게 했다.

그런데 바로 그날 밤 삼경 무렵이었다. 손책이 방 안에 누워 있는데 돌연 음습한 바람이 일며 등불이 금세 꺼질 듯 깜박거렸다. 까닭 없이 섬뜩해져 바라보니 등불 아래 우길이 서 있는 게 눈에 띄었다. 우길을 보자 손책은 다시 노기가 일어 꾸짖었다.

"내가 평생 맹세해온 일은 요망한 무리를 죽여 천하를 바로잡는 것이었다. 너는 이미 죽어 음귀(陰鬼)가 되었거늘 어찌 감히 살아 있는 나에게 다가드느냐!"

206

그리고 머리맡에 놓인 검을 뽑아 던지자 홀연 우길은 사라져 보이지 않았다. 비록 헛것을 본 것이라 해도 실로 대단한 손책의 담기였다.

그 소문은 곧 오태부인에게도 전해졌다. 손책이 헛것을 본 것은 곧 그 병세가 악화된 까닭이라 여긴 오태부인은 걱정이 되지 않을 수 없었다. 걱정이 지나쳐 끼니마저 거르게 되었다. 그러자 손책은 오히려 그 같은 어머니를 안심시키려고 아픈 몸을 억지로 일으켜 오태부인에게로 갔다.

하지만 오태부인이 보니 이미 손책은 그토록 강건하던 예전의 그 손책이 아니었다. 그대로 둘 수 없다고 여겨 다시 타이르듯 말했다.

"성인께서도 '귀신의 덕이 실로 성하다[鬼神之爲德 其盛矣乎]' 하신 적이 있고, 또 '위로 하늘에 있는 귀신과 아래로 땅에 있는 귀신에게 빈다[禱爾于上下神祇]'는 말씀도 하셨다. 그와 같이 귀신의 일은 믿지 않을 수가 없다. 더구나 너는 어거지를 써서 우선생을 죽였으니 어찌 그 귀신의 해코지가 없겠느냐? 나는 이미 사람을 시켜 오군의 옥청관(玉淸觀, 도교의 사원)에다 초제(醮祭, 도교의 제례)를 지낼 채비를 차려놓았다. 너는 친히 그곳으로 가서 절하고 빌도록 해라. 그리하면 죽은 우길의 귀신도 더는 너를 어찌하지 못할 것이다."

손책은 그 같은 오태부인의 말에 속으로는 여전히 코웃음 났으나 하도 정색을 하고 내리는 분부라 감히 거역하지 못했다. 하는 수 없이 가마를 타고 오태부인이 말한 옥청관으로 갔다.

도사(道士)들이 기다리고 있다가 손책을 맞아들였다. 안에는 이미 초제의 준비가 갖춰져 있었다.

"장군께서도 향을 사르고 절을 하십시오."

어머니의 말을 거스르지 못해 거기까지 가기는 했지만 향을 사르고 절을 하는 짓이 손책의 비위에 맞을 리 없었다. 권에 못 이겨 겨우 향을 사르는 시늉만 하고 절은 끝내 하지 않았다.

거기서 다시 뜻밖의 일이 일어났다. 이미 손책의 기가 허해져 다시 헛것이 보인 것인지, 아니면 죽은 우길이 또 한번 신통력을 보인 것인지 홀연 향로에서 솟던 연기가 흩어지지 않고 한 송이 큰 꽃송이처럼 뭉치더니 그 위에 우길이 반듯이 앉아 있는 게 보였다.

우길을 보자 어머니로 하여 억눌렀던 손책의 노기가 다시 걷잡을 수 없이 터져나왔다. 침을 뱉으며 우길을 꾸짖었다.

"이 요망한 것아! 여기가 어디라고 이러느냐?"

그러나 한편으로는 슬몃 두려움도 이는 모양이었다. 꾸짖기를 마치고는 우길을 피하듯 전각을 나서기도 전에 우길이 먼저 허공을 타고 나르듯 전각의 문을 가로막더니 성난 눈으로 손책을 쏘아보았다. 손책이 문득 걸음을 멈추고 좌우를 돌아보며 물었다.

"너희들은 저 요귀가 보이지 않느냐?"

정신이 어지러운 중에도 뭔가 이상한 기분이 든 것이었다. 손책을 따르던 군사들이 멍한 얼굴로 대답했다.

"저희들에게는 아무것도 보이지 않습니다."

그 말에 손책은 더욱 노했다. 우길이 자기만을 노리고 있음을 확인한 듯한 느낌이었다. 더 꾸짖고 자시고 할 것도 없이 차고 있던 칼을 뽑아 우길을 향해 던졌다.

갑자기 한소리 끔찍한 비명과 함께 누군가가 쓰러졌다. 모든 사람이 놀란 눈으로 보니 바로 전날 우길을 목 벤 군사였다. 손책의 칼이 머리통을 쪼개고 박혀 눈 코 귀 입 일곱 구멍[七竅]으로 피를 쏟으며 숨이 끊어져 있었다.

손책도 그 모습을 보고야 우길이 아닌 걸 알았다. 하필이면 여러 군사들 중에서 그가 죽었다는 데 섬뜩함이 느껴졌지만 굳이 내색 않고 영을 내렸다.

"그 요귀의 못된 장난이 지나치구나. 시체를 들어내 후히 장사 지내주어라!"

그리고 서둘러 옥청관을 나섰다. 그런데 미처 관문을 벗어나기도 전에 맞은편에서 뛰어오는 우길과 마주쳤다.

"이제 보니 이 도관(道觀)이 바로 요귀가 숨은 곳이로구나!"

다시 우길을 본 손책이 그렇게 소리치더니 미친 듯한 목소리로 영을 내렸다.

"여봐라. 무엇들 하느냐? 무사들을 풀어 이 도관을 헐어버려라!"

좌우가 한결같이 놀랐으나 이미 손책의 광기를 말릴 수 있는 상태가 아니었다. 그곳까지 손책을 호위해 온 무사 오백이 모두 나서 도관을 헐기 시작했다.

무사들이 지붕에 올라가 기와를 걷어내려 할 때였다. 우길이 지붕 위에 서서 기왓장을 어지러이 내던졌다.

그 광경을 본 손책이 한층 높은 소리로 영을 내렸다.

"도관 안에서 도사들을 모두 끌어내고 불을 질러라!"

무사들이 그 영을 어기지 못해 도관에 불을 질렀다. 불꽃이 이는 곳마다 우길의 모습이 떠올랐다. 손책도 그것까지는 어쩔 수 없어

발만 구르다 부중으로 돌아갔다.

그런데 부문(府門) 앞에 다시 머리를 풀어헤친 우길이 기다리고 있었다. 손책은 성난 가운데도 안으로 들어가고 싶은 마음이 없었다. 삼군을 점고하여 성 밖에다 진채를 세우게 하고 그리로 들었다.

"병마가 부딪는 곳에는 죽는 자가 생기게 마련. 그들이 저마다 음귀가 되어 한을 풀고자 한다면 세상은 그 같은 귀신으로 넘칠 것이다. 나는 어릴 적부터 선친을 따라 수많은 전장을 치달리며 사람을 죽였건만 아직껏 그들의 음귀를 만난 적이 없다. 그런데 우길 따위가 무엇이기에 이토록 요사를 부린단 말이냐? 내가 오래 편안히 누워 지냈더니 헛것이 보이는 것에 지나지 않는다. 아무래도 군사를 일으켜 허해진 기를 되살려야겠다. 여러 장수와 모사들을 모이게 하라. 이 기회에 군사를 내어 원소와 함께 조조를 쳐야겠다!"

손책은 그렇게 말하며 여러 모사와 장수들을 불러들이게 했다. 뭇사람들이 한결같이 그런 손책을 말렸다.

"주공께서 아직 옥체가 온전치 못하시니 함부로 가볍게 움직여서는 아니 됩니다. 낫기를 기다려 군사를 내도 늦지 아니할 것입니다."

그래도 손책은 끝내 출병을 고집하다가 그날은 의논을 정하지 못하고 자리를 파했다.

그날 밤이었다. 손책이 성안으로 들지 않고 진채에서 잠을 자는데 다시 우길이 머리를 풀어헤치고 나타났다. 한 번도 아니고 잠들 만하면 되풀이해서 나타나는지라 손책의 장막에서는 밤새도록 우길을 꾸짖는 성난 소리가 그치지 않았다.

이튿날이었다. 손책이 전날 옥청관을 불사른 일이며 밤새 우길의 귀신에게 시달린 일을 모두 전해 들은 오대부인이 사람을 보내 손책을 불렀다.

"얘야. 네 꼴이 실로 말이 아니로구나! 이게 어찌 된 일이냐?"

방 안에 들어서는 손책을 보자마자 오태부인이 울음을 삼키며 말했다.

"간밤에 잠을 좀 설쳤을 뿐입니다. 너무 심려하지 마십시오."

손책은 그렇게 좋은 말로 어머니를 안심시키는 한편 거울을 가져오게 하여 제 모습을 비추어 보았다. 과연 얼굴이 말이 아니었다. 자기가 그렇게 상해 있는 줄 몰랐던 손책은 깜짝 놀라 자기도 모르게 좌우를 돌아보며 물었다.

"내가 어쩌다가 이렇게 되었는가?"

그런데 미처 대답을 듣기도 전에 거울 안에 다시 우길이 서 있는 모습이 보였다. 우길을 보자 손책은 이내 눈이 뒤집혔다.

"이놈! 여기가 어디라고……."

거울을 내던지며 그대로 노여움의 화신처럼 외치더니 정신을 잃고 땅에 쓰러졌다. 우길을 죽인 뒤로 나날이 덧나 가던 상처가 불같은 노기에 견디지 못해 마침내는 터져버린 탓이었다.

놀란 오태부인은 그런 아들을 부축해 방 안에다 눕혔다. 손책은 잠시 뒤에 다시 깨어났으나 이제는 스스로도 명이 다해감을 깨달은 듯했다.

"이제 나는 다시 살아날 수 없겠구나!"

그렇게 탄식하고 곧 사람을 시켜 장소를 비롯한 문무 관원들과 아우 손권을 불러오게 했다.

급히 불려온 사람들이 병상 앞에 엎드리자 손책은 곧 죽을 사람이라고는 생각지 못할 만큼 뚜렷한 목소리로 입을 열었다.

　"천하가 바야흐로 어지러우나 우리에게는 오, 월의 수많은 백성과 삼강의 험난함이 있소. 큰일을 해볼 만하오. 자포(子布, 장소의 자)를 비롯한 여러분은 부디 내 아우를 도와 그 뜻을 이루게 해주시오."

　손책은 여럿에게 그렇게 말한 뒤 인수(印綬)를 가져다 아우 손권에게 내주게 하며 일렀다.

　"만약 강동의 백성들을 몰고 조조와 원소가 다투는 틈을 타 천하를 노리고 싸우는 일이라면 너는 나보다 못하다. 그러나 어진 사람을 끌어들이고 능력 있는 이를 뽑아 그들과 더불어 힘을 다해 강동을 지키는 일이라면 네가 나보다 나으리라. 너는 마땅히 아버지와 형인 내가 이 땅을 마련할 때의 힘들고 어려웠음을 잊지 말고 나를 이어 스스로 큰일을 꾀함에 그르침이 없도록 하라."

　이에 손권은 큰 소리로 울고 절하며 손책의 인수를 받았다. 손책은 다시 어머니 오태부인에게 작별을 고했다.

　"이 아들이 하늘로부터 받은 목숨은 이미 다한 듯합니다. 살아서 인자하신 어머님을 받들어 모시지 못하고 먼저 이승을 떠나는 불효, 무어라 그 죄를 빌어야 할지 모르겠습니다. 이제 이 강동의 인수는 아우에게 넘겼으나 바라건대 어머님께서는 아침저녁 그 아이를 깨우치고 가르치시어 아버지와 형이 아끼던 옛사람들을 가벼이 대하지 않도록 해주십시오."

　부모가 되어 자식의 임종을 지키는 심정이 오죽하랴만 오태부인은 역시 천하의 용장 손견의 짝될 만했다. 애통함을 억누르며 앞일을 걱정했다.

"네 아우가 아직 어려 그 큰일을 맡아낼 수 있을까 걱정되는구나. 실로 어찌하면 좋겠느냐?"

"그 일은 걱정 마십시오. 아우의 재주는 저보다 열 배나 낫습니다. 넉넉히 큰일을 맡아 해낼 만합니다. 하지만 그래도 정히 결정짓기 어려운 일이 생기거든 안의 일은 장소에게 물으시고 밖의 일은 주유 (周瑜)에게 묻도록 하십시오. 다만 한스러운 것은 주유가 이곳에 있지 않아 얼굴을 마주하고 부탁하지 못하는 일입니다."

손책은 위로와 아울러 안팎의 으뜸가는 중신까지 어머니에게 알려준 뒤 다시 여러 아우에게로 고개를 돌렸다.

"내가 죽거든 너희들은 모두 형 중모(仲謀, 손권의 자)를 도와 내가 못 다한 일을 이루도록 하라. 집안에서 감히 딴마음을 품는 자가 있으면 남은 모두가 힘을 합쳐 그를 죽여야 한다. 골육으로서 반역을 한 자는 죽어서라도 조상께서 누운 땅에 편히 들게 해서는 아니 된다!"

실로 한 나라의 기틀을 마련한 영웅다운 끝맺음이었다. 여러 아우들이 울며 명을 받들어 골육간의 결속을 약속하자 비로소 아내인 교 (喬, 흔히 대교라 이름)부인을 불러들이게 했다. 한 지아비로서 지어미와의 영결을 고하려 함이었으나 그 와중에도 뒷일의 당부를 잊지 않았다.

"이제 불행히도 내 목숨이 다했으니 그대와 나는 도중에 서로 나뉘게 되었소. 그대는 부디 어른들을 공경하여 모시고 아이들을 잘 길러주시오. 그리고 또 하나 머지않아 처제가 내 장례를 보러 올 것인데 그때 그녀에게도 당부하여 주유로 하여금 마음을 다해 내 아우를 보살피고 돕도록 하시오. 부디 주유가 나와 생전에 서로 나눈 정의를 잊지 않게 해주시오."

손책의 처제요, 교부인의 아우인 교씨(喬氏, 소교)는 주유의 아내가 되었기에 그리 당부한 것이었다.

모두에게 남길 말이 끝나자 손책은 비로소 눈을 감고 숨을 거두었다. 그때 그의 나이 아깝게도 스물여섯, 헛되이 수명만 길어진 요즈음으로 보면 애처롭다고 할 만한 젊음이었다.

그런데 여기서 한 가지 다시 정사를 더듬어보고 싶은 것은 우길이란 도사와 손책의 죽음 사이에 있는 관련이다. 진수의 『삼국지』는 손책이 허도를 치고 헌제를 자신이 맞아들이려고 몰래 군사를 일으켰다가 미처 군사를 내기 전에 허공(許貢)의 가객에게 죽은 것만 본문에 기록하고 우길의 일은 주(註)에만 나와 있다.

그러나 그것도 우길의 귀신이 나타났다는 구절은 없고 주를 단 배송지도 우길의 일을 전하고 있는 『강표전(江表傳)』이란 책의 진실성을 의심하고 있다. 다시 말해 『연의』에 나오는 요사스런 일들은 거의가 지어낸 것이며 그 뒤에는 알게 모르게 손책의 사람됨을 낮추어 말하려는 의도가 숨어 있다. 그러나 그는 성미가 급하고 과격한 폐단은 있어도 오래 살아 조금 더 스스로를 닦고 다듬었으면 천하의 풍운을 바꾸어놓았을 것임에 틀림없는 영웅이었다.

장강(長江)에 솟는 또 하나의 해

손책이 숨을 거두자 손권은 그 침상 앞에 넘어져 곡하며 울음을 그칠 줄 몰랐다. 비록 나이는 그리 많이 위가 아니었으나 손권에게는 아버지나 다름없던 형이었다.

아직 철모르는 시절에 아버지 손견이 죽자 형 손책은 겨우 열여섯의 나이로 가장이 되어 홀로 된 어머니와 여러 형제를 보살피는 한편 그 같은 기업을 일으킨 것이었다.

"지금은 장군께서 울고 계실 때가 아닙니다. 한편으로는 돌아가신 주공의 장사를 치르고 다른 한편으로는 군국의 큰일을 다스려 가야 합니다."

장소가 슬피 우는 손권을 일으키며 권했다. 아버지 같은 형을 잃은 슬픔이 비록 크다 하나 손권이 원래 그리 잘고 막힌 인물은 아니었다. 애써 눈물을 거두며 주군으로서의 위엄을 되찾으려 했다. 그러자 장소는 다시 손정(孫靜)에게 청했다.

"명공께서 종중(宗中)의 어른이 되시는 분이니 돌아가신 주공의 장례를 맡아서 거행해주십시오. 저희는 새 주공으로 하여금 문무의 뭇 관원 앞에서 돌아가신 주공의 뒤를 잇는 예를 치르도록 채비하겠습니다."

손정은 손견의 아우로 처음부터 형을 도와 일을 해온 사람이었다. 손견이 죽자 잠시 일족을 돌보며 숨어 살았으나 원술에게서 자립한 손책이 유요를 깨뜨리고 여러 현을 손에 넣은 뒤 다시 사람을 보내 그를 불렀다. 손정은 그때 이래로 만조카 손책을 도와 일했는데 일족의 남자 가운데 일할 만한 이로서는 가장 배분이 높았다. 장소의 말을 듣자 손정은 말없이 고개를 끄덕여 승낙했다.

손정에게 손책의 장례를 맡긴 장소는 곧 주군의 자리를 잇는 의식에 들어갔다. 먼저 손권을 청해 높은 당 위에 올리고 문무 관원들을 불러들여 차례로 하례를 올리게 했다. 형을 이어 주군이 된 손권에게도 변함없이 충성하리라는 서약이었다.

이러한 경과로 보면 손권은 그저 가만히 앉아 아버지와 형이 피땀 흘려 일한 과일을 거두게 된 대단찮은 인물로 보일 수도 있다. 하지만 손권 또한 출생부터가 범상한 인물은 아니었다. 어머니 오태부인은 손책을 낳을 때는 달을 품은 꿈을 꾸었고 손권을 낳을 때는 해를 품은 꿈을 꾸었다고 한다.

용모도 몇 가지로 특이했다. 우선 네모진 턱에 입은 메기처럼 컸고, 눈에서는 정광(精光)이 넘쳐 흘렀다. 거기다가 눈동자는 푸르고 수염은 자줏빛을 띠니 보는 사람이 모두 기이하게 여겼다. 그러나 아버지 손견은 그러한 손권의 용모를 귀하게 될 상(相)으로 여겨 특히 사랑하였고, 손책이 살아 있을 때 조정에서 사자로 오 땅에 온 적이 있는 유완(劉琬)은 손가(孫家)의 여러 형제들을 본 뒤에 어떤 사람에게 이런 말을 남겼다.

"내가 손씨 형제들의 상을 보니 각기 그 재주가 뛰어나고 헤아림이 밝으나 끝까지 벼슬과 봉록을 누리지는 못할 것 같소. 그런데 둘째(손권)만은 효성 있고 검소하며 모습이 기이하면서도 위풍이 있어 크게 귀하게 될 상일 뿐 아니라 수명도 가장 길겠소. 한번 두고 보시오."

하지만 만 가지 상이 마음의 상보다 못하다[萬相不如心相] 했던가. 그 같은 용모보다 더 귀한 것은 그의 사람됨이었다. 아버지 손견이 죽은 뒤 항상 그 형 손책을 따르며 일하는데, 성품은 도량이 넓고 어질면서도 맺고 끊음에 망설임이 없었다. 또 협기(俠氣) 있는 무인을 좋아하면서도 지혜 있는 선비를 높이 대접할 줄 알아 일찍부터 아버지나 형에 못지않은 인물로 널리 이름을 얻었다.

지모(智謀)와 식견에 있어서도 동오(東吳)의 어떤 모사에 뒤지지 않았다. 손책은 그런 아우를 사랑하여 모든 의논에 빠짐없이 불러들였는데 이따금씩 의논 중에 문득 아우를 돌아보며 그 자리에 있는 여러 장수와 모사들을 가리켜 말하곤 했다.

"여기 있는 이 사람들은 모두가 앞날의 네 장수요 모사들이다."

자신이 끝내 대업을 성취하지 못하고 일찍 죽게 되리라는 것이 손책에게 어떤 예감으로 와닿았던 것이라고도 볼 수 있지만, 어쩌면 그보다는 설령 자신이 오래 살고 장성한 자식을 보게 되는 일이 있더라도 나라는 아우에게 넘겨야 한다는 생각이 들었을 만큼 손권을 높이 본 까닭이었으리라.

뭇 관원들의 하례가 끝나자 장소가 다시 손권에게 말했다.

"지난날 주(周) 무왕이 은(殷)을 치고자 상중에 군사를 일으키니 백이(伯夷)와 숙제(叔齊)는 그것을 부당하다 여겨 말렸습니다. 그러나 주 무왕이 상중에 군사를 일으킨 것은 부왕(父王)을 욕되게 하고자 함이 아니라 천하의 대세가 그렇게 하지 않을 수 없도록 했기 때문입니다. 그런데 하물며 지금이겠습니까? 지금 간특한 도적들은 다투어 천하를 노리고 있으며, 늑대나 이리 같은 무리가 길을 가득 메울 지경에 이르렀습니다. 이런 때에 골육의 죽음을 슬퍼하느라 문을 닫아걸고 눈물로 지새는 것은 다만 도적의 무리를 돕는 일밖에 되지 않습니다. 비록 상중이라 하나 군무를 게을리하지 않도록 하십시오."

그리고 이어 손권에게 상복을 벗고 말 위에 올라 각 곳의 군사들을 돌아보도록 재촉했다. 생전에 손책은 회계, 오군, 단양, 예장, 여강 다섯 군을 손에 넣었다고 호언했으나 실제로는 그 다섯 군 모두가 온전히 손책의 손안에 들었던 것은 아니었다. 예장을 비롯한 몇 군은 형주의 유표나 조조 등의 세력이 닿아 있는 곳이어서 범 같은 손책이 죽은 지금 어떤 일이 벌어질지 알 수 없었다.

그 모든 사정을 잘 알고 있는 손권이라 장소의 그 같은 말을 물리칠 수 없었다. 곧 옷을 갈아입으며 말을 준비하게 했다. 그때 사람이 와서 알렸다.

"주공근(周公瑾)께서 파구(巴丘)로부터 군사를 이끌고 돌아오셨다고 합니다."

주유가 돌아왔다는 말을 듣자 손권은 몹시 기뻤다.

"공근이 이미 돌아왔다니 내 무슨 걱정이 있겠는가!"

그렇게 반기며 그를 맞으러 갔다. 어렸을 적 서(舒) 땅에서 처음 만난 뒤로 주유는 형 손책이나 다름없는 사람이었다. 형 손책과 나란히 당(堂)에 올라 어머니를 뵙는 예로 오태부인을 뵈었으며, 뒷날에는 교씨(喬氏) 자매를 나란히 맞아들여 손책과 동서가 되었다. 뿐만 아니라 손책이 처음 원술에게서 자립했을 때 가장 먼저 군사를 이끌고 와 도운 것도 주유였다. 그리고 그로부터 오 년, 숱한 싸움을 거치면서 주유는 동오의 기둥이나 대들보 같은 장수로 손가(孫家)를 위해 일해왔다.

그 무렵 파구를 지키고 있던 주유는 손책이 자객의 활과 창에 몹시 다쳤다는 말을 듣자마자 군사를 손책이 있는 오군으로 돌렸다. 그러나 미처 오군에 이르기도 전에 먼저 손책이 숨을 거두었다는 소식을 들었다. 이에 주유는 손책의 죽음으로 혹 무슨 변고라도 있을까 두려워 밤을 낮 삼아 달려온 것이었다.

오회(吳會)로 돌아온 주유는 먼저 손책의 영구 앞에서 크게 곡을 했다. 이때 오태부인이 나와 울면서 손책이 마지막으로 남긴 말을 전했다. 주유가 땅에 엎드려 절하며 맹세하듯 말했다.

"비록 제 힘이 말이나 개에조차 미치지 못한다 해도 백부(伯符)의 뒤를 이은 중모를 죽음으로 받들겠습니다. 이제 중모는 동오의 새 주인입니다."

그때 손권이 들어왔다. 주유는 곧 주공을 뵙는 예로 손권에게 절을 했다. 겸손히 절을 받은 손권이 한 번 더 죽은 형의 뜻을 전하며 당부했다.

"바라건대 공께서는 부디 돌아가신 형님께서 남기신 명을 잊지 마십시오."

"간과 뇌를 땅에 쏟으며 죽는 한이 있더라도 나를 알아준 이의 은혜는 잊지 않을 것입니다."

주유가 머리를 수그리며 그렇게 다짐했다. 이에 손권은 주유를 조용한 곳으로 청하며 마주 앉은 뒤 물었다.

"이제 못난 이 몸이 동오를 이어 맡게 되었소. 아버님과 형님께서 이루신 바를 어떻게 하면 온전히 지켜갈 수 있겠소?"

그러자 주유가 기다렸다는 듯 대답했다.

"예부터 이르기를 사람을 얻는 자는 번창하고 사람을 잃는 자는 망한다 했습니다. 지금 먼저 해야 할 일은 배움이 높고 헤아림이 밝으며 멀리 앞날을 내다볼 줄 아는 선비를 모아들이는 것입니다. 그런 이들이 모여 도와야만이 강동을 안정시킬 수 있습니다."

"형님께서 이르시기를 안의 일은 모두 자포(子布)에게 맡기고 바깥일은 모두 공근에게 물어서 하라 하셨소."

장소와 그대 주유가 있는데 달리 무슨 사람을 불러들일 필요가 있느냐는 듯한 손권의 대답이었다. 주유가 고개를 저으며 말했다.

"자포는 어질고 밝은 사람이니 넉넉히 큰일을 해낼 것입니다. 그러나 이 유(瑜)는 재주가 없어 맡기신 무거운 일을 감당하지 못할까 두렵습니다. 바라건대 따로이 한 사람을 추천하여 장군을 돕게 하고 싶습니다.”

“공근보다 더 나를 도와줄 만한 인재가 따로 있을 성싶지 않구려. 하지만 어진 이가 있다면 마땅히 청해 가르침을 받겠소. 그게 누구요?”

손권이 반가운 얼굴로 주유에게 물었다. 주유가 자신 있게 대답했다.

“그 사람은 이름이 노숙(魯肅)이라 하며 자를 자경(子敬)으로 씁니다. 임회 동성 땅이 고향으로 가슴에는 육도삼략(六韜三略)을 품고 배에는 지모와 임기응변을 감추고 있는 인재라 할 수 있습니다. 어려서 아버지를 잃어 홀어머니를 모시는데 그 효성이 지극하였으며 또 집이 매우 풍족하여 언제나 그 재물을 흩어 가난한 이를 돌보는데 조금도 아까운 기색을 드러내지 않습니다. 제가 노숙을 알게 된 것은 거소의 장(長)으로 있을 때입니다. 한번은 수백 명을 거느리고 임회를 지나게 되었는 바 마침 양식이 떨어져 곤란을 겪게 되었습니다. 우연히 노숙의 곳간에 쌀 삼천 섬이 있다는 소리를 듣고 가서 도움을 청했더니 노숙은 종들에게 손가락질 한 번으로 제가 필요한 만큼을 거저 주었습니다. 대개 그 기상의 크고 활달함이 그 정도입니다.

항상 칼 쓰는 일과 말 타고 활 쏘는 일을 좋아하면서도 곡아(曲阿)에 조용히 파묻혀 살았는데 얼마 전 그 할머니가 죽어 장례를 위해 동성으로 갔습니다. 거기서 그의 친구 유자양(劉子揚)이 소호로 가서 정보(鄭寶)란 자를 따르자고 졸랐지만 그는 아직도 마음을 정하지 못해 가지 않고 있습니다. 주공께서는 되도록 빨리 사람을 보내그를 부르도록 하십시오.”

그 말을 듣자 손권도 은근히 마음이 끌렸다. 딴 사람 부를 것도 없이 바로 주유에게 말했다.

"그렇다면 공근께서 한번 가주시지 않겠소? 낯선 이를 보내는 것보다 공이 가면 노숙의 마음이 훨씬 쉽게 움직일 것 같소이다."

주유도 그 같은 손권의 말을 마다할 리 없었다. 오히려 기쁜 마음으로 노숙에게 달려가 손권이 부르는 뜻을 자세히 전했다. 한번 퉁겨보는 것인지, 진실이 그러한지 주유를 통해 손권의 간곡한 부름을 듣고 난 노숙이 난처한 얼굴로 말했다.

"불러주는 뜻은 고맙소만 나는 이미 유자양과 함께 소호로 가기로 약조했습니다. 실로 애석한 일입니다."

"지난날 명장 마원(馬援)은 광무제(光武帝)께 말하기를 지금의 세상은 임금이 신하를 고를 뿐만 아니라 신하 또한 임금을 가려 섬겨야 한다고 했습니다. 우리 손장군으로 말할 것 같으면 어진 이를 가까이 하고 선비를 예로 대접하며 각기 그 재주에 따라 벼슬과 녹을 내리시니 실로 세상에 드문 분이십니다. 어찌 소호의 정보 따위와 비기겠습니까? 공은 딴생각 마시고 저를 따라 동오로 가시는 게 옳습니다. 마원이 말한 바 임금을 가려 섬겨야 할 때라는 것은 바로 이런 난세를 가리키는 것입니다."

급해진 주유가 한층 더 간곡히 말했다. 노숙은 그제야 못 이긴 체 주유를 따라나섰다.

노숙이 오자 손권은 예를 다해 맞고 더불어 천하의 일을 얘기하는 데 날이 저물도록 싫증 내는 법이 없었다. 노숙도 한번 손권을 만나본 뒤에는 기꺼이 그의 사람이 되었다.

그러던 어느 날이었다. 여러 관원들이 흩어진 뒤 노숙만 남게 한 손권은 그와 함께 술을 마셨다. 한 동이 술을 비우자 둘의 흥은 도도해졌다. 군신의 예도 잊고 나란히 평상에 다리를 걸친 채 누워 주거니 받거니 세상 돌아가는 얘기를 나누었다.

밤이 깊었을 무렵 손권이 불쑥 노숙에게 물었다.

"지금 한실은 위태롭고 사방은 소란하기 그지없소이다. 나는 아버님과 형님의 뒤를 이어 동오를 맡기는 하였으나 앞날을 생각하면 그저 아득할 뿐이오. 제환공이나 진문공 같은 패업(覇業)을 이루고는 싶소만 도무지 길을 모르겠구려. 공은 내가 어떻게 하였으면 좋겠소?"

술김에 하는 소리 같지 않게 간곡한 물음이었다. 노숙도 정색을 하고 대답했다.

"지난날 한고조(漢高祖)는 의제(義帝)를 높여 섬기고자 하였으나 의제는 항우의 손안에 있다가 마침내는 죽임을 당하고 말았습니다. 지금의 조조는 그 항우에 비할 만합니다. 천자가 이미 조조의 손에 들어가 있는데 장군께서 어떻게 제환공이나 진문공 같은 패업을 이룰 수 있겠습니까?

제가 헤아리기에 이미 한실은 다시 흥하기 어렵고 조조도 쉽게 없애기는 어려울 것 같습니다. 오직 장군을 위해 계책을 낸다면 강동에 자리 잡고 앉아 천하의 형세를 바라보며 때를 기다리는 것입니다. 다행히 지금 북방은 조조와 원소가 맞서 둘 다 남쪽을 돌볼 겨를이 없으니, 이때 먼저 황조를 없애고 나아가 유표를 친다면 마침내 장강 동쪽은 장군의 오로지함이 될 것입니다. 그런 다음 장강의 넓고 깊음에 의지해 지키면서 제호(帝號)를 칭하고 천하를 도모해보십시오. 이는 지난날 한고조가 천하를 얻게 된 바로 그 길입니다."

실로 엄청나다면 엄청난 소리였다. 그러나 입으로는 제환공과 진문공을 말해도 마음속의 뜻은 달리 있었는 듯 손권은 오히려 크게 기뻐했다. 벌떡 일어나 옷깃을 여미며 노숙에게 고마움을 나타냈다. 그리고 다음 날 의복과 예물을 후하게 내림과 아울러 그 어머니에게도 많은 재물을 보냈다.

이에 힘을 얻은 노숙은 다시 한 사람을 천거했다. 배움이 깊고 재주가 많으며 어머니를 지극한 효성으로 모시는 사람으로 성은 제갈(諸葛)이요, 이름은 근(瑾), 자는 자유(子瑜)였다. 낭야군 남양(南陽) 땅 사람인데, 일찍 고향을 떠나 공명을 구하던 중에 노숙의 천거를 받게 된 것이었다.

손권이 제갈근을 만나보니 또한 비범했다. 몹시 기뻐하며 상빈(上賓)으로 모시고 물었다.

"선생께서는 제게 어떤 가르침을 주시려 하십니까?"

제갈근이 잠깐 생각하다 대답했다.

"제가 비록 재주 없으나 장군께서 급히 결단할 일이 하나 있기에 감히 말씀드리고자 합니다. 지금 원소는 겉보기에는 네 주에 백만 대군을 거느리고 위세를 드러내고 있지만 내실은 결코 조조에게 미치지 못합니다. 머지않아 반드시 조조에게 패망할 것이니 장군께서는 원소와 거래를 끊으시고 조조를 따르도록 하십시오. 그런 다음 때를 보아 일을 꾀해나가는 것이 동오를 보전하는 방법일 뿐만 아니라 나아가서는 천하를 도모하는 지름길이 될 것입니다."

손권이 가만히 헤아려보니 제갈근이 말이 옳았다. 그날로 그 말을 따라 원소에게서 온 사자 진진을 돌려보냄과 아울러 글을 주어 원소와의 관계를 끊어버렸다.

한편 조조는 손책이 이미 죽었다는 말을 듣자 생각이 달라졌다. 범 같은 손책이 원소를 도와 허도로 밀고 올라오는 걸 걱정하는 대신 오히려 군사를 일으켜 강동부터 삼킬 욕심이 인 것이었다. 새로 손권이 주인이 되었다고는 하지만 조조가 보기에는 아비와 형의 덕을 본 애송이에 지나지 않았다.

조조는 곧 여러 장수와 모사들을 불러들여 강동을 칠 의논을 했다. 이때 손책의 사자로 허도에 왔다가 시어사로 눌러앉아 있던 장굉이 나서서 말렸다.

"남의 상(喪)을 틈타 쳐들어가는 것은 의로운 일이 못 될 뿐만 아니라 만약 이기지 못하는 날에는 좋던 사이가 원수로 변하고 맙니다. 오히려 이 기회에 더 잘 대우해주어 우호를 든든히 해두는 게 나을 것입니다."

얼핏 듣기에는 동오를 위해서만 한 말 같지만 실은 충분히 근거 있는 말이었다. 조조와 손권만의 싸움이라면 몰라도 원소가 있는 한 반드시 그 싸움에 이긴다는 보장은 없었다. 갑작스런 욕심으로 그런 의논을 시작하기는 하였으나 조조도 이내 거기 따르는 어려움을 알아차렸다. 껄껄거림으로 자신의 욕심을 감추며 말했다.

"실은 공연히 한번 해본 소리요. 아무려면 천하의 조조가 남의 장례식에 군사를 풀어 훼방이야 놓겠소?"

그리고 오히려 손권에게 장군의 벼슬에다 회계 태수까지 얹어 보내게 했다. 장굉이 다시 청했다.

"인수를 가지고 가는 사자로는 저를 써주십시오. 저는 원래 강동에서 왔을 뿐만 아니라 손권의 사람됨을 잘 압니다. 승상을 위해 그를 좋은 말로 달래보겠습니다. 만에 하나라도 그릇되어 그가 원소에게라도 붙는 날이면 실로 큰 우환거리가 될 것입니다."

장굉으로서는 허도에서 몸을 빼쳐 동오로 돌아갈 궁리를 낸 것이었지만 조조는 왠지 의심 않고 들어주었다. 장굉을 회계도위로 삼아 인수를 품게 하고 강동으로 내려보냈다. 조조와의 우호가 맺어진 데다 장굉까지 돌아오자 손권은 몹시 기뻐했다. 손책 시절에 허도로 가 조정의 벼슬까지 받고 눌러앉자 잃어버린 줄로 여겼던 장굉이었다.

"잘 돌아오셨소. 부디 모자라는 이 몸을 많이 깨우쳐주시오."

그렇게 장굉을 반긴 뒤 그로 하여금 장소와 나란히 정사를 돌보게 했다. 장굉이 또 한 사람을 천거했다.

"제가 아는 사람 중에 고옹(顧雍)이란 선비가 있는데 쓸 만한 인재입니다. 지난날 왕윤에게 베임을 당한 석학 채옹(蔡邕)에게서 배운 이로 말이 적고 술을 마시지 않으며 사람됨이 근엄하고 정대합니다. 반드시 주공께 긴요하게 쓰일 것입니다."

그러자 손권은 곧 사람을 보내 고옹을 부르게 했다. 만나보니 과연 장굉의 말이 크게 틀리지 않았다. 이에 손권은 고옹을 승(丞)으로 삼아 새로 얻은 회계 태수의 일을 거들게 했다.

그렇게 되자 동오는 손책이 살아 있을 때보다 더 흥성했고, 따라서 손권의 위세도 형에 못지않게 강동에 떨쳐 울렸다. 손책의 죽음으로 흔들리던 민심이 안정된 것 또한 말할 나위도 없었다.

하지만 그렇다고 모든 일이 그대로 순조로웠던 것만은 아니었다. 손권에게도 시련이 닥쳐왔으니 곧 여강 태수 이술(李術)의 배반이었다.

이술은 원래 손책의 아낌을 받던 자로 손책이 올린 표문에 힘입어 그 무렵 여강 태수로 있었다. 그런데 손책이 죽고 그 아우 손권이 뒤를 이었다는 말을 듣자 생각이 달라졌다. 애송이 손권을 주인으로 섬기기보다는 차라리 자립하거나 적어도 손권보다는 더 나은 주인을 새로 정해야겠다고 마음 먹은 것이었다.

그러자 손권 아래 있으면서도 이술과 비슷한 생각을 가지고 있던 무리가 모조리 도망쳐 여강으로 갔다. 손권이 그 같은 배신을 용서할 리 없었다. 가만히 이술에게 글을 보내 도망친 무리를 모조리 잡아서 되돌리라고 명했다. 그러나 이술은 코웃음과 함께 편지를 찢으며 말했다.

"주인이 덕이 있으면 사람들이 모이고 덕이 없으면 떠나는 것이다. 중모가 덕이 없어 이 사람들이 나를 바라고 온 것인데 어찌 돌려보낼 수 있겠는가?"

사자로부터 그 같은 이술의 대답을 들은 손권은 크게 노했다. 그날로 군사를 일으켜 여강으로 쳐들어가려 했다. 장소가 나서서 그런 손권을 말렸다.

"지금 주공께서 선형(先兄)의 뒤를 이은 지 오래되지 않은 터에 갑작스레 군사를 일으키면 상하가 놀랄 뿐만 아니라 조조의 의심을 살 우려가 있습니다. 지나치게 서둘러서는 아니 됩니다."

"그렇지 않소. 만약 지금 이술을 죽이지 않는다면 반드시 또다른 이술이 생겨날 것이오. 머뭇거릴 일이 아니외다."

손권이 전에 없이 강경하게 말했다. 장소가 더욱 간곡하게 말했다.

"그렇더라도 조조에게는 반드시 먼저 알려두는 게 좋습니다. 그렇게 해야만 조조가 이 일을 구실로 강동에 군사를 내는 일이 없을 것입니다. 또 다급한 이술이 조조에게 구원을 청할 때 조조가 들어주지 못하도록 하는 데도 먼저 알리는 일은 꼭 필요합니다."

성난 가운데도 가만히 생각해보니 옳은 말이었다. 그제서야 손권은 목소리를 조금 부드럽게 하여 장소에게 물었다.

"그렇다면 어떻게 써 보내야겠소?"

"첫째로 사사로운 감정을 드러내서는 아니 됩니다. 이술을 치는 것은 조정과 백성들을 위한 것이라는 대의명분을 크게 앞세우셔야 합니다. 둘째로는 겁을 먹은 이술이 조조에게 구원을 청하는 일에 미리 대비해야 합니다. 이술이 무슨 소리를 하더라도 모두가 거짓이요 속임수이니 넘어가서는 안 된다고 말해두는 것입니다. 반드시 그 두 가지를 먼저 조조에게 밝혀둔 뒤에라야 주공께서 마음 놓고 군사를 일으키실 수 있습니다."

이에 손권은 글 잘하는 이를 골라 조조에게 보낼 글을 짓게 했다. 옮겨보면 대강 다음과 같다.

'조정에 있을 때는 윗사람 잘못을 서슴없이 탄핵하고 백성을 다스림에는 강한 자를 억누르고 약한 자를 도우매, 비록 형벌을 사용함이 지나치게 참혹하여 기시(棄市, 죽여 시체를 저자에 버림)에 처해졌으나 엄연년(嚴延年, 후한의 엄혹한 관리)은 의연히 이름을 남기고 있습니다. 지금과 같은 난세에는 그같이 엄한 관리가 승상께도 소용이 되고, 저희도 천거할 만하여 일찍이 이술을 여강 태수로 삼은 일은 승상께서도 알고 계실 것입니다. 그런데 근자에 이술이 흉악하여 함부로 한의 법제를 어길 뿐만 아니라 주의 군민을 잔혹하게 해치니 그 방자함이 끝간 데를 모를 지경입니다. 마땅히 죽여 없애 그같이 못된 무리를 벌해야 할 것입니다.

이제 군사를 일으켜 이술을 치려는 바, 이는 한편으로 나라를 위해 함부로 약한 백성을 죽이는 흉악한 고래와 같은 무리[鯨鯢]를 없애려 함이요, 다른 한편으로는 백성들을 위해 그 원수 갚음을 돕고자 함입니다. 또 이는 천하의 대의에도 맞는 일이요, 모두가 바라는 바이니 승상께서도 허락하여 주십시오.

혹 이술이 벌받음이 두려워 승상께 구원을 청하더라도 들어주셔서는 아니 됩니다. 승상께서 잡고 있는 것은 천하의 저울과 같으니 [阿衡之任] 만민은 거기에 의지해 공평함을 얻고 있는 것입니다. 해내(海內)가 모두 이 일을 보고 있음을 헤아리시어 만에 하나라도 이술의 거짓과 속임수에 그 저울이 기우는 일이 없기를 엎드려 빕니다.'

손권에게서 그 같은 글이 오자 조조는 곽가에게 물었다.

"어떻게 하면 좋겠는가?"

그러자 곽가가 밝은 얼굴로 대답했다.

"차라리 잘됐습니다. 지금 원소의 움직임이 심상치 않은데 마침 그리되었다니 동쪽의 일을 걱정하지 않으셔도 되겠습니다. 이술은 원래 손가의 사람이니 손권이 이긴다 해도 더 얻는 게 없고 오히려 크건 작건 힘만 소모될 뿐입니다."

이에 조조는 좋은 말로 손권에게 답을 써 보냈다.

조조의 답을 받은 손권은 곧 크게 군사를 일으켜 이술이 근거한 환성(皖城)으로 몰아갔다. 손권을 얕보고 있던 이술은 놀랐다. 그 신속한 진공(進攻)도 진공이려니와 앞장선 손권의 위세도 전혀 뜻밖이었다. 형 손책의 그늘에 가리어 제대로 보이지 않던 손권의 진가를 새삼 알게 된 느낌이었다.

처음 성을 나와 손권의 군사를 맞으려 했던 이술은 그 바람에 변변한 싸움 한번 없이 성안으로 쫓겨 들어갔다. 그리고 성문을 군게 닫아걸고 지키기만 하는 한편 급히 조조에게 사람을 보내 구원을 청했다.

이술의 글을 받자 조조는 다시 슬몃 마음이 움직였다. 아무래도 원소와 천하를 건 싸움을 벌이기 전에 뒤를 깨끗이 해두고 싶었던 것이다. 그러나 손권의 글을 떠올리니 차마 그럴 수 없었다. 거기다가 원소의 움직임도 한층 활발해진 때라 가볍게 군사를 나눌 처지도 못 돼 이술을 구해주지 못했다.

한편 성안에 갇혀 조조의 구원만을 기다리던 이술은 오래잖아 양식부터 떨어졌다. 소, 돼지에 이어 군마까지 잡아먹고 마지막에는 진흙을 떡 모양으로 빚어 먹는 지경에까지 이르고 말았다.

아무도 구원 올 사람이 없음을 알고 성을 에워싼 채 느긋하게 기다리던 손권은 이술의 군사들이 창칼도 제대로 휘두를 힘이 없을 만큼 굶주린 뒤에야 일제히 성을 공격하게 했다. 아무리 한쪽은 성에 의지해 지키고 한쪽은 험한 성벽을 타고 넘어 공격한다고는 하나 처음부터 끝난 것이나 다름없는 싸움이었다.

반나절도 안 돼 환성은 떨어지고 이술은 그 졸개들과 함께 손권에게 사로잡혔다.

"저놈을 목 베어 군문에 높이 매달도록 하라!"

이술이 끌려오자 손권은 말 한마디 나누지 않고 그런 영을 내렸다. 그러나 이술을 뺀 나머지는 모조리 오군으로 옮겨가게 하였는데 그 수가 삼만이나 되었다.

기세등등하던 이술이 싸움 한번 변변히 못하고 잡혀 죽자 은근히 퍼져 있던 손권에 대한 강동 사람들의 불안은 깨끗이 씻겨졌다. 새 주인이 그 아비나 형에 못지않음을 비로소 믿게 된 것이었다.

손권은 거기에 그치지 않고 다시 군사를 보내 산월(山越)을 치게 했다. 역시 손책의 죽음을 틈타 동오의 명을 따르려 하지 않은 죄였다. 그리고 그 싸움에도 이기자 손권의 기세는 그대로 장강에서 새로 솟는 해와 같았다.

양웅(兩雄) 다시 관도에서 맞붙다

한편 강동에서 쫓기듯 하북으로 돌아간 진진(陣震)은 원소에게 손권이 준 글을 올리며 말했다.

"손책은 이미 죽고 손권이 그 뒤를 이었습니다. 그러나 손권은 형과 달리 조조로부터 장군에 봉해지고 또 그와 맺어져 오히려 밖에서 그를 호응하려 합니다."

그 말을 들은 원소는 발연히 노했다. 손권이 보낸 글을 읽지도 않고 구겨 던지며 소리쳤다.

"그 어린놈이 감히 나를 등지고 조조 그 역적에게로 가려 하다니! 곧 기주, 청주, 유주, 병주 모두에 사람을 보내 크게 군사를 일으키도록 하라. 내 먼저 조조를 깨뜨린 뒤에 그 어린놈을 사로잡아 목 베리라!"

그리고 발을 굴러가며 재촉하니 순식간에 하북에는 네 주에서 칠십만이나 되는 대군이 몰렸다. 원소는 그 대군을 이끌고 곧장 허도를 향해 성난 물결처럼 밀고 들어갔다.

하북에서 허도로 가려면 반드시 지나쳐야 할 곳이 관도(官渡)라는 요충이었다. 그곳을 지키던 조조의 장수 하후돈은 원소의 대군이 몰려온다는 소식을 듣자마자 급히 허도로 글을 띄워 위급을 알렸다. 미리 예측하고 있던 일이어서인지 조조의 대응도 빨랐다. 군사 칠만을 일으켜 원소를 맞으러 나서는 한편 순욱을 남겨 허도를 지키게 했다.

그런데 이에 앞서 원소의 진중에서는 별로 좋지 못한 일부터 일어났다. 원소가 막 대군을 이끌고 떠나려 할 무렵이었다. 지난번에 원소가 군사를 일으켰을 때, 그것을 말리다가 원소의 노여움을 사옥에 갇혀 있던 모사 전풍이 다시 글을 올려 말렸다.

'지금은 조용하게 지키며 하늘이 주는 때를 기다림이 옳습니다. 함부로 큰 군사를 일으켰다 이롭지 못할까 두렵습니다.'

그 같은 글을 읽자 원소는 울화부터 치밀었다. 그 같은 원소의 심기를 알아챈 봉기가 전풍을 헐뜯어 말했다.

"주공께서는 지금 인의의 군사를 일으키셨거늘, 전풍이 어찌해서 이런 상서롭지 못한 말을 하는지 알 수 없습니다. 곧 싸움터에 나설 장졸들의 사기를 위해서도 그냥 들어 넘기셔서는 아니 됩니다."

불에다 기름을 붓는 듯한 봉기의 그 말에 원소는 더욱 화가 치솟았다. 긴소리할 것 없이 좌우를 보고 소리쳤다.

"전풍을 끌어내 목 베도록 하라!"

하지만 전풍은 하북에서도 이름난 모사였다. 그 자리에 있던 여러 관원들이 한결같이 말리고 나서자 차마 죽이지 못했다.

"좋다. 내 먼저 조조를 깨뜨린 뒤에 전풍의 죄를 밝혀 따지리라!"

그 한마디를 남기고 군사를 재촉해 떠났다. 겉으로 보아서는 원소의 그 같은 큰소리도 전혀 터무니없는 것은 아니었다. 백만에 가까운 대군에 양식도 넉넉하니 아무리 조조라 해도 당해낼 성싶지 않았다. 수십 리를 잇대어 행군해 나아가는데 기치는 들판을 덮고 칼과 창은 숲을 이루는 듯했다.

대군이 양무(陽武)에 이르러 진채를 내렸을 때 모사 저수(沮授)가 말했다.

"우리 군사는 비록 머릿수가 많으나 용맹이 적군만 못하고, 적군은 비록 가려 뽑아 날랜 군사라 하나 양식과 마초가 우리만 못합니다. 따라서 양식과 마초가 없는 적군은 급히 싸워야 이롭고 그게 넉넉한 우리는 천천히 싸우면서 지키는 쪽이 이롭습니다. 되도록 오래 싸움을 끌 수만 있다면 적군은 싸우지 않고도 저절로 패해 물러갈 것입니다."

밝게 보고 하는 소리였으나 이미 자만에 빠진 원소의 귀에는 저수의 그 같은 소리가 바로 들리지 않았다. 대뜸 전풍을 떠올리며 성난 소리부터 질렀다.

"전풍이 우리 군사의 마음을 동요케 하였기로 내가 돌아가는 날로 목 베려 하거늘 이제 또 네가 감히 그런 소리를 하느냐?"

그러고는 군사를 불러 저수를 군중에 가두게 하며 덧붙였다.

"조조가 깨뜨려지기를 기다려 전풍과 함께 저자의 죄를 다스리리라."

대군을 거느린 이로서 사기를 중하게 여기는 것은 이해가 될 법도 하지만, 아무래도 지나친 처사였다. 전풍이나 저수의 재주를 믿지 못했다면 사람을 제대로 알아보지 못했다는 점에서, 그리고 그들의 말이 마음에 들지 않아서였다면 그 옹졸함과 편협에서, 원소는 벌써 실패의 깊은 수렁으로 빠져들고 있는 셈이었다.

저수까지 가두어 두 번 다시 지구전에 관한 논의를 꺼내지 못하게 한 원소는 칠십만 대군을 동서남북으로 나누어 영채를 세우게 했다. 워낙 많은 군사라 영채가 잇닿으며 둘레가 구십 리에 이어질 지경이었다.

그 같은 원소군의 허실은 곧 세작에게 탐지되어 관도로 전해졌다. 너무나 엄청난 대군이라 조조의 군사들은 그 같은 소식을 듣자 모두 두려움에 떨었다. 마음이 무겁기는 조조도 마찬가지였다. 급히 모사들을 불러들여 원소의 대군에 맞설 의논을 시작했다. 순유가 일어나 말했다.

"원소의 군사가 비록 많다 하나 반드시 두려워할 것은 없습니다. 우리 군사는 모두 가리고 가려 뽑은 정병들이니 하나가 능히 열을 당해낼 것입니다. 다만 잊지 않아야 할 것은 빨리 싸워야만 우리가 이롭다는 점입니다. 만약 헛되이 날을 끌게 되면, 군량과 마초를 대지 못해 일을 그르치게 되는 수가 있을 것입니다."

"공의 말이 내 뜻과 같소. 긴말 필요 없이 바로 싸움을 돋우어야겠소."

조조가 그렇게 대꾸하며 선뜻 몸을 일으켰다. 순유가 힘주어 말한 것 역시 자기편의 약점이었으나 그것을 받아들이는 원소와 조조는 그처럼 달랐다.

조조는 곧 전령을 내어 모든 장졸들에게 북을 치고 소리치며 나아가게 했다. 원소를 충동하여 속전으로 끌어내리려는 심사였다.

과연 원소도 지지 않고 마주 군사를 냈다. 그러나 모사 심배는 조조군의 용맹스럽고 날랜 돌격에 대비함을 잊지 않았다. 군사의 양날개에 쇠뇌[弩]를 쏘는 군마 일만을 감추고 문기 안에도 오천의 궁수를 숨겨 포소리가 울리면 일제히 쏘도록 했다. 전에 공손찬이 자랑하던 기마대를 꺾을 때 쓴 적이 있는 전법이었다.

양군이 마주치자 북소리가 크게 세 번 울리는 곳에 원소가 나타났다. 금투구 금갑옷에 비단 전포와 옥대를 두르고 말 위에 높이 올라 진 앞에 섰는데, 좌우에는 장합, 고람, 한맹, 순우경 등의 여러 장수들이 늘어서 있었다. 정기(旌旗)며 절월(節鉞) 또한 엄정하여 마치 천자가 친히 나선 것처럼 보였다.

조조 쪽의 진에서도 문기가 열리며 말 위에 앉은 조조가 모습을 드러냈다. 허저, 장요, 서황, 이전 등이 각기 자랑하는 병장기를 들고 둘러싸듯 호위하고 있는 것이 결코 원소에 뒤진 위세가 아니었다. 조조가 문득 채찍을 들어 원소를 가리키며 꾸짖었다.

"나는 천자 앞에 나아가 아뢰어 너로 하여금 대장군에 오르도록 해주었다. 그런데도 너는 무슨 까닭으로 감히 반역을 꾀하느냐?"

원소가 성난 어조로 맞받았다.

"너는 이름은 한의 승상이지만 실상은 한의 역적이다. 죄악이 하늘에 가득하여 심하기가 지난날의 왕망(王莽)이나 동탁보다 더하거늘, 오히려 누구를 보고 반역을 꾀한다고 덮어씌우느냐?"

"역적은 여러 소리 말라. 나는 오늘 천자의 조서를 받들어 너를 치러 왔다!"

조조도 발끈해 소리쳤다. 그 말을 원소가 다시 이죽거리듯 받았다.

"나야말로 천자께서 의대(衣帶)에 감추어 내리신 조서를 받들어 역적을 치러 왔다."

조조에게는 상처와도 같은 동승과 왕자복 등의 사건을 들먹여 조조의 속을 뒤집어놓은 것이었다. 마침내 조조는 더 참지 못했다. 곁에 있던 장요를 보고 명했다.

"문원(文遠)은 어서 나가 저 역적 놈의 목을 가져오라!"

원소도 지지 않았다. 역시 곁에 있던 장합에게 소리쳤다.

"너는 가서 저 간사한 도적을 사로잡으라!"

그러자 각기 주인의 명을 받고 달려 나온 두 장수는 양진 한가운데서 맞붙었다. 장요도 범상한 장수는 아니었지만 장합 또한 그에 뒤지지 않았다. 말과 말이 엉기고 칼과 창이 붙었다가 떨어지기 사오십 차례가 되도록 승부를 알아볼 수 없었다.

그 눈부신 솜씨에 조조는 이편저편 따질 것도 잊고 감탄해 마지않았다. 그때 곁에 있던 허저가 더 못 참겠는지 칼을 휘두르며 말을 달려 나갔다. 원소 쪽에서는 그걸 본 고람이 역시 창을 비껴들고 말을 달려 나와 허저와 어울렸다. 거기서 싸움은 두 쌍이 되었다. 각기 상대를 맞아 치고 베고 찌르고 후비는데 구경하는 사람이 오히려 어지러울 지경이었다.

한참을 구경하던 조조는 문득 지금이 한번쯤 부딪쳐볼 때라 생각했다. 하후돈과 조홍을 불러 가만히 영을 내렸다.

"너희 둘은 각기 삼천 군을 이끌고 원소의 본진을 휩쓸어버리도록 하라!"

철기를 앞세운 소수의 정병으로 적의 대군을 어지럽혀 승기를 잡아보려는 뜻이었다.

하지만 조조에게는 불행하게도 원소 쪽은 이미 그런 종류의 돌격에 대비가 되어 있었다. 심배는 조조의 군사들이 몰려오는 걸 보자 급히 전령을 내려 포를 쏘게 했다. 한소리 포성과 함께 원소의 진 양 날개에서 일만의 쇠뇌가 쏟아지고 이어 중군 쪽에서도 오천여 궁수가 뛰어나와 일제히 화살을 쏘아댔다. 아무리 잘 단련되고 날랜 조조의 군사라 하지만 소나기처럼 쏟아지는 화살을 감당해낼 수가 없었다. 급히 남쪽을 바라고 달아나니 나머지 군사도 절로 뭉그러지기 시작했다.

원소가 때를 놓치지 않고 장졸을 휘몰아 그런 조조군의 뒤를 쳤다. 이미 기울어진 대세라 조조와 수하 장수들이 아무리 목이 터지도록 외쳐대도 소용이 없었다. 조조군의 참담한 대패였다. 수십 리를 쫓긴 조조는 겨우 관도에 이르러서야 군사들을 수습할 수 있었다.

첫 싸움에 크게 이긴 원소는 곧 진채를 뜯어 대군을 관도 근처로 옮겼다. 내처 관도를 휩쓸지 못한 것은 조조가 지키는 애구(隘口)가 원체 험하기 때문이었다. 심배가 다시 계책을 올렸다.

"지금 조조가 애구를 틀어막고 있어 함부로 우리가 군사를 내지 못하고 있으니 먼저 조조의 진채부터 쫓아내야겠습니다. 군사 십만을 벌려 관도의 우리 본채를 지키게 하고 나머지로는 조조의 진채 앞에 토산을 쌓게 하십시오. 그 토산 위에서 조조의 진채를 내려다 보고 활을 쏘아대면 조조는 견디지 못해 진채를 버리고 갈 것입니다. 그렇게 하여 이 애구를 얻으면 허창을 두드려 부수는 일도 어렵지 않습니다."

들어보니 옳은 말이라 원소는 곧 거기에 따르기로 했다. 각 진채에서 힘있는 군사들을 뽑은 뒤 삽, 가래와 흙 자루를 주어 일제히 조조의 진채 앞으로 보냈다. 워낙 많은 군사가 하는 일이라 순식간에 흙 자루는 작은 산을 이루어갔다. 조조도 영내에서 그 광경을 보았다. 생각 같아서는 당장 군사를 내보내 토산을 쌓는 원소의 군사를 쫓아버리고 싶었지만 심배의 쇠뇌와 활이 두려워 그럴 수도 없었다. 심배가 수만의 궁노수를 풀어 토산으로 이르는 길목을 지키게 하고 있는 까닭이었다.

열흘도 안 돼 그렇게 만들어진 토산은 오십여 개나 되었다. 그것도 토산마다 꼭대기에 다락을 만들어 그 위에서 궁노수가 활이나 쇠뇌를 쏠 수 있게 해놓은 것이었다. 조조의 군사들은 모두 화살이 두려워 머리에 화살을 막기 위한 방패를 이고 다녀야 했다.

그뿐만이 아니었다. 토산 위에 있는 원소의 군사들은 나무로 만든 딱딱이 소리를 군호로 활과 쇠뇌를 쏘아대는데 쏟아지는 화살이 마치 비와 같았다. 그때 조조의 군사들은 모두 방패로 몸을 가리고도 납작 땅에 엎드려야 했다. 그걸 본 원소의 군사들이 재미있다는 듯 웃어젖히니 조조의 군사들은 더욱 기가 죽었다.

원소군의 토산 때문에 저희 편 군사가 기를 못 펴고 허둥대자 조조는 걱정이 되었다. 여러 모사들을 불러모아 놓고 마땅한 계책을 물었다. 유엽이 나와 말했다.

"발석거(發石車)를 만들어 돌로 저것들을 때려부수면 될 것입니다."

발석거라면 커다란 돌덩이를 쏘아 붙이는 수레로 주로 성을 공격하는 무기였다. 부피가 커서 거추장스럽고 움직이지 않는 표적을 상대로 하는 것이어서 그 무렵은 잘 쓰이지 않았는데, 유엽이 그걸 생각해낸 것이었다.

"나도 그런 게 있다는 말은 들었으나 써보지는 않았소. 공은 그것을 만드는 방법을 아시오?"

조조가 못 미더운 듯 물었다. 유엽이 자신 있게 대답했다.

"전에 그 거식(車式)을 본 적이 있습니다. 종이와 붓을 주면 그려보일 수 있을 것 같습니다."

그 같은 유엽의 대답에 조조는 크게 기뻐하며 그 거식을 그려오게 했다. 그리고 거기에 따라 그 밤으로 발석거 수백 대를 만들게 하여 영채 이곳저곳에 감추어두었다. 각기 토산 위에 있는 구름사다리와 다락을 겨냥한 채였다.

다음 날이 되었다. 아무것도 모르는 원소의 군사들은 다시 딱딱이 소리를 군호로 조조의 영채에다 화살비를 퍼부어댔다. 그때 조조가 영을 내려 발석거들을 일제히 쏘아 붙이게 했다. 굵은 박덩이만 한 돌들이 허공을 날아 토산 위로 쏟아졌다.

원래 발석거가 쏘아 보내는 돌은 무겁고 속도가 느려 눈으로 보고도 피할 수 있기 때문에 움직이는 표적에는 합당치 못했다. 그러나 토산 위에 있는 구름사다리나 다락은 움직일 수 있는 물건이 아니었다. 그것을 향해 돌벼락이 쏟아지니 거기 올라가 있는 원소의 궁노수들이 성할 수가 없었다. 잠깐 사이에 머리가 터지고 배가 갈라져 죽는 군사가 헤아릴 수 없는 지경이 되었다. 그때 원소의 군사들이 얼마나 혼이 났던지 그 뒤로는 모두 발석거를 벽력거(霹靂車)라 부르며 두려워했다.

그렇게 한번 호된 맛을 본 이후로 원소의 군사들은 감히 토산 위에 올라 조조의 진채로 화살을 날릴 엄두를 못 냈다. 엄청난 인력을 소모하고 쌓은 오십여 개의 토산은 아무짝에도 소용없게 되고 만 것이었다. 그게 미안했던지 심배가 다시 꾀를 냈다.

"군사들로 하여금 몰래 땅굴을 파고 똑바로 조조의 영채에 이르는 길을 내게 하는 게 어떻겠습니까? 이번에는 발석거로도 막지 못할 것입니다."

역시 공손찬을 깨뜨릴 때의 전법이었다. 전에 한번 크게 재미를 본 적이 있는지라 원소도 그걸 마다하지 않았다. 굴자군(掘子軍)이란 두더지 부대를 만들어 밤낮없이 조조의 영채로 이르는 땅굴을 파게 했다.

원소 쪽에서는 은밀히 한다고 했지만 땅굴을 파는 일은 곧 조조에게로 알려졌다. 원소의 군사들이 산 뒤에서 흙을 파내고 있는 걸 본 조조의 군사 하나가 조조에게 알린 것이었다. 조조가 다시 유엽을 불러 물었다.

"원소의 군사들이 이번에는 자루에다 흙을 퍼담아 내고 있다고 하오. 도대체 무슨 짓을 하려는 것이오?"

"아마도 원소는 드러내놓고 우리를 공격하지 못하게 되자 몰래 공격하려는 것 같습니다. 땅을 파고 감추어진 길을 만들어 바로 우리 영채로 뛰어들려는 것임에 틀림이 없습니다."

유엽이 대수롭지 않다는 듯 대답했다. 실은 원소의 군사들이 무엇을 하는지 몰라서가 아니라 어떻게 그들의 계책을 막아낼지 몰라 유엽을 불렀던 조조는 그같이 자신에 찬 유엽의 표정을 보자 기뻐하며 원래 묻고 싶던 걸 물었다.

"그렇다면 어떻게 막아야겠소?"

"우리 영채 둘레로 아주 깊은 참호를 파게 하시면 됩니다. 그렇게 하면 적의 땅굴은 아무 쓸모가 없어질 것입니다."

듣고 보니 참으로 묘책이었다. 조조는 곧 군사를 뽑아 영채를 빙 둘러싼 깊은 참호를 파게 했다.

원소는 그것도 모르고 군사를 재촉해 땅굴을 파들어갔다. 그러나 미처 조조의 영채 안으로 들어가기도 전에 조조의 군사들이 파는 참호가 앞을 막았다. 기껏 참호까지 땅속을 파고 들어가봤자 거기서 몸이 드러나게 되니 그때껏 판 것은 아무 쓸모가 없었다. 또다시 헛되게 힘만 낭비한 꼴이었다.

그렇게 되자 원소도 잠시 주춤할 수밖에 없었다. 자기의 군사는 칠십만이요, 조조의 군사는 칠만이라 하나 조조의 군사가 가려 뽑은 정병인 데다 관도의 애구 또한 지키기는 쉬워도 빼앗기는 어려운 요해처였다.

따라서 싸움은 자연 시일을 끌게 되고 그사이 두 달 가까운 날이 지나갔다. 간신히 관도를 지키고는 있어도 팔월에 군사를 일으킨 조조는 구월이 다 가도록 싸움이 진전이 없자 차츰 불리한 입장으로 몰리기 시작했다. 그중에서도 특히 괴로운 것은 군량과 마초였다. 순욱을 비롯해 뒤에 남은 사람들이 힘써 대고는 있지만 기다리는 조조에게는 끊길 때가 많았다.

견디다 못한 조조는 차라리 관도를 버리고 허창으로 돌아가 그곳을 근거로 원소와 싸워볼까 하는 생각까지 들었다. 그러나 아무래도 그래서는 안 될 것 같은 느낌에 마음을 정하지 못하고 시일만 끌다 문득 순욱에게 글을 보내 물었다. 그동안의 경과를 말한 다음 허창의 형편과 아울러 그리로 군사를 돌리는 게 어떨까를 의논한 것이었다. 순욱의 답은 곧 왔다. 순욱에게 쫓기듯 급하게 되돌아온 군사가 내준 글의 내용은 대강 이러했다.

'나아감과 물러감이 한가지로 얼른 내키지 않아 그 결정을 물으시는 존명을 받자옵고 몇 자 답해 올립니다. 제 어리석은 소견으로 보기에 원소가 따르는 무리를 모두 이끌고 관도로 나온 것은 명공과 더불어 승부를 매듭 짓자는 뜻인 것 같습니다. 명공께서는 지금 매우 약한 것으로 매우 강한 것에 맞서고 있음을 아는 바이나 만약 이번에 원소를 꺾지 못하면 반드시 그에게 기회를 틈타게 해주는 것이니 이 싸움은 바로 천하의 향방을 가름하는 큰 계기가 되는 것입니다. 부디 이 점을 깊이 헤아리시어 싸움에 임하십시오.

비록 따르는 무리가 많다 해도 원소는 사람을 쓸 줄 모르는 위인입니다. 명공의 신무(神武)하심과 명철하심으로 꺾지 못할 게 무엇이겠습니까? 더욱이 지금 거느리신 군사가 적다고는 하나 그래도 명공과 원소의 군세가 초(楚)와 한(漢)이 형양(滎陽)이나 성고(成皐)

에서 싸울 때만큼은 차이 나지 않습니다. 명공께서는 다만 땅에 금을 그어 지키시며 목줄기처럼 중요한 곳만 겨누르고 계신다면 원소가 더 이상 나오는 것은 막으실 수 있을 것입니다.

또 제가 보기에 지금과 같은 원소의 성세는 그리 오래갈 것 같지 않습니다. 머지않아 반드시 변화가 있을 것이니 그때야말로 의외로 움[奇]을 써서 적을 꺾을 때입니다. 결코 그때를 놓쳐서는 아니 됩니다. 거듭 말씀드리거니와 부디 명공께서는 깊이 헤아리고 살피시어 일을 결단하도록 하십시오.'

격려와 조언이 아울러 담긴 순욱의 글이었다. 마음이 흔들리던 조조도 그 글을 읽자 뱃심과 용기가 솟았다. 물러날 생각을 버리고 장졸들을 불러 엄하게 영을 내렸다.

"이번에 원소를 꺾지 못하면 결코 허도로 돌아가지 않는다. 모든 장수와 사졸들은 죽기로 싸워 각자가 맡은 곳을 지키라!"

그렇게 되자 오히려 밀리는 건 원소 쪽이었다. 몇 번이나 앞으로 나가보려 했으나 번번이 조조 쪽의 매서운 저항에 부딪혀 밀려나고만 원소는 군사를 삼십 리나 물렸다. 나름대로는 전열을 가다듬음과 아울러 새로운 길을 찾아보기 위해서였다.

원소가 조금 물러난 만큼 조조는 더욱 적극적으로 나왔다. 이제는 그저 영채를 지키고만 있는 것이 아니라 부근 일대에 널리 초병(哨兵)을 풀고 수시로 장수들을 내보내 돌아보게 했다.

그러자 곧 한 전기가 찾아왔다. 서황의 부장인 사환(史渙)이 순찰을 나갔다가 우연히 원소군의 세작 하나를 잡아온 일이었다.

서황이 끌려온 세작에게 원소 쪽의 허실을 묻자 뜻밖에도 놀라운 대답이 나왔다.

"오래잖아 대장 한맹(韓猛)이 군량을 운반해 오기로 되어 있습니다. 저는 군량을 운반하는 본대에 앞서 안전한 길을 알아보고 있던 중이었습니다."

그 말을 들은 서황은 급히 조조에게 달려가 그대로 전했다. 조조가 미처 무어라고 말하기도 전에 곁에 있던 순유(荀攸)가 밝은 얼굴로 입을 열었다.

"한맹은 하찮은 용맹밖에 없는 무리입니다. 장수 하나에 경기(輕騎) 수천만 딸려 보내도 오는 도중에 그를 칠 수 있습니다. 그리하여 그 곡식과 마초가 원소의 진중에 대이지 못하게 한다면 원소의 군사들은 저절로 어지러워질 것입니다."

"그럼 누구를 보냈으면 좋겠는가?"

순유와 뜻이 같은 조조가 물었다.

"바로 서황을 보내십시오. 그러면 넉넉히 한맹을 사로잡을 수 있을 것입니다."

"실은 나도 그리 생각했네."

조조가 가볍게 고개를 끄덕이며 그렇게 말하고는 서황을 돌아보았다.

"그대는 사환과 함께 수하 군사들을 이끌고 한맹을 치라. 곡식과 마초까지 빼앗아 올 필요는 없다. 태워 없애면 된다."

"알겠습니다."

오랜만의 싸움이라 서황은 기꺼이 대답하고 물러났다. 한참 뒤에 조조는 다시 장요와 허저를 불렀다.

"대군을 먹일 곡식이라 아무래도 원소가 소홀히 하지는 않을 것이다. 한맹을 구원하러 오는 자가 있을지 모르니 그대들은 각기 군사를 이끌고 가서 서황의 뒤를 받쳐주도록 하라."

이에 장요와 허저도 급히 졸개들을 모아 앞서 떠난 서황을 뒤쫓아갔다.

그날 밤이었다. 원소의 대장 한맹은 아무것도 모르는 채 수레 수천 대에 곡식과 마초를 싣고 원소의 본진을 향해 떠났다. 조조의 진채에서는 많이 떨어진 곳이라 별 두려움 없이 길을 재촉하는데 갑자기 산속에서 서황과 사환이 이끄는 군사들이 쏟아져 나와 길을 막았다.

지켜야 할 물건이 있는 데다 서황의 군사들이 많지 않음을 보고 한맹은 용기를 내어 말을 박찼다. 서황이 그런 한맹을 맞아 싸우고 그 군사들은 또 한맹의 졸개들과 뒤엉켰다. 그 틈을 탄 사환은 약간의 군사들을 빼내 곡식과 마초를 실은 수레를 덮쳤다. 그리고 기겁을 하며 흩어지는 인부들을 버려둔 채 수레에다 불을 붙였다.

서황의 용맹을 당해내기도 어려운 터에 곡식과 마초까지 불타자 한맹은 더 싸울 마음이 없었다. 급히 말 머리를 돌려 달아나자 그 졸개들도 거미 새끼 흩어지듯 달아나버렸다. 그러자 서황은 그 뒤를 쫓는 대신 불붙은 수레 쪽으로 가 곡식 한 톨 마초 한 줌 남기지 않고 깡그리 태워버렸다.

마침 그곳은 원소의 본진에서 멀지 않은 곳이라 불길은 원소의 눈에도 비쳤다. 서북쪽에 홀연히 치솟는 불길을 바라보며 놀랍고 의

아롭게 여기고 있는데 간신히 도망쳐 나온 한맹의 졸개 하나가 달려와 알렸다.

"군량과 마초를 적에게 빼앗겼습니다."

그 말을 듣자 원소는 급했다. 몇 마디 물어보지도 않고 장합과 고람 두 장수를 불러 조조의 본진으로 돌아가는 길을 막게 했다.

되는 대로 군사를 모아 달려간 장합과 고람은 때마침 곡식과 마초를 다 태우고 돌아가던 서황과 마주쳤다. 이번에는 군사들의 기세가 바뀌었다. 일을 끝내고 돌아가는 길에 당한 뜻밖의 공격이라 서황 쪽이 불리할 수밖에 없었다. 마지못해 맞받아 싸우기는 해도 시간이 갈수록 불리해져 다급해하고 있는데, 홀연 장합과 고람의 등 뒤에서 함성이 일며 허저와 장요가 이끈 군사들이 나타났다. 조조의 명을 받고 서황을 구하러 온 것이었다. 허저와 장요가 양쪽에서 밀고 나오자 장합과 고람의 군사들은 당황했다. 처음의 기세도 잊고 사방으로 흩어지니 허저와 장요는 서황과 사환이 있는 곳에 이를 수 있었다.

네 장수와 그 군사들이 한곳에 뭉치자 이미 그 앞을 막을 수 있는 것은 아무것도 없었다. 무인지경으로 달려 조조의 본진으로 돌아가고 말았다.

네 장수와 그 군사들이 적의 군량과 마초를 불사르고도 큰 손상 없이 돌아오자 조조는 몹시 기뻤다. 장졸에게 각기 무거운 상을 내려 그 수고로움을 위로했다. 그러면서도 한편으로는 성난 원소의 앞뒤 없는 반격에 대비하는 것 또한 잊지 않았다. 군사를 나누어 본채 앞에다 따로이 영채를 세움으로써 앞뒤에서 적과 맞서는 형세[掎角

之勢]를 이루게 한 일이 그랬다.

한편 원소는 한맹이 군량과 마초를 모조리 잃은 채 패군을 이끌고 돌아오자 크게 노했다.

"저놈을 끌어내 목을 베어라!"

원소는 한맹이 눈앞에 서기 무섭게 좌우를 돌아보며 소리쳤다. 뭇 관원들이 힘써 말려 결국 한맹의 목은 붙어 있게 되었으나 여기서 또 한번 눈에 띄는 것은 조조와의 대비이다. 일생에 가장 많은 싸움을 한 조조인 만큼 크고 작은 패배 또한 가장 많이 맛본 조조였으나 싸움에 졌다는 이유만으로 장수를 목 베려 든 것은 거의 예를 찾아볼 수 없다. 그런데 원소는 걸핏하면 그런 소리로 장수들을 움츠러들게 했다.

원소의 노기가 겨우 진정되자 심배가 다시 말했다.

"군사를 움직이는 데 양식은 매우 중한 것이니 마음 써서 지키지 않으면 안 됩니다. 그런데 오소(烏巢)는 우리 군사가 먹을 양식을 쌓아둔 곳입니다. 반드시 좋은 장수와 많은 군사를 보내 지키도록 해야 합니다."

그렇지 않아도 한맹의 일로 가슴 섬뜩한 일을 겪은 원소였다. 그새 생각한 게 있던지 대수롭지 않은 얼굴로 심배의 말을 받았다.

"그 일은 내가 이미 마음에 정해둔 게 있다. 더 긴요한 것은 업도 (鄴都)에서 군량과 마초를 끊기지 않고 보내오게 하는 일이다. 그대가 업도로 돌아가 그 일을 맡아 보살피도록 하라. 어떤 일이 있더라도 군량과 마초가 모자라거나 떨어지지 않도록 해야 한다."

불에 데인 아이가 불을 무서워하듯 한번 군량과 마초를 빼앗기자 원소는 그 일을 용병에서 가장 중하게 여겼다. 전풍이 이미 옥에 갇혀 있고 저수 또한 갇힌 거나 다를 바 없는 마당이라 심배야말로 원소의 첫손 꼽히는 모사라 할 수 있었다. 그런데 그 심배마저 뒤로 빼돌려 군량이나 셈하게 만들어버리고 말았다.

심배는 그 같은 원소의 결정이 탐탁지 않았으나 주인의 성미를 잘 아는 그로서는 어쩌는 수가 없었다. 말없이 명을 받들어 업도로 돌아갔다. 이제 원소 곁에 남은 모사로는 겨우 봉기 정도가 가장 나은 축이었다.

심배가 떠나간 다음 원소는 다시 대장 순우경(淳于瓊)을 불러 명했다.

"그대는 부장 목원진(睦元進), 한거자(韓莒子), 여위황(呂威璜), 조예(趙叡) 등과 군사 이만을 거느리고 오소로 가라. 그곳은 우리 칠십만 대군의 군량과 마초가 쌓여 있는 곳이니 특히 잘 지켜야 한다."

원소로서는 미더운 사람을 골라 보낸 셈이지만 그 또한 그리 잘된 인선은 못 되었다. 순우경은 성격이 모진 데다 술을 몹시 좋아해 군사들이 매우 두려워하는 장수였다. 싸움터에서의 용맹은 그럭저럭 쓸 만했으나 싸움터 몇십 리 뒤에서 언제 올지 모르는 적을 상대로 경계를 지속하는 일에는 맞지 않았다. 오소에 간 지 며칠도 안 돼 마음이 느슨해진 그는 하루 종일 수하 장수들과 술타령이나 하며 지냈다.

한편 조조의 진중에는 차차 군량이 바닥나기 시작했다. 조조는 급히 사자를 허도로 보내 군량을 재촉하는 글을 순욱에게 전하게 했다. 그런데 일이 꼬이려고 그리된 것인지 잘되려고 그리된 것인지,

조조의 글을 품고 허도로 가던 사자는 삼십 리도 채 못 가서 원소의 군사들에게 사로잡히고 말았다.

군사들은 사자를 묶어 모사 허유에게로 데려갔다. 허유는 원래 조조와 어렸을 적부터의 친구였다. 조조의 임협(任俠) 시절은 물론 효렴에 천거되어 벼슬길에 나온 뒤에도 교분은 계속되었으나 어찌 된 셈인지 성년이 되면서부터는 원소 쪽으로 기울어졌다. 그러다가 원소가 하북에서 자립한 뒤에는 온전히 그의 사람이 되어 모사로 일하고 있었던 것이다.

사자의 몸을 뒤져 조조의 글을 찾아낸 허유는 슬며시 욕심이 생겼다. 우연히 손에 넣은 것이긴 하지만 조조가 군량이 달린다는 걸 알게 되자 그걸로 한번 큰 공을 세우고 싶어진 것이었다. 얼른 조조의 글을 소매에 감추고 원소에게 달려가 말했다.

"조조는 관도에 군사를 내어 우리와 맞선 지 오래이니 허창은 반드시 비어 있을 것입니다. 한 가닥 군사를 나누어 밤을 틈타 허창을 친다면 허창을 깨뜨릴 수 있을 뿐만 아니라 조조까지 사로잡을 수 있습니다. 마침 조조는 군량과 마초가 다해가고 있으니 지금 바로 우리가 틈탈 때입니다. 조조가 허창의 위급을 들으면 반드시 진을 거두어 돌아갈 것인즉, 그때 남은 군사를 들어 조조를 들이친다면, 우리는 허창과 이곳 두 군데서 혼란된 조조의 군사를 치는 격이 됩니다."

"조조의 군량과 마초가 다한 걸 자네가 어떻게 아나?"

반색을 하고 따라줄 줄 알았던 원소가 뜻밖에도 심드렁한 얼굴로 되물었다. 허유는 적이 실망되었으나 먼저 원소의 마음을 움직이는 일이 급했다. 별 생색도 내지 못하고 소매 속에 감춰뒀던 조조의 글을 꺼내 보였다. 그러나 원소는 그걸 읽고 난 뒤에도 별로 반가워하는 기색이 없이 말했다.

"조조는 매우 꾀가 많은 자일세. 이 편지는 아마도 조조가 우리를 유인하려는 수작일 게야."

"만약 지금 우리가 허창을 손에 넣지 않으면 나중에 오히려 조조로부터 해를 당하게 될 것입니다. 부디 이 기회를 놓치지 마십시오."

안타까운 허유가 간곡히 권했다. 사람됨에는 다소 문제가 있어도 모사로서의 식견은 뛰어난 그였다. 그런 그에게는 그 같은 편지가 손에 들어온 것이 조조를 깨뜨릴 둘도 없는 기회가 온 걸로 보였다.

원소와 허유 두 사람이 그 일로 한창 말을 주고받고 있는데 홀연 사람이 와서 알렸다.

"업군에서 사자가 왔습니다."

원소가 불러들여 보니 다름 아닌 심배가 보낸 사람들이었다.

심배가 사자에게 주어 보낸 글 속에는 군량을 옮겨오는 일 외에 이런 내용이 덧붙여져 있었다.

'……또 아뢸 일은 허유의 행실에 관한 것입니다. 허유는 기주에 있을 때 일찍이 백성들의 재물을 함부로 거두어들인 바 있습니다. 그런데 이제 그의 아들이며 조카들이 여전히 백성들에게 무거운 세금을 물려 돈과 곡식을 거둬들이기로 잡아다 옥에 가뒀습니다. 허유가 이 일을 알면 반드시 저에게 앙심을 품을 것인즉, 저는 멀리 업군에 있고 그는 그곳 명공 곁에 있으니 실로 두렵습니다. 주공께서는

부디 허유의 말을 헤아려 들어주십시오…….'

　허유의 사람됨으로 보아 넉넉히 있을 수 있는 일이었으나, 한편으로 원소 곁에 있는 허유를 멀리서나마 견제해두고자 하는 의도가 심배에게 전혀 없는 것은 아니었다. 큰일을 경영함에 인화(人和)의 소중함을 다시 한번 느끼게 하는 대목이다.

　그런데 더욱 일을 그르친 것은 사사로운 감정과 일에서의 능력을 따로 떼어 생각할 수 없는 원소의 결벽이었다. 글을 다 읽자마자 마치 거기에 허유의 계책이 엉터리라는 확증이라도 있는 듯 성난 얼굴로 꾸짖었다.

　"함부로 백성의 재물을 긁어모은 하찮은 것이 아직도 감히 내 앞에 얼굴을 쳐들고 계책을 올린답시고 지껄이는 것이냐? 너는 탐욕이 심한 데다 또 조조에게는 옛 친구가 된다. 틀림없이 그로부터 뇌물을 받고 그를 위해 첩자 노릇을 하고 있을 것이다. 지금 부리는 수작도 나를 속여 조조로 하여금 우리 군사를 그냥 삼키게 하려는 게 아니고 무엇이냐? 내 마땅히 너를 목 베야 할 것이로되 이번에는 잠시 네 목을 그 어깨 위에 남겨둔다. 어서 빨리 물러가라! 그리고 앞으로 다시는 내 앞에 나타나지 말라!"

　뒷날의 얘기지만 재주는 있어도 행실이 단정치 못한 곽가를 진군(陳群)이란 대신이 탄핵했을 때, 조조는 진군의 엄정함을 칭찬하면서도 곽가의 재주는 재주대로 아꼈다. 그런데도 원소는 청렴이란 자[尺]로 허유의 재주(계략)까지 재고 있다. 물론 평화로운 시대라면 원소의 태도가 옳을 수도 있겠으나 불행히도 그들의 시대는 난세였고 그것도 베느냐 베이느냐의 전장이었다.

원소에게서 칭찬은커녕 참지 못할 욕만 먹고 쫓겨나온 허유는 하늘을 우러러 탄식했다.

"충성스런 말은 귀에 거슬린다더니 바로 그렇구나. 또 더벅머리 아이놈하고는 큰일을 꾀하지 말라고 하더니 지금껏 내가 해온 일이 무에 다르랴. 거기다가 내 아들과 조카까지 모두 심배의 해를 입었으니 무슨 낯으로 기주의 사람들을 대할 수 있으랴!"

그리고 차고 있던 칼을 빼 스스로 목을 찔러 죽으려 했다. 곁에 두고 부리던 사람들이 칼을 뺏고 말리며 충동질했다.

"공은 어찌하여 이토록 목숨을 가볍게 여기시오? 원소는 바른말을 받아들이지 않으니 뒷날 반드시 조조에게 사로잡히는 꼴이 나고 말 것이오. 공은 조공의 옛 친구였으니 그리로 가보도록 하시오. 이는 곧 어둠을 버리고 밝음을 찾는 길이기도 하오."

아무리 허유와 가까운 사이라고는 하지만 적어도 원소의 진중에서 그 같은 말이 나오다니 실로 놀랄 만한 일이었다. 원소의 지나친 말에 거의 자포자기에 빠졌던 허유도 그 같은 권유에 차츰 정신이 들었다. 곧 마음을 돌려먹고 몰래 원소의 진중을 빠져나와 조조의 진중으로 향했다.

원소의 진중은 무사히 빠져나왔으나 조조 쪽은 달랐다. 허유는 미처 조조의 본채에 이르기도 전에 길가에 숨어 있던 조조의 군사들에게 붙들리고 말았다.

"나는 조승상의 옛 친구다. 급한 일이 있어 뵙고자 하니 어서 승상께 알려라. 남양의 허유가 왔다고 하면 된다."

허유가 군사들에게 그렇게 말하자 그중 하나가 조조에게 달려가 알렸다. 그때 조조는 막 옷을 벗고 드러누워 쉬려는 참이었다. 허유가 원소로부터 도망쳐 왔다는 말을 듣자 몹시 기뻤다.

자신을 찾아온 까닭이 어디에 있는지는 알 수 없지만 어쨌든 허유는 원소의 손꼽히는 모사들 가운데 하나가 아닌가. 거기다가 불현듯 떠오르는 옛정도 있어 조조는 신발도 꿰지 못한 채 달려 나갔다.

그리고 멀리서 허유를 보자 얼굴 가득 웃음을 띠며 다가가서 손을 끌며 자기의 군막으로 맞아들였다. 그뿐 아니었다. 군막 안에 들어서기 바쁘게 먼저 엎드려 절한 것은 조조였다.

"자네는 한의 승상이요, 나는 아직 벼슬길에도 오르지 못한 사람이네. 어찌 겸손이 이토록 지나치신가?"

허유가 황망히 조조를 부축해 일으키며 말했다. 그러나 조조는 더욱 겸허하게 대답했다.

"자네는 이 조조의 옛 친구가 아닌가? 옛 친구 사이에 어찌 감히 벼슬이 높고 낮음을 따질 수 있겠나?"

결코 입에 발린 소리 같지가 않았다. 이에 한편으로는 감격하고 한편으로는 떳떳찮음을 이겨낸 허유가 바로 찾아온 까닭을 밝혔다.

"나는 주인을 잘못 골라 원소에게 몸을 굽히고 지냈네. 그런데 원소는 바른말을 해도 듣지 않고 좋은 계책을 말해도 써주지 않았네. 이에 하는 수 없이 그를 버리고 옛 친구를 찾아온 것이니 버리지 않고 써주기를 바라네."

"자원(子遠)이 이렇게 왔으니 내 일은 모두 풀린 것이나 다름없네. 자네는 그동안 원소에게 있었으니 그의 허실을 잘 알 테지. 말해주

254

게. 어떻게 하면 원소를 깨뜨릴 수 있겠나?"

조조도 필요 없이 말을 돌리지 않고 바로 허유에게 물었다. 그러자 허유는 짐짓 지나가는 말투로 엉뚱한 대답을 했다.

"나는 일찍이 원소에게 이쯤 해서 경기(輕騎)를 몰아 허도를 치라고 권한 일이 있네. 그리고 만약 자네가 급히 허도로 돌아간다면 또 그 뒤를 치자고 했지. 즉 머리와 꼬리를 함께 치자는 계책이었네."

그 말에 조조가 놀란 얼굴로 소리쳤다.

"정말 듣기만 해도 소름이 돋는 소릴세. 만약 원소가 자네의 말을 들었다면 나는 반드시 패하고 말았을 것이네!"

그러자 허유는 다시 엉뚱한 걸 물었다. 버림받고 도망쳐 나온 자신의 처량한 처지를 숨기기 위한 안간힘인지도 모를 일이었다.

"군량 남은 게 지금 얼마나 되는가?"

"일 년은 버틸 만하지."

뜨끔한 가운데도 조조가 그렇게 둘러댔다. 허유가 웃으며 빈정거리듯 말했다.

"반드시 그렇지는 못할 것 같은데."

"실은 반년 정도일세."

허유가 빈정대는 걸 보고 조조가 급히 말을 바꾸었다. 돌연 허유가 소매를 떨치고 일어나더니 장막을 헤치고 걸어나가며 탄식하듯 소리쳤다.

"나는 마음을 다해 이리로 몸을 던져 온 것인데 자네가 이토록 나를 속이니 여기서 내가 무얼 바랄 게 있단 말인가!"

"여보게 자원, 너무 성내지 말게. 내 바로 말함세. 남은 군량은 사실 석 달밖에 견디지 못할 것이네."

허유가 얼른 어이없다는 듯 웃으며 조조를 쳐다보았다.

"세상 사람들이 말하기를 맹덕(孟德)을 간웅이라더니 과연 그러하구나."

하지만 조조는 아직도 속을 있는 대로 내보이지 않았다. 그 또한 웃으며 태연하게 허유의 말을 받았다.

"자네는 어찌 군사를 쓰는 데는 속임수를 꺼리지 않는단 말을 듣지 못했는가?"

그리고 이제는 정말로 내막을 알려주는 것처럼 허유의 귀에 대고 낮게 말했다.

"사실 군중에는 한 달치 양식밖에 없다네."

어지간한 허유도 거기서 더는 참지 못했다. 얼굴 가득 성난 기색을 띠며 조조에게 소리쳤다.

"이제는 그만 속이게. 양식은 이미 다하지 않았는가?"

그제서야 조조도 허유가 이미 다 알고 왔다는 걸 느낀 모양이었다. 갑자기 놀란 얼굴로 물었다.

"자네가 어찌 그걸 아는가?"

"이 편지를 보게. 이건 누가 쓴 건가?"

허유가 소매에서 편지 한 통을 꺼내 보이며 꾸짖듯 물었다. 조조가 보니 바로 자신이 순욱에게 보낸 글이었다. 조조가 더욱 놀라며 되물었다.

"어디서 얻었는가?"

이에 허유는 그 편지를 손에 넣게 된 경위를 밝혔다. 마음 한구석에는 허유를 믿지 못하는 데가 있어 끝내 속이려던 조조도 그 얘기를 듣자 비로소 허유가 진심으로 자신에게 넘어온 걸 알았다. 그리고 한편으로 등골에 식은땀이 흐르면서도 다른 한편으로는 원소에 대한 어떤 자신까지 느꼈다. 똑같이 상대편의 군량에 대한 기밀을 손에 넣었건만 자신은 그걸로 한맹과의 한판 싸움에 승리를 얻은 반면, 원소는 그걸 이용하기는커녕 오히려 가까이 두고 부리던 모사 하나를 잃고 있었던 것이다.

"자원은 옛날의 교분을 잊지 않고 나를 찾아왔다고 하나 그뿐만은 아닐 것일세. 무언가 내게 깨우쳐줄 일이 있는 것 같은데 그게 무언가?"

이윽고 조조가 목소리를 가다듬고 물었다. 그러자 허유도 정색을 하고 입을 열었다.

"비록 지난날 약간의 교분이 있었다 하나 지금은 이미 벼슬의 높고 낮음이 다르고 주종의 자리가 다르외다. 승상의 그 물음을 나를 받아들여준 주인의 물음으로 받아들일 수 있다면 나도 한 가지 알려드릴 게 있소이다만."

"아무려면 어떤가? 어서 가르쳐주게."

좌우를 의식해서 하는 허유의 말을 소탈하게 받으며 조조가 재촉했다. 그제서야 허유는 주공을 대하는 예로 답했다.

"명공께서는 지금 외로운 군사로 큰 적과 맞서고 있소. 속히 싸워이길 방도를 찾지 않는 것은 죽을 길로 드는 것과 같다고 할 수 있소이다. 이 허유에게 한 가지 계책이 있는데 제대로만 된다면 원소의 백만 대군은 싸우지도 않고 스스로 무너질 것이오. 다만 명공께서 듣고 들어주실지가 궁금할 따름이외다."

"어떤 계책이오?"

"원소의 군량과 치중은 모두 오소에 쌓여 있소. 지금 순우경을 뽑아 지키게 하고 있는데 그자는 술을 좋아하여 제대로 방비하고 있지 못하외다. 명공께서는 날랜 군사를 뽑아 원소의 장수 장기(蔣奇)의 군사라 사칭하고 군량을 호송해 온 것인 양 꾸미면 저들은 별로 의심 않고 받아들일 것이오. 그때 틈을 보아 성안을 들이치고 거기에 쌓인 군량과 마초를 모조리 불살라 버린다면 원소의 대군은 사흘도 못 가 저절로 어지러워질 것이외다."

조조가 들으니 실로 그럴 듯한 계책이었다. 이에 크게 기뻐하며 허유를 두텁게 대접하고 진채에 머물게 했다.

하북을 적시는 겨울비

다음 날이었다. 조조는 허유의 말을 좇아 날랜 마보군 오천을 뽑은 뒤 오소를 칠 채비를 하게 했다. 원소의 군사로 가장하기 위해 복색이며 기치를 따로 마련해야 했기 때문이었다.

말을 들은 장요가 들어와 걱정스러운 듯 조조에게 말했다.

"원소가 곡식을 쌓아둔 곳인데 어찌 방비가 없겠습니까? 승상께서는 가벼이 움직이지 마십시오. 허유의 속임수가 있을까 두렵습니다."

"그렇지 않네. 허유가 이렇게 온 것은 하늘이 원소를 이 싸움에서 지게 하려 하심에 틀림이 없네. 지금 이미 우리는 군량이 오지 않아 오래 견딜 수 없게 되어 있지 않나? 만약 이번에 허유의 계책을 따르지 않는다면 가만히 앉아서 고단한 처지에 떨어질 뿐이지. 또 허유가 만약 우리를 속이려 한다면 어찌 우리 진채에 머물러 있겠는가? 거기다가 나 또한 원소의 진채 하나를 급습해보려 마음 먹은 지 오랠세. 어차피 이번에 적의 군량을 뺏으려는 계책은 그대로 행해질 것이니 그대는 너무 의심을 갖지 말게."

조조가 침착하게 대답했다. 하지만 장요는 여전히 한마디 덧붙이기를 잊지 않았다.

"그래도 원소가 우리의 빈틈을 타고 쳐들어오는 데 대한 대비는 반드시 있어야 합니다."

그러자 조조는 안심하라는 듯 웃으며 대답했다.

"이미 여러 모로 깊이 생각해두었지. 그 일은 걱정하지 말게."

그런 다음 곧 배치를 시작했다. 먼저 순유와 가후, 조홍은 허유와 더불어 조조의 본채를 지키게 하고, 하후돈, 하후연 형제는 일군을 이끌고 그 왼편에 숨어 있게 했으며, 조인과 이전은 그 오른편에 숨게 하여 본채를 지키는 데 걱정이 없도록 했다. 그다음은 오소를 덮칠 부대였다. 장요와 허저를 앞세우고 서황과 우금으로는 뒤를 막게 하며 조조 자신 여러 장수와 함께 중군이 되었다.

이끌고 갈 오천의 인마도 빈틈없이 채비를 갖추었다. 군사들은 모두가 원소군의 복색과 기치에 마른 섶과 장작을 지고 입에는 하무[枚, 소리를 못 내게 입에 무는 도구]를 물었다. 또 말들은 모두 입에 재갈을 물리고 말굽을 헝겊으로 싸매 소리를 내지 않도록 했다. 그리고 해 질 무렵하여 오소로 떠나는데 그날 밤 하늘에는 달은 없고 별빛만 희미했다.

이때 저수는 아직도 원소의 군중에 갇혀 있는 몸이었다. 그날 밤 창틈으로 바라보니 뭇 별들이 줄지어 빛나는데 느낌이 이상했다.

"내가 좀 볼 게 있네. 잠시 뜰로 나가도록 해주게."

저수는 자기를 감시하는 군사에게 그렇게 청했다. 주인의 명이라 어쩔 수 없이 가둬두고는 있어도 평소부터 저수의 인품을 우러러온 그 군사는 별 주저 없이 그 청을 들어주었다.

뜰에 나온 저수는 별이 총총한 하늘을 우러러 천문을 보았다. 문득 태백성(太白星)이 거꾸로 흘러 두우(斗牛, 북두성과 견우성) 사이로 드는 것이 보였다. 그래도 천하를 다툴 만한 인물이라 원소에게 해로운 일은 하늘이 어떤 징조를 보이는 것 같았다.

"큰 화가 있겠구나!"

놀란 저수는 그렇게 탄식하고 사람을 시켜 그 밤으로 원소에게 보기를 청했다.

때마침 원소는 술에 취해 누워 있었다. 저수로부터 온 전갈을 듣자 사람을 시켜 저수를 불러들였다.

"무슨 일로 나를 보자고 했는가?"

원소는 아직도 감정이 풀리지 않았는지 탐탁잖은 목소리로 물었다. 저수가 조용히 대답했다.

"방금 천문을 보니 태백성이 거꾸로 유성(柳星, 이십팔수의 세 번째 자리)과 귀성(鬼星, 주작칠수의 두 번째 별) 사이로 흐르며 그 빛이 두우가 갈라지는 곳으로 들었습니다. 적군이 갑작스레 치고 들까 두려운 형상이라 특히 주공을 뵙고자 한 것입니다.

생각건대 오소는 우리 편의 군량과 마초를 쌓아둔 곳이니 이런 때일수록 방비를 든든히 하지 않을 수 없습니다. 조조가 헤아리는 대로 되지 않으려면 마땅히 날랜 군사와 사나운 장수를 보내어 그리로 가는 길과 산등성이를 순초(巡哨)하도록 해야 할 것입니다."

실로 조조의 진중에서 일어나고 있는 일을 눈으로 본 것 같은 저수의 헤아림이었다. 그러나 어떤 패신(敗神)에라도 홀린 것인지 원소의 귀에는 그 말이 아니꼽게만 들렸다. 저수의 말이 채 끝나기도 전에 벌컥 화를 내며 꾸짖었다.

"너는 죄지은 몸이다. 어찌 그 같은 요망한 소리로 사람들을 동요하게 만드느냐?"

그러고는 다시 저수를 감시하는 군사를 노려보며 소리쳤다.

"나는 너에게 저수를 가두어두라고 말했거늘 감히 풀어주어 이같은 소리를 하게 했다. 그러고도 살아남기를 바라느냐?"

그 군사가 부들부들 떨며 목숨을 빌었으나 소용이 없었다. 원소는 곧 무사들에게 명하여 그 군사를 목 베게 한 뒤 딴 사람을 딸려 저수를 다시 진중에 가두게 했다. 끌려 나가던 저수가 눈물을 쏟으며 탄식했다.

"우리는 오늘밤이면 망하리라. 이제는 죽은 내 몸뚱아리가 어느 곳에 뒹굴게 될지조차 모르겠구나!"

그사이에도 밤길을 재촉해 오소로 가던 조조의 군사들은 도중에 따로 떨어져 나와 있는 원소군의 진채 하나를 지나게 되었다. 진채에 있던 원소의 군사들이 물었다.

"어디서 오는 군마들이냐?"

"우리는 장기(蔣奇) 장군의 군사들로 명을 받들어 오소로 군량을 옮기는 중이다."

조조의 군사들이 미리 들은 대로 그렇게 대답했다. 원소의 군사들이 횃불에 의지해 보니 틀림없이 자기편의 기치라 별 의심 없이 지나 보내주었다.

다시 몇 군데 더 원소군의 진채를 지났으나 그때마다 조조의 군사들은 한결같이 자기들을 장기의 졸개들이라 속이고 지나갔다. 모두 의심 없이 넘어가주어 아무런 방해도 받지 않았다.

마침내 오소에 이르러 보니 밤이 이미 다해가는 사경이었다. 조조의 군사들은 지고 온 섶 다발에 일제히 불을 붙인 뒤 여러 장수들과 북을 울리고 고함을 지르며 똑바로 적진에 뛰어들었다.

오소를 지키던 원소의 장수 순우경은 마침 수하의 장수들과 질탕한 술자리를 벌이고 제 군막에 돌아와 누워 있었다. 북소리와 함성에 펄쩍 뛰듯 놀라 일어나며 좌우를 보고 물었다.

"무슨 일로 이렇게 시끄러우냐?"

그러나 대답 대신 날아든 것은 어느새 군막 안까지 뛰어든 조조군의 요구(撓鉤, 사람이나 말을 사로잡을 때 쓰는 갈고리 같은 무기)였다. 취한 순우경은 칼 한번 뽑아보지 못하고 그렇게 조조군에게 사로잡히고 말았다.

이때 순우경의 부장 목원진(睦元進)과 조예(趙叡)는 마침 다른 곳에서 군량을 호송해 오소로 돌아오는 중이었다. 자기편 군사들이 있는 곳에 불길이 오르는 것을 보고 급히 구원하러 달려왔다.

"큰일났습니다. 적을 구하러 온 군사들이 등 뒤에 나타났습니다. 군사를 나누어 막도록 해야겠습니다."

조조의 군사들이 나는 듯 조조에게 달려가 알렸다. 그러나 조조는 오히려 이렇게 소리쳤다.

"모든 장수들은 오직 힘을 다해 앞의 적을 치도록 하라! 등 뒤의 적은 바짝 다가오거든 그때 돌아서서 싸워도 된다."

그러자 모든 장수들은 앞을 다투며 적을 죽이고 나아갔다. 잠깐 사이에 불꽃은 사방에서 일고 연기는 하늘에 가득했다. 이윽고 목원진과 조예가 이끄는 구원군이 도착했으나 기다리고 있었다는 듯 돌아서서 치고 나오는 조조의 군사를 감당해낼 재간이 없었다. 둘은 순우경을 구하기는커녕 제 목숨만 잃고 오소에 쌓여 있던 군량과 마초는 모조리 조조군의 손에 불타고 말았다.

한바탕 싸움이 끝나자 사로잡힌 순우경이 조조 앞에 끌려나왔다. 싸늘한 눈으로 순우경을 내려다보던 조조가 매섭게 영을 내렸다.

"저놈의 코와 귀를 베어내고 말에 묶어 원소의 진영으로 돌려보내라!"

그리고 가혹한 영에 의아해하는 장졸들을 돌아보며 말했다.

"내가 저자를 심하게 대하는 것은 저자가 원소의 수하이기 때문은 아니다. 오히려 저자는 원소의 장수로서는 드물게 나를 도운 셈이지. 내가 용서하지 못하는 것은 대군의 목줄기 같은 곳을 맡아 지키면서도 경계와 방비를 게을리한 장수로서의 큰 죄다!"

한편 원소는 저수를 꾸짖어 물리치고 태평스레 누웠다가 문득 북쪽에서 불꽃이 하늘로 치솟고 있다는 소리를 들었다. 바로 오소 쪽이었다.

"모든 모사와 장수들을 불러들이도록 하라!"

오소가 조조의 손안에 떨어졌음을 짐작한 원소는 그제서야 황급히 영을 내렸다. 그리고 자다가 불려 나온 모사와 장수들에게 군사를 보내 오소를 구할 방책을 물었다.

장합이 선뜻 나서며 말했다.

"제가 고람과 함께 가서 구해보겠습니다."

그때 곽도가 일어나 다른 계책을 내놓았다.

"아니 됩니다. 바로 오소에 군사를 보내는 것은 좋은 계책이 못 됩니다. 조조가 양식을 뺏으러 왔다면 반드시 조조 자신이 친히 왔을 것입니다. 그리고 조조가 이미 군사를 끌고 나왔다면 그 본채는 반드시 비었을 것입니다. 군사를 풀어 오히려 조조의 본채를 치도록 하십시오. 본채가 빼앗겼다는 소식을 들으면 조조는 급히 돌아갈 것이니 오소는 절로 구함을 받게 됩니다. 이는 이른바 손빈(孫臏)의 위(魏)나라를 포위하여 한(韓)나라를 구한다란 계책입니다."

"아닙니다. 조조는 꾀가 많은 사람이라 밖으로 나올 때는 반드시 안의 방비를 든든히 해두었을 것입니다. 이제 만약 조조의 본채를 쳤다가 빼앗지 못하면, 오소에 있는 순우경과 그 휘하 장졸들이 조조의 손에 떨어지게 되고 우리도 모두 사로잡히는 꼴을 보이게 될 뿐입니다."

장합도 지지 않고 그렇게 곽도에게 맞섰다. 곽도가 다시 제 주장을 쳐들었다.

"조조는 다만 군량 빼앗는 일에 급급해 있을 것입니다. 어떻게 본채에 군사를 남겨둘 수 있겠습니까?"

그리고 두 번 세 번 조조의 본채를 들이치자고 권했다.

원소가 들으니 이도 저도 다같이 그럴듯해 보였다. 얼른 결단을 내리지 못하다가 이윽고 두 가지 계책을 모두 취하기로 마음을 정했다.

장합과 고람은 군사 오천을 이끌고 관도로 가서 조조의 본채를 치게 하고, 장기는 군사 일만을 이끌고 가 오소를 구하게 한 것이었다.

한편 조조는 오소에서의 일이 뜻대로 되었으나 머지않아 밀어닥칠 원소의 구원군이 걱정되었다. 자신은 먼 길을 은밀하고 신속하게 오기 위해 오천의 인마밖에 끌고 오지 못한 데 비해 본진이 멀지 않은 원소는 반드시 대군을 보낼 것이기 때문이었다. 허둥지둥 물러나다가는 군데군데 있는 원소의 딴 진채들과 뒤쫓는 대군에게 어떤 낭패를 당할지 모르는 일이었다.

이에 조조는 선수를 치기로 하고 순우경의 졸개들이 버리고 간 갑옷과 무기며 기치들을 거두어들였다. 그리고 자신의 군사들을 이번에는 순우경의 졸개들로 꾸며 원소의 구원군을 맞으러 보냈다.

싸움에 지고 쫓겨 돌아가는 순우경의 졸개들로 꾸민 조조의 군사들은 얼마 되지 않아 어떤 산기슭 소로(小路)에서 마침 오소를 구원하러 달려오던 장기의 군사들과 마주쳤다.

"어디서 오는 군사들이냐?"

장기의 군사들이 물었다. 조조의 군사들이 거짓으로 대답했다.

"우리는 오소를 지키던 순우경 장군의 수하로 이제 조조군을 당해내지 못해 본채로 돌아가는 길이오."

장기가 다가가 보니 한결같이 자기편의 복색과 갑주에 들고 있는 것도 자기편 기치였다. 조조군이 설마 자기편의 패군으로 위장해 거기까지 올 리는 없다고 생각한 장기는 별 의심 없이 그들을 지나쳤다. 그에게 급한 것은 오소를 구하는 일이었던 까닭이다.

그런데 홀연 순우경의 졸개들 속에서 두 장수가 나타나 장기의 말 앞을 막았다. 다름 아닌 장요와 허저였다. 역시 순우경의 졸개를 가장한 조조의 군사들 틈에 숨어 있다가 적의 우두머리가 나타나자 달려든 것이었다.

"장기는 달아나지 말라!"

허저와 장요가 함께 소리치며 달려들자 방심하고 말을 닫던 장기는 놀라 정신이 아뜩했다. 얼른 무기를 쳐들었으나 한번 제대로 휘둘러 보지도 못하고 장요의 칼에 목이 달아나버렸다.

장수가 그 모양이 되니 졸개들은 더 말할 나위도 없었다. 모조리 죽거나 사로잡혀 원소의 일만 대군은 다시 흔적 없이 사라져버렸다. 그러나 장요는 거기에 그치지 않고 원소에게까지 사람을 보내 거짓으로 알리게 했다.

"장기 장군은 벌써 오소에 온 조조의 군사들을 쳐 흩어버렸습니다."

그 같은 말을 들은 원소는 그 뒤로 다시는 더 오소를 구하러 사람을 보내지 않았다. 다만 관도에 있는 조조의 진채를 치러 간 쪽에만 군사를 보낼 뿐이었다. 하지만 관도로 간 원소의 군사들도 험한 꼴을 보기는 오소로 간 쪽보다 덜할 게 없었다. 장합과 고람은 기세 좋게 조조의 본채를 급습했지만, 왼편에서는 하후돈이 달려 나오고 오른편에서는 조인이 달려 나온 데다 비어 있는 줄 알았던 진채 안에서마저 조홍이 군사를 이끌고 나와 맞으니 견딜 재간이 없었다.

한 싸움에 크게 뭉그러져 달아나는데 마침 원소가 보낸 증원군이 이르렀다. 거기서 힘을 얻은 장합과 고람은 다시 군사를 수습해 조조의 본채로 달려들었다. 그러나 미처 그 싸움이 어우러지기도 전에 등 뒤에서 한 떼의 군사가 달려 나오더니 원소군을 에워싸고 사방에서 들이쳤다. 어느새 돌아온 조조가 친히 이끄는 군사들이었다.

그쯤 되면 이미 장합과 고람 따위로는 버티어낼 싸움이 못 되었다. 반나마 얼이 빠진 두 장수는 앞뒤 없이 어지럽게 뒤엉킨 군사들 사이를 헤매다가 간신히 길을 앗아 포위에서 벗어났다.

그 무렵은 원소의 본진에서도 한바탕 소란이 벌어지고 있었다. 조조에게 쫓겨간 순우경의 진짜 졸개들이 그제야 귀와 코가 잘리고 손가락도 모조리 없어진 순우경과 함께 그곳에 이른 것이었다. 장요의 군사들이 전한 거짓 소문만 믿고 있던 원소가 놀라 물었다.

"어떻게 하다 오소를 잃게 되었는가?"

"순우경이 술 취해 누워 자고 있었기에 적을 당해내지 못했습니다."

쫓겨온 졸개들이 원망스런 눈으로 순우경을 보며 그렇게 대답했다. 성난 원소는 그 자리에서 순우경을 목 베어버렸다.

그때 다시 관도로 갔던 군사들의 소식이 들어왔다. 조조의 물 샐 틈 없는 대비로 장합과 고람이 패했다는 소식을 듣자 곽도는 덜컥 겁이 났다. 장합과 고람이 진채로 돌아와 모든 걸 밝히면 그 계책을 낸 자기에게 어떤 화가 미칠지 모르기 때문이었다.

먼저 장합과 고람이 돌아오지 못하게 하는 수밖에 없다고 생각한 곽도는 원소에게 가서 그들을 헐뜯었다.

"장합과 고람은 주공께서 싸움에 지신 걸 보고 마음속으로는 틀림없이 기뻐할 것입니다."

"어째서 그런 소리를 하는가?"

그러잖아도 심기가 뒤틀릴 대로 뒤틀려 있던 원소가 험한 눈길로 그렇게 되물었다. 곽도는 더욱 고약하게 장합과 고람을 모함했다.

"그들 둘은 평소부터 조조에게 항복할 뜻이 있었습니다. 이번에도 일부러 힘을 들이지 않고 싸워 군사들만 태반이나 잃었다고 합니다. 그런 자들이니 어찌 주공이 패하신 것을 기뻐하지 않겠습니까?"

곽도의 말을 들은 원소는 한번 알아볼 생각도 않고 성부터 냈다. 그리고 아직 본채로 돌아오지도 않은 장합과 고람에게 사람을 보내 급히 돌아오라 재촉했다.

곽도는 속으로 됐다 싶었다. 원소가 보낸 사람이 장합과 고람에게 이르기도 전에 자기가 먼저 사람을 보내 알려주었다.

"주공께서는 두 장군께서 싸움에 진 책임을 물어 죽이려 하시오. 부르더라도 이리로 돌아오셔서는 아니 되오."

장합과 고람이 그 말을 듣고 잔뜩 근심에 싸여 있는데 다시 원소가 보낸 사람이 왔다. 원소가 급히 부른다는 말을 듣자 고람이 사자에게 물었다.

"주공께서 우리들을 부르는 까닭이 무엇인가?"

"글쎄…… 저는 그 까닭을 모르겠습니다."

사자는 그렇게 대답했으나 무언가 겁먹고 숨기려는 듯한 기색이 역력했다. 그런 사자를 가만히 살피던 고람이 돌연 칼을 빼어 사자의 목을 쳐버렸다.

"아니, 이게 무슨 짓이오?"

장합이 놀라 물었다. 고람이 피묻은 칼을 던지며 분연히 소리쳤다.

"원소는 간사한 무리의 헐뜯는 말을 잘 믿으니 반드시 조조에게 사로잡히는 날이 오리다. 우리가 무엇 때문에 가만히 앉아 죽음을 기다릴 필요가 있겠소? 차라리 조조에게로 투항해 감이 나을 것이오."

그 말에 한동안 입을 다물고 있던 장합도 이윽고 고개를 끄덕였다.

"실은 나도 그렇게 생각한 지 오래외다. 이제 갈 때가 왔는가보오."

그렇게 뜻이 맞자 두 사람은 곧 거느린 병마를 모조리 데리고 조조의 진채로 투항해버렸다.

장합과 고람이 항복해 왔다는 말을 듣자 조조는 몹시 기뻐했다. 곁에 있던 하후돈이 못마땅한 듯 말했다.

"장합과 고람은 이미 여러 번 그 주인을 바꾼 적이 있습니다. 지금 그 두 사람이 항복해 왔다고는 하나 거짓인지 참인지는 알 수 없습니다."

그러자 조조가 웃으며 하후돈의 말을 받았다.

"주인이 옳지 못하면 떠나는 것은 정한 이치다. 지난날 은나라가 포학하니 미자(微子)는 떠났고, 초가 강포하니 한신(韓信)은 한으로 돌아섰다. 내가 둘을 은혜로 대한다면 설령 딴마음을 품고 왔더라도 달라질 것이다."

그런 다음 영문을 열어 두 사람을 맞아들였다. 두 사람은 창을 누이고 갑옷을 벗은 뒤 땅에 엎드려 조조에게 절했다. 그사이에 그들이 오게 된 경위를 들어 안 조조가 부드러운 목소리로 위로했다.

"만약 원소가 두 장군의 말을 듣고 따랐다면 싸움에 지는 데까지는 이르지 않았을 것이오. 이제 두 장군께서 내게로 오신 것은 마치 미자가 은을 떠나고 한신이 한으로 돌아선 것과 같소이다."

그리고 장합은 편장군에 도정후로 봉하고, 고람은 편장군에 동래후로 봉하니 두 사람은 한가지로 몹시 기뻐했다.

한편 원소 쪽은 허유가 이미 떠난 데다 다시 장합과 고람이 조조에게 투항하고, 또 오소의 군량은 조조가 모조리 태워버려 군심(軍心)이 몹시 술렁거렸다. 어떻게 보면 똑같이 군량이 없는 마당에서는 많은 군사를 거느린 원소 쪽이 오히려 짐이 무거웠다.

자신의 계책에 의해 하룻밤 사이에 조조가 원소보다 더 유리한 입장이 되자 우쭐해진 허유는 이어 조조의 급속한 공격을 권했다. 무언가 공을 세워 조조의 후대에 보답하려고 장합과 고람도 스스로 선봉이 되기를 청하며 은근히 허유의 뒤를 밀어주었다. 이에 조조는 다시 한번 부딪쳐보기로 하고 장합과 고람으로 하여금 원소의 진채를 야습하게 했다.

그날 밤 삼경 무렵이었다. 조조로부터 출전을 허락받은 장합과 고람은 군사를 세 길로 나누어 원소의 본진을 들이쳤다. 그러잖아도 움츠러든 사기에 깊은 밤의 급습이라 얼마 안 되는 조조의 군사였건만 원소의 대군은 큰 혼란에 빠졌다. 이쪽 저쪽도 잘 구별하지 못한 채 뒤엉켜 싸우다가 날이 밝자 각기 군사를 거두었는데 이번에도 당한 것은 원소 쪽이었다. 조조 쪽의 대단찮은 손실에 비해 원소는 다시 군사의 태반이 꺾여버렸던 것이다.

그렇게 되자 한때 칠십만 대군을 자랑하던 원소의 군세는 쓰러지기 직전의 만신창이 거인과 같은 꼴이 나고 말았다. 그 거인에게 드디어 마지막 일격을 가하려는 것이 바로 순유가 다음 날 조조에게 올린 계책이었다.

"이때가 바로 인마를 풀어 거짓된 말을 퍼뜨림으로써 적을 현혹시킬 기회입니다. 승상께서는 군사를 나누어 한 길로는 산조(酸棗)를 뺏은 뒤 업군을 치리라 하고, 다른 한 길로는 여양(黎陽)을 뺏은 뒤 원소의 군사들이 돌아갈 길을 끊으리라는 말을 퍼뜨리게 하십시오. 그 말을 듣고 놀란 원소는 반드시 군사를 나누어 우리에게 맞서려 들 것입니다. 그리하여 원소의 군사가 움직일 때 우리가 틈을 보아 치면 넉넉히 깨뜨릴 수 있습니다."

실로 훌륭한 계책이었다. 조조는 거기 따르기로 하고 군사를 크고 작게 세 갈래로 나눈 뒤 이리저리 움직이게 하며 순유가 시킨 대로 거짓 소문을 사방에 퍼뜨리게 했다.

그 소문은 곧 원소의 군사들에게도 들어갔다. 그중의 하나가 딴에는 큰 기밀이라도 알아냈다는 듯 헐레벌떡 원소의 진채로 달려가 알렸다.

"조조가 군사를 두 길로 나누어 한편으로는 업군을 치게 하고 한편으로는 여양을 뺏으러 보냈다고 합니다."

많지 않은 군사를 둘로 쪼갠다는 게 도무지 이치에 맞지 않는 말이었으나 이미 여러 번 조조에게 당한 뒤끝이라 원소는 놀라기부터 먼저 했다. 얼른 아들 원상(袁尙)에게 군사 오만을 주어 업군을 구하러 가게 하고, 다시 장수 신명(辛明)에게 오만을 주어 여양을 구하러 보냈다. 그것도 그날 밤으로 떠나도록 재촉, 재촉해서였다.

그렇게 되자 원소의 본진에 남은 군사는 정말로 얼마 되지 않았다. 하북을 떠날 때는 칠십만의 대군이었다 하나 그사이 절반이 꺾인 데다 다시 십만을 빼내고 보니 이제 원소 곁에 남은 군사는 조조가 거느린 군사보다 크게 많을 것도 없었다.

하나가 열을 당할 작정으로 나온 조조 쪽으로 보면 싸움은 이미 이겨놓은 것이나 다름없었다. 조조는 원상과 신명이 떠났다는 소리를 들기 바쁘게 자기가 거느린 모든 군사를 들어 여덟 길로 일제히 원소의 본채를 쳤다.

열 배의 머릿수를 가지고도 조조군을 당해내지 못하던 원소군이 그 돌연한 공격을 당해낼 리 없었다. 조조군이 왔다는 소리만 듣고도 한결같이 싸울 생각을 잊고 뿔뿔이 흩어져 달아나니 원소의 본진은 그대로 뭉그러졌다.

경황이 없기는 원소도 마찬가지였다. 갑옷으로 갈아입을 틈도 없이 홑옷에 복건 바람으로 말 위에 올랐다. 뒤를 따르는 것은 다만 맏아들 원담(袁譚)과 그 졸개 약간이었다.

장요, 허저, 서황, 우금 네 장수가 각기 휘하의 군사를 이끌고 그런 원소를 뒤쫓았다. 그 지경이 되니 원소는 한목숨 구해 달아나기도 바빴다. 급히 강을 건너는데 그 많은 수레며 금은 비단은 물론 진중에서 쓰던 서책이며 문서까지 모두 버려둔 채였다. 군사도 그를 따라 강을 건넌 것은 겨우 팔백 기에 지나지 않았다.

힘들여 쫓았으나 끝내 원소를 놓친 조조의 군사들은 원소가 버리고 간 것들을 모조리 거두었다. 이때 죽은 원소의 군사는 팔만여 명, 피는 내를 이루고 강물도 물에 빠져 죽은 시체로 메워질 지경이었다. 조조군의 완전한 승리였다.

조조는 원소가 버리고 간 금은보화며 비단으로 군사들에게 골고루 상을 주었다. 그리고 다시 서책과 문서를 뒤질 때였다. 편지 한 묶음이 나왔는데 모두가 허도에 있는 대신들이나 자신의 부하 장수들이 원소와 몰래 주고받은 것이었다. 좌우에 있던 사람들이 말했다.

"모조리 이름을 밝혀내 죽여야 합니다. 이런 자들을 어떻게 용서할 수 있겠습니까?"

그러자 조조는 잠깐 생각에 잠겼다가 빙긋 웃으며 대답했다.

"원소의 세력이 강할 때는 나조차도 마음이 흔들렸다. 내가 그랬을진대 하물며 딴 사람들이겠느냐?"

그러고는 명을 내려 묶음도 풀지 않은 채 모두 태워버리게 한 뒤 좌우를 둘러보며 말했다.

"앞으로 이 일은 두 번 다시 입 밖에 내지 않도록 하라."

실로 우리는 조조의 일생 전체를 통해, 아니 이 이야기(『삼국지』) 전체를 통해 가장 광채 있는 부분 중의 하나를 보고 있다. 다만 승자의 관용으로 돌려버리기에는 너무도 휘황한 영웅 정신의 광채이다.

한편 원소의 모사 저수는 갇혀 있었던 탓에 일찍 달아나지 못했다. 이미 원소의 본진이 조조의 군사들에게 짓밟힌 뒤에야 겨우 풀려나 급히 달아나려 했으나 결국은 조조의 군사들에게 사로잡히고 말았다. 군사들은 저수를 묶어 조조에게로 끌고 갔다. 원래 조조와 저수는 서로 아는 사이라 목숨을 빌면 살 수 있었다. 그러나 저수는 조조를 똑바로 쏘아보며 크게 소리쳤다.

"이 저수는 항복하지 않는다. 어서 죽여라!"

조조는 그런 저수를 내려보다가 부드럽게 말했다.

"원소가 미련하여 그대의 말을 들어주지 않았는데 그대는 어찌하여 아직도 그로부터 헤어나지 못하는가? 만약 내가 일찍 그대를 얻었던들 천하에 걱정할 일이 없었을 것이네."

그리고 한동안을 좋은 말로 달랜 뒤 후하게 대접하며 자신의 진채에 머물게 했다. 저수는 묵묵히 조조의 말을 따랐으나 그 마음까지 돌린 것은 아니었다. 그날 밤 진채 안에서 말 한 필을 훔쳐 원소에게로 달아나려 하다가 그만 조조의 군사들에게 들켜버렸다.

재주가 아까워 저수를 살려주려 했던 조조도 그 같은 말을 듣자 왈칵 성을 냈다. 저수를 달래 자기 사람으로 만들겠다는 생각을 버리고 군사들에게 영을 내렸다.

"저자를 끌어다 목을 쳐라!"

그러자 저수는 죽음에 이르러서도 낯빛 한번 변하는 법이 없었다. 태연히 목을 늘여 칼을 받으니 조조가 듣고 탄식했다.

"내가 충성되고 의로운 선비를 잘못 죽였구나!"

그리고 후한 예로 장사 지낸 뒤 황하 어귀에 무덤을 만들어주었다. '충렬저군지묘(忠烈沮君之墓)'란 묘비와 함께였다. 자신의 선택이 그릇된 줄 알고 나서도 한번 믿음을 준 곳에 기꺼이 생명을 내던지는 것 이 또한 인간만이 보여줄 수 있는 아름다운 고집이 아닐는지.

이때 복건에 홑옷 차림의 원소는 겨우 팔백 기를 거느리고 여양을 향해 달아나고 있었다. 승세를 탄 조조는 틈을 주지 않고 군마를 정돈해 잇달아 추격했다. 그러나 여양 북쪽 물가에 이르자 원소의 장수 장의거(蔣義渠)가 군사를 이끌고 나와 원소를 맞아들여 가는 바람에 더는 뒤쫓지 못했다.

겨우 한숨을 돌린 원소는 앞서 있었던 일을 의거에게 말하고 조조의 추격을 막을 계책을 물었다.

"주공의 대군이 비록 패했다 하나 그 모두가 죽거나 사로잡히지는 않았을 것입니다. 많은 군사가 산과 골짜기에 흩어져 숨어 있을 것인즉 먼저 그들을 불러모으도록 하십시오. 그들만 돌아온다면 이곳의 군사들과 더불어 다시 한번 조조와 싸워볼 만합니다."

이에 원소는 사방에 사람을 놓아 흩어진 군사를 불러들였다. 원소가 여양에 있다는 말을 듣자 조조에게 패해 흩어진 군사들이 개미 떼처럼 줄을 이어 모여들었다. 워낙 대군이었던 까닭에 곧 상당한 군사가 모여들었다.

"일단 기주로 돌아가자. 가서 뒷날을 기약하는 편이 옳겠다."

원소는 그렇게 결정하고 기주로 군사를 돌렸다. 회군을 시작한 그날 밤이었다. 원소의 군사들은 어떤 거친 산기슭에서 밤을 새우게 되었다. 원소도 장막 안에 누웠으나 쉽게 잠이 올 리 없었다. 이 일 저 일을 생각하며 몸을 뒤척거리고 있는데 문득 멀리서 은은한 곡성이 들렸다.

원소는 가만히 몸을 일으켜 곡성이 나는 곳으로 가보았다. 군사들이 모여 형과 아우를 잃은 슬픔이며 친지와 친척을 잃어버린 쓰라림을 서로 얘기하고 있었다. 얘기하다 말고 가슴을 움킨 채 큰 소리로 울기도 했는데 그 끝에 한탄하는 말은 모두가 한결같았다.

"만약 주공께서 전풍의 말을 들었더라면 우리가 어찌 이 같은 화를 당했겠나? 실로 원망스러우이……."

그 말을 듣자 원소도 크게 뉘우치는 마음이 생겨 속으로 탄식했다.

'내가 전풍의 말을 듣지 않아 싸움에 지고 망할 지경에 이르렀다. 이제 돌아가면 무슨 면목으로 전풍을 보랴!'

그런데 다음 날이었다. 원소가 다시 말 위에 올라 기주로 돌아가는 길을 재촉하는데 간 곳을 알 수 없던 봉기가 어디선가 약간의 군사를 이끌고 나타났다. 반갑게 봉기를 맞은 원소가 말했다.

"내가 일찍이 전풍의 말을 듣지 않아 이 같은 낭패를 당하게 되었네. 이제 돌아가면 그 사람 보기가 실로 부끄럽기 짝이 없을 것이네."

그 말에 봉기의 얼굴이 실쭉해졌다. 돌아가면 반드시 원소가 전풍을 무겁게 쓰리란 짐작이 들자 다시 헐뜯어 말했다.

"주공께서는 그렇게만 생각하실 일이 아닙니다. 전풍은 옥 안에서 주공이 패하셨단 말을 듣자 손을 쓸며 큰 소리로, 웃더라고 합니다. 그리고 일이 자기가 헤아린 바를 벗어나지 못했다며 뽐내더란 것입니다."

원소의 아픈 곳만 건드리는 말이었다. 봉기의 그 같은 말에 원소는 참인지 거짓인지 밝혀볼 생각도 없이 화부터 먼저 냈다.

"그 더벅머리 선비놈이 어찌 나를 비웃는단 말이냐? 내 반드시 그놈을 죽이리라!"

그리고 사자에게 차고 있던 보검을 풀어주며 먼저 기주로 가서 옥에 있는 전풍을 죽이게 했다.

이때 전풍은 이미 옥에 갇힌 지 여러 날이 되었다. 하루는 옥리(獄吏)가 찾아와 기쁜 얼굴로 말했다.

"별가(別駕)께서 기뻐하실 일이 있습니다."

"무엇을 기뻐한단 말이오?"

전풍이 까닭을 몰라 물었다. 옥리가 까닭을 밝혔다.

"주공께서 싸움에 크게 지고 돌아오시는 중이라고 합니다. 이제부터는 반드시 공을 중하게 보실 것입니다."

그러자 전풍은 쓸쓸히 웃으며 말했다.

"나는 이제 죽게 되었네."

"아니 그게 무슨 말씀입니까? 사람들은 모두 공을 위해 기뻐하고 있는데 공은 어찌하여 죽는다고 말씀하십니까?"

이번에는 옥리가 영문을 몰라 물었다. 전풍이 담담한 목소리로 대답했다.

"원장군은 겉으로는 관대하나 안으로는 시기가 많아 남의 충성을 알아줄 줄 모르네. 만약 싸움에 이겨 즐거우면 나를 살려줄 것이나 이제 싸움에 져 부끄럽게 돌아오는 길이라니 나는 이미 살기 틀렸네!"

그러나 옥리는 믿을 수가 없었다. 전풍이 공연히 겁을 먹은 것이라 여기고 있는데 문득 원소에게서 사자가 왔다. 원소가 풀어준 보검을 내보이며 전풍을 죽이러 왔다는 것이었다. 그 말을 듣고서야 옥리는 비로소 놀랐다. 전풍은 오히려 그런 옥리를 위로하듯 말했다.

"내 뭐라던가? 반드시 죽게 된다고 하지 않던가? 이미 알고 있었던 일이니 너무 놀라지 말게."

그 말에 옥리들은 모두 눈물을 흘렸다. 그런 그들을 처연히 바라보던 전풍은 다시 자조하듯 덧붙였다.

"대장부가 천지간에 태어나서 주인 하나 제대로 알아보지 못하고 섬겼으니 그것은 바로 용서할 수 없는 무지다. 새삼 애석해할 게 무엇이랴!"

그러고는 원소가 내린 보검으로 스스로의 목을 찔러 죽었다. 옛부터 봉황은 나뭇가지를 가려 앉는다던가, 이렇게 일대의 모사 전풍은 허무하게 삶을 마쳤다. 시인이 시를 지어 탄식했다.

어제는 저수가 군중에서 죽더니 　　　昨朝沮授軍中死

오늘은 전풍이 옥에서 죽는구나. 　　今日田豊獄內亡

하북의 기둥과 대들보 모두 꺾이니 　河北棟樑皆折斷

원소 어찌 그 집과 땅을 지킬 수 있으리. 本初焉不喪家邦

전풍이 그렇게 죽자 듣는 이 치고 애석해하지 않는 이가 없었다.

오래잖아 원소도 기주로 돌아왔다. 그러나 안팎의 일이 그 모양이 되고 보니 마음에 근심이 차고 정신이 어지러워 정사를 제대로 볼 수가 없었다.

그런데 이번에는 원소의 처 유씨(劉氏)가 다시 평지풍파를 일으켰다. 그 마당에 후사 세울 일을 재촉하고 나선 게 그랬다.

원래 원소에게는 아들(여기서는 적자만 들었다)이 셋 있었다. 전처에 게서 얻은 맏아들은 원담으로 자를 현충(顯忠)이라 쓰며 밖으로 나 가 청주를 지키고 있었고 둘째 아들은 원희라 하며 자를 현혁(顯奕) 이라 쓰는데 역시 밖에서 유주를 지키고 있었다. 그리고 셋째는 원 상으로 자를 현보(顯甫)라 쓰며 바로 지금의 처 유씨가 낳은 자식이 었다.

원상은 얼굴과 체격이 한가지로 준수하고 우람했다. 원소도 그런 셋째를 특히 사랑하여 그 형들과는 달리 언제나 곁에 데리고 다녔는 데 이제 그 어미 유씨가 후사로 삼아달라고 졸아댔다. 관도에서의 패배가 그녀를 어떤 조급 속에 몰아넣은 듯했다.

처 유씨에게 부대끼던 원소는 마침내 심배, 봉기, 신평, 곽도 네 사람을 불러놓고 후사 세울 일을 의논했다. 그런데 문제는 그들 네 사람의 모사가 뜻이 같지 않은 점이었다. 심배와 봉기는 셋째 원상을 돕고 있는 반면 신평과 곽도는 맏이인 원담을 받들고 있으니 네 사람은 각기 그 주인을 위해 일할 게 뻔했다.

"이제 바깥의 걱정거리가 가라앉지 않고 있으니 어쩔 수 없이 안의 일을 일찍 결정해두어야겠소. 내게 무슨 일이 있더라도 나를 이어 대업을 이룰 후사 세울 일을 의논하려는 것이오. 내가 보기에 맏아들 담(譚)은 성정이 모질고 사람 죽이기를 좋아하며 둘째 희(熙)는 줏대가 없고 겁이 많아 큰일을 하기는 어려울 성싶소. 그러나 셋째 상(尙)은 영웅다운 기상이 있고 어진 이를 예로 대하며 선비를 공경할 줄 아오. 나는 그 아이로 후사를 세우고 싶은데 공들의 뜻은 어떠시오?"

원소의 그 같은 물음이 떨어지기 바쁘게 맏아들 원담의 편인 곽도가 일어나 말했다.

"세 아드님 가운데 담이 맏이가 될 뿐만 아니라 지금은 또 밖에 나가 있습니다. 그런데 주공께서 까닭 없이 맏이를 제쳐놓고 나이 어린 아드님을 세운다면 이는 반드시 뒷날 어지러움의 싹이 될 것입니다. 방금 군사의 위세는 꺾이고 적병은 우리 경계로 밀려오는데, 어인 까닭으로 다시 부자와 형제 간이 서로 다투게 될 일을 만들려 하십니까? 주공께서는 마땅히 먼저 적을 꺾을 계책부터 마련하셔야 합니다. 후사를 세우는 일은 다음에 의논하셔도 늦지 아니합니다."

원담이 없는 때 후사를 결정하는 것은 그에게 불리하다 여겨 시간을 벌어두려는 뜻도 있었지만 실은 일도 그러했다. 원소도 그 말을 들으니 크게 틀린 것 같지는 않았다. 그래서 얼른 결정을 짓지 못하고 있는데 홀연 사람이 와 알렸다.

"원희가 군사 육만을 이끌고 유주로부터 이곳에 이르렀습니다."

아비가 조조에게 패했단 말을 듣고 도우러 달려온 듯했다. 이어 다시 사람이 와 잇달아 알렸다.

"원담이 청주에서 군사 오만을 이끌고 당도했습니다."

"생질 고간(高幹)도 병주에서 군사 오만을 이끌고 막 이곳에 이르렀습니다."

그 같은 말을 들은 원소는 크게 기뻤다. 곧 후사 따위는 뒤로 미뤄두고 조조를 쳐부수는 일로 마음을 돌렸다. 세 군데 인마에다 원래 거느리고 있던 군사를 합치니 다시 무시 못할 대군이었다. 원소는 그들을 정비하고 기운을 돋워준 후 조조와 싸우러 갔다.

이때 조조는 싸움에 이겨 기세가 오른 군사들을 이끌고 하상(河上)이란 곳에 이르러 진채를 벌이고 있었다. 그 지방의 사람들이 대그릇에 담은 밥과 병에 넣은 장으로 조조의 군사를 반겨 맞았다. 조조가 그들 가운데 몇몇 늙은이를 보니 머리가 허옇게 센 이들이었다. 조조는 그들을 장막 안으로 불러들여 자리를 내주며 물었다.

"노인장께서는 연세가 어떻게 되십니까?"

"이제 모두 백 살에 가깝습니다."

늙은이들이 황송한 듯 머리를 조아리며 대답했다. 조조가 걱정스레 말했다.

"내 군사들이 어르신네의 고을을 놀라게 하지나 않았는지 실로 마음이 편치 못합니다."

그러자 노인들 가운데 하나가 대답했다.

"지난날 환제(桓帝) 때에 누런 별이 초(楚)와 송(宋) 어름에 나타난 적이 있습니다. 그 무렵 요동 사람으로 은규(殷馗)란 이가 있어 천문을 썩 잘 보았는데, 그가 밤에 그 별을 보고 늙은이들에게 말해 주었습니다. 황성(黃星)이 거기서 빛나는 것은 오십 년 뒤 양(梁)과 패(沛) 사이에서 진인(眞人)이 나올 징조라는 것입니다. 그런데 가만히 헤아려보니 금년이 바로 그 오십 년째가 됩니다.

원소는 그동안 백성들에게 무거운 세금을 짜내 사람마다 원망하는 마음이 가득합니다. 그런데 승상께서는 인의의 군사들을 일으켜 백성을 위로하고 죄지은 자를 치시니 관도의 한 싸움에서 원소의 백만 대군을 깨뜨렸던 것입니다. 이는 바로 오십 년 전 은규가 말한 것에 맞아떨어지는 일로 백성들은 다만 승상께서 오신 것을 태평성대가 올 조짐으로 여겨 기뻐하고 있습니다. 승상께서는 부디 마음을 편히 가지십시오."

"아무리 제가 어찌 거기에 당키야 하겠습니까?"

조조는 그렇게 겸양했으나 마음속으로는 기쁘기 그지없었다. 곧 술을 내어 늙은이들을 대접한 뒤 비단을 주어 돌려보냈다. 그리고 곧 삼군에게 엄한 영을 내렸다.

"지금부터 작은 것이라도 백성들에게 폐를 끼쳐서는 아니 된다. 백성의 닭이나 개를 죽인 자는 사람을 죽인 것과 같은 죄로 다스릴 것이다."

그 서슬 퍼런 영을 누가 감히 어길 것인가. 이에 장졸들이 한가지로 터럭만 한 민폐도 끼치지 않으니 고을 백성들은 더욱 감격하여 조조를 따랐다. 비록 마을 늙은이의 말을 참고로 한 결단이지만 군사들의 약탈이 보편적이고, 때로는 그 약탈이 군사들의 사기를 올려주는 수단이기도 했던 그 시대로 보아서는 드문 일을 한 것이었다.

그런데 다시 급한 전갈이 들어왔다.

"원소가 네 주로부터 군사 이십삼만을 끌어모아 그 선봉은 이미 창정에 진채를 내렸습니다."

그 말을 들은 조조도 군사를 몰아 창정으로 갔다. 조조가 진채를 내리니 양군은 다시 창정에서 맞서게 되었다.

다음 날이었다. 각기 싸움에 유리한 진세를 벌인 뒤 조조가 먼저 여러 장수를 이끌고 진문 밖으로 나갔다. 원소도 세 아들과 생질 및 문무의 수하들을 이끌고 진 앞으로 나섰다. 조조가 기세 좋게 소리쳤다.

"본초는 이미 계책이 궁하고 힘이 다했거늘 어찌 항복할 생각을 하지 않는가? 칼이 목 위로 떨어질 때에 이르러서는 뉘우쳐도 이미 늦으리라!"

비록 관도의 싸움에서 크게 졌다고는 하나 아직 원소가 망해버린 것은 아니었다. 범 같은 세 아들에 이십만이 훨씬 넘는 대군을 거느리고 있는 터라 기세는 전과 다름없었다. 길게 말할 것도 없이 좌우를 돌아보며 성난 목소리로 물었다.

"누가 나가서 저놈의 목을 가져오겠느냐?"

이때 원상(袁尙)은 아버지 앞에서 한번 자신의 용맹을 뽐내고 싶었다. 원소의 물음이 떨어지기 바쁘게 쌍칼을 춤추듯 휘두르며 말을 달려 나아갔다. 말을 휘몰아 오는 기세가 자못 볼만했다.

"저게 누구냐?"

못 보던 장수라 조조가 좌우를 둘러보며 물었다. 원상을 알아본 사람이 대답했다.

"원소의 셋째 아들 원상인 듯합니다."

그런데 그 말이 미처 끝나기도 전에 조조 편에서도 한 장수가 창을 휘두르며 말을 달려 나갔다. 조조가 보니 서황의 부장인 사환(史渙)이었다.

두 말은 곧 기세 좋게 부딪쳤다. 그러나 채 세 합이 되기도 전에 창을 헛 찌른 원상이 말을 박차 달아나기 시작했다. 사환은 원소의 아들을 사로잡는 공에 마음이 들떠 급하게 뒤쫓았다. 하지만 그게 잘못이었다. 원상이 가만히 활을 뽑아 화살을 재더니 몸을 뒤집듯 사환을 쏘았다. 멀지 않은 거리인 데다 뒤쫓는 데만 정신이 팔려 있던 사환이 그 화살을 피해낼 리 없었다. 왼눈에 정통으로 화살을 맞고 그대로 말 아래로 떨어져 죽었다.

아들이 한바탕 싸움에 이기는 것을 보자 원소는 부쩍 힘이 났다. 채찍을 번쩍 들어 군사를 몰아가니 모든 장수들이 그를 에워싼 채 조조군으로 돌진했다. 대군과 대군의 일대 혼전이 벌어졌다. 어느 편이 낫고 못하고도 구별 안 되는 마구잡이 살육전이었다.

어느 쪽도 승산 없이 군사만 죽고 상하는 싸움이 되자 오래잖아 양편은 각기 북을 울려 군사를 거두었다. 원소로서는 오랜만에 대등한 형국을 이룬 것이라 그리 불만이 없는 싸움이었다. 그러나 조조는 승승장구의 기세가 꺾인 기분이라 약간 초조했다. 곧 여러 장수들을 불러놓고 계책으로 원소를 깨뜨릴 의논을 시작했다. 아직도 힘만으로는 원소를 상대하기 벅찬 느낌이었다.

"십면매복(十面埋伏)의 계책을 써보는 게 어떻습니까?"

정욱이 일어나 그렇게 권했다. 군사를 하상(河上)으로 물린 뒤 열 갈래로 매복시켜 원소를 유인한다는 계책이었다.

"오늘 싸워보니 아직도 원소의 세력은 무서운 데가 있었소. 설령 그곳까지 유인한다고 해도 꺾어낼 것 같지 않구려."

조조가 이렇게 말하며 주저하자 정욱이 다시 말했다.

"하상 뒤쪽은 깊은 강물이 두르고 있습니다. 우리 군사는 물러날 래야 물러날 길이 없으니 죽기로 싸울 것입니다. 반드시 원소를 쳐 부술 수 있습니다."

이른바 배수진(背水陣)의 원리였다.

거기까지 들으니 조조도 느껴지는 게 있었다. 곧 정욱의 계책을 따르기로 하고 군사를 좌우 각 다섯 대로 나누었다. 좌로는 첫 대가 하후돈, 두 번째 대가 장요, 세 번째 대가 이전, 네 번째 대가 악진, 다섯 번째 대가 하후연이었고 우로는 일대가 조홍, 이대가 장합, 삼 대가 서황, 사대가 우금, 오대가 고람이었다. 조조가 있는 중군은 허 저가 선봉을 맡기로 했다.

다음 날이었다. 조조는 십대를 미리 보내 정해둔 곳에 매복하게 한 다음 밤중을 기다려 자신은 허저를 앞세우고 원소의 진채로 달려 들었다. 진채를 야습하는 것처럼 꾸민 것이었다.

전에 이미 진채를 야습당해 크게 손해를 본 적이 있는 원소라 이 번에는 방비가 엄했다. 진채를 다섯으로 나누어 서로 연결하고 있다 가 조조의 군사들이 쳐들어가자 일제히 일어나 맞섰다.

얼핏 보면 야습을 하려다가 되레 당하게 된 꼴이지만 사실은 그게 조조가 노린 바였다. 선봉을 맡았던 허저는 당황한 체 군사를 돌려 달아나기 시작했다. 이 기회를 놓치지 않겠다는 듯 원소가 대군을 휘몰아 추격해 왔다.

뒤쫓는 원소군의 함성 소리에 몰리듯 달리던 조조의 군사들은 날이 밝을 무렵 하상에 이르렀다. 그러나 앞을 보니 시퍼런 강물이 가로막혀 이제는 더 도망갈래야 갈 수가 없었다. 그때 조조가 군사들을 향해 돌아서며 목이 터져라 소리쳤다.

"이제는 더 도망할래야 도망갈 길도 없다. 제군은 어찌하여 죽기로 싸워보지 않는가?"

그 소리를 들은 군사들은 돌아서서 정말 죽을힘을 다해 싸웠다. 강물에 빠져 죽느니 적과 싸워 살 길을 열어보겠다는 생각이 든 것이었다. 특히 선봉을 맡았던 허저는 연달아 적장 여남은을 베어 그런 군사들의 사기를 복돋우었다.

조조군의 힘을 다한 반격에 원소군은 곧 크게 어지러워졌다.

"물러서라! 진채로 돌아가자!"

원소는 급히 그런 영을 내리고 군사를 돌렸다. 이번에는 거꾸로 조조의 군사들이 그런 원소군을 뒤쫓았다.

원소가 한참 정신 없이 쫓기는데 홀연 한소리 포향이 울리더니 왼쪽에서는 하후연이 오른쪽에서는 고람이 달려 나왔다. 이미 쫓기고 있는 원소라 싸움다운 싸움이 될 리 없었다. 세 아들과 조카가 한덩이로 되어 죽을 힘을 다해 뚫은 한 가닥 혈로(血路)로 달아나기에 바빴다.

하지만 조조의 매복은 거기에 그치지 않았다. 다시 십 리도 가기 전에 이번에는 악진과 우금이 좌우에서 군사를 이끌고 나와 쫓기는 원소군을 덮쳤다. 들판은 곧 원소군의 시체로 덮이고 거기서 흐르는 피는 도랑을 이룰 지경이었다.

간신히 몸을 빼친 원소가 다시 몇 리쯤 왔을 때 이번에는 이전과 서황이 좌우 양쪽에서 달려 나왔다. 놀란 원소 부자는 남은 군사들과 함께 가까운 곳에 있는 헌 진채로 숨어들었다. 다행히 뒤를 쫓던 이전과 서황은 진채까지 뛰어들지는 않았다. 겨우 한숨을 돌린 원소는 군사들에게 밥을 짓게 했다. 간밤부터 이미 해가 높이 솟은 그때까지 쫓고 쫓기느라 군사들을 먹이지 못한 것이었다.

그런데 지은 밥을 막 나눠먹으려 할 때였다. 다시 장요와 장합이 좌우에서 원소의 진채를 휩쓸어 왔다. 군사들은 물론 원소도 이제는 싸우는 흉내조차 낼 수 없었다. 황망히 말에 올라 창정이란 곳까지 내쳐 달아났다.

창정에 이르니 원소군은 사람과 말이 함께 극도로 지쳐 그저 쉬고 싶은 마음뿐이었다. 그러나 조조의 대군이 급하게 쫓아와 잠시도 쉴 수가 없었다. 원소는 주저앉은 군사들을 꾸짖어 다시 달아나기 시작했다.

이제 막 조조의 추격을 벗어났다 싶었을 때 원소는 또 한 떼의 매복을 만났다. 십면 매복의 마지막 부대인 조홍과 하후돈의 군사였다. 하상에서 조조의 군사들을 분기시킨 것이 위기의식이었던 것처럼 그곳에서 원소를 분기시킨 것도 바로 그 위기의식이었다.

"모두 들어라! 여기서 죽기로 싸우지 않는다면 우리는 모두 사로잡히게 된다. 사로잡혀 욕되게 죽느니 차라리 떳떳하게 싸우다 죽자!"

원소가 그렇게 소리치며 몸소 칼을 뽑아들고 앞장서 부딪쳐 갔다. 군사들도 그 같은 주군을 보자 힘과 용기를 다해 뒤따르니 아무리 범 같은 조홍과 하후돈이라 하나 그 기세를 당해내지 못했다. 하지만 간신히 길은 뚫었어도 원소의 피해 또한 적지 않았다. 둘째 아들 원희와 생질 고간이 모두 화살에 다치고 군사와 말도 거지반 잃어버렸다.

　　원소는 여러 가지 면에서 천하를 차지할 인물로는 결함이 많은 사람이었으나 한편으로는 뛰어난 점도 많았다. 지난날 한낱 청년 장수로서 나는 새도 떨어뜨릴 만한 권세를 쥐고 있던 동탁에게 분연히 "천하는 동공(董公)만을 위한 것이 아니다!"라고 소리치며 자리를 박차고 일어나던 순간의 개결한 용기나 북방의 효웅 공손찬과의 힘겨운 싸움에서 절박한 처지에 떨어질 때마다 보여준 과단성 같은 것들은 참으로 볼만했다. 하지만 역사는 언제나 이긴 자의 편이다. 그는 끝내 진 자가 되었기에 결함은 더 크게 그려지고 장점은 빛 없이 묻혀버렸을 것이다. 우리가 방금 본 것도 원소의 그 같은 장점 가운데 하나이다. 어려움에 처해 오히려 용기를 잃지 않는다는 것은 범용한 인간에겐 실로 얼마나 흉내 내기 어려운 미덕인가.

　　그러나 조조의 불같은 추격을 벗어나자마자 원소는 곧 격정과도 같은 비감에 빠져들었다. 세 아들을 쓸어안고 한바탕 목놓아 울다가 문득 피를 토하며 그대로 정신을 잃고 쓰러졌다. 사람들이 급히 부축해 뉘었으나 입으로는 붉은 피가 그치지 않고 흘러내렸다.

　　"나는 지금껏 수십 번 싸움터를 누볐으나 오늘과 같이 이토록 심한 낭패를 당해본 적은 없었다. 이는 하늘이 나를 저버리심이다……너희들은 각기 다스리는 주로 돌아가 힘을 기른 뒤 맹세코 조조 그 역적 놈과 자웅을 가리도록 하라!"

이윽고 정신을 차린 원소는 탄식 섞어 그렇게 당부한 뒤 신평(辛評)과 곽도를 불렀다.

"너희들은 급히 원담을 따라 청주로 돌아가라. 조조가 그곳을 침범할까 두려우니 관민을 정돈하여 만에 하나라도 동요함이 없도록 하라."

이에 두 사람은 그 길로 원담을 따라 청주로 말을 달렸다.

원소는 다시 둘째 아들 원희와 생질 고간을 불렀다. 둘 다 화살에 다쳐 움직이기가 거북했으나 원소는 그들도 재촉하여 원래 다스리던 유주와 병주로 보냈다. 그리고 자신은 셋째 아들 원상과 함께 기주로 향했다.

실로 참담한 패배였다. 처음 기주를 떠날 때의 칠십만 대군 중에서 살아서 돌아가는 자 열에 두셋이 안 되었다.

장수들 또한 순우경, 장기, 장합, 고람 등이 죽거나 남의 사람이 된 것 말고도 태반이 꺾였으며, 모사도 허유, 전풍, 저수가 죽거나 남의 사람이 되어버렸다.

거기다가 아들과 생질은 화살에 상하고 원소 자신도 무거운 병을 얻어 돌아가는 길이었다.

'조조, 그 환관의 자식 놈에게 사세오공의 후예인 내가 이 무슨 꼴이냐……'

기주로 들어서는 수레에 기대어 원소는 자신도 모르게 탄식했다. 그런 원소의 마음속처럼 바깥에는 때 아닌 겨울비가 언 땅을 적시고 있었다.

하지만 한번 기주로 돌아가자 원소는 다소나마 투지를 회복했다. 조조에게 설욕하기 위해서는 먼저 몸이 성해야 된다고 여겨 군사에 관한 일은 잠시 셋째 아들 원상과 심배, 봉기에게 맡기고 자신은 오로지 병을 다스리는 데만 전념했다.

한편 조조는 창정에서 다시 크게 이기자 삼군에게 고루 무거운 상을 내려 그 노고를 치하하는 한편으로 몰래 사람을 풀어 기주의 허실을 살펴보게 했다. 여세를 몰아 기주까지 우려빼고 원소와의 싸움을 이참에 아예 결판을 내버릴 생각이었다. 오래잖아 세작들이 탐지한 바를 알려왔다.

"원소는 병들어 누워 있으나 그 셋째 아들 원상이 심배와 함께 성을 굳게 지키고 있습니다. 맏아들 원담과 둘째 아들 원희는 각기 원래 다스리던 주로 돌아갔다고 합니다."

그러자 사람들은 모두 급하게 기주를 들이치자고 나왔다. 조조가 한참 생각하다가 가만히 고개를 저으며 말했다.

"기주는 양식이 풍족한 데다 심배란 자는 제법 임기응변의 재주와 꾀가 있다고 들었다. 급히 들이친다 해서 쉽게 우려뺄 수 있는 성이 아니다. 거기다가 군사를 일으킨 지도 오래되어 백성들의 생업에도 어려움이 많을 터이니 이만 돌아가는 게 좋겠다. 기주를 쳐 빼앗는 것은 뒷날이라도 늦지 않다."

『연의』에서는 조조가 군사를 되돌린 이유 가운데 곡식이 들에 있어[禾稼在田]란 이유를 대며 추수 뒤로 미루고 있으나 이는 저자의 혼동인 듯하다. 그보다 앞서 관도의 싸움이 한창일 때가 이미 겨울인 시월이었다.

이제는 형주로

조조가 회군의 뜻을 말하자 좌우가 혹은 말리고 혹은 권했다. 그래서 한참 그 일을 의논 중인데 문득 허도에 있는 순욱으로부터 글이 왔다.

'유비는 그동안 여남에 터를 잡고 유벽 공도의 무리와 함께 수만의 군사를 길렀습니다. 그러던 중 승상께서 군사를 이끌고 하북으로 가셨다는 말을 듣자 유벽에게 여남을 맡긴 뒤 스스로 군사를 이끌고 나섰습니다. 허도가 빈틈을 노려 손에 넣으려 함입니다. 지금 이곳에 있는 군사와 저의 힘만으로는 막아내기 어려우니 승상께서는 급히 군사를 돌리시어 이리로 돌아오도록 하십시오. 오직 승상께서 친히 나셔야만 유비를 막아낼 수 있을 것입니다……'

글을 본 조조는 놀랐다. 전부터 불안하게 여겨오던 일이 드디어 터진 것이었다.

'유비가 움직이기 시작했다면 내가 가는 수밖에 없다.'

그렇게 마음을 정한 조조는 조홍에게 군사 약간을 주어 하상(河上)에 머물며 조조의 대군이 그대로 있는 것처럼 허장성세(虛張聲勢)를 하게 한 뒤 자신은 대군을 이끌고 여남 쪽으로 달려갔다. 허도를 노리고 그곳으로부터 올라오는 유비의 군사를 도중에서 막기 위함이었다.

이때 유비는 순욱이 조조에게 알린 대로 관, 장 두 아우와 조운(趙雲)을 장수로 삼아 한창 허도를 향해 진병 중이었다. 군사가 겨우 양산 부근에 이르렀을 때 뜻밖에도 조조의 대군이 몰려온다는 전갈이 들어왔다.

끝까지 조조 모르게 허도를 칠 수 있으리라고 믿지는 않았지만 유비는 그토록 신속한 조조의 회군에는 적지 않이 놀랐다. 얼른 양산 아래에 진채를 내리게 하며 관우, 장비에게 일렀다.

"군사를 세 갈래로 나누어 운장은 그 한 갈래를 이끌고 동남쪽에다 진을 치고 익덕은 서남쪽을 맡으라. 나는 자룡과 함께 정남에 진을 치고 조조를 맞으리라."

이에 관우와 장비는 시킨 대로 각기 한 갈래의 군사를 이끌고 유비 곁을 떠났다.

조조의 군사들은 유비가 진채를 다 꾸몄을 무렵 하여 그곳에 이르렀다. 유비는 먼 길을 달려온 그들에게 쉴 틈을 주지 않을 양으로 급히 북을 울리고 함성을 지르게 하며 군사들과 함께 진채를 나섰다. 조조도 얼른 진세를 벌이게 하는 한편 큰 소리로 유비를 불러냈다. 이제 와서 유비를 달래려 드는 것이라기보다는 그동안이라도 자신의 군사들에게 숨 돌릴 틈을 주려 함이었다.

조조의 부르는 소리에 유비가 문기 아래로 말을 몰고 나왔다. 조조가 채찍을 들어 유비를 가리키며 꾸짖었다.

"지난날 나는 너를 귀한 손으로 높게 대우했거늘 너는 어찌하여 의를 저버리고 은혜를 잊었느냐?"

그러자 유비가 목소리를 가다듬어 대꾸했다.

"너는 한 승상이라 하나 이름뿐 실상은 나라의 큰 도적이다. 나는 한실의 종친으로 천자의 밀조를 받들어 나라를 훔치려는 역적을 치러 왔다. 어디다가 의를 말하고 은혜를 내세우려 드느냐?"

그리고 말 위에서 지난날 천자가 의대(衣帶) 속에 감추어 동승에게 내렸던 밀조를 꺼내 낭랑히 읽어갔다.

조조는 유비가 또 그 밀조를 꺼내 읽자 몹시 노했다. 시간을 벌어 어찌해보겠다는 생각은 까맣게 잊은 채 급하게 허저를 불렀다.

"너는 어서 나가 저 귀 큰 놈의 목을 가져오너라!"

명을 받은 허저가 말을 달려 나가자 유비의 등 뒤에서는 조운이 창을 꼬나들고 말을 박차 나갔다. 말과 말이 어우러지고 허저의 큰 칼과 조운의 창이 휘황한 무지개를 뿜어냈다. 그러나 둘 다 맹장 중의 맹장이라 서른 합을 싸워도 승부가 나지 않았다.

그런데 홀연 동남쪽에서 크게 함성이 울리더니 한 떼의 군마가 조조의 군사들을 향해 휘몰아 왔다. 조조가 놀라 바라보니 앞선 장수는 청룡도에 삼각 수염을 길게 휘날리는 관운장이었다. 관공은 조조의 군사들에게 숨 돌릴 여유를 주지 않으려고 싸움을 서둘렀다.

조조는 급히 군사를 갈라 관운장을 막게 했다. 그러나 틈을 주지 않고 다시 서남쪽에서 크게 함성이 일며 한 떼의 인마가 사납게 몰려왔다. 이번에는 장비였다.

두 아우가 좌우에서 조조의 군사를 짓밟아가는 걸 보자 유비도 자신의 본진을 들어 조조를 쳤다. 잠깐 사이에 계략이고 뭐고가 필요없는 마구잡이 싸움이 되자 조조는 당황했다. 결국 그렇게 되면 먼 길을 달려와 피곤한 자기편이 불리할 것이기 때문이었다.

과연 싸움은 조조가 걱정한 대로 되어갔다. 원소와의 오랜 싸움에 지친 데다 먼 길을 달려와 피로한 조조의 군사들은 끝내 유비군의 총공격을 당해내지 못하고 뭉그러지기 시작했다. 얼결에 당한 대패였다.

유비는 첫 싸움에서 크게 이긴 뒤 일단 진채로 돌아갔다. 조조도 간신히 장졸들을 수습해 진채를 유지했다. 한판 싸움에는 졌으나 전군(全軍)이 뿌리째 뽑힐 정도는 아니었다.

다음 날이었다. 전날 싸움에 재미를 본 유비는 조운을 내보내 또 싸움을 돋우었다. 그러나 어떤 명을 받았는지 조조의 군사들은 꼼짝도 않고 진채만 굳게 지킬 뿐이었다. 그 다음 날도 그 다음 날도 조운은 연신 군사를 이끌고 조조군의 진채 앞으로 나가 싸움을 돋우었으나 결과는 마찬가지였다. 조조군은 보름이나 되도록 진채 안에서 나오지 않았다.

유비는 다시 장비를 시켜 싸움을 걸어보았다. 장비가 갖은 욕설을 다 퍼붓고 모욕을 주었으나 조조의 군사들은 여전히 굳게 지킬 뿐 움직이지 않았다.

그제서야 유비는 더럭 의심이 났다. 군사를 쉬게 하기 위함이라기엔 너무 오랜 기간이었다. 하지만 그때까지도 조조가 허장성세로 자신의 대군을 그곳에 묶어놓고 다른 짓을 하고 있으리라고는 생각하지 않았다.

그런 유비의 뒤통수를 치듯 날아든 게 공도로부터 날아든 급보였다. 유비군의 군량을 나르고 있던 공도가 조조군의 공격으로 포위되어 있다는 것이었다. 조조는 유비의 세력이 생각보다 강한 걸 알자 이번에도 군량을 노려 어떤 계기를 만들어보려는 것 같았다.

"익덕은 어서 가서 공도를 구하라!"

유비가 급히 장비를 불러 그렇게 명을 내리는데 다시 급한 전갈이 날아들었다.

"하후돈이 우리 등 뒤를 돌아 지름길로 여남을 향해 달려가고 있다 합니다."

유비는 더욱 놀랐다.

"만약 여남을 잃는다면 우리는 앞뒤로 적을 받아 돌아갈 곳조차 없어지고 만다."

그렇게 탄식하고 다시 관우를 불러 여남을 구하게 했다.

하지만 일은 거기서 끝나지 않았다. 하루도 되기 전에 또 놀라운 소식이 잇달아 날아들었다.

"하후돈은 이미 여남을 깨뜨렸고 유벽은 성을 버리고 달아났다고 합니다. 또 유벽을 구하러 갔던 관운장은 조조의 군사들에게 포위당해 크게 어려움을 겪고 있습니다."

"공도를 구하러 간 장비도 포위되어 구원을 청하고 있습니다."

유비는 놀라 어찌할 줄 몰랐다. 어려움에 빠진 두 아우를 급히 구하러 가고자 해도 조조의 군사들이 등 뒤를 칠까 봐 쉽게 움직일 수 없었다. 이때 다시 허저가 와 싸움을 돋운다는 말이 들려왔다. 그러나 이번에는 오히려 유비가 나갈 수가 없었다. 막연하게 기다리는 보름 동안에 그렇게 처지가 바뀌어버린 것이었다. 실로 눈부신 조조의 용병(用兵)이었다.

조조의 계략에 걸려드는 것이 두려워 진채 안에서 웅크리고 있던 유비는 날이 저문 뒤에야 가만히 군사를 움직였다.

군사들을 배불리 먹인 뒤 보군을 앞세우고 마군을 뒤따르게 했다. 그리고 진채는 그대로 세워두어 약간의 군사들로 하여금 계속하여 북을 울리게 함으로써 대군이 머무르고 있는 것처럼 꾸몄다.

하지만 실은 그게 조조의 계략에 떨어지는 길이었다. 몇 리 가지 않아 야트막한 토산을 지날 때였다. 갑자기 횃불이 환하게 비치며 산꼭대기에서 큰 고함 소리가 들렸다.

"유비는 달아나지 말라! 승상께서 여기서 기다리신 지 오래다."

그렇게 몰리고 보니 유비에게 싸우고 싶은 마음이 있을 리 없었다. 적을 헤아려보지도 않고 허둥지둥 도망칠 길을 찾기에 바빴다. 조운이 곁에 있다 유비를 안심시켰다.

"주공께서는 너무 걱정하지 마십시오. 저만 따라오면 별일 없을 것입니다."

그리고 창을 휘두르며 말을 박차 한 줄기 길을 열었다. 유비도 그제서야 힘을 내어 쌍고검을 빼들고 조운의 뒤를 따랐다.

조운과 유비가 한편으로는 싸우며 한편으로는 힘들여 길을 앗고 있는데 허저가 뒤쫓아 왔다. 조운은 허저를 맞아 힘을 다해 싸웠다. 그때 다시 우금과 이전이 허저를 도우러 달려왔다. 그렇게 되면 조운이 비록 죽거나 사로잡히지는 않는다 해도 유비를 보호해줄 여유까지는 없을 게 뻔했다.

　유비는 형세가 몹시 위태로운 걸 보자 황망하고 낙담하여 그저 달아날 뿐이었다. 얼마를 달리다 보니 차차 함성이 멀어졌다. 유비는 무턱대고 깊은 산과 외진 길만 골라 홀로 말을 달렸다. 그럭저럭 날이 밝을 무렵이었다. 돌연 한쪽 산허리에서 한 떼의 군마가 달려나왔다. 유비는 조조의 군사들이 거기까지 따라온 줄 알고 놀라 바라보았다. 뜻밖에도 유벽이었다. 패군 천여 명에다 유비의 가솔들을 이끌고 여남으로부터 달려오는 길이었던 것이다. 손건, 간옹, 미방 등도 함께 있었다.

　"일이 어떻게 되었는가?"

　유비가 그들에게 물었다. 세 사람이 입을 모아 대답했다.

　"하후돈의 군세가 너무 엄청나 성에 남은 군사로는 당할 길이 없었습니다. 이에 성을 버리고 달아나는데 조조군의 추격이 급하더군요. 마침 관운장께서 오셔서 겨우 이렇게 빠져나올 수 있었습니다."

　"운장은 지금 어디 있는지 모르는가?"

　유비가 걱정스레 묻자 이번에는 유벽이 대답했다.

　"지금은 우선 이곳을 빠져나가는 일이 급합니다. 운장은 다음에 다시 만나시게 될 것이니 장군께서는 어서 이곳을 빠져나가도록 하십시오."

다른 사람들도 모두 유비를 재촉해 일행은 다시 가늠도 없는 길을 서둘렀다. 그러나 몇 리 가기도 전에 한차례 북소리가 울리며 한 떼의 군마가 달려 나와 앞을 가로막았다. 앞선 장수는 전에 원소 밑에 있었던 장합이었다.

"유비는 얼른 말에서 내려 항복하라!"

유비를 알아본 장합이 기세 좋게 소리쳤다. 유비는 당해낼 수 없다 여겨 뒤로 물러서려 했다. 그때 산꼭대기에서 붉은 기가 펄럭하자 이번에는 등 뒤 산마루에서 다시 한 떼의 인마가 뛰쳐나왔다. 앞선 장수는 다름 아닌 고람이었다. 역시 장합과 더불어 원소 밑에 있다가 조조에게 항복해 온 그는 이 기회에 큰 공을 세워야겠다는 듯 눈에 불을 켜고 달려들었다.

앞뒤로 적을 맞게 된 유비는 이제 달아나려야 달아날 길도 없었다. 문득 하늘을 우러르며 크게 소리쳐 탄식했다.

"하늘은 어찌하여 나로 하여금 이토록 궁색함을 겪게 하시는가! 일이 이렇게 되었으니 차라리 죽느니만 못하구나."

그러고는 칼을 빼어 스스로 목을 찌르려 했다. 유벽이 그런 유비를 급히 말렸다.

"결코 가볍게 목숨을 버리셔서는 아니 됩니다. 제가 죽기로 싸워 길을 앗아보겠습니다."

그 말과 함께 말을 박차 고람에게로 달려갔다. 그렇지만 가상스런 것은 의기와 충성일 뿐 유벽의 무예는 고람을 따르지 못했다. 고람과 창칼을 맞댄 지 채 세 합에 이르기도 전에 유벽은 고람의 한칼에 찍혀 말 아래로 굴러떨어졌다.

곁에 있던 사람들 중에 유일한 무장(武將)이랄 수도 있는 유벽이 그 모양으로 죽는 걸 보자 유비는 더욱 창황스러웠다. 그러나 그의 죽음을 헛되이 하지 않기 위해서라도 살아남아야겠다는 생각에 칼을 뽑아들고 다가오는 고람을 기다렸다. 이제는 고람을 막아줄 만한 장수가 자기 곁에는 아무도 없는 만큼 스스로 싸워 목숨을 지킬 작정이었다.

그때 홀연 고람의 뒤쪽이 어지러워지더니 한 장수가 군사들을 흩어버리며 뛰쳐나왔다. 똑바로 고람을 향해 말을 달려간 그 장수가 번듯 창을 쳐들었다 내지르는가 싶자 고람이 몸을 뒤집으며 말 아래로 떨어졌다. 단창에 고람을 꿰어버린 솜씨가 여간 아니었다.

천 길 낭떠러지를 굴러내리다 굵은 나뭇가지를 잡아쥔 듯 유비가 놀란 중에도 반가운 눈길로 보니 그 장수는 바로 조운이었다. 허저와 이전, 우금 세 장수의 포위를 뚫고 주군을 구하러 그곳까지 달려온 것이었다. 유비는 조운을 보자 기쁨을 이기지 못했다. 조운은 그대로 이리저리 말을 달리며 창을 휘둘러 고람의 군사들까지 흩어버린 뒤에야 유비 곁으로 달려왔다.

그때 앞에 있던 장합이 군사를 몰아 덮쳐왔다. 조운은 다시 장합과 어울렸다. 장합 또한 조운의 적수가 못 돼 간신히 서른 합을 버티고는 말을 돌려 달아났다. 승세를 탄 조운은 그대로 장합을 뒤쫓으며 그 졸개들을 짓밟았다. 그러나 장합의 군사들이 좁은 산어귀에 의지해 지키는 바람에 길을 뚫고 나가기가 어려웠다.

조운이 한창 길을 앗기 위해 이리 받고 저리 치고 있을 때 저편에서 문득 함성이 일며 한 떼의 군마가 나타났다. 바로 관우와 관평,

주창이 이끄는 삼백 군사이었다. 조운과 관우가 양쪽에서 힘을 합쳐 몰아치자 장합의 군사들도 마침내 견뎌내지 못했다. 병목 같은 산어귀를 내놓고 달아나니 유비의 군사들은 간신히 위태로운 지경을 벗어나 험한 산비탈에 진채를 내렸다. 겨우 한숨을 돌린 유비가 관우를 불렀다.

"관우는 익덕을 찾아보도록 하게. 자네와 같은 날 공도를 구하러 간 뒤로 소식이 없네."

문득 장비가 걱정이 된 모양이었다. 걱정이 되기는 관우도 마찬가지여서 그는 유비의 말이 떨어지기 바쁘게 장비를 찾으러 나섰다.

이때 장비는 참으로 어려운 지경에 빠져 있었다. 원래 공도를 구하러 떠났던 장비가 목적한 곳에 이르니 이미 공도는 하후연에게 죽음을 당한 뒤였다. 화가 꼭뒤까지 치솟은 장비는 하후연을 들이쳐 내쫓고도 속이 안 풀려 계속 뒤쫓다가 오히려 악진이 이끄는 군사들에게 포위를 당하고 말았다. 관우가 장비의 소식을 들은 것은 바로 그 포위를 간신히 뚫고 나온 장비의 졸개들에게서였다.

관운장은 질풍같이 군사를 몰아 장비가 있는 곳으로 달려갔다. 그리고 힘을 다해 악진을 들이치니 마침내 악진은 포위를 풀고 달아나 버렸다. 장비를 구해 유비에게로 돌아가자 유비가 두 아우를 잡고 울며 말했다.

"하늘이 아직 이 유비를 버리시지는 않은 모양이다. 너희 둘이 모두 성하니 내 무슨 걱정이 있으랴!"

이때 다시 군사 하나가 달려와 급한 목소리로 알렸다.

"조조의 대군이 뒤쫓아 오고 있습니다."

이에 놀란 유비는 손건으로 하여금 늙은이와 아이들을 보호해 먼저 떠나게 했다. 그리고 자신은 관, 장 두 아우와 조운을 데리고 뒤에 처져 한편으로 싸우며 한편 달아나는 방법으로 조조의 추격을 면했다.

조조는 유비가 멀리 달아나버린 걸 알자 군사를 거두었다. 하지만 이번에는 어떻게든 유비를 사로잡아 뒷날의 걱정거리를 없애려 했는데도 끝내 놓쳐버린 게 분했다.

이에 조조는 사방으로 군사를 풀어 유비의 자취를 쫓게 했다.

이때 유비는 비록 조조의 손아귀에서는 벗어났으나 남은 군사는 겨우 천 명도 되지 못했다. 그 몇 달 유벽 공도의 무리와 더불어 애써 길러놓은 수만의 군사가 조조와의 한 싸움에 산산조각이 나버린 셈이었다. 그러나 그것을 아까워할 틈도 없이 달아나는데 문득 앞에 큰 강이 하나 가로막았다. 부근에 사는 주민을 불러 물어보니 한강 (漢江)이라는 대답이었다.

유비는 거기서 잠시 군사를 쉬게 하기로 하고 진채를 내렸다. 조조가 쫓아오기에는 너무 멀다는 판단에서였다. 이때 이미 유비의 이름은 궁벽한 그곳까지도 알려져 있었다. 주민들은 말로만 듣던 유황숙이 이른 걸 알고 양고기와 술을 바쳐 위로했다.

유비는 그 고기와 술로 물가 모래벌 위에 술자리를 벌이고 장수들과 함께 마셨다. 술이 몇 순배 돌자 유비가 문득 어두운 얼굴로 탄식했다.

"자네들은 모두 한 나라의 임금을 도울 만한 재주를 가졌으되 불행히도 이 유비는 그 도움을 받을 만한 사람이 못 되네. 오히려 궁색

한 내 운수가 자네들에게까지 미쳐 이제는 송곳 하나 꽂을 땅이 없으니 참으로 자네들을 그르칠까 두려울 뿐이네. 그런데 자네들은 어찌하여 나를 버리고 밝은 주인을 찾아가 공명을 취하지 않는가?”

때가 때인지라 그 소리를 들은 사람들은 모두 소매로 얼굴을 가리며 울었다. 생각하면 유비를 따른 이래로 고달프기만 했던 신세도 한탄스러웠지만, 그 못지않게 자신들의 진심을 몰라주는 유비가 야속스럽기도 했다.

그때 관우가 일어나 항변하듯 유비에게 말했다.

“형님의 말씀은 옳지 못합니다. 지난날 고조께서 항우와 천하를 다툴 때에 여러 번 그에게 졌으나, 구리산(九里山) 싸움에서 한 번 이기심으로써 사백 년 기업을 열 수 있었습니다. 이기고 지는 것은 병가에게 매양 있는 일이거늘 형님께서는 어찌 스스로 크신 뜻을 낮추고 계십니까?”

실로 헌걸찬 관우의 말이었다. 그 말에 좌중은 처연한 가운데도 생기를 되찾았다. 손건이 관우의 말을 받듯 한 의견을 내놓았다.

“일의 성패란 다 때가 있는 법입니다. 반드시 상심하실 까닭은 없습니다. 마침 형주가 여기서 멀지 않으니 그리로 가보는 게 어떻겠습니까? 유경승(劉景升)은 그곳에 앉아 아홉 주에 세력을 펴고 있는데 군사는 강하고 양식은 넉넉합니다. 거기다가 또 그는 주공과 마찬가지로 한실의 종친이 되는 바 어찌 이럴 때 가서 의지해보지 않으십니까?”

하지만 유비로서는 선뜻 마음이 내키지 않았다. 본심이야 어떠했건 자신이 처음에는 공손찬의 부장(副將)으로 알려졌다가 다시 여포에게로 옮겨가고, 또 조조 아래 있다가 원소에게로 옮겼다는 게 다른 사람 눈에 좋지 않게 여겨질 건 뻔했다.

"그가 나를 받아줄지 걱정이오."

유비가 솔직하게 대답했다. 걱정은 돼도 달리 갈 곳도 없는 처지라 당장은 손건의 말에 기대를 걸어보는 수밖에 없었던 것이다. 손건이 자신 있게 말했다.

"제가 먼저 가서 달래보겠습니다. 반드시 유경승이 멀리 경계 밖까지 나와 주공을 맞아들이도록 하겠습니다."

그 말에 비로소 유비의 얼굴이 밝아졌다. 허튼소리를 하는 손건이 아님을 잘 아는 유비가 마음이 놓인 것이었다.

유비의 허락을 받은 손건은 밤새 말을 달려 형주로 갔다. 유표가 있는 곳에 이르러 보기를 청하니 유표가 허락했다.

"그대는 현덕을 따르는 사람인데 무슨 일로 이곳에 오게 되었소?"

손건을 불러들여 그렇게 묻는 유표는 이미 예순에 가까운 늙은이였다. 강하팔준(江夏八俊)의 한 사람으로 한때는 범 같은 손견까지 죽일 만큼 위세를 떨쳤으나 그도 나이는 어쩔 수 없었다. 하지만 유비에 대한 감정만은 그리 나쁘지 않았다. 어제의 친구가 오늘의 적이 되는 난세라고는 해도 유표는 아직 유비와는 창칼을 맞댄 적이 없었다. 오히려 다같이 한실의 종친이라는 것에서 온 막연한 친근감이 있을 뿐이었다.

손건이 목청을 가다듬어 대답했다.

"우리 유사군(劉使君)께서는 천하가 다 아는 영웅으로 비록 군사는 약하고 장수는 적으나 기울어지는 사직을 잡으시려는 뜻만은 어느 누구에게도 못지않으십니다. 이에 여남의 유벽과 공도는 전부터 친히 지낸 사이가 아니면서도 우리 사군의 뜻을 받들어 목숨까지 내던졌던 것입니다. 더구나 명공과 우리 사군은 다같이 한실의 피를 받은 종친들이니 기우는 사직을 함께 붇드는 것은 누가 보아도 당연한 일이 아니겠습니까? 이에 저는 새로이 조조에게 져서 강동의 손권에게 의탁하려는 사군을 말려놓고 이리로 달려온 것입니다. 친한 이를 곁에 두고 멀리 있는 낯선 이에게 의지하러 가는 것은 옳지 않을 뿐더러 장군께서는 어진 선비를 예로 대하셔서 천하의 물이 동으로 모이듯 뭇 선비들이 형주로 모인다는 말을 이미 듣고 있었기 때문입니다. 남에게도 그러하실진대 하물며 동종(同宗) 간인 우리 사군께이겠습니까? 그랬더니 우리 사군께서는 특히 저를 뽑아 먼저 명공을 찾아뵙고 그 명을 받들라 하셨습니다. 부디 깊이 헤아리시어 이번 일이 저희 사군을 위해서뿐만 아니라 명공께도 좋은 기회가 되도록 하십시오."

손건의 말이 끝나자 유표가 기꺼운 얼굴로 대답했다.

"유현덕은 내 아우나 다를 바 없는 사람이오. 오래전부터 한번 만나고자 하였으나 어찌된 셈인지 인연이 닿지 않았을 뿐이외다. 이제 다행히 이리로 온다니 실로 기쁘기 짝이 없소."

물론 유표가 유비를 반긴 데는 인간적인 호감도 없지는 않았다. 그러나 한편으로는 난세의 군웅 가운데 한 사람으로서 피치 못할 정치적 배려도 있었다. 조조가 원소의 힘을 다한 공격을 받고서도 오히려 큰 승리를 거뒀다면 북방은 이미 조조의 손아귀에 든 것이나 다름없었다. 그렇다면 다음은 남쪽이 아니겠는가.

남쪽이라면 손꼽을 만한 세력으로는 자신과 강동의 손권이 있다. 그러나 조조가 먼저 칼끝을 들이댈 곳은 일의 이치로 보나 지리로 보나 틀림없이 형주일 것이다. 이때 유비 같은 인물을 받아두면 적지 않이 도움이 된다. 비록 세력은 크지 않으나 그래도 지금 천하에서 감히 조조에게 맞서고 있는 그가 아닌가. 그게 유표의 생각이었다.

그때 유표의 장수인 채모(蔡瑁)가 유비를 헐뜯어 말했다.

"아니 됩니다. 유비는 먼저 여포를 따르다가 다시 조조를 섬기고 또 요즈음에 와서는 원소에게 의지했습니다. 그러나 그 어느 사람도 끝까지 섬기지 않았으니 그 믿지 못할 사람됨을 넉넉히 알 만합니다. 만약 이제 명공께서 그를 받아들이신다면 조조는 반드시 큰 군사를 이리로 보낼 것이니 형주는 곧 원치 않는 싸움에 말려들고 말 것입니다. 이는 명공뿐만 아니라 형주의 백성들을 위해서도 좋은 일이 못 됩니다. 먼저 손건을 목 베 조조에게 바치도록 하십시오. 그리하면 조조는 주공을 두터이 대접할 것이며 아울러 형주의 백성들도 죄 없이 도륙됨을 면할 것입니다."

어떻게 보면 나름대로는 일리가 있는 말이었다. 어차피 조조와 천하를 다툴 힘이 없을 바에야 일찌감치 조조와 화친해 일신이나 보존하자는 생각이었다. 손건이 정색을 하고 꾸짖듯 채모의 말을 받았다.

"이 손건은 죽음을 두려워하지 않소. 그러나 지난 일을 들먹여 우리 사군을 헐뜯으니 할 말은 해야겠소이다. 우리 유사군께서는 충심으로 나라를 위하는 분이니 조조나 원소, 여포 따위와는 비할 인물이 아니외다. 전에 잠시 그들을 따른 것은 어쩔 수 없는 일이었을 뿐, 그들이 불의, 불충함을 알고는 이내 떠났던 것이오. 더구나 이제 우리 사군께서는 형주의 유장군께서 한조의 후예로 동종이 됨을 믿고 천리를 달려 의지하러 온 것이오. 그런데 그대는 어찌하여 근거도 없이 헐뜯는 말로 어진 이를 이토록 시기하시오?"

그러자 채모의 말에 잠깐 섬뜩했던 유표가 이내 원래의 생각으로 돌아가 도리어 채모를 꾸짖었다.

"이미 내 뜻은 정해졌으니 여러 소리 말라. 너는 나를 어찌 보고 그리 함부로 떠드느냐?"

이에 채모는 부끄러움과 아울러 한을 품은 채 그 자리를 물러났다.

"그대는 먼저 가서 유현덕에게 내 뜻을 전하시오. 나도 채비가 되는 대로 그를 마중하러 가겠소."

유표는 다시 그렇게 이르며 손건을 보내고 자신도 몸소 성 밖 삼십 리까지 나와 유비를 맞았다.

간혹 유비를 좋지 않게 보는 사람들 중에는 그가 끊임없이 친구와 적을 바꾸는 걸 들어 그 교활이나 반복무쌍함을 나무란다. 실제로도 그것이 꼭 주종 관계인지는 알 수 없으나 유비는 일생을 통해 적어도 대여섯 번은 의지했던 사람을 배반에 가까운 형식으로 버리고 있다. 그러나 또 하나 확인할 수 있는 것은 그럼에도 불구하고 그는 누구에게나 반갑게 받아들여지고 있는 점이다. 여포가 겨우 주인을 두 번 바꾸고 표리부동한 사람으로 가는 곳마다 배척되는 것으로 미루어보면 유비의 오고 감이 그와는 달랐으리라는 짐작은 가능하다. 다시 말해 조조나 원소, 여포 등과 맺었던 관계는 떠나도 배신을 따질 수 없을 만큼의 어떤 동맹 관계거나, 아니면 유비가 떠나도 비난받을 쪽은 언제나 상대방이었다는 뜻이 아닐는지. 그리하여 새로 맞는 쪽으로 보면 그의 과거에 대한 꺼림칙한 감정보다는 오히려 그가 이끄는 집단의 유별난 결속력이 반가웠던 것이나 아니었는지.

성 밖까지 나와 자신을 맞는 유표에게 유비는 더할 나위 없이 공손한 태도로 예를 올렸다. 유표는 더욱 마음이 흡족하여 역시 유비를 상빈(上賓)으로 두텁게 대했다. 유비는 예가 끝난 뒤 다시 관우와 장비, 조운, 간옹 등을 불러 차례로 유표에게 절을 올리며 보게 했다. 몇 안 되지만 유표는 범 같은 그들을 보자 자신까지 든든해지는 느낌이었다.

그날 유비와 나란히 성안으로 들어온 유표는 그 일행 모두에게 집과 노비를 내어주고 성안에서 함께 살게 했다. 이에 고단했던 유비의 일행은 형주에서 새로운 출발을 하게 되었다.

조각나는 원가

한편 조조는 유비가 형주로 달아났다는 소식을 듣자 군사를 들어 유표를 치려 했다. 정욱이 그런 조조를 말렸다.

"원소를 아직 죽이지 못한 채로 이곳에서 형주와 양양을 치다가 원소가 북쪽에서 일어나면 어찌하시렵니까? 만약 원소가 이번에 다시 기운을 차린다면 그때는 실로 누가 이길지 모르는 싸움이 돼버릴 것입니다. 허도로 돌아가 군사를 기르고 힘을 모으는 편이 낫습니다. 내년 봄 날이 따뜻해지기를 기다려 먼저 원소를 깨뜨린 다음 형주와 양주를 치도록 하십시오. 그리되면 남북의 이익을 한꺼번에 얻으실 수 있을 것입니다."

이 기회에 유비를 없애야 한다는 생각에만 휘몰리던 조조도 그 말을 듣자 퍼뜩 정신이 들었다. 정욱의 말이 옳았다. 이에 조조는 군사를 돌려 허도로 향했다.

여남에서 허도로 가는 도중에는 조조의 고향인 초현이 있었다. 부귀하여 고향에 돌아가지 않는 것은 비단옷 입고 밤길 걷는 것과 같다고 했던가. 비록 군사들과 함께 허도로 돌아가는 길이기는 해도 조조의 마음은 적지 않이 설레었다. 젊은 나이로 의병을 일으켜 고향을 떠난 지도 이미 십수 년, 나름으로는 만나고 싶은 사람도 있었고 산하도 그리웠다. 그러나 종일토록 고향 근처를 지나도 아는 얼굴은 하나도 만날 수 없었다. 싸움에 끌려가 죽고 난리로 흩어진 까닭이었다. 그것도 싸움에서 죽은 사람의 대부분은 조조 자신을 위해 죽었다. 거기서 조조는 저 유명한 포고령을 내렸다.

'……나는 의병을 일으켜 천하를 어지럽히고 백성을 괴롭히는 자들을 없이 하려 했다. (그러나 십수 년을 지난 지금) 옛날 이곳에 살던 사람들은 거의 죽거나 없어져 하루 종일 돌아다녀도 아는 얼굴 하나 만날 수가 없으니 실로 이 마음이 괴롭고 쓰라림은 어디다 견줄 데 없다.

내가 의병을 일으킨 이래로 나를 따라 싸움터에 나갔다가 죽은 장사(將士)는 그 자녀가 있으면 그 자녀에게, 자녀가 없으면 그 가까운 친척의 자녀에게라도 논과 밭을 나누어주도록 하라. 관청은 그 밭을 갈 소를 대어주고 학교와 선생을 두어 그들을 가르쳐야 한다. 또 남아 있는 자들은 사당을 세워 먼저 간 이들을 제사 지내주도록 하라. 진실로 혼이나마 있어 그 제사를 받을 수 있다면 나 죽은 뒤 백 년이 지난들 무슨 한이 있으리오!'

몇 년이 지난 뒤에도 그 포고령은 거듭 시행 여부가 확인되고 있을 뿐만 아니라 미비한 점은 보충까지 되는 것으로 보아 조조야말로 사상 최초로 어느 정도 정비된 원호정책(援護政策)을 편 사람이라 할 수 있을 것이다. 고향인 초(譙) 땅을 거쳐 허도로 돌아간 조조는 이듬해 춘정월에 다시 군사를 일으켰다. 그동안 수습한 민심과 힘을 바탕으로 원소의 마지막 숨통을 죌 작정이었다. 의논 끝에 조조는 먼저 하후돈과 만총에 군사를 주어 여남으로 보냈다. 유비의 충동질로 형주의 유표가 움직이게 될 때를 대비한 것이었다. 그리고 다시 허도에는 순욱과 조인을 남겨 지키게 한 뒤 이번에도 자신이 대군을 이끌고 세 번째로 관도를 향해 떠났다.

이때 원소는 원소대로 지난해 패전 때 얻은 토혈(吐血) 증세가 조금 낫자 다시 모사들을 모아놓고 허도를 칠 의논을 꺼냈다. 심배가 나서서 말렸다.

"지난해 관도와 창정에서 패한 뒤로 아직 군사들의 사기가 회복되지 못했습니다. 마땅히 도랑을 깊게 파고 성벽과 담장을 높여 지키며 군민의 힘을 기를 때입니다. 결코 주공께서 먼저 싸움을 일으켜서는 아니 되십니다."

그러면서 조목조목 이유를 대고 있는데 문득 사람이 와서 알렸다.

"조조가 군사를 관도로 내어 우리 기주를 치려고 하고 있습니다."

원소가 기다렸다는 듯 심배의 만류를 뿌리쳤다.

"적의 장졸이 이미 성 아래 이른 뒤에야 항거하려 들면 일은 이미 늦다. 내 몸소 대군을 이끌고 나가 조조를 맞으리라!"

원소가 그렇게 생각을 굳히자 셋째 아들 원상(袁尚)이 가장 아비를 위하는 체 나섰다.

"아직 아버님께서는 병환이 다 낫지 않으셨으니 멀리 나가 싸우셔서는 아니 됩니다. 차라리 저를 먼저 보내주십시오. 장졸들과 힘을 합쳐 조조와 맞서보겠습니다."

원상이 원래부터 유달리 아끼는 자식인 데다, 또 모두가 조조를 두려워하는 것을 비웃듯 호기를 부리고 나서자 원소는 흐뭇했다. 몸소 나서려던 생각을 버리고 기꺼이 원상의 출전을 허락하는 한편 청주, 유주, 병주 세 곳으로 사람을 보냈다. 그곳을 지키는 맏아들 원담과 둘째 아들 원희 그리고 생질 고간(高幹)에게 군사를 일으켜 원상과 함께 네 길로 조조를 치게 한 것이었다.

원상은 창정의 싸움 때 조조의 장수 사환(史渙)을 죽인 뒤로 자신의 용맹에 한껏 취해 있었다. 아버지의 허락을 받자 형들과 고종사촌의 군대가 오기를 기다리지도 않고 군사 몇 만을 몰아 먼저 조조와 싸움을 하러 떠났다.

원상은 여양에서 조조의 군사와 만났다. 조조군의 선봉은 장요였다. 양군이 부딪자 장요가 말을 몰아 나왔다. 원상도 창을 휘둘러 무예를 뽐내며 말을 박차 부딪쳤다. 그러나 원상이 원래 장요의 상대가 못 됐다. 채 세 합을 견뎌내지 못하고 크게 패하여 달아났다.

장요가 원상의 군사를 뒤쫓으며 죽이니 원상은 끝내 기세를 회복하지 못한 채 기주로 급하게 돌아갔다. 원상이 싸움에서 쫓겨왔다는 말을 듣자 원소는 크게 상심한 나머지 나은가 싶던 병이 다시 도졌다. 한꺼번에 몇 말이나 되는 피를 토하고는 그대로 정신을 잃고 땅바닥에 쓰러졌다.

유부인이 놀라 원소를 눕히고 곁에서 돌보았으나 원소의 병세는 점점 위태로워졌다. 유부인은 바로 원상의 어미였다. 원소가 다시 일어나기 어렵다는 걸 알자 급히 사람을 보내 심배와 봉기를 원소의 병상 앞으로 불러들였다. 원소가 죽은 뒤의 일을 의논코자 함이었다.

이때 원소는 다만 손짓 발짓을 할 수 있을 뿐 말은 이미 하지 못했다. 유부인이 그런 원소에게 물었다.

"뒷일을 미리 정해두셔야 합니다. 우리 상(尙)으로 하여금 뒤를 잇게 하는 것이 어떻겠습니까?"

원소는 가만히 고개를 끄덕였다. 병상 앞에 서 있던 심배가 급히 붓을 들어 원소의 유촉(遺囑)을 적었다. 그때 원소가 문득 몸을 뒤집으며 다시 한 말이 넘는 피를 토하고 숨을 거두었다. 조조와 더불어 천하를 다투던 일세의 영웅으로서는 허망한 죽음이었다.

여러 대 공경의 자손 되어 큰 이름 이루고	累世公卿立大名
젊은 시절의 의기 천하를 종횡했다.	少年義氣自縱橫
헛되이 불러들인 준걸 삼천이요,	空招俊傑三千客
턱없이 기른 군사 백만이었다.	漫有英雄百萬兵
양고기에 호랑이 가죽 입어 공 이루지 못하고	羊質虎皮功不就
봉의 깃에 닭간이라 큰일 이루기 어려웠다.	鳳毛鷄膽事難成
가련하다, 더욱 마음 아픈 것은	更憐一種傷心處
집안 어려운 일 두 형제에게까지 미친 일이네.	家難徒延兩弟兄

원소가 죽자 심배가 도맡아 장례를 치렀다. 그런데 그 상중에 유

부인은 참으로 끔찍한 일을 저질렀다. 원소가 생전에 사랑하던 첩 다섯을 모조리 끌어내 죽여버린 일이었다. 그것도 죽어서나마 원소와 다시 만나는 게 싫어 머리카락을 자르고 얼굴을 도리며 시체까지 알아볼 수 없도록 했다. 아무리 생전에 품었던 투기가 맺혀 이루어진 원한이지만 듣는 사람치고 몸서리치지 않는 이가 없었다.

거기다가 그 아들 원상은 한술 더 떴다. 그렇게 죽은 총첩(寵妾)들의 가솔이 어머니나 자신에게 해를 끼칠까 두려워 또한 모조리 잡아 죽여버렸다. 그 어미에 그 아들이라 할 만했다.

심배와 봉기는 원상을 대사마 장군으로 세우고 청주, 기주, 병주, 유주 네 주의 목(牧)으로 올려 세워 지난날 원소를 잇게 한 뒤에야 각처로 원소의 죽음을 알렸다.

이때 원소의 맏아들 원담은 아비의 죽음을 이미 알고 군사를 일으켜 청주를 떠나고 있었다.

"아버님께서 돌아가셨다는데 나는 장차 어찌해야 되겠소?"

청주를 떠나기에 앞서 원담이 곽도와 신평을 불러놓고 물었다. 곽도가 대답했다.

"주공께서 기주에 계시지 않았으니 심배와 봉기는 틀림없이 원상을 주인으로 세웠을 것입니다. 마땅히 행군을 재촉해 빨리 그리로 가야 합니다."

그러나 신평은 생각이 달랐다.

"심배와 봉기 두 사람은 반드시 미리 꾀를 정해놓고 기다릴 것입니다. 이제 만약 급하게 달려갔다가는 반드시 그 꾀에 걸려 화를 당하게 됩니다."

"그렇다면 어찌해야 되겠소?"

원담이 그런 신평에게 물었다. 곽도 또한 신평의 말을 듣고 보니 옳은지 자신의 계책을 고쳤다.

"기주에 가시더라도 군사를 성 밖에 머물게 하시고 먼저 저들의 움직임을 살펴보는 게 좋겠습니다. 제가 성안으로 들어가 살펴보도록 하지요."

이에 원담은 그 말을 따르기로 하고 기주에 이르자 군사를 성 밖에 머무르게 한 뒤 곽도만 성안으로 들여보냈다. 곽도는 먼저 원상을 만나 문상의 예를 했다.

"형님은 어찌하여 오지 않으셨소?"

원상이 곽도에게 물었다. 곽도가 둘러댔다.

"오다가 병이 들어 군중에 누워 계신 까닭에 와 뵙지 못합니다."

그러자 원상이 거드름을 떨며 말했다.

"나는 선친의 유명을 받들어 선친의 뒤를 잇고 형님께는 거기장군을 더했소. 지금 조조의 군사가 우리 경계로 짓쳐들고 있으니 바라건대 형님은 전부(前部)가 되어주셨으면 하오. 나는 그 뒤를 따르며 군사들을 모아 형님과 앞뒤로 접응할 작정이오."

곽도가 가만히 헤아려보니 일은 이미 걱정한 대로 되어버린 것 같았다. 그렇다면 심배와 봉기라도 원상에게서 떼내 그 힘을 줄여야겠다고 생각하고 수를 부렸다.

"주공의 명은 옳으나 지금 저희 군중에는 좋은 계책을 의논할 만한 사람이 없습니다. 바라건대 정남(正南, 심배의 자)과 원도(元圖, 봉기의 자) 두 사람으로 하여금 저희를 돕도록 하게 해주십시오."

"나 역시 그들 두 사람에게 의지해 좋은 계책을 얻으려 하는 중이오. 그런데 어찌 그리로 보낼 수 있겠소?"

원상이 곽도의 속마음을 아는지 모르는지 그렇게 거절했다. 곽도가 물러서지 않고 거듭 떼를 썼다.

"그렇다면 두 사람 중에 하나라도 보내주십시오."

그러자 원상도 어쩔 수 없는지 심배와 봉기 두 사람이 제비를 뽑아 그중 한 사람이 원담에게로 가도록 했다. 제비를 뽑은 것은 봉기였다. 원상은 봉기에게 거기장군의 인수(印綬)를 주어 곽도와 함께 원담에게로 보냈다. 원담의 군중에 이른 봉기는 곽도를 따라 원담을 만났다. 원담을 보니 병난 기색이 전혀 없어 마음이 적이 불안했으나 받은 명이 있어 거기장군의 인수를 원담에게 바쳤다.

"그래, 제놈은 기(冀), 청(靑), 유(幽), 병(幷) 네 주의 주인이 되고 내게는 거기장군으로 앞장이나 서라고?"

원담이 성난 눈길로 봉기를 내려보며 꾸짖다가 문득 군사들에게 영을 내렸다.

"저놈도 상을 도와 일을 꾸민 놈이다. 어서 끌어내다 베어버려라!"

곽도가 가만히 그런 원담을 말렸다.

"지금 조조의 군사들이 우리 경계로 밀려오고 있습니다. 잠시 봉기를 이곳에 남겨두어 상이 마음을 놓게 하십시오. 조조의 군사들을 깨뜨린 뒤에 달려가 기주를 다투어도 늦지 않을 것입니다."

아직 집안 싸움을 일으킬 때가 아니라는 뜻이었다. 치솟는 노기로 펄펄 뛰던 원담이었으나 듣고 보니 옳은 말이었다. 이에 그 말을 따르기로 하고 즉시로 진채를 움직여 조조의 군사를 맞으러 갔다.

원담의 군사는 여양에 이르러 다시 조조의 대군과 부딪쳤다. 원담이 장수 왕소(汪昭)를 내보내자 조조는 서황을 시켜 맞서게 했다. 둘이 맞붙은 지 몇 합 되기도 전에 서황의 한칼이 번득이자 왕소의 목이 말 아래로 굴러떨어졌다.

적장의 목이 떨어지는 걸 보자 조조군은 기세를 올리며 일시에 덤벼들었다. 결과는 원담의 대패였다. 원담은 패군을 이끌고 여양 성안으로 쫓겨 들어가 원상에게 구원을 청했다.

원상은 심배와 의논한 끝에 겨우 군사 오천을 뽑아 원담을 구원하러 보냈다. 아직 형의 마음을 알 수 없어 불안하기는 했으나 우선 급한 것은 조조를 물리치는 일이어서 흉내라도 낸 것이었다.

그러나 원상의 구원군이 이르기도 전에 소문이 먼저 조조의 귀에 들어갔다. 조조는 악진과 이전에게 군사를 주어 도중에서 원상의 구원군을 치게 했다.

악진과 이전은 조조가 시킨 대로 도중에 숨어 기다리다가 양쪽에서 에워싸고 오천의 구원병을 모조리 죽여버렸다.

성안에서 목이 빠지도록 구원군을 기다리다가 그 소식을 들은 원담은 다시 몹시 노했다. 원상이 겨우 군사 오천을 보냈다는 것만도 화가 나는데 그나마 도중에서 모조리 죽어버렸으니 그럴 법도 했다.

"제가 글을 써서 주공에게 올리면 주공께서는 반드시 몸소 구원하러 달려오실 것입니다."

원담이 홧김에 다시 봉기를 불러 꾸짖자 봉기가 그렇게 말했다. 당장 형편이 위급한 때라 원담도 성만 내고 있을 수는 없었다. 봉기에게 한 가닥 기대를 걸며 글을 써서 원상에게 보내도록 했다.

봉기의 글을 가지고 기주로 돌아간 사자는 원상에게 그 글을 올렸다. 원상은 심배를 불러 다시 형을 구하는 일을 의논했다. 원가(袁家)의 운이 다한 것인지 심배가 기막힌 계교를 냈다.

"곽도는 꾀가 많은 사람입니다. 전에 원담이 우리와 싸우지 않고 바로 여양으로 간 것은 조조군이 우리 경계에 와 있기 때문이었습니다. 그러나 이제 만약 조조를 깨뜨린다면 틀림없이 기주로 와서 우리와 싸우려 들 것입니다. 구원군을 보내지 말고 조조의 힘을 빌려 그들을 제거하는 편이 낫겠습니다."

원담이 조조에게 패하면 다음은 자기들 차례라는 것에는 도무지 생각이 미치지 않은 듯했다. 그런데 더 기막힌 것은 원상이었다. 아버지의 원수를 시켜 자기의 형을 죽이라는 계책이건만 아무런 거리낌 없이 그 계교를 따랐다. 진실로 원소의 가장 큰 실패는 그런 자식들을 낳고 기른 것이었다.

원상이 심배의 말을 듣고 구원병을 보내려 하지 않는단 말을 듣자 원담은 다시 크게 노했다. 선 채로 봉기를 목 베 죽이고 조조에게 항복하려 했다.

생각하면 봉기는 원소의 모사들 중에서 재주는 일류가 아니었으나 자리는 언제나 가장 높은 곳을 차지했다. 거기서 오는 무리가 여러 번 원소를 낭패케 하고 끝내는 자기 목숨까지 잃게 하고 말았다.

원담이 조조에게 항복하려 한다는 소식은 곧 원상의 귀에도 들어갔다. 일이 생각과 달리 꼬이자 놀란 원상은 다시 심배를 불러 의논했다. 심배도 안색이 변하여 말했다.

"원담이 조조에게 항복하여 함께 쳐들어온다면 기주가 위태롭습니다. 아무래도 주공께서 원담을 구해주셔야겠습니다."

이에 원상은 심배를 대장 소유(蘇由)와 함께 남겨 기주를 지키게 하고 자신은 대군을 들어 원담을 구원하러 여양으로 달려갔다.

"누가 선봉이 되겠는가?"

기주를 떠남에 이르러 원상이 장수들을 보며 물었다. 대장 여광 (呂曠)과 여상(呂翔) 형제가 나섰다.

"저희들이 한번 앞장서 보겠습니다."

원상은 기뻐하며 그들에게 군사 삼만을 떼어주어 선봉으로 삼았다. 여광, 여상의 선봉이 여양에 이르자 비로소 원담도 원상이 스스로 대군을 이끌고 자신을 구하러 온다는 소식을 들었다. 지난날의 분노도 잊고 기뻐하며 조조에게 항복할 뜻을 버렸다.

원담은 곧 사람을 원상에게 보내 말을 전하게 했다.

"아우는 성 밖에 군사를 둔치고 나는 성안에 군사를 둔쳐 서로 의지하고 돕는 형세를 취하도록 하라."

실로 어렵게 이루어진 형제간의 협력이었다.

하루도 되지 않아 다시 원희(袁熙)와 고간(高幹)이 각기 군사를 이끌고 여양에 이르렀다. 그리고 역시 성 밖에 진채를 세우니 원가의 기세가 자못 드높아졌다.

서로 세력이 엇비슷해지자 싸움은 다시 지구전(持久戰)이 되었다. 원상은 몇 번이나 조조와 접전을 했으나 그때마다 조조에게 졌다. 하지만 전체의 형국은 그대로 유지되며 싸움은 달포를 끌었다.

건안 팔년 춘삼월 조조는 마침내 결전을 시도했다. 그동안의 정탐으로 적의 허실을 안 조조는 대군을 네 갈래로 나누어 원담, 원상,

원희, 고간을 일시에 들이쳤다.

조조의 계책은 들어맞아 그들 넷이 이끄는 군사는 한결같이 패하여 여양을 버리고 달아났다. 조조는 승세를 타고 그들을 쫓아 기주로 쳐들어갔다. 하지만 워낙 오랜 원가의 근거지라 거기서는 싸움이 뜻같지 못했다. 원담과 원상은 성안으로 들어가 굳게 지키고 원희와 고간은 성 밖 삼십 리에 진채를 벌여 허장성세로 도우니 조조가 연일 군사를 몰아쳐도 성은 떨어지지 않았다.

조조가 조급해하고 있을 때 곽가가 넌지시 권했다.

"원씨가 맏아들을 버리고 셋째를 세워 형제 사이에 권력을 다투게 만들었습니다. 각기 이끄는 무리가 있으니 우리가 급하게 치면 서로 구해주겠지만 늦춰주면 서로 싸우게 될 것입니다. 차라리 군사를 거두어 남쪽으로 형주를 도모하는 게 낫겠습니다. 유표를 치면서 원씨 형제들 사이에 변란이 일기를 기다려 다시 기주로 온다면 그때는 일거에 평정할 수 있습니다."

조조도 듣고 보니 그 말이 옳았다. 이에 조조는 가후를 태수(太守)로 삼아 여양을 지키게 하고, 또 조홍에게도 군사를 주어 관도를 지키게 한 뒤 자신은 대군을 이끌고 형주로 향했다.

원담과 원상은 조조가 스스로 군사를 이끌고 물러갔다는 말을 듣자 서로 기뻐하며 치하했다. 원희와 고간은 조조가 물러간 이상 기주에 더 머물 까닭이 없어 각기 자신이 다스리는 주로 돌아갔다.

기주에는 일시 평화가 찾아들었다. 그러나 그것도 잠시, 곽가의 예측은 곧 맞아들어갔다. 먼저 일을 벌인 것은 원담이었다. 원담은 가만히 제 사람인 곽도와 신평을 불러놓고 불평했다.

"나는 맏이로서 아버님의 대업을 이어받지 못하고 상은 오히려 계모의 자식으로서 아버님의 관작을 이었다. 내 마음이 실로 즐겁지 않구나!"

그러자 곽도가 기다렸다는 듯 소곤거렸다.

"주공께서는 그까짓 일로 무어 그리 마음 상해하십니까? 지금 곧 군사를 이끌고 성을 나가셔서 청주로 돌아간다고 소문을 낸 뒤 원상과 심배를 성 밖으로 부르십시오. 작별을 하려 함이라면 저들도 의심치 않고 나올 것입니다. 그때 술자리를 마련하여 함께 마시다가 미리 숨겨둔 도부수로 하여금 그들을 죽이게 한다면 대사는 절로 정해질 것이 아니겠습니까?"

원담도 그 말에 귀가 솔깃했다. 곧 그대로 따르려 하는데 별가 왕수(王修)가 청주로부터 보러 왔다. 원담은 왕수가 자기 사람이라 무심코 그 계책을 털어놓고 의견을 물었다. 왕수가 무겁게 고개를 가로저으며 대답했다.

"형제는 왼손과 오른손 같은 사이입니다. 지금 형제와 싸우는 것은 스스로 손을 자르는 것과 같으니 반드시 이긴다 한들 어찌할 짓이겠습니까? 거기다가 무릇 형제와 가깝게 지내지 못하면서 천하의 누구와 가깝게 지내실 수 있겠습니까? 이는 공연히 헐뜯는 사람들이 골육 사이를 이간시켜 눈앞의 이익을 얻으려는 수작입니다. 바라건대 주공께서는 귀를 막으시고 그 말을 듣지 마십시오."

실로 원가의 사람으로는 드물게 사람다운 사람이었다. 그러나 좋은 말은 귀에 거슬린다든가, 원담은 오히려 성난 소리로 왕수를 꾸짖어 내쫓고 그 잘난 계책에 들어갔다.

"형이 무슨 일로 우리를 부르는지 알겠소?"

원담으로부터 오라는 전갈을 받은 원상이 고개를 갸웃거리며 심배에게 물었다. 갑작스레 청주로 돌아간다는 것도 이상했지만, 하필이면 성 밖에서 작별을 하겠다고 청하는 것은 더욱 이상했다. 끼리 끼리라 더 잘 상대의 속이 들여다보이는지 심배가 한마디로 잘라 말했다.

"이는 필시 곽도의 못된 꾀일 것입니다. 만약 주공께서 가신다면 틀림없이 그의 간계에 빠지게 됩니다."

"그렇다면 어떻게 하면 좋겠소?"

원상이 굳은 얼굴로 심배에게 물었다. 심배가 차갑게 잘라 말했다.

"우리가 먼저 손을 써야 합니다. 지금은 우리 세력이 강하니 세력으로 밀고 나가 대사를 굳히는 게 옳겠습니다."

그 말에 원상도 결연히 고개를 끄덕였다. 지키지 못하면 아무 소용이 없는 자리 싸움으로 그 또한 형제를 죽이는 일에 찬성하고 나선 것이었다.

원상은 곧 갑옷 입고 투구 쓰며 말에 올랐다. 그리고 성안에 있는 군사 오만을 긁어모아 성을 나섰다. 원담은 원상이 군사를 이끌고 나오는 것을 보고 일이 이미 새어나간 걸 알았다. 역시 갑옷 입고 말에 올라 아우를 맞으러 나갔다. 곧 형제간의 꼴사나운 입씨름이 벌어졌다.

"너는 선친의 유명을 어기고 감히 내게 대적하려 드느냐? 네 죽은들 무슨 낯으로 선친을 뵈오려느냐?"

원상이 그렇게 큰 소리로 꾸짖자 원담도 지지 않고 맞섰다.

"너는 아버님을 독살하고 그 사리를 노적실한 놈이다. 거기다가 이제는 형마저 죽이려 드는구나!"

그러다가 남을 앞세울 것도 없이 직접 맞붙었다. 창과 칼이 서로 형제의 목숨을 노리며 뒤얽혔다. 하지만 무예에 있어서는 원래 원담은 원상의 적수가 되지 못했다. 원담이 곧 패해 달아나니 원상은 몸소 시석(矢石)을 무릅쓰고 뒤를 쫓으며 원담의 군사를 죽였다.

원담은 패군을 이끌고 평원까지 달아나서야 겨우 숨을 돌렸다. 원상이 군사를 거두고 돌아가자 원담은 다시 곽도와 더불어 원상을 칠 계책을 의논했다. 그리고 이번에는 잠벽(岑璧)을 대장으로 앞세우고 기주로 짓쳐갔다.

원상도 스스로 군사를 이끌고 성을 나와 맞섰다.

양쪽 군사가 둥그렇게 맞서 진을 치니 기치와 북소리가 서로 마주쳤다. 원담의 장수 잠벽이 먼저 말을 내어 진 앞에 나서더니 큰 소리로 원상을 꾸짖었다. 원상이 또 용맹을 뽐내며 나가 싸우려 했다.

"주공께서는 수고로이 창칼을 잡으실 필요가 없습니다. 제가 나가 보겠습니다."

장수 여광이 그런 원상을 말리며 말을 박차 나아갔다. 곧 잠벽과 여광의 싸움이 어우러졌다. 그러나 몇 합 어우러지기도 전에 여광은 잠벽을 베어 말 아래로 떨어뜨렸다. 대장이 그 지경으로 죽는 꼴을 본 원담의 군사들은 기가 죽었다. 기세를 올려 덤벼드는 원상의 군사들을 당해내지 못하고 그대로 뭉개져 달아나니 또다시 원담의 대패였다.

원담은 전에 쫓겨갔던 평원으로 되돌아갔다. 그러나 이번에는 심배가 권하여 원상이 그곳까지 쫓아왔다.

원담은 들판에서는 더 이상 원상을 당해내지 못할 줄 짐작하고 성안으로 들어가 굳게 지키며 나오지 않았다. 원상은 평원성(平原城)을 삼면으로 둘러싸고 들이치는데 그 기세가 자못 세차고 급했다. 더럭 겁이 난 원담이 곽도를 불러 물었다.

"이제 어떻게 했으면 좋겠소?"

곽도가 미리 생각해둔 듯이나 입을 열었다.

"지금 성안에 양식은 적고 저쪽 군사의 기세는 한창 날카롭습니다. 제 어리석은 소견인지는 모르겠습니다만 사람을 조조에게 보내 투항하는 게 어떨는지요? 조조로 하여금 기주를 공격하면 상은 틀림없이 주공께 구원을 청할 것입니다. 그때 구해주지 말고 뒤에서 들이치면 상을 사로잡을 수 있습니다. 만약 조조가 먼저 상을 깨뜨린다면 그때는 그 군사를 거두어 조조에게 대적할 수도 있겠지요. 조조의 군사는 멀리서 왔으니 양식이 모자라서라도 스스로 물러나지 않을 수 없을 것입니다. 그렇게 되면 우리는 기주를 차지할 수 있게 될 뿐만 아니라 나아가 더 큰일을 도모할 수도 있습니다."

얼른 듣기에는 원상도 사로잡고 조조도 물리칠 수 있는 계책이라 원담은 귀가 솔깃했다.

"누구를 사자로 보냈으면 좋겠소?"

"신평(辛評)의 아우로 신비(辛毗)란 이가 있는데 자를 좌치(佐治)라 하며 지금 평원령을 지내고 있습니다. 그 사람이 말을 잘해 사자로 삼을 만합니다."

곽도가 다시 준비한 듯 대답했다.

원담은 즉시로 신비를 불러들였다. 그리고 기꺼이 달려온 신비에게 글 한 통을 써준 뒤 군사 삼천으로 군(郡) 경계까지 호송케 했다. 신비는 밤낮을 가리지 않고 조조에게로 달려갔다.

이때 조조는 서평벌이란 곳에 군사를 둔치고 있었다. 유표는 조조가 쳐들어온다는 말을 듣자 유비에게 군사를 주어 선봉으로 조조를 맞게 했다. 그러나 아직 양군이 싸우기 전에 신비가 먼저 조조의 진중에 이르렀다.

"그대는 무슨 일로 나를 찾아왔는가?"

신비가 예를 끝내기 무섭게 조조가 물었다. 곽가의 진언으로 군사를 물리기는 했지만 일이 생각보다 너무 빨리 진척되어 얼른 짐작이 가지 않았기 때문이었다. 신비는 원담이 구해주기를 바란다는 뜻을 전함과 함께 지니고 온 글을 조조에게 바쳤다.

"뜻은 알았소. 잠시만 진채 안에서 기다리시오."

글을 다 읽은 조조는 신비에게 그렇게 이르고 자신은 따로 문무의 여러 벼슬아치들을 불러모아 그 일을 의논했다. 먼저 정욱이 일어나 말했다.

"원담은 원상의 공격을 받아 일이 매우 급하게 되자 하는 수 없이 투항해 온 것입니다. 믿으셔서는 아니 됩니다."

"승상께서 이미 군사를 이끌고 이곳까지 오셨는데 어떻게 유표를 버리고 다시 원담을 도우러 갈 수 있겠습니까?"

여건과 만총도 그렇게 정욱과 의견을 같이했다. 그러나 순유만은 달랐다. 한구석에서 가만히 여럿의 말을 듣다가 불쑥 일어나 말했다.

"세 분의 말씀은 옳지 않소이다. 어리석은 소견으로 헤아려보건대, 천하가 방금 시끄러운데도 유표는 다만 가만히 앉은 채로 형주를 보전하는 데만 급급하고 있소. 감히 발을 뻗쳐 천하를 향해 나오지 않는 것으로 보아 그 뜻이 천하에 없음은 넉넉히 알 수 있는 일이오. 이에 비해 원씨는 네 주에 걸친 넓은 땅에 웅거하며 갑병(甲兵)만도 수십만이 되오. 만일 그 두 아들이 화목하여 함께 아비의 기업을 지켜간다면 천하 일은 아직 알 수가 없을 것이오. 그런데 이제 형제간에 싸움이 벌어져 세력이 궁한 쪽이 우리에게 투항하려 한다 하니 이보다 더 큰 다행이 어디 있겠소이까? 못 이긴 체 군사를 내어 먼저 원상을 없애고 변화를 지켜보다 다시 원담까지 없앤다면 천하의 일은 절로 결정이 날 것이오. 이 기회를 잃어버려서는 실로 아니 되오."

조조의 마음에 꼭 맞는 소리였다. 조조는 크게 기뻐하며 순유의 말을 따르기로 하고 신비를 불러 술을 내리며 슬며시 물었다.

"원담의 항복은 참이요, 거짓이요? 그리고 원상은 정말로 꼭 원담을 이겨내겠소?"

기주의 허실을 물음과 아울러 신비의 속마음을 떠보려는 뜻에서였다. 어딘가 신비의 행동거지에는 원씨들에 대한 실망이 은연중에 드러나고 있었다. 뜻밖에도 조조의 의도는 들어맞았다.

"명공께서는 이 투항이 거짓인가 참인가는 묻지 말아주십시오. 남의 사자가 돼 그 허실을 상대에게 밝히기는 심히 난감합니다. 그러나 기주의 형세라면 말씀드릴 수가 있습니다."

신비가 매우 거북한 듯 그렇게 말했다. 조조가 얼른 물었다.

"그럼 지금 하북의 형세는 어떠하오?"

"원씨는 해마다 싸움에 저서 군사들은 밖으로 전쟁에 지쳐 있고 모신(謀臣)들은 안으로 집안싸움에 여럿이 죽었습니다. 거기다가 형제간이 벌어져 나라는 둘로 나뉘고, 기근과 천재로 백성들은 고단하기 이를 데 없습니다. 어리석고 지혜로움을 가릴 것 없이 그 땅에 사는 사람이면 머지않아 망하리라는 것을 모두 알 정도이니 이는 곧 하늘이 원씨들을 없애려는 때라 할 수 있습니다. 만약 지금 승상께서 군사를 들어 업성을 들이친다면 원상은 미처 구할 틈이 없어 그 소혈을 잃게 됩니다. 또 돌아와 구하려 할지라도 원담이 그 뒷덜미를 후려칠 것이니, 승상의 위엄으로 그 피곤한 원상의 무리를 치시면 빠른 바람이 가을잎 쓸 듯 할 수 있습니다. 그런데 만약 그렇게 하지 아니하고 형주를 치신다면 이는 다만 하늘이 주신 기회를 잃는 것일 뿐만 아니라 스스로 화를 키우는 일이 될 것입니다."

"그것은 어찌하여 그렇소?"

조조가 다시 물었다. 후련하다는 표정으로 모든 것을 털어놓은 신비는 이내 조조의 사람이라도 된 듯 대답했다.

"형주는 땅이 기름지고 물산이 넉넉한 곳인 데다 나라는 화평하고 백성들은 모두 순종하고 있습니다. 쉽게 흔들어 뽑을 수 있는 땅이 못됩니다. 거기다가 지금 사방에 근심거리가 널려 있고, 특히 하북에 있는 근심거리는 이만저만 큰 게 아닙니다. 먼저 하북을 평정하는 것이 곧 패업(覇業)을 이룩하는 것이 되니 바라건대 명공께서는 소상히 살펴 행하십시오."

그 말을 듣자 조조는 신비의 속마음을 뚜렷이 알 듯했다. 그 마음은 이미 그 주인 원담에게서 멀리 떠난 사람이었다. 조조는 몹시 기뻐하며 소리쳤다.

"신좌치(辛佐治)와 이토록 늦게 만난 게 실로 한스럽구려!"

그러고는 그날로 군사를 재촉해 기주로 달려갔다. 유비는 조조가 갑자기 군사를 물리자 그 뒤를 들이치고 싶었다.

그러나 거기에 무슨 속임수가 있을까 두려워 함부로 뒤쫓지 못하고 군사를 돌려 형주로 돌아갔다.

한편 원상은 조조가 군사를 이끌고 황하를 건넜다는 소식을 듣고 급히 군사를 업(鄴)으로 되돌렸다. 이때 뒤를 맡은 것은 여광과 여상이었다. 원담은 원상이 물러가는 걸 보자 평원의 군사들을 있는 대로 몰아 뒤를 쫓았다. 그런데 채 수십 리도 가기 전에 한소리 포향이 들리며 두 길로 적군이 쏟아져 나왔다. 왼쪽은 여광이요, 오른쪽은 여상이었다. 원상의 명을 받들고 원담의 뒤쫓음을 막으려고 기다린 것이었다.

원담이 말고삐를 당기며 여광, 여상 두 형제를 달랬다.

"우리 아버님께서 살아 계실 때에 한번도 나는 두 분 장군을 섭섭하게 대한 적이 없소. 그런데 이제 어찌 내 아우를 쫓아 나를 이렇게 구박하시오?"

그 소리를 듣자 여광과 여상은 잠깐 생각해보았다. 조조가 다시 강을 건넜다니 원상은 이제 등과 배로 한꺼번에 적을 맞게 된 셈이었다. 거기다가 원담은 원래 옛 주인의 맏아들로 당연히 자기들이 주인으로 섬겼어야 할 사람이 아닌가. 생각이 거기에 미치자 둘은 얼른 말에서 뛰어내려 원담에게 항복하고 말았다. 원담이 점잖게 말했다.

"이제는 내게 항복할 게 아니라 조승상께 항복하도록 하시오."

이에 두 장수는 원담을 따라 우선 그 영채로 함께 돌아갔다.

이윽고 조조의 군사가 이르자 원담은 여광과 여상을 데리고 조조를 보러 갔다. 조조는 몹시 기뻐하며 그 딸을 원담에게 출가시키기로 하고 여광과 여상을 중매인으로 삼았다. 원담은 아버지를 죽인 원수의 사위가 된 셈이었다. 하늘을 함께 지지 못한다는 원수의 사위가 되고서도 원담은 거기서 그치지 않았다. 어서 기주를 쳐서 아우 원상을 잡아 죽이자고 조르고 나섰다. 오히려 조조가 그런 원담을 말렸다.

"지금은 군량과 마초가 오지 않고 운반조차 힘든 형편이네. 제하(濟河)로부터 기수(淇水)를 막아 백구(白溝)로 물을 들게 하면 곡식을 나르는 길이 열릴 것인즉, 그 뒤에야 군사를 나아가게 해야겠네."

그러고는 원담을 잠시 평원에 있게 하고 자신은 군사를 물려 여양으로 돌아갔다.

하지만 조조의 속셈은 따로 있었다. 떠나기 전 그는 여광과 여상 형제를 후(侯)로 높여 봉한 뒤 함께 데리고 갔는데 그것은 바로 원담을 노리는 미끼였다. 그들을 이용해 아직은 온전히 믿을 수 없는 원담의 속을 떠보려 한 것이었다.

과연 원담은 오래잖아 그 미끼에 걸려들었다. 발단은 곽도였다. 곽도는 조조가 떠나자 가만히 원담에게 말했다.

"조조가 그 딸을 내주며 혼인을 허락한 것은 아무래도 참 마음이 아닌 것 같습니다. 거기다가 이제는 여광과 여상까지 봉직을 내려 데려갔으니 이는 틀림없이 하북의 인심을 자기에게로 거둬들이려는

328

수작입니다. 그대로 두어서는 뒷날 반드시 우리에게는 화가 될 것입니다.

주공께서는 대장인 둘을 파서 몰래 여광과 여상에게 보내도록 하십시오. 그 둘의 마음을 주공께로 되돌려 조조의 진중에 있으면서 우리에게 내응(內應)하도록 해야 합니다. 그래야만 조조가 원상을 깨뜨리는 즉시로 우리가 조조를 도모할 수 있을 것입니다."

평소에 지모가 밝다는 곽도의 말이라 원담은 그게 바로 조조의 미끼에 걸려드는 것인 줄도 모르고 거기에 따랐다. 장군의 도장 둘을 파서 가만히 여광과 여상에게 보낸 것이었다.

하지만 여광과 여상은 이미 원씨의 사람이 아니었다. 장인(將印)을 받고 감격해 내응을 약속해오기는커녕 그 자리에서 똑바로 조조에게로 달려갔다.

"원담이 저희 형제에게 이것을 보내왔습니다."

여광 형제가 그 말과 함께 대장인을 바치자 조조가 대수롭지 않다는 듯 껄껄 웃었다.

"원담이 몰래 장인을 보낸 것은 그대들로 하여금 안에서 자기를 돕도록 하려는 뜻이다. 내가 원상을 깨뜨리기를 기다려 어떻게 해보려는 수작이겠지. 그대들은 잠시 그 대장인을 받아두도록 하게. 나도 따로이 생각이 있네."

그러나 웃는 얼굴과는 달리 그때부터 조조는 이미 원담을 죽일 마음을 품었다.

한편 업성으로 돌아간 원상은 심배와 더불어 앞일을 의논하며 물었다.

"지금 조조의 군사들은 백구로 군량을 운반해 들여오고 있다 하오. 그다음은 반드시 우리 기주를 공격할 것인즉 어찌하면 좋겠소?"

"격문을 띄워 무안의 장(長) 윤해(尹楷)로 하여금 모성을 지키도록 하시고, 다시 한편으로는 상당을 통해 곡식 나르는 길을 트게 하시며, 또 저수의 아들 저곡(沮鵠)으로 하여금 한단을 지키면서 멀리서나마 응원케 하십시오. 그런 다음 주공께서는 평원으로 군사를 내시어 급히 원담을 치셔야 합니다. 먼저 원담을 결딴낸 뒤에라야 조조도 깨뜨릴 수 있을 것입니다."

걱정할 게 없다는 듯한 심배의 말이었다. 원상은 크게 기뻐하며 그 계책을 따르기로 했다. 심배와 진림을 남겨 기주를 지키게 하고, 자신은 마연(馬延)과 장의(張顗)를 선봉으로 삼아 그날 밤으로 평원을 향해 달려갔다. 먼저 원담부터 꺾어버릴 작정이었다.

원담은 원상의 군사가 몰려오는 걸 보자 얼른 조조에게 위급함을 알렸다. 그 소식을 들은 조조는 흐뭇한 얼굴로 중얼거렸다.

"이번에는 내가 반드시 기주를 얻게 되겠구나!"

그러는데 마침 허유가 들어왔다. 허창에서 조조의 진중으로 왔다가 원상이 다시 원담을 공격한다는 말을 듣고 조조를 만나러 온 길이었다.

"승상께서는 이렇게 가만히 앉아 지키시면서 벼락이라도 떨어져 그들 원씨가 죽기를 기다리는 것입니까?"

허유가 충동하듯 말했다. 그도 조조처럼 이제 때가 무르익은 걸 알아본 것 같았다. 조조가 웃으며 대답했다.

"나도 생각해둔 게 있네. 걱정 말게나."

그러고는 먼저 조홍을 불러 군사를 이끌고 업성을 치게 했다. 조조 자신은 윤해가 지키는 모성이 표적이었다.

조조가 질풍같이 군사를 몰아 모성으로 달려가니 윤해는 그 경계까지 군사를 이끌고 나와 대적했다. 윤해가 말을 내어 싸움을 돋우는 걸 보며 조조가 소리쳤다.

"허중강(仲康, 허저의 자)은 어디 있는가?"

이에 허저가 큰 소리로 대답하며 말을 박차고 나갔다. 허저가 똑바로 윤해를 향해 덮쳐가자 윤해도 겁없이 맞섰다. 그러나 처음부터 윤해에게는 무리한 상대였다. 윤해는 손발 한번 제대로 놀려보지 못하고 허저의 한칼에 두 토막이 되어 말 아래로 굴러떨어졌다.

대장이 그 모양으로 죽으니 남은 군사들은 말할 나위도 없었다. 어지럽게 흩어져 쫓기다가 모조리 조조에게 항복하고 말았다.

조조는 다시 한단으로 군사를 돌렸다.

그곳을 지키던 저곡이 힘을 다해 맞섰으나 결과는 윤해 때와 크게 다르지 않았다. 조조의 영을 받고 뛰쳐나간 장요와 싸우던 저곡은 겨우 세 합을 버텨내지 못하고 달아나기 시작했다.

뒤따르던 장요는 두 말 사이의 거리가 멀지 않음을 보고 가만히 활을 꺼내 살을 먹였다. 시위 소리 나는 곳에 저곡이 화살을 맞고 말에서 떨어졌다. 그걸 본 조조가 일제히 군사를 몰고 나아가니 저곡의 군사는 그대로 풍비박산이 되어 흩어져버렸다.

모성과 한단을 모두 깨뜨린 뒤에야 조조는 대군을 기주로 돌렸다. 그때 조홍은 이미 성 아래에 이르러 있었다.

마침내 하북도 조조의 품에

조조는 삼군을 호령하여 성 둘레에 토산을 쌓게 하는 한편 몰래 땅굴을 파 공격하게 했다. 이때 업성을 굳건히 지키고 있는 것은 심배였는데 법령을 시행함에 몹시 엄했다. 한번은 동문을 지키던 장수 풍례(馮禮)가 술에 취해 순찰을 게을리한 것을 심하게 꾸짖었더니 풍례는 거기에 한을 품고 몰래 성을 나가 조조에게 항복하고 말았다.

조조는 풍례를 반갑게 받아들이고 물었다.

"어떻게 하면 이 성을 깨칠 수 있겠는가?"

"우뚝 솟은 성문 안쪽은 흙이 두꺼워 굴을 파 들어갈 수 있을 것입니다."

풍례가 그렇게 대답했다. 이미 여러 군데 땅굴을 파보았으나 암맥에 막히어 애를 먹고 있던 조조에게는 천금에 값하는 정보였다. 조조는 얼른 풍례에게 명을 내려 장사 삼백 명을 이끌고 밤중에 땅굴을 파게 했다.

한편 심배는 풍례가 성을 나가 항복한 뒤로 매일 밤 스스로 성벽 위에 올라 군마를 점검했다. 그날 밤 돌문(突門)에 있는 누각 위에서 바라보니 그쪽 성 밖에는 이상하게 등불 하나 없었다. 군대가 성을 에워싸고 있어 여기저기 모닥불이라도 있건만 유독 그쪽만 깜깜한 것이었다.

"풍례란 자가 틀림없이 군사들을 데리고 땅굴을 파고 있을 것이다. 이쪽에 들키지 않으려고 일부러 불을 밝히지 않았음에 분명하다."

심배는 그렇게 헤아리고 급히 정병(精兵)을 불러 돌을 날라오게 했다. 그리고 성안의 수문을 부수고 돌로 막으니 돌 사이로 새어나간 물이 땅굴을 채워 풍례와 삼백 장사는 고스란히 흙 속에서 죽고 말았다.

한바탕 낭패를 본 조조는 땅굴로 성을 우려뺄 계책을 버리고 원수(洹水)로 군사를 물리고 원상의 움직임을 알아보았다. 이때 원상은 평원을 공격하다가 조조가 이미 윤해와 저곡을 깨뜨렸다는 소리를 들었다. 조조의 대군이 둘러싸 기주가 고달퍼지는 게 두려운 원상은 급히 군사를 돌려 기주를 구하러 가기로 했다. 부장 마연(馬延)이 그런 원상에게 말했다.

"큰길을 따라가면 반드시 조조의 복병이 있을 것입니다. 사잇길을 취하여 서산으로 간 뒤 부수구로 뛰쳐나가 조조의 본진을 들이친다면 틀림없이 기주성의 포위는 풀릴 것입니다."

원상도 그 말을 옳게 여겼다. 그리하여 스스로 대군을 이끌고 앞서 가고 마연과 장의 두 장수로 하여금 원담의 추격을 막게 했다.

원상의 그러한 움직임은 곧 세작을 통해 조조에게 알려졌다. 조조가 빙그레 웃으며 말했다.

"만약 원상이 큰길로 온다면 나는 마땅히 피해야 할 것이다. 그러나 서산의 사잇길을 따라온다면 반드시 복병을 내 한 싸움에 사로잡을 수 있다. 원상은 반드시 횃불을 신호로 성중에 자신이 온 것을 알릴 것이다. 나는 군사를 나누어 그를 치리라."

그리고 거기에 따라 각기 군사를 나누어 배치했다.

과연 원상은 부수구를 나와 동으로 양평에 이르렀다. 양평정(陽平亭)에 군사를 머물게 하니 기주에서는 십칠 리요, 한편으로는 부수를 등진 채였다.

원상은 조조의 진채를 치기 전에 먼저 기주 성안과 군호(軍號)를 정해놓고 싶었다. 군사들에게 섶과 장작이며 마른 검불을 쌓아놓게 하는 한편 주부 이부(李孚)를 성안으로 들여보내 그 신호를 알리게 했다.

조조군의 도독으로 꾸며 무사히 기주성에 당도한 이부는 성문 아래 이르러 크게 소리쳤다.

"문을 열어라!"

마침 성 위에 나와 있던 심배는 이부의 목소리를 알아들었다. 시간을 끌지 않고 바로 성문을 열어 맞아들이자 이부가 말했다.

"주공께서는 이미 군사를 이끌고 양평정에 와 계시오. 지금 성안과 호응할 작정으로 적을 살피시는 중이니 만약 성안에서 군사를 내게 되거든 우리와 마찬가지로 불을 피워 신호를 하도록 합시다."

이에 심배도 성안에 마른 풀을 쌓아두어 불을 지르는 것으로 신호가 되도록 했다. 이부가 다시 꾀를 내어 말했다.

"만약 성안에 양식이 모자라면 늙고 병든 자나 부녀자를 내보내 항복게 하시오. 그러면 적은 별 의심을 않고 대비가 없을 것이오. 그때 백성들의 뒤를 이어 군사를 내고 성을 나가 공격하면 될 것이오."

이미 원상이 성 밖에 와 있다면 한번 써볼 만한 계책으로 여겨졌다. 이에 심배는 이부의 말을 따르기로 했다.

다음 날이었다. 심배는 성 위에다 '기주백성투항(冀州百姓投降)'이라 쓴 흰 깃발을 내걸었다. 하지만 어떤 조조인가. 마치 심배와 이부가 주고받은 말을 곁에서 들은 사람처럼 좌우를 돌아보며 말했다.

"저것은 성안에 양식이 없어 늙은이와 부녀자를 항복하게 만든 것이다. 그렇지만 마음 놓아서는 안 된다. 항복하는 백성들 뒤로는 반드시 적병이 따를 것이다."

그러고는 장요와 서황에게 각기 군사 삼천을 주어 양쪽으로 매복해 있게 한 다음 자신은 아무것도 모르는 듯 성 아래로 갔다. 휘개(麾蓋)까지 받쳐들게 한 한가로운 행차였다.

조금 있으려니 성문이 열리더니 과연 백성들이 늙은이를 부축하고 어린 걸 안은 채 손에 손에 흰 기를 흔들며 쏟아져 나왔다. 조조는 속은 체 가만히 보고만 있었다. 그러자 백성들의 행렬이 끝나는가 싶더니 성안의 군사들이 일제히 뛰쳐나왔다.

조조는 그제야 빙긋 웃으며 붉은 깃발을 한 번 흔들게 했다. 그걸보고 미리 숨어 기다리던 장요와 서황의 군사들이 길을 나누어 성을 나온 적병들을 덮쳤다. 꾀를 부리려다 오히려 상대편의 꾀에 걸려든 심배의 군사들은 놀라고 당황했다. 제대로 싸워보지도 못한 채 시체만 어지러이 남기고 성안으로 되쫓겨 들어갔다.

"이때다. 바짝 적을 뒤쫓아 성안으로 들라!"

조조는 그렇게 외치며 나는 듯 말을 몰아 앞장섰다. 그러나 적교에 이르자 성안에서 화살이 비 오듯 쏟아지며 그중의 한 대가 조조의 투구에 맞았다. 다행히 다치지는 않았으나 투구의 정수리 부분에 화살이 박히자 조조 자신은 물론 뒤따르던 여러 장수들은 모두 놀랐다. 급히 조조를 구해 물러서니 그사이 심배는 적교를 걸어 올리고 성문을 닫아걸었다.

성을 우려빼기는 어렵게 되었다 싶자 조조는 다시 원상의 진채를 급습해 들어갔다. 여느 사람 같으면 투구에 박힌 화살로 가슴이 서늘해져 머뭇거렸을 것이나 조조는 투구를 바꿔 쓰고 말을 갈아타기 바쁘게 다음 싸움으로 달려갈 만큼 재빨랐다.

조조가 오는 것을 보고 원상도 스스로 달려 나가 맞섰다. 그러나 조조의 여러 갈래 군마가 일시에 짓쳐드니 당해낼 수 없었다. 한바탕 혼전 끝에 크게 낭패를 본 원상은 패군을 물려 서산에다 진채를 내렸다. 그리고 후군으로 오고 있는 마연과 장의에게 사람을 보내 빨리 이르기를 재촉했다.

하지만 조조는 이미 그쪽에도 손을 써놓고 있었다. 원래 원상의 장수였다가 항복해 온 여광과 여상 형제를 보내 마연과 장의를 달래게 한 일이었다. 이미 원씨의 내분에 실망하고 있던 차에 다시 옛 동료였던 여광과 여상이 와서 좋은 말로 달래자 마연과 장의는 곧 마음을 바꿔 먹었다. 원상에게 가서 합류하는 대신 조조에게로 가 항복해버렸다.

조조는 그들 역시 열후(列侯)에 봉한 뒤 여광, 여상과 더불어 원상의 군량 나르는 길을 끊게 했다. 그리고 자신은 그날로 군사를 몰아 서산에 있는 원상의 진채를 후려쳤다.

믿고 있던 마연과 장의가 조조에게 항복해버린 데다 또 조조가 있는 힘을 다해 몰려온다는 걸 알자 원상은 서산을 지켜낼 자신이 없었다. 한번 싸워보지도 않고 밤을 틈타 일구로 달아났다. 하지만 어느새 조조의 복병은 거기까지 미쳐 있었다. 원상이 미처 영채를 안돈시키기도 전에 사방에서 불길이 일며 복병이 한꺼번에 쏟아져 나왔다.

사람은 갑옷 입을 틈이 없고 말은 안장 얹을 여유가 없을 지경이라 싸움이 될 리 만무였다. 원상의 군사는 그대로 뭉그러져 다시 오십 리를 달아났다.

원상이 겨우 정신을 차려 점고해보니 이미 더는 싸울 처지가 못되었다. 세궁역진(勢窮力盡)이란 바로 자신을 가리키는 말 같았다.

원상은 하는 수 없이 예주 자사 음기(陰夔)를 조조의 영채로 보내 항복을 청했다. 진심으로 항복을 하기 위함이라기보다는 시간이라도 좀 벌어볼까 해서였다.

조조는 원상의 그 같은 다급함까지 철저하게 이용했다. 거짓으로 그 항복을 받아들여주는 체해놓고 그날 밤으로 장요와 서황을 시켜 원상의 진채를 급습게 했다. 힘으로도 이미 태부족인 데다 한밤에, 그것도 마음 놓고 있다가 기습을 당했으니 원상의 낭패가 어느 정도일지는 보지 않아도 알 만했다. 원상은 인수(印綬)와 절월(節鉞)이며 병장기, 갑옷을 비롯한 온갖 치중을 고스란히 버려둔 채 몸만 빠져 중산으로 달아났다.

다시 일어나기 힘들 만큼 원상을 두들겨 쫓은 뒤에야 조조는 다시 기주로 군사를 돌렸다. 이번에는 무슨 일이 있어도 기주를 우려뺄 작정이었다. 허유가 그런 조조에게 한 계책을 내놓았다.

"장하의 물은 두었다 어디에 쓰실 작정이시오? 그 물만 끌어들여도 기주는 금세 결딴나고 말 것이외다."

말은 경박하나 내용인즉 옳았다. 조조는 거기에 따르기로 하고 그날로 군사를 뽑아 장하를 기주성으로 끌어들일 물길을 파게 했다. 그러나 전에 땅굴을 파들어 가다가 심배에게 호되게 당한 일이 있어 이번에는 방법을 달리했다. 기주성 둘레 사십 리에 이어지는 물길이라 어차피 심배에게 들키지 않고 일할 수는 없으니만큼 심배가 알더라도 방심을 하도록 꾀를 쓰기로 했다.

그날 낮이었다. 심배가 성 위에서 보니 조조의 군사들이 성 밖에서 물길을 파고 있는데 그 깊이가 얼마 되지 않았다. 심배는 속으로 가만히 웃으며 말했다.

'저것은 필시 장하를 끊어 이 성으로 물을 끌어들이려는 수작이다. 하지만 물길이 깊어야 이 성을 물에 잠기게 할 것인데 저토록 얕게 파서 무슨 소용이 있겠는가?'

그러고는 그 일에 별로 대비하지 않았다. 심배의 크나큰 실책이었다.

그날 밤 조조는 낮보다 열 배가 넘는 군사를 풀어 힘을 다해 물길의 깊이와 너비를 늘렸다. 날이 밝을 무렵이 되자 물길은 너비와 깊이가 모두 두 장(丈)이 넘었다. 그리로 장하의 물을 끌어대니 기주성 안은 곧 몇 자나 되는 물속에 잠겼다. 거기다가 양식까지 떨어져 성 안의 군사들은 고스란히 굶어 죽어가는 판이었다.

원담의 사자로 조조에게 갔다가 오히려 조조의 사람이 되어버린 신비가 보다 못해 나섰다.

"여기 너희 주인인 원상의 인수와 의복이 있다. 이미 너희 주인이 이 모양이 되었거늘 무엇 때문에 헛되이 목숨을 버리려 하느냐? 모두 승상께 항복하여 하늘의 호생지덕(好生之德)을 누리도록 하라."

신비는 창에다 원상의 인수와 의복을 꿰어 보이며 그렇게 성안 사람들을 달랬다.

그걸 본 심배는 몹시 노했다. 마침 기주성 안에 남아 있던 신비의 가솔 팔십여 명을 성 위로 끌어내 목 벤 뒤 성 밖으로 그 목을 내던졌다. 그것은 신비에 대한 징벌인 동시에 자신의 죽음에 대한 결의를 강렬하게 표명한 것이기도 했다. 눈앞에서 가솔들의 목이 하나하나 떨어지는 걸 보고 신비는 통곡을 그치지 못했다.

그런데 심배의 조카 중에 심영(審榮)이란 사람이 있었다. 평소부터 신비와 매우 가까이 지냈는데 심배가 그 가족을 참혹하게 죽이는 걸 보자 원한을 품게 되었다. 아니, 어쩌면 심배의 그 같은 행동에서 이미 죽음을 각오한 자의 발악 같은 것을 보고 자신은 삶의 길을 찾아보려 한 것일는지도 모르는 일이었다. 심영은 안에서 성문을 열어주겠다는 글을 쓴 뒤 화살에 매달아 성 아래로 쏘아 보냈다. 그 글을 주운 군사가 신비에게 갖다 바치고 신비는 또 조조에게 그 글을 바쳤다.

읽고 난 조조는 먼저 장졸들에게 엄명을 내렸다.

"기주성 안에 들어가더라도 원씨 집안 사람이라면 늙고 젊고 간에 결코 죽여서는 아니 된다. 또 군사와 백성들도 항복한 자는 반드시 살려주어라. 이 명을 어기는 자는 상하를 가리지 않고 목을 베리라!"

그런 다음 비로소 기주성으로 짓쳐들 채비들을 하게 했다.

다음 날이 밝았을 무렵이었다. 심영은 미리 알린 대로 서문을 활짝 열어젖히고 조조의 군사를 맞아들였다. 원한에 눈이 뒤집힌 신비가 먼저 말을 박차 성안으로 뛰어들고, 그 뒤를 조조군의 장졸들이 물밀듯 짓쳐들어갔다.

이때 심배는 동남쪽에 있는 성루 위에 있었다. 조조의 군사들이 이미 성안으로 들어온 걸 보자 몇 기 따르는 군사를 이끌고 성 아래로 내려와 죽기로 싸우려 들었다. 그런데 불행히도 심배가 먼저 맞닥뜨린 것은 다름 아닌 맹장 서황이었다. 원래도 무예에 그리 능하지 못한 심배고 보면 결과는 뻔했다. 칼 한번 휘둘러보지 못하고 서황에게 사로잡히고 말았다.

심배를 끼고 성을 나오던 서황은 도중에 신비를 만났다. 신비가 이를 북북 갈며 피 맺힌 소리를 냈다.

"이 미친 살인귀야, 이제 너도 한번 죽어보아라!"

그러나 심배는 조금도 두려워하는 기색이 없었다. 오히려 큰 소리로 신비를 꾸짖었다.

"이 더러운 도적놈아, 조조를 끌어와 우리 기주를 깨친 네놈을 죽이지 못한 게 한스러울 뿐이다!"

심배의 그 같은 태도는 조조를 대할 때에도 변함이 없었다. 서황이 조조 앞으로 심배를 끌고 가자 조조가 물었다.

"그대는 문을 열어 우리를 맞아들인 자가 누군지 아는가?"

"모른다."

심배가 꿋꿋하게 대답했다. 조조가 빈정대듯 알려주었다.

"그것은 바로 그대의 조카 심영이었다. 그가 서문을 우리에게 바친 걸 그대는 어떻게 생각하는가?"

"그 어린 놈의 행실이 막돼먹었다 했더니 끝내 여기에 이르렀구나. 그놈은 사람도 아니다!"

그 말에 조조가 다시 빈정대듯 물었다.

"전에 내가 성 아래 이르렀을 때 성안에 웬 활과 쇠뇌가 그리도 많았던가?"

전에 조조가 백성을 미끼로 성에서 나온 기주 군사를 되받아치며 그 틈에 성안까지 뛰어들려다 활과 쇠뇌에 죽을 뻔했던 일을 가리키는 말이었다. 사로잡혀 와 있는 마당이라 조조의 그 같은 말이 섬뜩하게 들릴 법도 하건만 심배는 오히려 더 기세를 냈다.

"그때 더 많은 화살을 네게 퍼붓지 못한 게 한이다."

"그건 그렇고 그대는 원씨들에게 충성을 다했으나 저들이 받아들여주지 않아 결국 이 꼴이 되고 말았다. 어떤가? 내게 항복해 함께 일해보지 않겠는가?"

"아니 될 말, 결코 항복할 수 없다."

심배가 결연히 대답했다. 이때 신비가 땅바닥에 엎드려 울며 조조에게 말했다.

"저희 가솔 팔십여 명이 모두 저 도적놈의 손에 죽었습니다. 바라건대 승상께서는 저놈을 토막 내어 이 크나큰 한을 씻어주십시오."

조조가 심배의 재주를 아껴 혹시라도 살려둘까 두려웠던 것이다. 조조가 무어라고 대답하기도 전에 심배가 선언하듯 말했다.

"나는 살아서는 원씨의 신하요, 죽어서도 역시 원씨의 귀신이 될 뿐이다! 간에 붙었다 쓸개에 붙었다 하는 너희 같은 무리와 같을 수 있겠느냐? 어서 빨리 이 목을 쳐라!"

그 말을 듣자 조조도 그를 단념하고 끌어내게 했다. 형(刑)을 받는 심배의 태도는 당당하기 그지없었다. 형리가 남쪽으로 향해 앉게 하자 심배는 큰 소리로 꾸짖었다.

"내 주인이 북쪽에 계시는데 너희들이 어찌 나를 남쪽을 향해서 죽게 하느냐? 나를 북쪽으로 앉게 하라!"

그러고는 북쪽을 향해 무릎을 꿇은 뒤 길게 목을 늘여 칼을 받았다. 전풍이나 저수 같은 이들과 화합하여 대국을 잘 이끌어가지 못한 일이나 원소의 맏아들 원담을 제쳐놓고 셋째 원상을 내세움으로써 집안싸움을 일으킨 점은 문제가 있으나 한번 정한 주인을 저버리지 않은 점에 있어서는 실로 보기 드문 사람이었다. 뒷사람이 그를 애석하게 여겨 시를 지었다.

하북에 이름 난 선비 많으나   河北多名士
심배만 한 이 누가 있는가   誰如審正南
어리석은 주인 만나 죽건만   命因昏主喪
그 충성 옛사람에 섞일 만하다.   心與古人參
충직한 말 숨김 없었고   忠直言無隱

깨끗한 재주 탐심이 없었다.	廉能志不貪
죽음에 이르러 오히려 북쪽을 향하니	臨亡猶北面
항복하여 살아남은 자 모두 부끄러워라.	降者盡羞慚

어쩔 수 없어 심배를 죽이기는 하였으나 조조는 그 충성되고 의로움을 어여삐 여겨 성 북쪽에다 후히 장례 지내주게 했다. 그때 기주성을 완전히 우려뺀 여러 장수들이 달려와 조조에게 성안으로 들기를 청했다. 조조가 막 성안으로 들어가는데 창칼을 든 군사들이 한 사람을 에워싸고 끌어왔다. 조조가 보니 바로 진림(陳琳)이었다. 전에 원소 아래서 조조를 꾸짖는 저 유명한 격문을 쓴 적이 있어 그 죄를 크게 본 군사들이 특히 사로잡아 끌고 오는 길이었다.

"그대는 전에 격문을 쓰면서 나의 죄만 따질 것이지 어찌하여 내 아버지와 할아버지에게까지 욕이 미치게 했는가?"

조조가 짐짓 매서운 얼굴로 물었다. 진림이 태연하게 대답했다.

"화살이 시위에 올려진 이상 날아가지 않을 수 없는 법입니다."

말하자면 자신이나 자신의 글은 원소의 활시위에 얹혀진 화살과 같은 것으로 원소가 조조를 향해 쏘면 날아갈 수밖에 없었다는 뜻이었다. 한낱 글의 장인(匠人)으로서 화살을 만드는 장인이 화살을 대듯 글을 빌려주었다는 말도 되고, 자신의 처지가 바로 그 화살 같았다는 말도 되지만 어쨌든 재치 있으면서도 씁쓸한 대답이었다. 재치 있다는 것은 그러한 비유로 가볍게 자신의 책임을 벗어던진 까닭이요, 씁쓸하다는 것은 힘 앞에서 종종 자신의 진의(眞意)에 관계 없이 글을 빌려주어야 하는 문사의 처지를 너무도 부끄럼 없이 내세우고 있기 때문이다.

진림의 그 같은 대답에 조조를 둘러싸고 있던 장수들이 먼저 술렁거렸다.

"저자는 원소를 위해 승상의 조상까지 욕한 자입니다. 죽여서 본보기를 삼아야 합니다."

장수들이 입을 모아 그렇게 권했다. 그러나 조조는 진림의 글재주가 아까웠다. 잠깐 생각하다 조용히 물었다.

"나는 너와 너의 글을 이번에는 내 활시위에 얹으려 한다. 원소를 위해 했던 것처럼 나를 위해서도 날카로운 화살이 되어주겠느냐?"

세상의 원한 중에서 얼른 드러나지 않으면서도 무섭고 끈질긴 것 중의 하나는 글로 맺어진 원한이다. 그런 점에서는 놀랄 만한 조조의 아량이며, 한편으로는 비정하리만큼 현실적인 조조의 정치 감각이었다. 진림이 그 같은 조조의 말을 알아듣지 못할 리 없었다.

"승상께서 써주신다면 재주를 다해 받들 뿐입니다."

그렇게 대답하니 조조는 그를 용서하고 종사로 삼았다.

이때 조조의 아들 조비도 나이 열여덟으로 아비를 따라 출정했다가 함께 기주성으로 들어갔다. 조비는 자를 자환(子桓)이라 썼는데 태어날 때부터 여러 가지 상서로운 조짐이 많았다. 태어나던 날도 푸르고 자주색을 띤 구름이 둥그런 수레덮개 모양으로 산실(産室)을 떠돌며 하루 종일 흩어지지 않았다고 한다. 그 구름 같은 기운을 본 자가 있어 조조에게 가만히 일러주었다.

"이것은 천자의 기운입니다. 아드님의 귀히 됨은 말로 다할 수 없을 것입니다."

자라면서도 조비가 보여준 재주는 놀라웠다. 여덟 살에 이미 책을 읽기 시작했는데 오래잖아 고금을 통해 두루 막힘이 없었다. 뿐만 아니라 무예에도 빼어난 자질을 보여 말 타고 활 쏘기를 잘했으며 칼 쓰기 또한 매우 좋아했다.

조조는 아들들을 어릴 때부터 전장에 데리고 다녔는데 특히 맏아들 앙(昻)이 장수와의 싸움에서 죽은 뒤로는 둘째 비(조)를 항상 곁에 두었다. 이번에도 조비는 아비를 따라왔다가 성이 떨어지자 앞서 달려들어간 것이었다.

"원소의 집이 어디냐?"

조비는 무슨 생각이 들었던지 먼저 원소의 집부터 찾았다. 백성 하나가 겁먹은 얼굴로 원소의 집 쪽을 가리켰다.

질풍같이 말을 달려 원소의 집에 이른 조비가 칼을 빼어들고 말에서 내리니 장수 하나가 막아서며 말했다.

"승상께서 명을 내리시기를 원소의 집 안으로는 아무도 들여보내지 말라 하셨습니다."

그러나 조비는 그를 꾸짖어 물리치고 칼을 뽑아든 채 집 안으로 뛰어들어갔다. 아무리 조조의 명이 엄하다 해도 그 맏아들인 셈인 조비가 하는 짓이니 아무도 말릴 수가 없었다.

조비가 후당으로 들어가니 두 부인이 서로 끌어안고 우는 모습이 보였다.

원래 조비가 칼을 빼어들고 원소의 집으로 뛰어든 것은 그들 일족에 대한 오랜 원한 때문이었다. 아버지 조조가 그들 때문에 겪는 고통과 손실을 곁에서 보아오는 동안 그의 원한은 아버지보다 더 크고 깊게 자라 있었다.

그런 조비이다 보니 아낙네라 해서 곱게 보일 리 없었다. 칼을 들어 막 찍으려 하는데 이상한 일이 일어났다. 무언가 붉은 빛 같은 것이 번쩍하며 두 눈 가득 찔러오는 게 있었다. 두 부인 중 하나에게서 뿜어져 나온 것으로, 조비는 순간 까닭 모르게 손목에서 힘이 빠져 칼을 내리고 좀 나이 든 쪽을 향해 더듬거리듯 물었다.

"너는 누구냐?"

"저는 원장군의 처인 유씨(劉氏)올시다."

나이 든 부인이 겁먹은 얼굴로 대답했다. 바로 원상의 어미인 그 유씨였다. 조조는 다시 그 곁에 있는 젊은 여자를 가리키며 물었다.

"저 여자는 누구냐?"

"둘째 아들 원희(袁熙)의 처인 진씨(甄氏)올시다. 원희가 유주를 지키러 가자 저 아이는 멀리 가는 게 싫어 이곳에 머무르고 있었습니다."

그제서야 조비는 그 젊은 부인 곁으로 끌리듯 다가갔다. 경황중이라 거친 옷에 얼굴은 흙먼지를 덮어쓰고 머리는 산발이었다. 그러나 까닭을 알 수 없는 힘이 조비를 끌어 두 손으로 그녀의 머리칼을 헤치고 소매로 그 얼굴의 흙먼지를 닦게 했다. 옥으로 깎은 듯한 살결에 꽃 같은 모습이 드러났다. 이제 갓 스물이나 되었을까, 실로 나라를 기울게 할 만큼 미인이었다.

조비는 비로소 조금 전 자신의 눈을 어지럽게 했던 그 빛이 무엇이었는지 짐작할 만했다. 산발한 머리 틈으로 별빛처럼 새어나온 그 눈빛이 열여덟 소년의 마음을 흔들어 그토록 현란하게 비쳤음에 틀림없었다.

뒷날의 이야기지만, 진씨의 미모는 정말로 전대의 서시(西施)나 왕소군(王昭君)에 비해 뒤지지 않았던 모양이다. 조조는 진씨를 본 뒤에 어쩔 수 없이 그녀를 아들 조비에게 주면서도 측근에게 아까운 듯 말했다고 한다.

"이번 싸움은 비(丕) 그놈을 위해 한 것 같군!"

또 삼부자 중에서 가장 뛰어난 시인인 조비의 동생 조식도 그 형수를 사모하여 그의 작품 중의 어떤 것에는 그 감정이 숨김 없이 드러나고 있다고 한다. 뿐만 아니라 조비는 한 전리품으로 생각해도 좋을 그녀를, 그것도 한번 남의 아내였던 여자를 일생 사랑했으며 뒷날에는 황후로까지 올려세우고 또 그녀의 아들로 태자를 삼았다. 모두가 그녀의 아름다움을 보지 않고도 짐작할 수 있게 하는 일들이다.

어쨌든 조비는 진씨를 보자마자 무엇에 홀린 듯 칼을 칼집에 되꽂은 뒤, 전보다 더 심하게 더듬거리며 그 두 여인을 안심시켰다.

"나는 조승상의 아들이다. 그대들 집을 지켜줄 것이니 걱정하지 말라."

그러고는 스스로 마루에 올라 그녀들을 지키며 그곳을 떠나지 않았다.

이때 조조도 여러 장수들을 거느리고 기주성 안으로 들고 있었다. 막 성문을 지나는데 허유가 말을 달려오더니 채찍으로 성문을 가리키며 큰 소리로 조조를 불러 우쭐거렸다.

"아만(阿瞞)아, 네가 나를 얻지 못했으면 어찌 이 성문으로 들 수 있었겠느냐?"

아만이란 조조의 어렸을 적 이름이었다. 어릴 때부터의 친구였던 허유로서는 감격에 겨워 한 우스갯소리일 수도 있으나 아랫사람들에게 둘러싸여 있는 조조의 위엄은 조금도 헤아리지 않는 경박한 말이었다. 거기다가 그 말 속에는 스스로를 지나치게 추켜세우는 데가 있어 함께 있던 사람들은 모두가 불끈했다. 오소를 급습하도록 권해 관도의 싸움을 승리로 이끈 것이나 장하의 물을 끌어들이도록 권한 것이 기주성을 떨어뜨리는 데 큰 힘이 된 것은 사실이지만 그렇다고 어찌 하북을 얻은 것이 허유 한 사람의 공일 수만 있겠는가. 그러나 조조는 크게 웃을 뿐 그런 허유의 방자함을 나무라지 않았다.

조조가 먼저 찾은 곳도 원소의 집이었다.

"누가 벌써 들어갔느냐?"

원소의 대문 앞에 이르러 누군가 미리 들어간 사람이 있음을 느낀 조조가 지키는 장수에게 물었다. 그 장수가 어물거리며 대답했다.

"큰 공자(公子, 원문에는 세자로 되어 있으나 이때 조조는 아직 위왕이 되지 않았음)께서 안에 계십니다."

그 말에 조조는 조비를 불러내 꾸짖었다.

"너는 어찌하여 내 명을 어기고 함부로 이 집 안에 들어왔느냐?"

그때 원소의 처 유씨가 주르르 달려 나와 엎드리더니 조비를 대신해 빌며 말했다.

"큰 공자님이 아니었더라면 저희 집 안은 보전되지 못했을 것입니다. 바라건대 제 며느리 진씨를 큰 공자님께 바쳐 비질이나 쓰레질에라도 쓰이게 하고 싶습니다."

그 같은 유씨의 말에 조조는 절로 노기가 가셨다. 얼굴을 대한 적은 없으나 그래도 한때 자신과 맞서 천하를 다투던 원소의 아내가 비는 것이라 그런 것 같았다. 거기다가 며느리를 바치겠다니 우선은 진씨란 여자가 궁금하기도 했다.

조조는 진씨에 대해 몇 마디 물은 뒤 그녀를 불러오게 했다. 그러나 한번 보기나 하자는 기분으로 진씨를 불렀던 조조는 그녀를 보자마자 자신도 모르게 감탄의 소리를 냈다.

"참으로 내 아들의 지어미가 될 만하구나!"

그리고 두 말 없이 조비가 아내로 맞아들이는 것을 허락했다. 아들이 무엇 때문에 그곳에 머물러 있었는가를 이미 알고 난 이상 말릴 수도 없고 말려서도 안 되리라 여긴 까닭이었다.

기주가 대강 안정되자 조조는 몸소 원소의 무덤을 찾아가 제사를 드린 후 두 번 절을 했다. 그리고 곡을 하는데 듣기에도 몹시 슬퍼서 내는 곡소리였다.

곡이 끝난 뒤 조조는 여러 장수들을 둘러보며 옛일을 얘기했다.

"지난날 나와 원본초(袁本初)가 함께 의병을 일으켰을 때 본초는 내게 물었다. 만약 일이 뜻대로 되지 않으면 어느 곳이 근거를 삼아 뜻을 펴볼 만하겠는가? 하고. 그때 나는 대답 대신 물었다. 자네는 어떻게 생각하는가? 그러자 본초는 말했다. 나는 남으로 하북을 근거로 하여, 연(燕)과 대(代)로 울타리를 삼고, 북으로 사막에 흩어져 사는 무리까지 아우른 뒤에, 다시 남쪽으로 내려와 천하를 다툴 작정이네. 그럴듯하게 들리는가? 이에 내가 대답했다. 나는 천하의 슬기와 힘을 모아 도리에 맞게 다스려가면 안 될 것이 없다고 생각하네. 하필 땅의 위치나 넓이겠는가?

우리가 그런 말을 주고받은 게 어제 같은데 이미 본초는 죽고 없으니 내가 눈물을 흘리지 않을 수 없구나!"

그리고 다시 비 오듯 눈물을 흘리자 함께 있던 이들이 모두 슬퍼했다.

하지만 이 일에 대한 뒷사람의 해석은 대개 조조에게 이롭지 못하다. 기껏해야 간웅의 눈물이요, 더 나쁘게는 고양이 쥐 생각이라거나 아니면 이긴 자의 뒤틀린 거드름 정도로 여길 뿐이다.

아무리 『연의』의 저자들이 한 방향으로만 몰아댄 탓이라고는 하지만 지나치다. 엄밀한 의미에서 원소야말로 조조 일생의 가장 큰 적이었다. 뒷날의 촉(蜀), 오(吳)가 있다고 하지만 그들은 멀리 변방에 치우치고 혹은 대강(大江)을 격해 적어도 조조 생전에는 별로 중원을 위협하지 못했다. 그러나 원소는 중원의 목줄기를 겨누르듯 하북에 버티고 앉아 십여 년이나 두렵고 고통스런 싸움을 걸어왔다. 한 적과 오래 싸우다 보면 쌓이는 미움 못지않게 정도 자란다. 거기다가 그들은 젊은 날부터의 친구였고 때로는 좋은 동맹군이었다. 조조가 원술이나 여포 같은 강적과 싸우고 있을 때 원소가 북방에서 공손찬을 견제해주지 않았던들 어찌 조조에게 그 같은 뒷날이 있었겠는가. 따라서 조조가 원소를 위해 흘린 눈물은 어떤 면에서든 진실할 수도 있었다.

원소의 묘에 크게 제사를 드린 조조는 그 처 유씨에게 비단과 곡식을 내려 뒤를 돌보아주었다. 그리고 다시 영을 내려 백성들을 위로했다.

'하북에 사는 백성들은 모두가 병란(兵亂)을 만나 어려움을 겪고 있다. 올해는 모든 부역과 조세를 면해줄 것이니 각기 생업에 힘쓰라.'

그런 한편 조정에 표를 올려 스스로 기주목(冀州牧)을 맡아 머물렀다. 아직 원담과 원상이 살아 있어 마음 놓고 허도로 돌아갈 수 없는 까닭에서였다.

그러던 어느 날이었다. 하루는 허저가 말을 타고 동문으로 들어가다가 허유를 만났다. 전부터 기주를 온통 제 힘으로 뺏은 듯 떠들고 다니던 허유는 또다시 허저를 보고 경박한 입을 놀려댔다.

"내가 없었더라면 너희들이 어찌 이 문을 멋대로 드나들 수 있었겠느냐?"

그 말에 전부터 허유를 고깝게 여기던 허저가 불끈했다.

"우리가 천 번 만 번 죽을 고비를 넘겨가며 피를 뒤집어쓰고 싸워 빼앗은 성이거늘 그게 무슨 소린가? 그대가 어찌 감히 그토록 공을 떠벌릴 수 있단 말인가?"

그만하면 입을 다물 만도 하건만 어찌 된 셈인지 허유는 오히려 허저를 욕하기 시작했다.

"너희들은 모두 하잘것없는 필부에 지나지 않는다. 말한들 어찌 알아듣겠느냐!"

이미 명이 다했는지 그런 허유의 눈에는 성이 날 대로 나 터럭이 올올이 치솟은 허저의 모습조차 들어오지 않았던 듯했다. 마침내 허저는 더 참지 못했다.

"이놈, 이 쥐새끼 같은 놈이……."

그 한마디와 함께 칼을 뽑아 허유를 내리쳤다. 일찍이 내로라하던 장수도 받기 어렵던 허저의 한칼을 받았으니 허유의 목이 성할 리 없었다. 한 줄기 피가 솟으며 허유의 목이 박덩이처럼 땅바닥을 굴렀다.

허저는 그 길로 허유의 목을 들고 조조에게 찾아가 사실을 고했다. 다 듣지 않아도 조조는 일의 경과를 알 만했다. 그러나 몇 마디 듣기 싫은 소리를 한다 해서 무장들이 함부로 문신들을 죽여서는 큰일이라 여겨 짐짓 엄하게 허저를 꾸짖었다.

"자원(子遠)은 나의 옛 친구인 까닭에 나와도 서로 우스갯소리를 해온 터다. 그런데 네가 어찌 함부로 죽였느냐?"

그러고는 다시 좌우에 명하여 허유의 장례를 후하게 치러주었다. 허유가 원래 원가의 사람이라 어떻게 보면 실컷 이용만 하고 죽인 것처럼 보일까 봐 두렵기 때문이었다. 그러나 그것만으로도 마음이 놓이지 않는지 조조가 다시 명을 내렸다.

"널리 기주를 둘러보고 어진 선비가 있으면 천거토록 하라."

그러자 기주의 백성들이 입을 모아 한 사람을 천거했다.

"전에 기도위를 지낸 최염(崔琰)이란 이가 있는데 지혜롭고도 어질기로 이름났습니다. 일찍이 원소에게 여러 번 좋은 계책을 올렸으나 원소가 따르지 않자 병을 핑계로 집 안에만 틀어박혀 있습니다."

최염은 자를 계규(季珪)라 하며 청하 동무 땅 사람이었다. 조조는 천거하는 말을 듣자마자 최염을 불러들이고 본주(本州) 별가종사란 벼슬을 내렸다. 그리고 가까이 불러 마주 앉은 뒤 무심코 말했다.

"내가 어제 본주의 호적을 들쳐보니 인구가 모두 삼십만이나 되었소. 실로 큰 주라 할 만하오."

그 말을 최염이 정색을 하고 받았다.

"지금 천하는 나뉘어 무너져가고 구주(九州)는 갈가리 찢기었습니다. 거기다가 원가의 두 형제가 서로 싸워 기주 백성들의 원통한 뼈는 들판에 널려 있습니다. 승상께서 하실 일로 급한 것은 백성의 풍속을 물으시는 게 아니라 그들을 도탄에서 구하시는 것입니다. 그런데도 먼저 호적부터 살피시니 그게 어찌 이곳 백성들이 명공께 바라는 일이겠습니까?"

자못 준엄한 일깨움이었다. 조조도 그 말을 듣자 얼굴빛을 바꾸어 자신의 그릇됨을 빌며 최염을 상빈(上賓)으로 모셨다. 그 뒤로 조조가 기주 백성들의 살이에 더욱 마음을 썼음은 말할 나위도 없었다.

그렇게 하여 대강 기주가 안정되자 조조는 사람을 보내 원담의 소식을 알아보게 했다. 조조에게 항복하여 아우 원상을 기주에서 내쫓는 데 큰 공을 세웠으나 그 무렵에는 어디로 갔는지 원담의 모습이 보이지 않았다.

원담의 소식은 곧 알려졌다. 그때 원담은 군사들을 데리고 감릉, 안평, 발해, 하간 등을 휩쓸며 약탈을 일삼고 있었다. 제딴에는 아직 조조의 손길이 미치지 않은 아비의 옛 땅을 돌며 힘을 긁어모으는 중이었다. 그러다가 조조에게 쫓기는 원상이 중산으로 도망쳐 왔다는 말을 듣자 군사를 이끌고 공격했다. 손톱에 박힌 가시는 알아도 염통에 쉬 스는 줄은 모른다더니 원담이 바로 그랬다. 발 딛고 설 기주가 없어진 마당에도 분하고 미운 것은 다만 제자리를 뺏은 아우일 뿐이었다.

조조에게 시달릴 대로 시달린 원상이라 싸울 마음이 남았을 리 없었다. 한번 저항해보지도 않고 저 혼자 유주에 있는 형 원희에게로 달아나버렸다. 그러자 우두머리를 잃은 원상이 거느리던 무리는 모조리 원담에게 항복해버렸다.

갑자기 크게 세력이 불어난 원담은 생각이 달라졌다. 그제야 조조에게 빼앗긴 아비의 기업을 되찾고 싶었다. 그때 조조가 사람을 보내 원담을 불렀다. 원담이 바로 그런 엉뚱한 생각을 품는 걸 막기 위해서였다.

그러나 이미 마음을 바꿔 먹은 원담은 조조가 불러도 가지 않았다. 크게 노한 조조는 곧 글을 써서 전에 사위 삼기로 한 일을 없었던 것으로 한 다음 스스로 군사를 이끌고 원담을 치러 나섰다.

원담은 조조가 군사를 이끌고 온다는 말을 듣자 은근히 두려웠다. 세력이 불어났다고는 하지만 아무래도 조조와 그냥 맞서서는 이겨낼 자신이 서지 않았다. 이에 원담은 형주로 사람을 보내 유표에게 도움을 청했다.

유표는 원담의 청을 받자 유비를 불러 들어줄 것인가 아닌가를 물었다. 유비가 잠시 생각한 뒤 대답했다.

"이제 조조는 이미 기주를 깨뜨려 그 병세가 바야흐로 크게 떨치고 있습니다. 따라서 원씨 형제는 오래잖아 반드시 조조에게 사로잡힐 것이니 구해줘봤자 아무런 이익이 없습니다. 거기다가 조조는 언제나 우리 형주와 양주를 엿보는 마음을 가져왔으니 오히려 대비할 일은 그것입니다. 군사를 기르며 스스로 지킬 때지 함부로 움직일 때가 아닙니다."

"그렇지만 어떻게 거절하겠소?"

유표가 난처한 듯 유비에게 다시 물었다. 유비가 어렵잖다는 듯 말했다.

"원씨 형제에게 서로 화해하라는 핑계로 슬며시 구원을 거절하시면 될 것입니다."

유표는 그 말을 옳게 여겨 먼저 원담에게로 글을 보냈다.

'군자는 어려움을 만나더라도 원수의 나라로는 가지 않는 법이외다. 그런데 일전에 들으니 그대는 조조에게 무릎을 꿇고 항복했다 하였소. 이는 돌아가신 부친의 원수를 잊어버림이요, 형제의 정을 돌아보지 않음이며, 뜻을 함께하는 이를 저버린 부끄러운 짓이었소.

기주의 원상이 아우로서 할 짓을 않았다 해도 마땅히 참고 따라, 먼저 큰일을 이룩한 뒤에 천하로 하여금 그 옳고 그름을 가리게 하는 것이 또한 의에 맞는 일이 아니겠소?'

그리고 다음에는 원상에게 글을 보냈다.

'청주의 원담은 천성이 급하고 옳고 그름을 가리지 못함을 알고 있소. 그러나 그대는 먼저 조조를 쳐 없애 돌아가신 부친의 한을 씻어드린 뒤에 그 옳고 그름을 따졌어야 했소. 그런데 형제가 서로 싸워 조조에게 몰리게 되었으니, 이는 마치 한로(韓盧)와 동곽(東郭)이 저희끼리 싸움에 먼저 지쳐 밭 가는 농부에게 사로잡히게 된 꼴과 무엇이 다르겠소이까?'

한로는 한자로(韓子盧)라고도 하는데 한나라에서 나던 검둥개로 천하에서 가장 빨리 달리기로 이름났고, 동곽은 동곽준(東郭逡)이라고도 하는데 제나라 성곽 동쪽에 살던 꾀 많기로 이름난 토끼다. 한로가 동곽을 쫓아 산을 세 개나 맴돌고 산마루를 다섯 개나 넘다 보니 함께 지쳐 끝내 둘 모두 죽고 말았다. 밭에서 일하던 농부가 힘 안 들이고 둘 모두를 차지했다.

유표는 원담과 원상의 다툼을 한로와 동곽에 빗대 나무라고 있는 셈이었다. 원담은 유표가 보낸 글을 보고 그가 군사를 내 도와줄 뜻이 없음을 알았다. 혼자 힘으로는 조조의 군사를 당해낼 수 없다고 여겨 평원을 버리고 남피로 물러나 지키기로 했다.

조조가 남피에 이르니 날씨가 매우 차 강물이 모두 얼어붙었다. 강이 얼어서는 군량을 운반할 길이 없는지라 조조는 그곳 백성들을 시켜 얼음을 깨고 군량 실은 배를 끌게 하라 영을 내렸다. 그러나 그 영(令)을 들은 백성들은 추운 겨울에 얼음을 깨고 배를 끄는 일이 싫어 모두 달아나버렸다.

"달아난 놈들은 모두 잡아 목을 베어라!"

성이 난 조조가 다시 그렇게 영을 내렸다. 잠시 몸을 피했다 돌아오면 될 줄 알았던 그곳 백성들은 그 소문을 듣자 더럭 겁이 났다. 모두 숨었던 곳에서 나와 조조의 영채로 몰려가서는 목숨을 빌었다.

"만약 너희들을 죽이지 않으면 내 군령은 지켜지지 않을 것이다. 그러나 너희를 모두 죽이면 이번에는 내가 너그럽지 못한 사람이 되고 만다. 하는 수 없다. 너희는 지금 빨리 산속 깊이 숨어 내 군사들에게 붙들리는 일이 없도록 하라. 다시 붙들려 올 때는 나도 너희들을 구해줄 수 없다!"

법가와 유가의 원리를 교묘하게 배합한 조조의 멋진 처신이었다. 이에 백성들은 고단한 도망길에 들어서면서도 한결같이 조조의 너그러움에 감격해 눈물을 흘렸다.

높이 솟는 동작대

조조가 어렵게 군량 옮기는 길을 열고 남피에 이르니 원담이 군사들과 함께 성을 나와 맞섰다. 양군이 둥그렇게 마주 진(陣)을 친 뒤 조조가 진 앞으로 말을 몰고 나왔다.

"나는 너를 후하게 대했거늘 너는 어찌하여 딴마음을 품었느냐?"

조조가 채찍을 들어 원담을 가리키며 꾸짖었다. 원담도 지지 않고 맞섰다.

"너는 내 땅을 침범하여 내 성들을 뺏고 처자를 잡아갔다. 그래놓고도 오히려 나보고 딴마음을 품었다고 나무라느냐?"

그 말에 조조는 왈칵 성이 났다. 곁에 있던 서황을 불러 원담을 사로잡으라 명하니 원담은 자기 장수 팽안(彭安)을 내보내 서황을 맞게 했다.

팽안은 용맹을 뽐내며 서황과 싸웠으나 맞수로는 원래가 어림없었다. 두 말이 몇 번 엇갈리기도 전에 서황의 도끼에 찍히어 말 아래로 굴러떨어졌다. 조조가 그때를 놓치지 않고 군사를 내모니 이미 기가 꺾인 원담의 군사들은 그대로 쫓겨 성안으로 달아났다.

뒤따라간 조조는 대군을 풀어 남피성을 겹겹이 에워쌌다. 성안에 갇혀 조조의 군세를 살핀 원담은 겁이 났다. 다시 모사 신평(辛評)을 불러 조조에게 항복할 일을 의논했다.

"원담 그 어린 것은 이랬다 저랬다 해서 믿을 수 없는 놈이다. 이번 기회에 아예 뿌리를 뽑아야겠다. 그대는 이곳에 머물도록 하라. 그대의 아우 신비를 내가 중용하고 있으니 차마 그대를 죽을 곳으로 되돌려 보낼 수 없어 이르는 말이다."

조조는 항복을 빌러 온 신평에게 그렇게 대답했다. 원담의 처리에 대한 냉정한 결심 못지않게 신평에게 보이는 호의였다. 그러나 신평은 의연히 고개를 가로저으며 대답했다.

"승상의 말씀은 옳지 않으십니다. 제가 듣기로는 주군이 귀해지면 신하도 영화롭지만 주군이 근심이 있으면 신하는 욕된다 했습니다. 저는 이미 오랫동안 원씨(袁氏)를 섬겨왔는데 이제 와서 어찌 저버리겠습니까?"

조금도 흔들림이 없는 목소리였다. 조조는 그를 잡아둘 수 없음을 알자 그대로 원담에게 돌려보냈다.

성안으로 들어간 신평은 원담에게 조조가 항복을 허락하지 않음을 알렸다. 원담이 버럭 소리를 질러 꾸짖었다.

"네 아우가 조조를 섬기는 걸 보고 너도 두 마음을 품는 것이냐?"

자기가 한 짓은 생각하지 않고 오히려 신평을 의심해서 내지른 소리였다. 신평은 기가 막혔다. 조조가 붙잡는 것도 뿌리치고 함께 죽으러 왔건만 원담이 그렇게 나오니 억울함과 분함이 불덩이처럼 가슴을 짓눌러 그대로 혼절해 쓰러지고 말았다. 원담이 좌우에게 신평을 부축하여 내보내게 하였지만 신평은 오래잖아 죽고 말았다. 원담은 그제서야 후회했으나 이미 죽은 사람을 되살려낼 길은 없었다.

일을 지켜보고 있던 곽도가 원담에게 결연히 권했다.

"이렇게 되면 하는 수 없습니다. 내일 성안의 백성들을 모두 몰아 앞장세우고 그 뒤에 군사들을 딸려 한꺼번에 밀고 나가도록 하십시다. 죽기로 싸워 조조와 결판을 내는 것입니다."

원담도 그 수밖에 없다고 생각했다.

그날 밤 남피성 안에 있는 백성들을 모조리 끌어모아 각기 창을 나눠주며 명에 따르도록 했다. 그리고 군사들도 갑주와 병장기를 매만져 그 같은 결전에 대비하게 했다.

다음 날이었다. 날이 밝기 무섭게 원담은 네 성문을 크게 열어젖히고 가진 힘을 다 끌어모아 성 밖으로 쏟아져 나왔다. 백성들을 방패막이로 앞장세우고 군사들을 그 뒤에 숨겨 함성과 함께 조조의 진채로 덮쳐간 것이었다. 쥐도 급하면 고양이를 문다는 격으로, 원담이 마지막 안간힘을 다해 하는 공격이라 싸움은 곧 우열을 가리기 어려운 혼전이 되었다. 아침부터 한낮까지 싸웠으나 이기고 짐이 분명하지 않은 채 양군의 시체만 들판을 덮어갔다.

조조는 싸움이 쉽게 이기지 못함을 보자 마음이 급했다. 말을 산 위로 몰아 북 치는 군사에게서 북채를 뺏은 뒤 손수 북을 쳐서 군사들의 사기를 돋우었다. 그걸 보고 힘을 낸 조조의 군사들이 몸을 돌보지 않고 앞으로 내달으니 이내 팽팽하던 싸움은 균형이 허물어졌다. 원담의 군사들이 알아보게 몰리기 시작했다. 그사이 죄 없이 끌려나와 앞장섰던 백성들의 죽음은 이루 다 헤아릴 수 없을 정도였다.

이때 승세를 탄 조홍은 위세를 떨치며 원담의 진중으로 뛰어들었다가 바로 원담과 마주쳤다.

"원담은 닫지 말라!"

조홍이 그렇게 소리치며 원담에게 덮쳤다. 원담도 피하지 않고 창을 휘둘러 조홍을 맞섰다. 그러나 원담은 끝내 조홍의 적수가 되지 못했다. 오래잖아 조홍의 칼빛이 어지러운 곳에 원담의 죽은 몸이 말 아래로 굴러떨어졌다.

원담의 모사 곽도는 자기편의 진세가 어지러워지는 걸 보자 일이 글렀음을 알았다. 다시 성에 의지하고자 급히 성안으로 말을 모는데 조조의 장수 악진이 멀리서 그를 보았다. 말로 뒤쫓기는 어렵다 여긴 악진은 가만히 화살을 뽑아 곽도를 향해 쏘았다. 시위 소리와 함께 날아간 화살은 어김없이 곽도의 등판에 박히고 곽도는 말과 함께 성 가에 둘러 판 개울로 떨어졌다.

원담과 곽도가 차례로 죽자 그 군사들은 모조리 항복하거나 달아났다. 조조는 군사를 이끌고 남피성 안으로 들어가 남은 백성들을 안심시키고 위로하는 한편 군마를 정돈케 했다.

그때 갑자기 한 떼의 군마가 먼지를 일으키며 몰려왔다. 사람을 시켜 알아보니 원희의 부장 초촉과 장남이었다. 형 원담의 위급을 듣고 구원군을 보낸 것 같았다.

조조는 급히 군사를 이끌고 성을 나가 그들을 맞았다. 두려운 싸움은 아니었으나 그래도 한바탕의 소동은 각오한 채였다. 그러나 뜻밖의 일이 일어났다. 적장 초촉과 장남이 창칼을 거꾸로 잡고 갑옷을 벗은 채 항복해 오는 것이 아닌가. 이미 성이 떨어지고 원담과 곽도가 죽었다는 소리를 듣자 마음이 변한 것이었다. 조조는 크게 기뻐하며 그 둘을 또한 열후(列侯)에 봉했다.

기뻐할 일은 그뿐이 아니었다. 그 무렵 흑산적을 이끌고 있던 장연(張燕)이 다시 무리 십만과 더불어 조조에게 항복해 왔다. 흑산에 자리 잡고 조조와 원소의 싸움을 지켜보고 있다가 이제 원씨가 가망없게 되자 드디어 태도를 결정한 것 같았다. 조조는 장연 또한 반가이 맞아들이며 평북장군이란 큼지막한 벼슬을 내렸다.

이윽고 원담의 목이 성안으로 옮겨왔다. 조조는 원담의 목을 북문밖에 내걸게 하고 덧붙여 영을 내렸다.

"누구든지 원담을 위해 곡하는 자는 목을 베리라!"

그런데 바로 그다음 날이었다. 어떤 사람이 상복에 두건까지 갖추고 원담의 목 아래로 와서 곡을 했다. 지키고 있던 군사가 그를 끌고 조조에게로 갔다.

"너는 누구냐?"

조조가 노여운 얼굴로 물었다. 그가 조용히 대답했다.

"청주의 별가를 지낸 왕수(王修)올시다."

전에 원담에게 바른 소리를 하다가 쫓겨난 왕수가 이제 원담이 죽었다는 소식을 듣고 달려와 곡을 한 것이었다. 조조가 더욱 노여운 기색으로 물었다.

"너는 내가 내린 영을 알고 있느냐?"

"알고 있습니다."

"그렇다면 너는 죽음이 두렵지 않다는 말이냐?"

그래도 왕수는 조금도 흔들림 없이 대답했다.

"나는 지금껏 원씨의 녹을 받아 살았습니다. 그런데 이제 그 죽음을 듣고도 곡하지 않는다면 의를 저버린 게 됩니다. 장부가 죽음이 두려워 의를 저버리고 어찌 세상에 머리를 들고 살 수 있겠습니까? 만약 원담의 시체를 수습하여 장례만이라도 치러줄 수 있다면 나는 죽어도 한이 없겠습니다."

그 말을 듣자 조조는 노여움을 풀고 오히려 탄식처럼 말했다.

"하북에 의로운 이가 어찌 이리도 많단 말이냐! 원씨들이 이들을 제대로 쓰지 못한 게 실로 애석하구나. 만약 이들을 제대로 썼다면, 내가 오늘 어찌 이런 자리에서 이 땅을 내려다볼 수 있었겠는가?"

그러고는 원담의 시체를 거두어 장례를 지내게 한 뒤 왕수를 상빈으로 대접했다. 왕수도 조조에게 감사하고 그가 내리는 사금중랑장의 벼슬을 마다하지 않았다. 조조는 그걸 보고 왕수가 자기 사람이 되었다 여겨 물었다.

"이제 원상은 원희에게로 의지해 갔소. 어떻게 하면 그들을 사로잡을 수 있겠소?"

그러나 왕수는 굳게 입을 다물고 대답하지 않았다.

조조는 그런 왕수의 속마음을 알아차리고 다시 감탄했다.

"과연 충신이로구나!"

그리고 두 번 다시 그에게는 원씨를 칠 계책을 묻지 않았다. 대신 곽가를 불러 묻자 곽가가 대답했다.

"원씨 밑에 있다가 항복해 온 장수들을 쓰면 될 것입니다. 그들을 시켜 원상과 원희를 공격하게 하십시오."

조조는 그 말을 옳게 여겨 그날로 초촉, 장남, 여광, 여상, 마연, 장의 여섯 사람을 불렀다. 모두가 원상 밑에 있다가 항복해 온 장수들이었다.

"그대들은 각기 거느린 군사들로 나누어 세 길로 유주(幽州)의 원희와 원상을 치도록 하라. 이 싸움이야말로 그대들의 충성을 드러내 보일 좋은 기회인 만큼 만의 하나라도 소홀함이 있어서는 아니 된다."

그리고 따로 이전과 악진을 불러서는 역시 항복한 흑산의 우두머리 장연과 함께 병주의 고간(高幹)을 치게 했다.

그 소식은 먼저 유주로 전해졌다. 원상과 원희는 자신들의 힘으로는 조조의 군사를 당할 수 없다고 여겨 밤을 틈타 성을 버리고 요서로 달아났다. 그곳의 오환족에 의지해보려 함이었다.

유주 자사인 오환촉(烏丸觸)은 원상과 원희가 달아나자 주(州)의 여러 벼슬아치를 모아 들인 뒤 원씨를 버리고 조조를 따를 것을 의논했다.

"나는 조승상이 당세의 으뜸가는 영웅임을 알고 있소. 이제 그리로 가 투항하려 하거니와 만약 이 영을 어기는 자가 있으면 그 목을 어깨 위에 남겨두지 않겠소."

먼저 오환촉이 입에 피를 찍어 바른 뒤 맹세하듯 그렇게 말했다. 그리고 이어 벼슬의 높고 낮음에 따라 차례로 피를 찍어 입에 바르며 같은 뜻을 보였다. 그런데 차례가 별가 한형(韓珩)에 이르렀을 때였다. 한형이 칼을 땅바닥에 내던지며 소리쳤다.

"나는 원공(袁公) 부자로부터 두터운 은혜를 입었으나 이제 주인이 패망한 마당에도 그를 구할 만한 지혜도 그를 위해 죽을 만한 용기도 없다. 이 얼마나 의롭지 못한 일이냐! 거기다가 지금은 또 북쪽으로 꿇어앉아 조조에게 항복해야 한다니 어찌 차마 할 짓이랴. 다른 사람은 무어라 하든 나는 그럴 수 없다!"

그 말에 모였던 사람들은 혹은 부끄러움에서 혹은 노여움으로 한결같이 낯빛이 변했다. 오환촉이 술렁이는 좌중을 진정시키며 조용히 말했다.

"무릇 큰일을 하는 데는 마땅히 대의를 앞세워야 하외다. 모두의 뜻이 똑같지 않다 해도 한 사람이 마다한다고 해서 그만둘 수는 없는 일이오. 그러나 이왕 한형이 그 같은 자기의 뜻을 밝혔으니 그는 그대로 자기의 뜻에 따르도록 보내줍시다."

그리고 한형을 내보낸 뒤 모두를 이끌고 성을 나가 세 길로 쏟아져오는 조조의 군사들을 맞아들였다. 조조는 힘들이지 않고 유주까지 손에 넣자 크게 기뻤다. 모든 게 오환촉의 공이라 하여 그에게 다시 진북장군의 벼슬을 더했다.

그럴 즈음 탐마가 달려와 급히 알렸다.

"이전과 악진, 장연은 병주를 치려 했으나 고간이 호구관(壺口關)을 굳게 지켜 아직도 그 아래로는 나가지 못하고 있습니다."

그 말을 듣자 조조는 이번에도 스스로 군사를 몰고 앞장서 호구관으로 달려갔다. 이전, 장합, 악진의 군사들과 만나자 세 장수는 입을 모아 조조에게 말했다.

"고간이 높고 험한 관에 의지하여 항거하고 있어 치기가 매우 어렵습니다."

이에 조조는 여럿을 불러놓고 호구관을 깨뜨릴 계책을 물었다. 순유가 일어나 말했다.

"고간을 깨뜨리려면 반드시 거짓으로 항복하여 적을 속이는 계책[詐降計]을 써야 할 것입니다."

순유는 거기까지밖에 말하지 않았지만 조조는 이내 알아들었다. 그에게는 원씨로부터 항복해 온 장수가 여럿 있어 고간을 속이기는 어렵지 않은 때문이었다. 조조는 곧 여광과 여상을 불러 귀엣말로 자세한 계책을 일러준 뒤 내보냈다.

조조로부터 은밀하게 영을 받은 여광과 여상은 군사 수십 명만 이끌고 고간이 지키는 관문 밑으로 달려갔다.

"저희들은 원래 원씨의 장수들이었으나 어쩔 수 없어 조조에게 항복했던 자들입니다. 그런데 조조는 처음 저희 편으로 끌어들이려고 달랠 때와는 달리 저희들을 박대하므로 이제 다시 옛 주인을 찾아 돌아온 것입니다. 빨리 문을 열고 받아들여 주십시오."

그러나 고간은 잘 믿으려 들지 않았다. 한동안 여광과 여상을 미심쩍은 듯 내려보다가 엄하게 말했다.

"그렇다면 너희 둘만 관 위로 올라와 자세히 말하라!"

그러자 여광과 여상은 스스로 갑주를 벗고 관 안으로 들어가 고간에게 말했다.

"조조의 군사는 방금 도착했기 때문에 아직 그들의 마음이 안정되지 못했음을 틈탈 수 있습니다. 오늘 밤 진채를 급습하여 쳐부수도록 하십시오. 저희들이 마땅히 앞장서겠습니다."

고간은 그 말을 그럴듯하게 여겼다. 거기다가 두 사람의 행동거지도 천연덕스럽기 그지없어 거짓으로 항복해 온 것 같지는 않았다. 이에 그 계책을 따르기로 하고 밤이 되기를 기다렸다.

그날 밤 이슥할 무렵 고간은 여광과 여상을 앞세우고 군사 만여 명과 함께 관을 나왔다. 조조의 진채 가까이 이를 때까지만 해도 일은 제대로 되어가는 것 같았다. 그러나 막 군사를 몰아 조조의 진채로 뛰어들려는데 홀연 등 뒤에서 크게 함성이 일더니 복병이 사방에서 일어났다.

고간은 거기서 자신이 속은 걸 알았다. 성난 목소리로 여광과 여상을 찾았으나 그들이 그때껏 머물러 있을 리 만무였다.

"하는 수 없다. 어서 관으로 돌아가자!"

고간은 그렇게 영을 내린 뒤 간신히 길을 열어 호구관으로 돌아갔다. 그런데 이게 웬일인가. 조조의 깃발이 높이 걸려 있는 관 위에서는 화살이 비 오듯 쏟아져 내렸다. 고간이 대부분의 군사를 이끌고 관을 나간 사이 이전과 악진이 어느새 관을 빼앗아 들어앉은 것이었다.

그사이 뒤따라오던 조조의 군사가 이르고 또 관 안에서도 악진과 이전의 군사가 쏟아져 나오니 고간은 다시 사방으로 에워싸이고 말았다. 죽을힘을 다해 간신히 길을 뚫고 도망했으나 이미 따르는 군사는 몇 안 되었다. 고간은 하는 수 없이 오랑캐 선우(單于)에게로 의지하러 갔다.

조조는 이긴 군사들과 함께 관으로 들었으나 고간이 몸을 빼내 달아난 걸 알았다. 곧 군사를 풀어 고간을 쫓게 했다.

한편 달아난 고간은 선우의 경계에 들어서자마자 그들의 북번(北蕃)을 다스리는 좌현왕(左賢王)을 만났다. 고간은 말에서 뛰어내리고 땅바닥에 엎드려 절하며 말했다.

"조조는 내 땅을 힘으로 빼앗고 이제는 대왕의 땅까지 침범하려 하고 있습니다. 엎드려 바라건대 우리를 도와 빼앗긴 땅을 되찾게 해주십시오. 이는 다만 이웃을 구원함일 뿐만 아니라 이 북방을 보존하는 방책도 될 것입니다."

하지만 좌현왕의 대답은 냉정하기 그지없었다.

"나는 조조하고 원수진 일이 없거늘 조조가 어찌 내 땅을 침범하겠느냐? 너는 내가 조씨와 원수지기를 바라기라도 한단 말이냐?"

그러고는 좌우를 꾸짖어 고간을 내쫓게 했다. 한때는 원씨와 가까웠던 선우라 믿고 찾아갔다가 그렇게 쫓겨나고 보니 고간은 달리 구원을 청할 만한 데가 없었다. 하는 수 없이 형주 유표에게로 의지하러 갔다.

하지만 그마저도 뜻 같지 못했다. 고간은 상로에 이르러 도위 왕염(王琰)이란 자에게 죽음을 당하고 말았다. 왕염이 고간의 목을 조조에게 바치니 조조는 그 또한 열후에 봉하며 공을 치하했다.

병주가 평정되자 조조는 다시 서쪽으로 군사를 돌려 오환을 치려 했다. 조홍을 비롯한 몇몇 장수가 말렸다.

"원희와 원상은 몇 안 되는 장수와 군졸을 이끌고 지칠 대로 지쳐 멀리 사막으로 달아났습니다. 지금 우리가 그들을 쫓아 서쪽으로 군사를 낸다면 유비와 유표가 그 빈틈을 노려 허도로 닥칠 것입니다. 그때는 구하고 싶어도 길이 멀어 마침내 미치지 못할 것이니 그 피해가 결코 적지 아니할 것입니다. 바라건대 더 나아가지 말고 허도로 군사를 돌리도록 하십시오."

그러나 곽가는 달랐다.

"제공의 말씀은 맞지 않소이다. 비록 주공의 위세가 천하를 떨쳐 울린다 하나, 사막에 사는 자들은 반드시 자기들이 변방에 멀리 떨어져 있음만 믿고 대비를 않고 있을 것입니다. 바로 그들이 대비 않는 틈을 타 지금 갑작스레 들이친다면 힘들이지 않고 그들을 깨뜨릴 수 있습니다. 더구나 오환은 원소 때부터 입은 은혜가 있어 원상과 원희가 그들에게 간 이상 없애지 않으면 안 될 것들입니다. 유표는 자리에 앉아 말만 늘어놓기 좋아하는 자로 스스로 유비를 다스릴 만한 재주가 없음을 알고 있습니다. 따라서 무겁게 쓰면 나중에 유비를 억누를 길 없을까 두려워 가볍게 쓸 것이니 이는 곧 쓰지 않는 것과 마찬가지가 됩니다. 설령 승상께서 나라를 비우고 멀리 가 싸움을 하시더라도 끝내는 아무 짓도 하지 못할 것입니다. 유표는 걱정 않으셔도 됩니다."

곽가는 거의 확신하듯 말했다. 듣고 있던 조조도 곽가의 주장 쪽으로 마음이 쏠렸다.

"봉효의 말이 옳다. 사막을 채로 치는 일이 있더라도 이 기회에 북방의 일을 온전히 해두도록 하자."

그리고는 모든 군사들과 수레 수천 대를 몰아 앞으로 나아갔다.

누런 모래만 끝없이 펼쳐진 사막에 들어서자 미친 듯한 바람은 사방에서 불고 길은 거칠고 험해 인마가 아울러 나가기 어려웠다. 어지간한 조조도 며칠이 안 돼 군사를 돌릴 마음이 들어 곽가를 찾아가 뜻을 물어보려 했다. 이때 곽가는 그곳의 물과 흙이 다 몸에 맞지 않아 병이 나 있었다. 조조는 곽가가 몸져 누운 수레를 찾아보고 울며 말했다.

"사막을 평정하려는 내 욕심 때문에 그대가 이토록 먼 길에 어려움을 겪는구나. 더구나 이제는 병까지 들어 이리 누웠으니 어떻게 하면 내 마음이 편할지 모르겠네."

"저는 이미 승상의 큰 은혜를 입은지라 비록 승상을 위해 죽는다 해도 그 은혜의 만분의 일에 미치지 못합니다. 너무 심려하지 마십시오."

곽가가 수척한 얼굴에 두 눈만 번쩍이며 대답했다. 조조가 더욱 마음 아파하며 물었다.

"이 북쪽 땅은 너무 거칠고 험하구나. 차라리 군사를 돌렸으면 싶은데 어떤가?"

"아니 됩니다."

곽가가 번쩍 고개를 들어 가로저었다.

"군사를 움직이는 데는 은밀하고도 빠름이 중합니다. 이제 천리를 가서 적을 치고자 하시는데 무거운 치중이 함께한다면 이익을 얻기가 어려울 것이니 가벼운 군사로 지름길을 얻어 나가시도록 하십시오. 그래야만 저들이 방비하고 있지 않을 때에 들이칠 수 있습니다. 다만 반드시 지름길을 잘 아는 자를 찾아 군사들을 안내하게 해야 합니다. 이제 와서 그대로 군사를 돌리셔서는 결코 안 됩니다."

약해졌던 조조의 마음을 한순간에 원래대로 되돌려놓는 곽가의 말이었다. 이에 조조는 곽가를 역주에 남겨 병을 다스리게 하고, 한편으로는 널리 길을 인도할 사람을 찾았다. 어떤 이가 와서 알렸다.

"전에 원소의 장수로 있었던 전주(田疇)란 사람이 이 부근 사막의 지리를 깊이 알고 있습니다."

조조는 곧 전주를 불러 사막으로 군사를 낼 길을 물었다.

"지금 승상의 군사들이 가고 있는 길에는 여름에서 가을까지 물이 흐르는데 얕아도 수레와 마차가 지날 수는 없고 깊어도 배가 뜨기는 어려울 정도입니다. 군사를 움직이기에 가장 어려운 길이라 차라리 돌아가 딴 길을 찾는 편이 낫겠습니다."

"딴 길이라면 어떤 길이 있는가?"

"노룡구를 따라 백단의 험한 땅을 넘으면 아무것도 없는 벌판으로 나오게 됩니다. 그곳에서 유성(柳城)까지는 멀지 않으니 군사를 급히 몰면 적이 미처 방비하지 못한 틈을 타 들이치실 수 있을 것이요, 묵돌(冒頓, 한나라 초기의 유명한 흉노 우두머리 이름으로 여기서는 그냥 흉노의 우두머리[單于]를 가리킴)쯤은 한 싸움에 사로잡을 수 있을 것입니다."

조조가 자세히 살펴보니 전주가 거짓말을 하고 있는 것 같지는 않았다. 이에 조조는 그 말을 따르기로 하고 전주에게 정북장군의 벼슬을 내린 뒤 향도관(鄕導官)으로 삼아 삼군의 길을 인도하게 했다. 그리고 장요로 하여금 전주의 뒤를 받치게 하고 자신은 뒤를 맡았다.

조조의 군사들은 모두 가벼운 차림으로 말을 타고 속도를 배로

하여 앞으로 나아갔다. 앞장선 전주가 장요를 인도하여 백랑산(白狼山)에 이르렀을 때였다. 마침 흉노의 우두머리를 만나 수만 기를 빈 원희와 원상이 마주쳐왔다. 장요는 급히 진군을 멈추고 뒤따라오는 조조에게 그 사실을 알렸다.

조조는 스스로 말을 몰아 높은 곳에 이른 뒤 적진을 바라보았다. 흉노의 군사들은 대오가 가지런하지 못하고 진세를 벌임도 어지럽기 짝이 없었다.

"적병의 대오가 흐트러진 걸 보니 두려워할 게 없다. 어서 내려가 치도록 하라."

조조가 장요를 불러 그렇게 일렀다. 상대가 낯선 오랑캐 군사들이라 까닭 모르게 움츠러들었던 장수들은 그 말에 힘을 얻었다. 장요를 비롯해 서황, 허저, 우금 네 장수가 각기 군사를 이끌고 길을 나누어 밀고 내려갔다. 범 같은 네 장수가 힘을 다해 치고 들어가자 흉노의 군사들은 크게 어지러워졌다.

"이 미련한 오랑캐놈, 어디로 도망치느냐."

갈팡질팡하는 졸개들 사이에서 흉노의 우두머리 묵돌을 본 장요가 그렇게 소리치며 덮쳐갔다. 묵돌이 힘을 다해 맞섰으나 장요의 적수가 되지 못했다. 몇 번 창칼이 부딪기도 전에 장요의 칼을 맞고 말에서 굴러떨어지니 졸개들은 그대로 흩어져버렸다.

믿고 있던 묵돌과 졸개들이 그 꼴로 부서지자 원상과 원희는 일이 글러버린 줄 알았다. 겨우 수천 군사만 이끌고 이번에는 요동을 바라 달아났다.

한 싸움에 크게 이긴 조조는 군사를 수습해 유성으로 들어갔다.

그리고 그 싸움에 공이 많은 전주를 유정후(柳亭侯)에 봉한 뒤 유성을 주어 지키게 했다. 전주가 감회에 젖어 울며 말했다.

"저는 의를 저버리고 도망쳐 온 놈이니 승상의 두터운 은혜를 입어 목숨을 건진 것만도 여간 큰 다행이 아닙니다. 어찌 옛 주인의 땅인 이 노룡의 성채를 판 값으로 벼슬과 상을 받을 수 있겠습니까? 죽음을 받을지언정 차마 벼슬은 받지 못하겠습니다."

어쩔 수 없어 길은 안내했지만, 그래도 옛 주인을 저버린 부끄러움은 잊지 않은 말이었다. 조조는 그 같은 전주를 의로운 사람이라 여겼다. 유성의 수장으로 삼는 대신 의랑 벼슬을 내려 자신의 곁에 머물게 했다.

조조는 그곳의 백성들과 흉노를 아울러 어르고 달랜 뒤 좋은 말만 필을 얻고 곧 군사를 돌렸다. 이때 날씨가 매우 찬 데다 가뭄이 심했다. 또 군량마저 떨어져 군사들은 말을 잡아 양식으로 삼고 네 길을 파서야 물을 얻는 고생을 했다.

간신히 역주로 돌아간 조조는 전에 그 싸움을 말렸던 조홍 등에게 무거운 상을 내리며 말했다.

"나는 위험을 무릅쓰고 멀리까지 나아가 요행 싸움에는 이겼다. 하지만 비록 싸움에는 이겼다 해도 이것은 하늘이 도와준 덕분이지 이치에 맞아 그리된 것은 아니었다. 오히려 이 싸움을 앞서 말린 그대들이야말로 내게 옳은 계책을 일러주었던 것이다. 이 상은 그 때문에 내리는 것이니 뒷날에도 내게 좋은 말로 이르는 걸 어렵게 여기지 말라."

실로 밝은 포상이었다.

그때 곽가는 이미 죽어 며칠이 지난 뒤였다. 조조가 돌아오기를 기다리며 그 영구는 공청(公廳)에 놓여 있었다. 조조는 그 말을 듣자마자 곽가의 영구가 안치된 공청으로 달려가 크게 울며 말했다.

"봉효가 죽다니 이는 하늘이 나를 상케 하려 하심이로구나!"

그러고는 곁에 있는 여러 벼슬아치들을 돌아보며 탄식했다.

"그대들은 모두 나이가 나와 비슷하나 오직 곽가만이 나보다 많이 어렸소. 나는 그에게 나 죽은 뒤의 일을 부탁하려 했더니 오히려 젊은 나이에 이렇게 죽고 말았구려. 실로 내 마음이 부서지고 쪼개지는 듯하외다."

그때 곽가를 시중 들던 군사가 글 한 통을 조조에게 올렸다. 곽가가 죽기 전에 써서 남긴 글이었다.

"곽공께서 돌아가실 무렵하여 몸소 쓰신 것입니다. 그리고 덧붙여 말하기를 승상께서 만약 여기 쓰인 대로만 하신다면 요동의 일은 절로 해결될 것이라 했습니다."

그 같은 말과 함께 글을 전해 받은 조조는 그 자리에서 봉투를 뜯고 읽었다.

"실로 봉효는 하늘이 낸 재주였구나!"

읽기를 마친 조조는 한동안 고개를 끄덕이며 감탄을 금치 못했다. 그러나 다른 사람들은 아무도 곽가가 남긴 글에 담긴 뜻을 알지 못했다.

다음 날이었다. 하후돈이 여럿과 함께 들어와 조조에게 말했다.

"요동 태수 공손강(公孫康)은 이미 오래전부터 승상께 복종하지 아니하고 있습니다. 거기다가 이제 원희와 원상이 그리로 투항해 갔으니 반드시 머지않아 큰 근심거리가 될 것입니다. 차라리 그것들이 움직이기 전에 먼저 손을 쓰는 게 어떻겠습니까? 급히 군사를 보내치면 요동을 얻기는 어렵지 않을 것입니다."

그러나 조조는 가볍게 웃으며 대답했다.

"그대들의 범 같은 위엄을 빌지 않아도 며칠 안으로 공손강이 스스로 원희와 원상의 목을 보내올 것이네. 서두르지 말고 기다려보게나."

하후돈을 비롯한 여러 장수들로서는 도무지 믿지 못할 조조의 말이었다.

한편 그 무렵 원희와 원상은 겨우 수천 기를 이끌고 요동에 이르렀다. 요동 태수 공손강은 원래 양평 사람으로 무위장군을 지낸 공손탁(公孫度)의 아들이었다. 원희와 원상이 자기를 찾아왔다는 말을 듣자 여러 관원들을 불러놓고 어찌해야 좋을지를 의논했다.

"지난날 원소가 살아 있을 때도 늘상 우리 요동을 삼키려는 마음이 있었습니다. 이제 원희와 원상이 싸움에 지고 의지해 살 땅이 없어 투항해 온다고는 하나, 이는 비둘기가 까치집을 뺏으러 듦과 다르지 않습니다. 만약 받아들인다면 뒷날 반드시 우리 땅을 삼키려 들 것이니 차라리 성안에 불러들여 죽여버리는 게 좋겠습니다. 그리하면 뒷날의 근심거리를 미리 없애두는 것이 될 뿐만 아니라 원희와 원상의 목을 조공께 바치면 조공은 또 조공대로 우리를 두터이 대접할 것입니다."

공손공(公孫恭)이 일어나 그렇게 말했다.

"그렇지만 조조가 군사를 이끌고 와 우리 요동을 엿보면 어찌하

겠느냐? 그때는 차라리 원희와 원상을 살려두어 우리를 돕게 하는
편이 낫지 않겠느냐?"

공손강이 미덥잖은 얼굴로 그렇게 물었다. 공손공이 다시 시원스
레 대답했다.

"그거야 사람을 시켜 알아보면 되지 않겠습니까? 만약 조조가 군
사를 이끌고 이리로 오고 있다면 두 원씨를 살려 우리를 돕게 하고,
오지 않는다면 그 둘을 죽여 조공에게 보내면 될 것입니다."

그 말을 듣자 공손강도 고개를 끄덕였다. 그리고 곧 사람을 보내
조조의 움직임을 살펴보게 했다.

한편 원희와 원상은 요동에 이르자 가만히 의논했다.

"요동의 군사는 수만에 이르니 넉넉히 조조와 겨루어볼 만하다.
지금 잠시 투항하는 체하다가 공손강을 죽이고 그 땅을 뺏어 힘을
기르도록 하자. 그 뒤에 다시 중원으로 나아가면 하북을 다시 찾을
수 있을 것이다."

동상이몽이란 바로 그런 양쪽을 보고 이르는 말 같았다. 원희와
원상이 그렇게 계책을 정하고 성안에 들어가자 공손강도 속마음을
숨긴 채 그들을 역관으로 맞아들였다. 그러나 공손강 자신은 병을
핑계로 바로 만나주지 않고 조조의 움직임을 살피러 보낸 세작들이
소식을 보내오기를 기다렸다.

과연 며칠 안 돼 세작이 돌아와 알렸다.

"조조는 역주에 군사를 멈춘 채 움직이지 않고 있습니다. 요동으
로 내려올 뜻은 없는 것 같습니다."

이에 공손강은 드디어 뜻을 정했다. 그날로 칼과 도끼를 든 군사

들을 벽에 둘러친 휘장 뒤에 숨기고 원희와 원상을 불러들였다.

내막을 알 리 없는 원희와 원상은 공손강이 부른단 말을 듣자 한 달음에 달려왔다.

'이제 요동은 우리 땅이다!'

아마도 서로 처음 만나는 예를 주고받을 때만 해도 원씨 형제는 그렇게 생각했을 것이다. 그러나 그 같은 동상이몽도 곧 깨질 때가 왔다. 날이 몹시 찬데도 자기들이 앉을 자리에 깔개가 놓여 있지 않은 걸 보고 원상이 공손강에게 말했다.

"자리에 방석이 놓이지 않았구려."

공손강의 사람들이 잊어버리고 그런 줄 안 모양이었다.

공손강은 그 말을 듣자 기다렸다는 듯 두 눈을 부라리며 꾸짖었다.

"너희 둘의 머리는 이제 만 리를 가게 될 것인데 자리는 챙겨 무엇 하려느냐?"

그 말에 비로소 공손강의 뜻을 짐작한 원상은 크게 놀랐다. 그러나 무어라고 말을 붙여보기도 전에 공손강이 좌우를 둘러보며 소리쳤다.

"무엇들 하느냐? 어찌하여 아직도 손을 쓰지 않느냐?"

숨어 기다리던 무사들이 그 같은 공손강의 명에 우르르 달려 나와 원상과 원희를 목 베어버렸다. 너무도 허망한 원가의 최후였다. 공손강은 원상과 원희의 머리를 목합에 담아 역주의 조조에게 보냈다. 그때 조조는 여전히 이주에 군사를 머무르게 한 채 움직이지 않았다. 보다 못한 하후돈과 장요가 조조를 찾아보고 말했다.

"요동으로 군사를 내지 않으시려면 차라리 허도로 돌아가는 게 낫겠습니다. 혹시라도 유표가 딴 마음을 먹을까 두렵습니다."

그런데 조조의 대답이 엉뚱했다.

"원희와 원상의 머리가 이곳에 이르는 대로 곧 군사를 돌리겠네. 잠시만 더 기다리게."

마치 맡겨둔 물건 보내오기라도 기다리는 듯한 말투였다. 조조의 뜻을 짐작할 수 없는 사람들은 모두들 속으로 의아하게 여겼다. 그 때 홀연 사람이 와서 알렸다.

"공손강이 원상과 원희의 목을 베어 보내왔습니다."

그제서야 사람들은 모두 놀랐다. 거기다가 더욱 알 수 없는 것은 그 전갈을 받으면서 조조가 하는 말이었다.

"과연 봉효가 헤아린 바를 벗어나지 않는구나!"

조조가 갑자기 벌써 죽은 지 오래인 곽가를 들먹이자 사람들은 이상했다. 공손강에게서 온 사자들이 큰 상을 받고 물러간 뒤 조조에게 물어보았다.

"무엇이 곽가가 헤아린 바에서 벗어나지 않는단 말씀이십니까?"

그러자 조조는 비로소 곽가가 죽기 전에 써서 남긴 글을 여럿에게 보여주었다. 내용은 대략 이러했다.

'제가 듣기로 이번에 원희와 원상이 요동으로 투항해 갔다고 하는 바, 명공께서는 절대로 군사를 움직여 뒤쫓지 않도록 하십시오. 공손강은 원씨가 자기 땅을 삼키려 듦을 오래전부터 두려워해온 터라 원희나 원상이 가면 반드시 그들을 의심할 것입니다. 그런데도 승상 께서 군사를 들어 요동을 치면 공손강은 그들과 힘을 합쳐 항거할 것이니 급히 몰아서는 결코 아니 됩니다. 오히려 군사를 묶어놓고 천천히 때를 기다리시도록 하십시오. 그리하면 공손강과 원씨는 틀림없이 서로 다투게 될 것이니 승상께서 바라시는 바는 절로 이루어질 것입니다.'

마치 손바닥 들여다보듯 한 헤아림이었다. 그것을 본 사람들은 발을 구르며 곽가의 죽음을 아깝게 여기고 그 재주를 칭찬해 마지않았다.

죽을 때 곽가의 나이 겨우 서른여덟, 조조를 만나 따르기 열한 해 되던 해였다. 조조도 새삼 곽가의 죽음이 애석한지 크게 제사를 차려 곽가의 혼을 위로함과 아울러 그동안 곽가가 세운 크고 작은 공을 기렸다. 뒷사람이 시를 지어 곽가를 노래했다.

하늘이 곽봉효를 내니	天生郭奉孝
무리진 영웅 중에 으뜸일세.	豪傑冠群英
뱃속에는 경사를 품고	腹內藏經史
가슴에는 갑병을 감춘 듯하네.	胸中隱甲兵
꾀를 씀에는 범여와 같고	運謀如范蠡
계책을 정함은 진평을 닮았네.	決策似陳平
애석하다 몸이 먼저 죽으니	可惜身先喪
중원의 대들보와 기둥이 기우는구나.	中原樑棟傾

범여는 전국시대에 월왕(越王) 구천(句踐)을 도와 오나라를 멸망

시킨 사람이요, 진평은 한고조를 받들어 한나라 사백 년의 기틀을 다진 사람으로 곽가는 바로 그런 그들의 지모에 비교되고 있다. 설혹 과장이 있다 해도 그것은 젊어 죽은 그에 대한 뒷사람의 애석함이 그만큼 컸다는 뜻이리라.

조조는 원희와 원상의 목까지 얻은 뒤에야 군사를 돌려 기주로 돌아갔다. 그리고 먼저 곽가의 영구를 허도로 돌려보내 후하게 장사 지내게 했다. 그러나 자신은 여전히 장졸들과 함께 기주에 머물러 있자 정욱(程昱)을 비롯한 몇 사람이 조조에게 권했다.

"북방은 이미 평정되었으니 이제는 눈길을 강남으로 돌릴 때입니다. 허도로 돌아가 강남을 도모할 계책을 세우도록 하십시오."

"나도 그리 뜻을 품은 지 이미 오래요. 그대들의 말이 바로 내 마음과 같소."

조조도 기꺼이 그 말을 따랐다.

그런데 그날 밤이었다. 조조는 성 동쪽에 있는 누각에서 난간에 기댄 채 천문을 보았다. 그때 순유가 곁에 있었는데, 문득 조조가 남쪽 하늘을 가리키며 근심스레 순유에게 말했다.

"남쪽에 왕성한 기운이 저토록 찬연하니 마침내 도모하지 못할까 두렵네."

순유가 바라보니 과연 그러했지만 짐짓 별것 아니라는 듯 조조를 위로했다.

"승상의 하늘 같은 위엄에 어찌 복종하지 않고 배기겠습니까? 조금도 걱정하실 일이 아닙니다."

그러면서 다시 하늘을 살피고 있는데 문득 한 줄기 금빛 기운이 땅에서부터 뻗쳐 오르는 게 보였다. 순유가 놀란 목소리로 말했다.

"저 빛이 뻗어 오르는 곳에는 반드시 보배로운 물건이 묻혀 있을 것입니다."

조조의 눈에도 범상찮은 빛이었다. 조조는 곧 군사들을 보내 그 금빛 기운이 뻗어 오르는 곳을 파보게 했다. 거기서 나온 것은 뜻밖에도 한 마리 구리로 빚은 참새였다.

"이게 무슨 징조인가?"

조조가 순유에게 물었다. 순유는 한동안 그 구리로 된 참새를 살핀 뒤에 목소리를 가다듬어 대답했다.

"지난날 순(舜) 임금의 어머니는 꿈에 옥으로 된 참새가 품 안으로 날아드는 걸 보고 순 임금을 낳았다고 합니다. 이제 승상께서는 비록 구리로 된 참새를 얻으셨으나 역시 길조인 것만은 틀림없습니다."

그 말에 조조는 크게 기뻐하며 그 구리 참새를 얻은 일을 경축하기 위해 높은 대를 쌓도록 했다. 명을 받은 군사들이 그날로 땅을 깎고 나무를 베어 터를 닦은 뒤 기와와 벽돌을 구워 대를 쌓으니 이름하여 동작대(銅雀臺)였다. 자리 잡은 곳은 장하(漳河) 가로, 일 년을 기한 삼아 공사를 해나가는데 셋째 아들 조식이 조조를 찾아보고 말했다.

"대를 쌓으시려면 반드시 셋을 쌓도록 하십시오. 가운데의 높은 것을 동작(銅雀)이라 이름하고 왼쪽 것은 옥룡(玉龍), 오른쪽은 금봉(金鳳)이라 이름하되 대와 대 사이에는 구름다리를 놓도록 하심이 좋겠습니다. 공중을 가로질러 두 다리가 떠 있으면 자못 볼만할 것입니다."

"네 말이 아주 그럴듯하다. 뒷날 이 대가 다 이루어지면 이곳에 와서 늙음을 즐겨야겠구나."

원래 조조에게는 아들 다섯이 있었는데 그중에서도 조식이 밝고 지혜로운 데다 글을 잘 지어 조조는 그를 가장 아꼈다. 그 조식이 하는 말이니, 그러잖아도 북방을 평정해 기분이 한껏 흥겨운 조조는 두말없이 따랐다. 어떤 의미에서 동작대는 조조의 북방평정(北方平定)을 기념하는 개선문이라 할 수도 있었다.

하지만 동작대가 아무리 뜻 깊은 것이라 해도 다 지어질 때까지 허도를 비워둔 채 그곳에 앉아 기다릴 수는 없는 노릇이었다. 이에 조조는 아들 조비와 조식을 업성에 남겨 동작대 짓는 일을 맡아 보살피게 하고 장연은 북쪽을 지키게 한 뒤 자신은 군사를 허도로 돌렸다.

이때 조조를 따라 돌아간 군사는 원씨의 군사들을 아울러 오륙십 만이나 되었다. 그토록 어려운 싸움을 겪고도 오히려 군사를 몇 배나 불려 돌아간 셈이었다.

허도로 돌아간 조조는 공 있는 이들에게 골고루 벼슬과 상을 내렸다. 그리고 따로 천자에게 표문을 올려 죽은 곽가를 정후(貞侯)로 올려 세우는 한편 그 아들 혁(奕)은 자신의 부중으로 데려다 길렀다.

대강 그렇게 논공행상이 마무리되자 조조는 다시 모사들을 불러 모아 남쪽의 유표를 칠 의논을 시작했다. 순욱이 그런 조조를 말렸다.

"대군이 이제 막 북정(北征)에서 돌아왔으니 다시 급하게 움직여서는 아니 됩니다. 반년만 기다리며 그 힘과 날카로움을 쌓은 뒤에 나아가도록 하십시오. 그때는 북소리 한 번으로 유표와 손권을 사로잡을 수 있을 것입니다.”

그 말을 듣자 조조도 스스로 지나치게 서두르고 있음을 깨달았다. 곧 순욱의 말을 따라 군사들을 나누어 둔전(屯田)케 하고 뒷날을 기약했다.

삼국지 4
칼 한 자루 말 한 필로 천리를 닫다

개정 신판 1쇄 발행 2020년 3월 25일
개정 신판 12쇄 발행 2025년 1월 2일

지은이 나관중
옮기고 엮은이 이문열

발행인 양원석
펴낸 곳 ㈜알에이치코리아
주소 서울시 금천구 가산디지털2로 53, 20층 (가산동, 한라시그마밸리)
편집문의 02-6443-8842 **도서문의** 02-6443-8800
홈페이지 http://rhk.co.kr
등록 2004년 1월 15일 제2-3726호

copyright ⓒ 이문열
Illustration copyright ⓒ 2001 by Chen Uen
This Korean special edition published from CHEN UEN'S THREE KINGDOMS
COLLECTION by arrangement with Dala Publishing Company, Taipei
All rights reserved.

ISBN 978-89-255-6915-4 (전 10권)